시
인
의

강

시인의 강

우한용 소설

푸른사상
PRUNSASANG

읽기 전에

● 소설 문장의 가독성을 위해 보조용언이나 일부 형식명사 등은 붙여서 쓰기도 하였다.

● 외국의 지명, 인명 등은 실감을 위해 현지 발음에 가깝게 표기한 경우도 있다.

● 사전에 등재되지 않은 어휘는 문체의 지역성을 위해 그대로 수용하였다.

문턱에 서서

소설집을 낼 때, 작가의 말은 맨 나중에 쓰게 마련이다. 소설가 우공은 작가의 말 초를 잡다가 할머니 말씀 한 자락이 떠올랐다. "부자가 망해도 삼 년 먹을 건 있단다." 요즈음 소설의 상황이 망한 부잣집 유산을 떠올리게 한다. 문학하는 사람치고 부자 반열에 오를 사람은 그리 흔하지 않다. 그러나 부자란 의미를 다시 생각해보면 이것저것 차지하고 있는 게 많다는 뜻으로 들린다. 소설가의 정신세계는 자못 부유하고 윤택하다.

소설은 문화 자본의 한 유형이다. 문화 자본으로서 소설은 중층적이고 다면적으로 의미의 고리를 형성하고 있다. 그것은 탄탄한 서사를 바탕으로 하고 있기 때문이다. 소설 장르로 한정해보면 끝장난 것 같은 느낌을 주기도 한다. 그러나 이야기 혹은 서사는 엄청난 증식력을 지니고 있다. 인간 삶이 결국은 이야기이고, 인간이 살아가는 한 이야기는 어느 순간 끝장이 나지 않는다. 변형 가운데 증식을 거듭한다.

문화의 발생과 성장은 다면적이고 중층적으로 이루어진다. 이야기나 서사는 하나의 문화 형태다. 따라서 다양한 갈래로 전개된다. 덩치가 엄청 커서 공룡 같은 대하소설은 이제 절정기가 지난 것 같다. 단편소설과 엽편소설, 혹은 스마트소설이 소설판의 대세를 형성하고 있다. 매체의 발달과 더불어 그 매체에 맞는 이야기가 새롭게 개발되어 나온다. 그리고 이야기하는 방법 또한 현격하게 달라졌다.

이야기 가운데 사람을 움직이고 뒤흔들어놓는 것은 얼마간 한정되어 있는 듯하다. 그저 그렇고 시시껄렁한 이야기는 오래 남지 않는다. 개인적으로도 그렇고 사회·역사적으로도 마찬가지다. 이는 삶의 원질에 가닿는 이야기라야 오래 남는다는 뜻이다. 인간 존재의 가치 증진에 공헌하는 이야기라야 오래 견딘다. 그렇기 때문에 소설가는 인간 존재의 문제를 가지고 부단히 고충스런 사유를 놓아버리지 못한다.

인간 존재의 가치라고 했지만, 항존적 진리에 해당하는 가치는 대개 아득히 멀다. 그리고 가치의 단계마다 다른 가치를 머리에 이고 있다. 인간은 부단히 변화하는 가운데 좀 더 높은 단계의 가치를 위해 헌신한다. 내가 타고 올랐던 '사다리를 허공중에서 차버리는 모험'을 감행해야 존재의 상승이 가능해진다. 불가능을 알면서도 목숨 걸고 추구하는 예술가들의 모험에서 우리는 그러한 전형을 만난다. 소설은 이야기를 통해 도모하는 혁명이다.

할머니뿐만 아니라 할아버지까지도 엄하게 꾸짖던 말씀이 또 떠올랐다. "문지방 밟고 서면 못쓴다." 손자는 물었다. "왜요?" 할아버지가 대답했다. "문지방 너머가 저승길이다." 문턱 혹은 문지방이 이승과 저승을 가르는 경계라는 뜻이었다. 이승의 끝자락과 저승의 초입이 문지방을 사이에 두고 맞붙어 있다는 말씀을 깨닫는 데는 시간이 걸렸다.

가치 추구에 헌신하는 자에게는 끊임없이 이어지는 문턱이 숙명처럼 주어진다. 그 문턱을 넘어 또 다른 문턱에 마주서는 존재가 소설가들이다. 그런데 문턱은 저 높은 곳 한 방향으로만 뻗어 있는 게 아니다. 좌우로 또 다른 문턱들이 있어 소설가를 유혹한다. 소설가를 둘러싼 좌우의 문턱에 시라는 동네가 있다. 소설가에게, 은유적 상상력으로 세계를 구축해가는 시인들은 사람을 질리게 한다. 그들과 교감하면서 심성의 밭을 일구는 일은 소설가의 정신을 윤택하게 하는 데 크게 기여한다. 소설가가 시 읽는 과정을 서사로 쓸 경우, 그것은 소설의 또 다른 양태를 만들어낸다. 그러나 '독시소설(讀詩小說)'이란 이름은 아직 어설프다.

소설가를 둘러싸고 있는 문턱 가운데 다른 동료 소설가를 들 수 있다. 지나가다가 남의 집 울안에 어떤 꽃이 피었는가 궁금한 것처럼, 다른 소설가들은 소설을 어떻게 쓰는가 궁금하지 않을 수 없다. 소설가가 다른 소설가의 작품을 읽고 글을 쓴다면 그것은 일종의 비평 행위가 된다. 정당한 비평이 공감을 바탕으로 하는 것처럼, 다른 작가의 소설집에 해설, 평설, 발문을 쓰는 것은 일종의 '공감의 비평'이 된다. 그 공감의 비평 과정을 서사로 풀면 그것은 또 다른 형태의 소설이 된다.

소설쓰기는 우공을 열에 달아 들뜨게 한다. 소설쓰기는, 거짓말 보태지 않고, 관자놀이에 핏줄 일어서는 일이기 때문이다. 그런데 소설은 때로 사람을 괴롭히기도 한다. 소설쓰기에 신바람이 난 우공을 괴롭히는 바람의 정체는 이야기에 대한 욕심이다. '서사 욕구'라는 다른 말로 써도 될 법하다. 이야기는 삶과 죽음의 영역을 규제하는 엄청난 힘을 지니고 있다. 셰헤라자데가 이야기를 끝내지 않고 하루하루 결말을 미루어 나가는 것은 이야기의 끝이 자신의 목숨이 끝장나는 구조에 달려 있기 때문이다.

이렇게 보면, 자신의 뒤엉킨 서사를 고치는 것은 삶을 고쳐서 마름질하는 일이 된다. 플롯을 고쳐서 다시 쓰는 일은 물론, 일그러진 서사에 다른 의미를 부여하는 일 또한 정체성 형성과 연관된다. 삶이 무의미해질 때, 그 삶을 다시 돌아보는 이야기를 씀으로 해서 삶의 의미를 발견하는 것은 이야기 치료 혹은 서사 치료의 한 양상이다. 소설을 이렇게까지 밀고 나가면, 독자들이 부담스럽지 않겠는가 스스로 묻기도 한다. 우공은 자신과 같은 인간이 인간의 종다양성(種多樣性)을 증명해줄 것이라는 믿음을 지니고 산다. 이는 자신이 쓰는 소설이 문학의 종다양성을 확보하는 데 기여하리라는 믿음으로 연결된다.

자신의 작품은 문학의 종다양성을 확보해줄 것이라는 믿음을, 우공은 탄탄하게 견지하면서 소설을 써왔다. 감각으로 쓰는 소설, 역사인지 소설인지 알기 어려운 소설, 논설인지 수필인지 분간이 안 되는 작품……. 그런 것들이 있어서 문학판은 볼 만한 풍광을 연출한다. 단일수종의 숲은 위험하다. 그러니까, 공부하듯이 쓴 우공 자신의 소설은 문학의 종다양성에 기여한다는 믿음은 크게 달라지지 않을 것으로 짐작된다. 발로 찾아다니고, 문서자료 파고드는 공부꾼들이 세상의 한 부분을 차지하는 것은 엄연한 현실이다. 그러니 그들 이야기 또한 외돌려놓아서는 세상의 한쪽만 보게 된다고 우공은 믿는다. 별별 인간이 별별스럽게 자기주장을 하고 권리를 보장받는 그런 사회를 꿈꾸면서 자신을 제쳐놓을 수 없지 않겠는가.

문학적 편식은 감성과 이성의 편식으로 이어질 것이라는 게, 문학의 총체적 향유(享有)를 강조하는 우공의 우려다. 향유는 열락(悅樂)에 가깝다. 공자의 알고-좋아하고-즐기는 지(知)-호(好)-락(樂)의 패러다임에서 즐김[樂]에 해당하는 게 향유다. 근사한 연애소설, 웅대한 스케일의 역사소설 못 쓰는 자신을 두고, 우공은 가끔 한숨을 내뱉기도 한다. 그러나 문학 능력은 단련을 거쳐 성장한다는 게 우공의 믿음 가운데 하나다. 어느 작가의 비유대로, 산을 높이 올라가면 갈수록 멀리 다른 산능선이 보이게 마련이다. 산록의 펜션에 들어앉아 산봉만 쳐다보면 멀리 연이어 나간 다른 산봉의 위용은 말할 것도 없고, 그 위로 뜨는 까치놀은 짐작해 알기 어렵다. 고통스럽게 읽은 한 편의 좋은 소설은, 다른 소설을 읽게

시인의 강

하는 문턱이 되어준다.

 '독자의 문학 능력 향상이 작가의 소설 수준 상승을 이끌어낸다.' 우공의 메모장 첫 페이지에는 그렇게 적어 넣었다. 독자의 문학 능력 향상이 지속되는 한 작가는 자신의 소설 수준을 끊임없이 이끌어올려야 한다는 게, 우공의 지론이다. 이는 독자와 함께 성장하고 싶은 문학교육적 상상력의 소유자가 가지는 열망이기도 하다. 독자의 수준이 작가의 수준을 뒷받침해준다.

 소설집 『시인의 강』에 들어 있는 작품들은 모두가 우공의 일상에서 건져올린 것들이다. 우공에게는 여행과 독서, 그리고 남의 글 읽어주는 것, 문학 가르치는 것, 그런 것 말고는 다른 일상이 없다. 오히려 새옷 갈아입고 외출하거나, 외식하는 일 등 남의 일상이 우공에게는 특이 체험이 되기도 한다. 소설가가 소설쓰는 일은 일상이다. 학자가 연구하는 것도 일상이다. 교수가 학생들 가르치는 것 또한 마찬가지로 일상이다. 우공의 소설 재미있어하는 이는 우공과 더불어 일상인일 터이다.

 소설은 깊이를 알기 어려운 숲이다. 그 숲에는 향기와 바람 소리와 풀과 나무의 현란한 빛깔이 교향하며 가로질러 간다. 지렁이, 뱀, 여우와 늑대도 숲에서 산다. 그 깊고 장려한 숲으로 여러분을 초대한다는 이야기가, 우공의 책에서는 늘 긴 글로 전개된다. 우공이 독자에게 미안해하는 점이다. 독자에게 사랑을 고백하고 위로를 줄 날이 아득해서, 우공은 오늘도 밤중에 일어나 물구나무서기를 한다.

 물구나무서서 바라보면 세상이 뒤집힌다. 어린이는 어른의 아버지가 되고, 내가 가르친 사람들은 나의 선생이 되어 다락에 올라앉아 있다. 해서 우공은 오윤주 박사, 복효근 시인, 송준호 교수 세 사람을 울력에 동원하기로 했다. 『멜랑꼴리아』 이후 멈췄다가 다시 시도하는 모험이다. 미리 고마움을 전한다.

소설은 문턱의 문학이다. 소설가는 자신을 문턱에 세워놓는다. 또한 독자를 문턱으로 이끌어 문턱 너머를 바라보게 해야 한다. 우공은 이렇게 혼자 중얼거린다. "아무튼, 나는 지금 소설의 누각으로 올라가는 문턱에 서 있다. 독자와 함께."

2020. 10. 1. 추석/국군의 날
우한용

1

별들의 언덕 | 세컨드 라인 | 라 팔로마

별들의 언덕

별을 노래하다

꽃지초등학교. 새로 부임해온 현제명 교장은 노래하는 학교를 만들 겠다고 나섰다. 학기말이 되자 각 학년 반별 합창대회 계획을 발표했 다. 3학년 3반 담임 임이랑은 기어코 일등을 해야겠다는 열정에 달떠 있었다.

한 반 아이들이 20명에 불과했다. 합창에 참여할 사람을 고르고 어 쩌고 할 여지가 없었다. 모두 참여하게 하자고 마음먹었다. 자연 음정 을 못 맞추는 아이들이 끼게 마련이었다. 그리고 노래라면 고개를 내 젓는 아이들도 있었다. 임이랑은 열정 하나로 아이들을 독려했다. 아 이들이 지루해할라치면 간식거리를 사다가 먹이기도 했다. 간식을 사 러 가는 일은 5학년 1반을 담임한 신천강 선생이 거들어주었다.

임이랑은 신천강 선생에게 선곡이며, 아이들 다루는 법 등을 물었 다. 요즈음 애들이 별을 못 보고 자라는데, 노래로나마 별에 대해 관심 을 가지게 하자면서 가람 이병기 선생의 〈별〉을 추천했다. 임용고시를 공부하는 중에 밑줄을 그어가며 읽은 시였다. 작곡자는 이수인이었다.

아이들이 자기 음정을 맞추지 못하고 다른 친구 음정을 따라 불렀다. 다른 건 몰라도 파트별로 자기 음정으로 노래하도록 하는 방법이 없었다. 신천강 선생에게 도움을 청하기로 했다.

"우리 애들 음정 좀 잡아줘요."

"어떤 노랜데, 애들이 음정을 못 맞춰요?"

임이랑 선생은 노래 대신 이병기의 「별」 첫 절을 읊었다.

바람이 서늘도 하여 뜰 앞에 나섰더니
서산머리에 하늘은 구름을 벗어나고
산뜻한 초사흘 달이 별 함께 나오더라.

"그거 나도 좋아하는 시야."

"알퐁스 도데의 소설 「별」은 사실 '별들'이야. 혼자 속삭이는 건 독백이거든."

"제법 시적이네, 달은 넘어가고 별만 서로 반짝인다, 그랬지." 그렇게 호흡이 맞아 신천강 선생이 임이랑 선생 반 아이들의 합창을 지도하게 되었다.

합창 지도가 끝나면 둘이는 모랫벌이 펼쳐진 바닷가로 나갔다. 모래사장에 이어 갯벌이 펼쳐진 끝에 섬 둘이 마주하고 서 있는 게 보였다. 임이랑이 꽃지초등학교로 발령을 받아 온 이후 꼭 무슨 전설이 있을 듯한 섬이란 생각이 들었다. 누구한테 물어볼 기회가 없었다.

"저 섬이……, 이름이?" 임이랑이 물었다. 아직도 그걸 모르냐는 듯이, 임이랑을 바라보던 신천강이 이야기를 시작했다.

신라 흥덕왕 말년이라니까 1천 2백 년 전인데, 장보고가 안면도에 해군 기지를 설치했다는 거라, 당시 사령관으로 승언이라는 사람이 있었던 모양이야. 안면읍 승언리? 그렇지, 그 지명 연유가 그래. 사령관 승언의 아내는 '미도'. 승언 대장이 출정을 나갔다가 안 돌아오는 거라…… 할매가 바닷가에 나가 기다리다가, 마침내 죽어서 바위가 되었대. 그게 저 너부데데한 할매바위고, 어느 파도 무섭게 설레던 밤 승언 대장이 파도에 떠밀려오다가 어떤 바위에 걸려 자지러져 깨어보니, 그게 미도의 몸인 거야. 그래 같이 절명해서 저 할배바위가 되었다는 거라.

"두 바위가 왜 포옹을 하지 않고?"

"떨어져 있어야, 그래야 더욱 간절하지."

"알퐁스 도데의 「별」에서, 유성이 하나 흘러가고 그게 '샤를마뉴의 길'이라고 목동이 얘기하잖아. 그게 우리나라로 하면 신라 때, 그 무렵 아닌가?"

"이렇게 앉아 있으니까, 우리가 별이 된 거 같잖아? 서로 반짝이는……."

"나중엔 홀로 서서 별을 헤겠지. 나 속이 나빠 먼저 들어가야겠어."

임이랑은 슬그머니 건너오는 신천강의 손을 뿌리치고 일어섰다. 신천강은 돌아서는 임이랑을 쳐다보며 작은 소리로 웃었다.

경연대회를 한 주일 앞둔 수요일이었다. 오랜만에 회식이 있었다. 회식이래야 자기 주머니 털어서 하는 것이라서 별반 흥이 없었다. 현제명 교장만 신이 나서 자기 자랑을 늘어놓는 데까지 이르렀다. 자청해서 노래를 불렀다. 산들바람이 산들 분다……. 노래가 절정을 향해 달려갈 즈음이었다. 이인문 교감선생이 가방을 챙겨들고 일어섰다.

"왜 가시게? 한 곡 하고 가셔야지요."

"현제명 노래에 이제는 진절머리가 났습니다."

결국 현제명 교장선생의 가곡을 끝으로 파장이 돼버렸다.

신천강이 임이랑을 바래다준다고 나섰다. 그렇지 않아도 속이 꼿꼿해지는 터라 걸어가기가 내키지 않았다. 걷기로 한다면 20분은 착실히 걸어야 하는 거리였다. 교장과 교감이 사이가 버성그러지는 것은 대강 알았지만, 오늘처럼 노골적으로 들이받는 건 잘한 일이라고 할 수가 없었다. 다른 선생들이 있는 자리에서 그것은 면박이었다.

"교감선생 왜 그런대? 너무한 거 아냐?"

신천강은 차 속도를 늦추면서 말했다. 현제명이 어떤 사람인지 알지? 우리나라 초기 음악가……? 산들바람 가사를 정인섭이라는 이가 썼거든……. 해외문학파 친일인사…… 그렇잖아? 전에 현제명이 작사 작곡한 〈희망의 나라로〉를 불렀다가, 일이 요란하게 벌어졌더라니……. 엔포세대가 사는 헬조선에서 무슨 놈의 희망의 나라냐 하면서, 맥주잔을 차마 교장에게는 못 끼얹고 자기 얼굴에다가 끼얹은 거잖아. 좋은 분들인데…… 역사의 상처를 그대로 안고 사니까 그렇게 되더라구.

"지금 무슨 얘기하는 거야?"

"이런 게 인문학이라는 거잖아? 인문학? 그건 교감 학문이네, 교감 이름이 이인문이니까, 교감선생 투로 말하면 이 인문학이 되잖아?" 신천강은 아무 말도 않고 차를 몰았다. 승언교를 얼마 앞두고서였다. 숲에서 고라니가 튀어나왔다. 신천강이 급브레이크를 밟았다. 끼익 소리와 함께 차가 멈추자 고라니는 가까스로 로드킬을 면하고 건너편 숲으로 사라졌다.

뱃살이 꼿꼿한 채로, 임이랑은 잠자리에 들었다. 눈이 알알하고 잠은 멀리 달아났다. 자정이 지나면서 아랫배 옆구리가 칼로 찌르는 것처럼 아파오기 시작했다. 얼굴이 땀으로 범벅이 되고 몸을 어떻게 추스를 도리가 없었다.

임이랑은 신천강에게 전화를 했다. 저기 나 병원, 병원, 죽을 거 같아. 술 안 마시기 잘했네. 약간 꿈덜거리는 어투였다. 그러고는 십 분이나 지났을까 했을 때, 밖에서 차를 세우는 소리가 들렸다.

면 소재지 승언병원에서는 손을 쓸 수 없으니 태안읍으로 나가라는 것이었다. 태안으로 가는 동안, 임이랑은 배를 움켜쥐고 뒹굴다시피 했다. 신천강은 느긋하게, 노래를 불렀다. 바람이 서늘도 하여…… 별만 서로 반짝인다……. 아이고 죽을 거 같아……. 그렇게 쉽게 안 죽어……. 급성맹장이라고 했다.

맹장을 수술하고 나흘이 지나 안정을 되찾았을 무렵이었다. 그날은 합창대회가 있는 날이었다. 아이들 얼굴이 눈앞에 떠올랐다가는 가라앉고, 가라앉았던 얼굴들은 유튜브 화면을 따라 다시 눈앞에 어른거렸다. 합창 연습을 하는 동안 교과 수업만으로는 안 되는 아이들과의 끈이 형성된 느낌이었다.

그날 저녁 무렵, 이인문 교감선생이 문병을 왔다.

"견딜 만해요? 요새 맹장염은 병도 아니라니까. 아무튼 합창 일등을 축하합니다."

임이랑은 침대에서 벌떡 일어나다가 아랫배가 찍어 잡아당기는 통에 다시 눕고 말았다. 신천강이 다가가 침대를 세워주었다.

"선곡을 아주 잘 했더라구. 아주 평이한 시인데, 말하자면 인간이 우주적 존재라는 깨달음을 주는 그런 시지요." 이인문 교감은 간이의자를 침대 곁으로 끌어당겨 앉으면서 이야기를 시작했다.

애들이 노래를 부르면서 그 내용을 얼마나 깊게 이해하는가는 차후의 문제지요. 긴 기다림 끝에 문득 찾아오는 그런 진리가 있어요. 아니, 진리는 대개 그렇게 와요. 안타깝지만 그런 깨달음이 왔을 때, 우리는 그 깨달음을 실천한 시간이 별로 남아 있지 않다는 현실에 직면

해서 실망에 빠지기도 하지요. 그럴 때 우리는 아, 인생이 그런 것이지…… 하면서 회상에 잠기는 겁니다.

「별」이라는 시는 사실 우리 또래나 되어야 실감이 가는 건데, 노래가 좋으니까 널리 불리는 거고, 작곡자 이수인은 경남 의령 출신인데……. 또 얘기가 길어질라. 그런데 별 이야기가 나와서 그런데, 그양반이 작곡한 노래 가운데 김재호의 시에 곡을 붙인 〈고향의 노래〉를 기억하오? 그 노래 2절 첫 구절에 '달 가고 해 가면 별은 멀어도' 그렇게 나오지 않소? 기억하시나?" 가람 선생의 별을 이야기하면서 한참 외돌아가는 모양새였다. 신천강이 임이랑에게 자주 눈짓을 했다. 아파서 눕겠다고 핑계라도 대라는 모양이었다.

"인간이란…… 자기 존재를 자신이 만들어가는 그런 창조적인 존재지. 믿음 가지고 사는 분들은 손 내저을지 몰라도, 그러니 하느님은 제쳐두고라도, 그리스 신화에 나오는 하고많은 신들은 인간의 상상이 창조한 존재인지도 몰라……." 신천강이 냉장고에서 콜라병을 꺼내 종이컵에다가 가득 따라 이인문 교감에게 내밀었다.

"콜라라는 게, 이게 제국주의 식품이라……. 콜라 거품에는 별이 안떠요."

"교감선생님 별은 어디 있습니까?" 신천강이 머리를 긁적거리면서 물었다.

"사람마다 자기 가슴에 별을 지니고 살게 마련이지요. 그런데 그 별이 세월을 따라, 달 가고 해 가면 멀어져만 가지요. 희망이 줄어든다고해도 될 것이고. 아무튼……." 아무튼 그렇게 말을 마감할 듯하다가는 다시 이어갔다. 생각해보면 인간이 얼마나 하잘것없는 존재인가 소름이 돋을 지경이지요. 그런데 인간은 자기 존재를 주변 사물에, 이웃 인간에게, 그리고 인간을 넘어서는 어떤 존재에 의미의 고리로 연결하

시인의 강

는 상징적 창조력을 가지고 있어요. 그래서 하늘의 별과 대화를 하기도 하고, 별에다 이름을 붙이고 해서, 자신을 우주 안에 있는 존재라는 것을 스스로 증명하며 살아간다는 것. 그렇게 자신과 우주를 연결해낼 수 있는 게 인간의 위대함이지요.

"교감선생님, 지금 칸트 얘기 하시는 건가요? 칸트는 자기에게 늘 새로운 감탄과 경외심을 불러오는 두 가지를 이야기하잖아요?" 임이랑이 눈을 반짝이다가 끼어들었다.

"그렇지, 맞아요. 별이 빛나는 하늘과 자기 내면에 있는 도덕률, 그게 칸트를 칸트답게 한 시적 상관물이라고 배웠어요." 임이랑은 눈을 깜박이며 얼굴에 웃음을 지펴 올렸다.

"그러니까 잠자코 홀로 서서 별을 헤어보는 시인의 가슴은 도덕률로 가득한 셈이지." 교감이 같은 말을 이어가는 중이었다.

"시와 도덕이 통한다는 뜻인가요? 그렇다면 진리와 미도 같이 통하는 것 같습니다." 임이랑이 한마디 했다.

"내가 이인문 아닌가? 자네들이 내 선생이네." 이인문 교감은 작은 봉투를 하나 임이랑에게 내밀었다. 얼마 전에 펴낸 『교사를 위한 인문학』이라는 책이었다.

접촉하는 인간

여름방학이 끝났다. 새 학기 개학을 한 주일 앞두고 있는 수요일이었다. 이인문 교감에게 현제명 교장이 전화를 했다.

"이인문 교감선생님, 해외 문화 체험 보고는 받으셨습니까?" 목소리에 미세한 떨림이 감지되었다.

교감은 잠시 어리뻥해져 뜨악하니 서 있었다. 학교에서 교사 연수 명목으로 비용 일부를 부담하는 걸로 하고, 자신의 취향에 따라 적절한 여행지를 선택해서 다녀오라는 제안이었다. 보고 같은 것을 미리 조건으로 내건 여행은 아니었다. 교장의 뜻을 제대로 헤아리기 어려웠다. 대답을 않고 멈칫거리고 있었다.

"교사를 위한 인문학, 책이 나왔으니 2학기에는 그 책을 가지고 교직원 연수를 하면 어떻겠어요?"

대답하기 난감한 제안이었다. 교사들이 연수는 고사하고 회식도 달가워하지 않는 분위기인데, 교감이 낸 책을 가지고 연수를 한다면 달가워할 사람이 별로 없을 듯했다.

이인문 교감은 교장이 어디서 전화를 하는지부터 물었다. 교장이 학교에 나와 있는 것을 확인하고는 학교로 차를 몰고 갔다. 머릿속에서는 교감의 자리라는 것을 생각하고 있었다. 책임이 크지 않으니만큼 역할 또한 제한적이었다. 말하자면 '부록'과 같은 자리였다. 부록은 읽어도 그만 안 읽어도 그만인 글이었다. 욕심을 부려 시간을 운용한다면 자기 일을 할 수 있는 장점도 있는 자리였다. 『교사를 위한 인문학』도 그런 자리 덕에 쓸 수 있었던 책이었다.

주차장에는 교장의 승용차 '포텐샤'가 주차되어 있었다. 이인문 교감은 그게 라틴어에서 온 상표라는 것을 알고 있었다. 일반적으로 능력 있는, 포텐셜에서 L자 하나를 뗀 로고로 본다. 그러나 이인문 교감에게는 '가능태'를 뜻하는 포텐시아로 읽히는 것이었다. 교육자다운 발상이었다.

"이십 년 넘은 차를 그대로 타세요, 교장선생님?" 이인문 교감이 교장에게 한 발 다가서며 말을 타들었다.

"저게 아직 쌩쌩하니 잘 굴러가요. 공연히 누구 차 팔아줄 일 있습니까?' 하기는 얼마 전에 '아우디'로 차를 바꾼 게 께름한 구석이 없는 게 아니었다. 알량한 애국심 때문만은 아니었다. 자신의 분수에 넘친다는 자기 단속 때문이었다.

"일을 시켰으면 결과를 확인하는 게 행정적으로 정당한 절차라고 봅니다만……." 교장은 말을 매듭짓지 않은 채 교감을 쳐다봤다.

"방법이 문제겠지요. 우리 편에서 먼저 다가가는 게 옳다고 봅니다만……."

"봅니다만……? 어떻게 하자는 말씀인지 궁금합니다만……?" 교감이 먼저 껄껄 웃었고, 교장도 따라 웃었다.

"우리가 저녁 사는 걸로 하고, 여행에 참여했던 선생님들을 부르면 어떨까 합니다만……." 교감의 제안이었다.

"우리가 꼭 맹고불 대감의 공당문답 하는 것 같습니다만……, 그렇게 하지요." 교장의 응낙이었다.

교감선생이 해당 교사들에게 연락을 했고, 다음 날 승언리에 새로 생긴 '솔숲독서카페'에서 만나기로 했다. 독서 공간과 분리된 룸에서는 간단한 식사도 하고 커피를 마실 수 있었다. 그리고 손님 취향에 따라 널널하게 자리를 마련하자고 해서 맥주와 와인도 마실 수 있었다. 외지에서 오는 손님은 물론 관내 선생님들이 주요 고객이었다.

교장, 교감이 먼저 와서 자리를 잡았다. 실내에는 다른 손님들이 없었다. 카페지기 정숙현이 〈하바네라〉를 틀어놓고 듣고 있었다. 선정적인 여가수의 앞가슴이 박덩이처럼 돋아올라 보였다. 둘이 들어오는 눈치를 챈 정숙현이 화면을 지웠다.

"좋기만 하구먼 왜 그래? 다시 켜보시우." 교장은 눈을 찡긋했다.

"어머어, 교장선생님도 이런 거 좋아하시나 봐요." 손으로 입을 가리며 말했다.

"좋아하긴 합니다만……." 오페라를 좋아한다는 것인지, 젖가슴 풍만한 여자 가수를 좋아한다는 것인지는 분명하지 않았다. 음악을 전공한 분이니까 충분히 그런 분위기를 즐길 만하다는 생각이 들었다.

교감은 자동차 이야기를 했다. 교장선생님 차 참 잘 선택하셨습니다. 포텐샤가 능력자라는 뜻도 있지만, 어떤 현상의 가능태라는 뜻이 잖습니까. 사실 교육은 학생들이 지닌 가능태를 현동화하는 거고 말입니다. 그렇지요? 그럼 교감선생님 타는 아우디는 뭡니까? 교감은 말을 잘 들어야지요. 교장이 눈을 둥그렇게 뜨고 교감을 쳐다봤다. 본래 그게 라틴어 동사 아우디오의 명령형인데, 듣다, 경청하다 그런 뜻의 명령형이 아우딘데, 잘 들어라 그런 겁니다.

"말하자면 자동차 상표 인문학을 하는 셈이군요." 교감이 '그렇긴 합니다만…….' 그렇게 눙치는 바람에 둘이는 다시 마주 보고 웃었다.

초청받은 교사들이 들어왔다. 유럽에 갔다 온 팀은 임이랑 선생과 동행한 이유리, 구민정 그렇게 셋이었다. 남자팀은 남미에 다녀온 신천강 그리고 동행 윤재걸, 전형대 마찬가지로 셋이었다. 정숙현 실장도 마실 것 준비가 끝나고 교장과 교감 사이에 앉았다. 교감선생의 권유였다.

"임이랑 선생은 임이 없어서 어떻게 했어?" 교장선생이 말을 걸어보았다.

"떨어져 있어야 더 보고 싶지요." 임이랑이 교장을 약간 흘겨보았다.

"그래, 우리 임이랑 선생님이 진실을 말하는군." 임이랑은 피이ㅡ 하면서, 교감의 잔에다가 자기 잔을 부딪쳤다.

"교장, 교감선생님 드릴 선물 있어요. 각각 하나씩이니까 너무 기대는 하지 마세요." 이유리 선생이 구민정 선생에게 눈짓을 했다.

"벨베데레 미술관에 갔다가…… 하나 샀는데, 아무래도 교장선생님에게 맞을 거 같아요." 구민정 선생이 큼직한 액자를 들어 교장선생 앞에 내밀었다. 교장은 풀어보아도 되는가 묻고는 포장을 풀었다. 30호쯤은 되는 액자에 클림트의 〈키스〉가 우아한 빛을 뿜어냈다. 같이 모인 사람들이 박수를 쳤다.

"아내하고 입 맞춰본 게 언제던가 기억이 아득하네. 이거 걸어놓고 자주 해야겠네." 이런 이야기 해도 되는 거지요? 그렇게 한마디 덧붙였다.

"그림이 야하지 않아요?" 교장선생님처럼 점잖은 분에게……. 그런 주를 달면서 정숙현이 교감선생을 쳐다보며 동의를 구했다. 교감선생이 잠시 멈칫하는 사이에 신천강이 끼어들었다.

"다른 친구들 생각은 어떤지 몰라도, 인간의 순수한 접촉이 키스라고 생각해요. 봉준호 감독의 영화 〈기생충〉에도 그런 대사가 나오지 않아요? 오빠, 아까 나랑 키스할 때 딴 생각 했지……. 여자 고등학생의 대사치고는 진실이 짱짱하잖아요?" 동료들은 어쭈 제법이네, 그런 표정으로 신천강을 쳐다보았다.

"어떻게 그런 생각을 한대?" 구민정이 신천강을 쳐다보다가 커피를 한 모금 홀짝 마셨다.

"교사를 위한 인문학 첫 장이, 몸의 철학이었거든……. 거기서 얻은 아이디어야." 신천강이 교감선생을 쳐다보는 사이 교장선생이 정숙현 실장에게 키스가 나오는 노래를 틀어보라고 부추겼다. 오디오를 리모컨으로 작동했는지, 카르멘의 〈하바네라〉가 흘러나왔다.

"저 노래에도 그래요. 어떤 사람은 아무 말을 안 해도 자기를 즐겁게 해준다는 구절이 나오는데, 그게 뭐겠어? 키스를 해준다는 거 아니겠어? 들판의 새 같고, 집시 소녀 같은 사랑을 잡아놓는 것은 입맞춤 아니겠나?" 베토벤의 〈키스(der Kuss)〉를 거쳐, 엘비스 프레슬리의 〈키스미 퀵〉 그리고 다음에는 〈베사메 무초〉 그런 노래들이 나오는 동안, 다른 이야기 없이 커피를 마시고 맥주잔을 기울이면서 어정어정 시간이 흘렀다.

"내 책을 읽었다니 이야기합니다만…… 인간의 본질은 접촉에 있어요. 서양식 철학 용어로 말하자면 호모 콘탁투스인 셈이지요." 교감이 말을 멈춘 사이 신천강이 백지에다가 'homo contactus'라고 써서 교감 선생 앞에 내밀었다.

"맞아, 인간은 접촉함으로써 완성되는 존재라고 해야 할 것이네." 교감은 흐뭇한 웃음을 지었다.

"고독한 존재, 그게 인간의 본질 아니오?" 교장선생이 이의를 제기했다.

"그럴지도 모르지요. 그런데 달리 생각하면 그건 고독과 접촉하는 거라 하겠지요? 우리가 차를 마시는 것은 물질과 인간의 접촉이고, 선생님들이 선물을 사다 주는 것도 선물이란 상징을 매개로 한 접촉이지요……. 안 그렇습니까?" 교감이 동의를 구했다.

"접촉 개념을 너무 확장한 거 아닌가요?" 교장이 다가앉으며 따지듯 말했다.

"안 그렇습니다. 인간의 탄생이 접촉으로 이루어지지요? 부모의 성적 접촉으로 탄생하는 게 인간이지요. 그 다음에는 엄마와 접촉하죠. 젖을 빨고 엄마의 가슴을 더듬고 엄마의 살 냄새를 맡고……. 좀 크면 친구들과 접촉하고, 뽀뽀도 하고, 나중에는 운우지정인가 그런 형식의 접촉도 하고, 거기서 다시 아이들이 나와 존재를 확장하고……. 인간사 알파에서 오메가까지 모두 접촉입니다." 교감의 말이 좀 장황해지는 중이었다.

"과도한 일반화 아닌가요?" 신천강이 임이랑을 쳐다보면서, 교감선

시인의 강

생에게 물었다.

"서양에서는 단독자로 인간을 상정하는 경향이 있지요. 예컨대 자기나 자아를 뜻하는 '에고'라는 라틴어는 인식된 주체로서 자기라는 것인데, 인간 즉 '호모'가 개별화된 것이 아닐까?" 교감의 말은 현학으로 흘러드는 느낌이었다.

"그럼 미투, 그런 거는 왜 생기지요?" 신천강이 물었다.

"접촉에는 본능적인 게 있고, 또 상징적인 게 있다네. 내가 너무 독점하는 것 같네만……." 교감이 물러앉는 태도로 나왔다.

"아주 귀한 접촉의 기회인데, 얘기하시지요." 신천강이 나서서 이야기를 권했다. 교감선생은 맥주를 한 모금 마시고는 이야기를 이어 갔다. 접촉의 본능이 구심적이라면 접촉의 상징은 원심적이라네. 원형적인 접촉은 접촉 그 자체의 정당성을 위해서 다른 접촉을 배제하게 되지. 젊은 아내와의 접촉이 열도가 높아도 늙으면 그런 열도가 가라앉지. 박재삼 시인이 "그 기쁜 첫사랑 산골 물소리가 사라지고" 그렇게 노래한 것은 시간이 끼어들어 접촉을 마모한 결과로 보아야 하지 않을까. 천지인…… 한 인간의 내면에 시간과 공간이 통합된 그런 완전성은 접촉의 완성이라 할 수 있겠지. 휘돌아가는 천지인의 삼태극…….

"고통과 환희에 한꺼번에 접촉할 수도 있을 건데요. 맥주 마시면서 설사 기운을 느낀다든지 그런 경우 말이지요." 모인 이들이 킬킬 웃었다.

"맞네, 인간은 다중복합 존재란 뜻인데, 멀티플렉스 오르간이랄까. 어느 정도는 그런 다중복합접촉을 수용할 수 있는데 접촉의 코드가 너무 많고 복잡해지면 정상을 벗어난다네." 교감은 주변을 둘러보며 말했다.

"예를 들면요?" 윤재걸이 전형대를 바라보면서, 교감선생에게 물었다.

"너무 일상화되어서 잘 모르고 지나가기도 하고, 알아도 어쩔 수 없어서 그냥 지나가기도 하지만, 바야흐로 접촉 과잉의 시대가 된 게 현실이지." 교감이 입맛을 쩍 다셨다.

"지금 몇 시나 되었나?" 교장이 하품을 하면서 중얼거리듯 말했다. 아무도 대꾸가 없었다.

"교감선생님 얘기 자알 들었는데, 철학사에서 그런 주장을 한 학자는 누가 있습니까?" 교장은 전고를 묻고 있었다.

"제가 살면서 깨달은 겁니다. 술 취했다가 깨면서 내가 너무 마셨지? 그러는 순간이 그게 자기와 자아가 접촉하는 순간이겠지요. 정신이 든다는 건 내가 나와 접촉했다는 뜻입니다." 교장이 고개를 가로저었다.

"그럴 법합니다. 여러분과 접촉한 오늘 비용은 내가 냅니다." 모인 이들이 박수를 쳤다.

"그런데 내 선물은 없소?" 교감이 웃으면서 말했다.

신천강 선생 팀원들이 꽤 큼직한 상자를 교감선생에게 건네주었다. 교감선생이 상자를 풀었을 때, 반짝이는 별이 달린 베레모가 나왔다. 체 게바라 스타일의 베레모였다. 팀원들이 쿠바에서 산 거라 했다.

희망하는 인간

신천강 선생 팀원들한테 베레모를 선물 받은 이인문 교감선생은 적잖이 당혹스러웠다. 아르헨티나 출신 젊은 의사가 쿠바 혁명에 참여해서 혁명을 성공하게 한, 체 게바라가 썼던 베레모였다. 더구나 베레모

앞에 황금빛 별이 반짝이고 있었다.

한국에서 별은 좀 불온한 느낌을 주기도 한다. 더구나 붉은 별은 중공군이나 인민군을 연상하게 했다. 이걸 쓰고 나가 교감 이미지를 '확 뒤집자!' 그런 생각이 안 드는 것도 아니었다. 이따금 하는 생각이었다. '교사를 위한 인문학'도 그런 발상이 바탕에 깔려 있었다.

아무튼 아랫배에 힘을 주고, 베레모를 약간 옆으로 기울여 쓰고는 학교에 출근했다. 교무실에는 연구부장이 먼저 나와 있었다.

"야아, 교감선생님 멋지십니다. 아직도 혁명을 꿈꾼다는 뜻입니까?"

"혁명이랄 것은 없지만, 한번 내 이미지를 바꾸어보고 싶어서." 연구부장은 대답을 않고 책상 서랍을 뒤적이고 있었다. 교감 이미지가 어땠는데 어떻게 바꾼다는 것인가?

사실 자율연수 담당은 연구부장인데, 연수 다녀온 선생들 만나는 자리에 연구부장을 배려하지 못한 게 마음에 걸렸다. 그러나 지나간 일이었다. 그리고 모임을 더 가지자는 계획이었기 때문에 그다지 마음을 쓰지 않아도 상관이 없지 싶었다. 서운해하지 않을까?

"오늘 연구학교 연구발표가 있지요? 준비는……?" 교장의 말끝은 의문부호 속으로 숨어들었다.

"신천강 선생이 잘 할 겁니다." 교감선생에게 베레모를 선물한 신천강 선생은 충청 서부대학교 대학원에서 국어교육을 공부하는 중이었다. 교감선생은 신천강 선생을 '즈믄 가람' 선생이라고 부르곤 했다. 그에게서 『월인천강지곡』의 이미지를 읽어내는 터였다. 사람이 원만하고 무던했으며 헌신적이었다.

"이게 발표용 자료인데 읽어보시지요." '문학의 장르와 국어교육'이라는 제목 아래 대여섯 페이지에 달하는 글이 실려 있었다.

교감선생이 발표 문안을 눈으로 훑어읽고 있을 때 교장선생이 교무실로 들어왔다. 교장선생은 별이 달린 베레모를 쓴 교감선생을 한참이나 쳐다보고 있었다. 입술이 벌럭거리는 걸로 봐서는 무슨 이야긴가 하려는 것 같았는데, 억지로 참고 있는 눈치였다.

"교감선생님, 교장실로 와서 차나 한잔 합시다." 연구부장이 잘 걸렸다는 표정이 되어, 엄지손가락을 들어올렸다. 한방 먹게 생겼는데 어디 견뎌보라 하는 표정이었다.

사환에게 커피를 시키고 교장은 교감에게 자리를 권했다. 서서 간단히 이야기를 듣고 나가려던 속을 들킨 것 같아, 마음이 편치 않았다.

"잘 아시는 것처럼, 나도 음악을 통해 세상을 한번 바꿔보고 싶었습니다. 그러나 아닙니다." 교장선생은 머리를 쓸어올렸다. 부글거리는 베토벤의 머리를 연상하게 하는 헤어스타일이었다. 베토벤도 나폴레옹을 흠모한 나머지 〈에로이카〉를 작곡했다던 이야기가 떠올랐다. 그러나 영웅 찬가는 금방 후회로 돌아가는 법이라서, 베토벤도 예외는 아니었다.

"제 교직 경험에 비추어본 생각인데, 교육은 총칼로 하는 게 아닙니다. 교육혁명이 있다고 해도 피를 흘려선 안 됩니다. 그렇지 않습니까? 우리가 가르치는 젊은이들은 희생 대상이 아니잖습니까?" 교장이 교감을 향해 강강한 투로 말했다.

"제가 말입니다, 별 달린 베레모 하나 썼다고 나를 혁명분자로 보지는 마시길 바랍니다만……. 아니지요?" 교감은 속으로 웃음이 나오는 걸 참아가며 말했다.

"하기사 나치의 하켄크로이츠, 기울어진 고리문양과 불교의 만자는 거기가 거기지요. 인간이 이용하는 기본 문양이니까 말입니다." 교감선생은 메모지에다가 만자 卍와 하켄크로이츠 卐를 연달아 그려보고 있었다. 방향이 좌우만 다를 뿐 기본도형은 동일했다. 그런데 하나는 원만하고 조화로운 길상해운(吉祥海雲)을 상징하고, 다른 하나는 인류 잔혹사를 나타내는 악의 심벌로 의미가 고착된 것이었다. 상징이라는 게 현실의 지평을 벗어나는 도구이기도 하지만, 허위의 그림자가 될 수도 있다는 생각을 굴리고 있었다.

"별에 대한 집단기억이 왜곡되어서, 우리는 별을 제대로 못 보는 건지도 모릅니다." 교감선생이 말했고, 그 말을 들은 교장선생이 고개를 주억거렸다.

"아무튼, 교감선생한테는 그 모자 안 어울립니다." 당장 벗어 치우라는 표정으로 말했다.

"교장선생님께서 쓰실랍니까? 이 베레모 거저 드릴 테니 말이지요." 교감선생이 베레모를 벗어 탁자 위에 놓고 교장선생 앞으로 슬그머니 밀어놓았다.

"교육적으로 생각했을 때, 아이들에게 총을 들고 게릴라전에 나서라고 부추길 수는 없는 일 아닙니까? 그게 죽음을 무릅써야 하는 일인데, 죽음을 강요하는 교육이 될 수도 있다는 우려에서 하는 얘깁니다만……. 믿음과 사랑을 바탕으로 세계를 구성하는, 혹은 구상하는 그런 교육이라야 하지 않겠나, 말하자면 나는 평화교육이 내 교육철학이랄까, 그렇습니다만……." 교장은 조심하는 눈치였다.

"위장된 평화보다는 투쟁으로 쟁취한 자유가 더 소중하지 않겠습니까?" 교감이 대들었다.

한동안 둘은 긴장된 침묵을 지키고 앉아 있었다. 교장이 먼저 찐덕덕거리는 침묵을 제치고 말을 꺼냈다.

"인문학자의 별을 나무랄 생각은 없습니다. 아이들에게는 윤동주의 '별을 사랑하는 마음'을 가르쳐야 할 게 아닌가, 그런 생각이 들어서……. 이 베레모는 교감선생님 손주한테나 주시지요. 오해 마시기

바랍니다." 교감선생은 입을 다물고, 탁자 위의 베레모를 무연히 바라
보았다.

"오후 연구발표 잘 챙겨주세요. 그 운영비 따오느라고 교감선생님
도 애쓰셨고 ……. 기왕 공부하는 선생님들 만들자는 건데……. 잘 부
탁합니다." 그렇게 말하면서 교장선생이 베레모를 집어 교감선생 손에
쥐여주었다.

이인문 교감선생은 교무실로 돌아와서 책상 앞에 앉았다. 연구부장
이 교감선생 책상 앞으로 다가왔다.

"연구발표 요지를 읽다가 이게 생각나서……. 시에서는 상상력이 시
간을 뛰어넘는다는 이야기를 하면서 시 제목만 예시했길래, 이 시집
을……." 연구부장은 낡은 시집을 하나 교감선생 책상 위에 올려놓았
다. 정음사에서 발간한 서정주의『신라초』라는 시집이었다.

"한국성사략(韓國星史略), 한국별의 간략한 역사, 서정주의 시인데 한
번 보세요." 연구부장은 교감을 잠시 흘겨보았다.

"연구부장께서 날 공부시키시네. 아무튼 고맙소." 별로 고마운 어조
가 아니었다. 이인문 교감은 시를 대충 읽어보았다.

천오백 년 내지 일천 년 전에는
금강산에 오르는 젊은이들을 위해
별은, 그 발밑에 내려와서 길을 쓸고 있었다.
그러나 송학(宋學) 이후, 그것은 다시 올라가서
추켜든 손보다 더 높은 데 자리하더니,
개화 일본인들이 와서 이 손과 별 사이를 허무로 도벽해 놓았다. 그
것을 나는 단신으로 측근하여
내 체내의 광맥을 통해, 십이지장까지 이끌어 갔으나

거기 끊어진 곳이 있었던가,

오늘 새벽에도 별은 또 거기서 일탈한다. 일탈했다가는 또 내려와 관류하고, 관류하다간 또 거기 가서 일탈한다.

장(腸)을 또 꿰매야겠다.

시 첫 줄이 어디선가 읽은 듯한 기시감에 휘말리게 했다. 40년도 더 지난 그 무렵, 루카치라는 헝가리 철학자가 쓴 책의 첫 줄이 그것이었다. 정확한 기억은 아니지만 대강 이런 뜻이었다. '별이 빛나는 창공을 보고, 갈 수가 있고, 또 가야만 하는 지도를 읽을 수 있던 시대는 얼마나 행복했던가. 그리고 별빛이 그 길을 훤히 밝혀주던 시대는 얼마나 행복했던가.' 별과 길로 상징되는 이 문장의 친숙함은 이인문 교감 자신이 추구한 '희망의 가능성'에 대한 알레고리로 읽히는 것이었다.

연구발표가 시작되었다. 교장선생은 어쩐 일인지 발표회에 참여하지 않았다. 발표자 신천강 선생은 문학의 장르에 따라 취급하는 인간사가 다르다는 것과, 장르별로 시간이 어떻게 운용되는가를 설명했다. 서정주의 「한국성사략」을 두고는 시적 장르의 무시간성 혹은 초시간성을 설명할 수 있는 좋은 작품으로 예를 들었다. 사람은 시간과 더불어 성장하고, 사회는 시간과 더불어 그 형태를 갖춰간다면서, 동화에서 그런 성장의 문제를 시간 측면에서 연구할 필요가 있고, 그런 구조의 동화를 학생들에게 제공하는 것이 교육적이라는 주장도 내세웠다.

휴식이 끝나고 토론으로 들어가기 전에 임이랑 선생의 노래가 있었다. 한솔희 선생의 피아노 반주에 맞춰 임이랑 선생이 〈사월의 노래〉를 불렀다. 이인문 교감선생은 노래를 들으면서 뭔가 수첩에 메모를 했다.

별들의 언덕

토론자의 토론이 끝나고, 사회를 맡았던 연구부장이 이인문 교감선생에게 강평을 부탁했다.

"앞에서 우리들에게 청아한 노래를 들려준, 임이랑 선생에게 고마움을 표합니다. 노래 가운데, '아아 멀리 떠나와/깊은 산골 나무 아래서/별을 보노라' 그런 구절이 나오지요? 그 별이란 게 뭡니까? 희망입니다. 희망, 그게 혁명을 이끌어냅니다." 이인문 교감선생은 가방에서 별이 달린 체 게바라의 베레모를 꺼내 썼다. 그리고는 참석한 선생들을 둘러보며 물었다.

"어떻습니까?"

"야아, 멋있습니다." 참여자들이 소리를 지르고 박수를 쳐댔다.

"사실 사월은, 뭐랄까 상당히 무서운 달입니다. 신동엽 시인은 '그날이 오기까지는, 사월은 갈아엎는 달, 사월은 일어서는 달'이라고 노래했습니다. 갈아엎고 일어서는 일은 미래의 희망을 위해서입니다. 교육도 미래를 위한 기획입니다. 미래를 교육한다는 것은 희망을 가르친다는 뜻입니다. 다시 말하자면……. 소망하는 인간 호모 스페란스(homo sperans)를!"

"교감선생님, 잠깐, 사회자의 직권으로,…… 말씀을 정리해주시기 바랍니다." 연구부장이 천연되어 나가는 교감선생의 이야기 허리를 접고 들었다. 이인문 교감선생은 알았다면서, 연구부장의 요청을 받아들이는 자세를 취했다.

"책에 쓴 걸 다시 이야기하기는 좀 거시기 합니다만, 그러나, 교육이 희망의 교육, 미래를 설계하는 교육이 되자면 교육철학의 근본을 바꾸어야 합니다. 우리 교육은 아직도 프로이트의 심리학에 근거를 두고 있는데, 이를 넘어서야 합니다." 이인문 교감은 잠시 말을 멈추었다. 청중 가운데 손을 들고 발언 기회를 달라는 늙은이가 있었기 때문이었다. 연구부장이 간단하게 말씀하시라면서, 자기 소개를 한 다음에 발언을 해달라고 주문했다.

"나는 현제명 교장의 동기생 되는 박정한입니다. 아까 「한국성사략」이라는 시를 인용했는데, 그게 희망과 그 실천과정에 나타나는 거리감과 격차를 이야기하는 게 아니라, 우리나라 성 생활사를 서술하고 있는 시라는 겁니다." 이인문 교감선생이 손사래를 치고 나섰다.

"물론 희망의 별에 성적 이미지가 배제될 수는 없을 겁니다만, 선생님처럼 시 전체를 그렇게 보는 것은 무리라고 생각됩니다. 그런 의견도 있다는 정도로 접수하고 우리들 이야기를 마무리하고자 합니다." 이인문 교감선생의 어조는 강강했다. 불청객 박정한은 입을 다물었다.

"과거가 중요하지 않은 것은 아닙니다. 그러나 우리들 미래보다 과거가 더 중요할 수는 없습니다. 과거는 기억입니다. 거기 비하면 희망은 미래입니다. 미래를 위해 과거는 링에서 내려와야 합니다. 리비도라는 무의식의 지하실에서 벗어나 가능한 더 나은 삶을 추구하는 의식의 최전선에 교육의 지표를 세워야 할 것입니다. 우리 아이들이 생명의 등불을 밝혀 들고 빛나는 꿈의 계절을 살도록 해야 합니다. 그러기위해서는 선생님들 여러분이 '눈물 어린 무지개 계절'을 보듬어 안아야 할 테고. 그래야 희망의 교육이 틀을 잡습니다." 연구부장이 청중들에게 박수를 유도하는 사이, 시계는 오후 다섯 시를 가리키고 있었다.

이야기하는 인간

태안고등학교 박민경 선생이 조부상을 당했다. 박민경 선생은 태안군 혁신학교 추진을 맡고 있어서 이웃 학교 선생들과 다양한 교분을 가지고 지냈다. 특히 이인문 교감선생과는 사제간이기도 했다. 박민경 선생은 신천강 선생의 고등학교 선배였다. 교사들 사이에 문상을 갈 것인가 말 것인가 하는 가벼운 논란이 있었다.

"아버지라면 몰라도, 할아버지면 아버지의 아버지인데 우리와는 거리가 멀잖나?"

"문상을 어디 죽은 사람 위해 간답디여, 산 사람 위로하러 가는 거지……." 윤리 담당 한건실 선생이 입을 비죽거리면서 말했다.

"문상을 한다고 위로가 될까, 죽음은 근원적으로 위로하고 위로받고 할 성질이 아닌 거여……." 우리가 애도의 형식에 익숙하지 못해서 그렇지, 아무리 근원적이라도, 아니 근원적이면 근원적일수록 위로의 대상이 되는 게 아닌가, 신천강 선생은 그렇게 생각했다.

그간 애경사에 서로 연락하고 지내는 이들만 조문에 참여하기로 했다. 그런데 교감선생을 어떻게 할 것인가 하는 문제를 두고는 의견들이 달랐다. 함께 가자는 이들과 따로 알아서 가게 하자는 편으로 의견이 갈렸다. 그런데 차편이 마땅치 않았다.

교감선생은 잠시 무얼 생각하는 듯 서 있다가, 윤재걸 선생을 쳐다보면서 말했다.

"윤선생은 본래 술을 않던가? 운전은 하지?" 윤재걸 선생이 고개를 주억거렸다.

교감선생이 새로 구입한 에스유브이, '알바트로스'에 같이 타고 초상집으로 향하게 되었다. 차는 이름처럼 날아갈 듯 매끄럽게 달렸다.

문상 온 선생들은 향을 피우고 제단에 국화꽃을 바쳤다. 몇은 서서 묵례를 하고, 교감선생을 비롯한 몇은 재배에 반절을 올렸다.

"가슴 아프시겠소. 그래 조부께서 가시는 길에 고생은 안 하셨는지?" 교감선생은 손을 모아 공수한 자세로 조용히 목청을 낮추어 말했다.

"식구들 다 둘러보시고 나서는, 주무시려는 것처럼 조용히 눈을 감으셨어요." 박민경 선생이 말했다.

"오복 가운데 고종명을 하셨으니 복인이시오." 교감선생이 낯선 어투로 말을 받았다.

신천강 선생은 '끝이 좋으면 다 좋다'는 말을 음미하고 있었다. 음미라기보다는 교감선생이 말한 '고종명(考終命)'이 너무 고투이기는 하지만, 말하자면 천명을 다 산 생애의 끝이 좋다는 뜻으로 새겨들었다.

"몇 수를 하셨나?" 교감선생이 물었다.

"팔십오 세를 사셨어요." 박민경 선생은 아쉽다는 듯 멈칫거리고 서 있었다.

"팔십오 세라, 개띠시구먼……." 교감선생이 실눈을 뜨고 손가락을 짚어나갔다.

"교감선생님, 말하자면 그게 육갑하시는 거지요?" 신천강 선생이 깔깔 웃으면서 교감선생을 올려다보았다.

"육갑? 그렇지요. 음양오행이 거기 들어 있는 것이니까, 동양철학의 근간이라고도 할 수 있어요. 천간지지, 거기에 하늘과 땅의 이치가 다 들어 있어요. 사람은 땅에 사는 존재니까 지상의 동물과 대응되는 간지를 타고난다고 보는 거고. 말하자면, 박민경 선생의 조부는 개띠인데, 개는 충성스런 동물이지. 충견이라는 말이 있는 것처럼……. 헌데 그 연세면 군대에 갈 여건은 아닌데……. 어떻게 충성스런 일을 하셨나?"

교감선생이 박민경 선생에게 이야기를 해보라는 표정으로 앉아 있을 때, 신천강 선생은 '주구, 충견' 그런 말들을 떠올리고 있었다. 인간은 관계적 존재라서 절대선과 절대악을 고정된 개념으로 설정하기 어렵다던 윤리학 교수의 말이 떠올랐다. '토사구팽' 그 고사성어가 그러한 예가 아닌가 하는 생각이 들었다. 사냥을 나갔다가 토끼를 잡을 때까지는 사냥개를 부려먹었는데, 토끼를 잡고 나니 사냥개가 필요없어 삶아 먹는다는 이야기는 한고조 유방과 그의 충신 한신 사이에 충성과 배반을 상징하는 고사로 널리 알려져 있다. '상황윤리'를 인정하면서도 윤리의 절대성에 대한 신념 혹은 이념은 있어야 한다는 이야기를 하면서, 교수는 '자네들이 가르치는 자리에 섰을 때 공부하던 기억을 가끔 상기하란 말씀이야'라고 진중하게 이야기했다. '개구리 올챙이 적 생각 못 한다'는 격언을 들추면서였다.

"우리는 개구리가 아니거든요!" 신천강이 그렇게 응대하는 바람에 동행한 선생들이 낄낄대고 웃었다. 신천강은 생각이 너무 멀리 뛴다 싶어 자세를 가다듬고 교감선생에게 물었다.

"박선생 조부께서 어떻게 충성스런 삶을 사셨는지, 교감선생님은 혹시 아세요?"

"하긴 그렇군. 육이오 때 열다섯 소년이었는데……. 그러면 사일구 세대에 해당하는 연령댄데……." 문상객 없으면 박민경 선생더러 잠시 만나잔다고 얘기하라면서, 교감선생은 소주잔을 채워주고는 이야길 시작했다.

"자연시간 팔십오 년이면, 거의 백 년인데, 그거 대단한 거요. 문제는 자연시간 속에는 이야기가 없다는 거겠지요. 시간에 이야기가 입혀져야 역사가 되는 겁니다. 역사화된 시간이라야 해석의 가능성, 가치 평가의 가능성이 생겨요. 우리 이야길 하자면, 교사로 삼십 년 산 사람과 조폭으로 그만큼 산 사람은 이야기가 애초에 달라요." 교감선생은 소주잔을 비우고는 신천강 선생에게 잔을 내밀었다. 신천강 선생이 아무 말 없이 잔을 채웠다.

"박선생 조부 같은 분은 이야기가 길기도 하겠네. 일제강점기에 태어나서 열 살에 해방을 맞고, 열다섯에 육이오 나고, 그리고 스무 살에 사일구, 이듬해 오일륙 군사정변, 군사정권 지나서, 팔팔올림픽 때 그양반이 오십 대 중반, 그리고 오늘에 이르기까지……. 그런 이야기를 가지고 있는 존재라는 점만 하더라도 그 양반 삶의 가치가 있는 거겠지." 노인은 벽에 등을 기대고 앉아 있기만 해도 집안의 믿음이라던 할머니의 이야기가 떠올랐다. 할아버지가 세상을 떴을 때 할머니는 그런 이야길 했다. 병수발을 하느라고 허리가 휘어졌지만, 먼저 떠나간 남편을 아쉬워하는 눈치였다. 신천강 선생은 꼭 그럴까, 속으로 고개를 갸웃거렸다. 젊은 사람 피곤하게 하는 노인들이 쌔고 쌘 거 아닌가…….

"좌우간 오래 살고 봐야, 이야기가 만들어져요." 교감선생은 자신의 이야기론을 마무리하듯 그렇게 말했다. 신천강 선생이 나섰다.

"꼭 그럴까요? 백 년 산 사람의 이야기 값이 오십 년 산 사람의 이야기 값의 배가 된다는 논리는 무리인 것 같습니다. 일제강점기를 살았어도 항일을 한 것과 친일을 한 것이 같은 값으로 평가될 수 없을 건 당연하고요. 그리고 이야기의 밀도랄까 이야기의 강도 같은 것도 고려해야 될 테고요. 항일을 했다면 목숨 걸고 했는지 그저 시늉으로만 했는지……. 그런데 그 이야기는 누가 값을 결정해주지요?" 교감선생이 난감한 표정으로 소주잔을 뱅뱅 돌리고 있을 때 박민경 선생이 상복으로 갈아입고 왔다. 까만 치마저고리에 머리에는 하얀 나비 매듭을 달고 있었다. 평소 나락나락한 몸매와는 달리 설명하기 어려운 위엄이 서려보였다. 그러나 얼굴에는 피곤한 기운이 역력했다.

"거 뭐시냐, 할아버지 살아계실 때 군대 이야기는 안 하시던가?" 교감선생이 물었다.

"할아버지께서는 군대는 안 가셨어요. 대신 학도의용군에 나가셨다고 해요. 다부동 전투 이야기를 자주 하셨는데요, 조지훈 시인의 「다부원에서」라는 시를 손수 써서 액자에 넣어 벽에 걸어놓고 읊곤 하셨는데, 옆에서 보면 그 시를 읽을 때 눈자위가 젖어들곤 했어요." 박민경 선생의 눈가에 물기가 어렸다.

"그럼 국가유공자셨겠군." 교감선생이 그렇게 받았다.

"맞아요. 언제던가 훈장을 받으셨는데, 그 훈장을 방바닥에 던져놓고는, 통일이 아득한데 이따위 훈장이 뭔 소용이야, 화를 돋우시던 기억이 나요. 할아버진 왼팔을 거의 못 쓰셨어요." 박민경 선생이 오른손으로 왼쪽 어깨를 주물렀다.

"저런, 어쩌다가?" 교감선생이 츳츳 혀를 찼다.

"왼쪽 견갑골 아래, 흉곽 뼈 어디던가 총탄이 박혔는데 하도 깊어서 그걸 빼낼 수 없어서, 평생 통증에 시달리며 지내셨어요. 그래서 결혼도 늦어지셨대요. 할아버지의 풋풋하고 윤기나는 생애는 학도의용군에 나가셨던 걸로 끝났는지도 몰라요." 평생 무얼 하며 지냈는지 묻기가 사뭇 망설여졌다. 생애 이야기가 일그러졌다는 건데, 그 디테일을 듣고 싶다는 것은 일종의 가학취미로 비칠지도 몰랐다. 그러나 디테일 없는 이야기는 추상적이고, 따라서 실감이 적었다.

"어떤 사람의 한 생애를 몇 가닥 이야기로 정리하는 것은 지난한 일이지요." 교감선생이 이야기하는 맥락이 선명하게 부각되어 오지 않았다.

"이야기는 생애에 완결성을 부여하지요. 레퀴엠이라는 음악, 레퀴엠이란 말은 안식이라는 뜻인데, 죽은 사람의 저승 세계에서 안식을 취하라는 뜻이지 않겠어요? 저승 세계는 과학적으로 증명되지 않는 세계, 이야기로 만들어지는 세계라고 할까. 그런 세계가 필요한 까닭은 곤고한 이승의 간난(艱難)을 그대로 떠안고 죽음의 세계로 간다면 얼마나 억울하고 원통하겠어. 그 원한을 풀고 안식하자면 저승 세계를 만들어야 하겠지. 그래서 종교마다 내세를 이야기하는 거고. 불교처럼 전생과 이생과 다음 세상을 이야기하기도 하는 것이지요. 이승에서 짓는 업에 따라 어떤 존재로 환생되는가 하는 이야기를 하는 것은 존재의 상승을 도모하는 일종의 서사 전략일지도 모르는 일이라오." 교감선생의 이야기는 계속 이어질 조짐이었다. 신천강 선생이 말머리를 거머잡았다.

"박선생 할아버님이 개띠라면, 저승에도 개가 되어 간다는 뜻인가요?"

"저런, 불교와 유교는 상징체계가 달라요. 이야기는 문화적 상징체계에 따라 내용이 달라집니다." 하기는 상징이 의미의 극단적 대립성을 지닌다는 점은 들어서 알고 있었다. 교감선생은 다른 생각을 하고 있는 모양이었다. 교감선생은 박민경 선생에게 다부동 전투에 대해 할아버지한테 직접 들은 적이 있는가 물었다.

"할아버지께서는 참 간도 크세요. 열다섯 살 중학생이 학도의용군으로 나간다는 게 말이 돼요? 아무튼 다부동 전투에 참여하신 게 할아버지 생애의 방향을 바꾸어놓았어요. 권투선수가 꿈이었는데, 전투 중에 당한 부상으로 꿈을 접어야 했고, 그때 소대장의 여동생이 할머니가 되었대요. 그런데 그 소대장이 적군에게 생포되는 바람에……?" 그래서 빨갱이 누명을 쓰고 요시찰인물이 되었다는 이야기를 하면서, 박민경 선생은 슬그머니 소주잔을 교감선생 앞에 내밀었다. 갈증을 느끼는 모양이었다. 교감선생은 박민경 선생에게 소주를 따라주고, 결론을 내리듯 이야기를 이어갔다.

"이야기는 시공간적으로 중첩되고 교차하면서 짜여 나갑니다. 말하자면, 인간의 행위는 모두 남과 관계를 맺으며 하게 마련입니다." 꼭 그럴까, 신천강 선생은 머릿속에 의문부를 그리고 있었다.

"태초에 말씀이 있었다. 성서에 그렇게 나오는데, 영어로 단어를 뜻하는 워-드는 그 자체가 단독자인 것처럼 되어 있거든요……. 맥락도 주체도 없어요." 조문 와서 하는 이야기치고는 자리와 겉도는 느낌이 들었다. 다른 선생들은 별다른 반응 없이 교감선생의 이야기를 듣고 있었다. 교감선생과 신천강 선생이 마주 앉아 대담을 하는 셈이 되었다.

"단어 자체로는 언어수행을 할 수 없어요. 맥락이 부여되고 언어행위에 참여하는 주체들의 상호작용이 있어야 언어수행이 가능해집니다. 간단히 말하자면, 그러니까 그 워-드라는 단어에 아예 이야기라는 뜻이 들어 있어요. 그리고 동사로도 쓰이니까, 그 단어는 이야기한다는 뜻도 자연스럽게 포함하지요. 그러니까 태초에 이야기가 있었다, 그렇게 바꿔 읽어도 되는 거 아닐까, 그렇습니다." 알았다는 듯이 신천강 선생이 고개를 주억거렸다. 그리고는 시계가 걸린 옆쪽 벽을 쳐다봤다. 일행이 일어나자 박민경 선생이 어른들 쪽을 향해 손을 흔들었다. 교감선생이 다시 손을 저어 나오지 말라고 만류했다.

"상주 함부로 부르는 거 아니오. 아버지, 어머니 잘 위로해드리시고……. 우린 이쯤에서 일어납시다. 초상집에서는 배웅 안 나오는 법이니 그대로 계셔." 일행에게 인사를 하는 박민경 선생의 얼굴이 어느 사이 불그레해져 있었다.

"교감선생님, 다부동 전투에서 희생된 분들 이야기는 누가 기록하지요?" 신천강 선생이 물었다. 교감선생이 크음, 하품을 걷어들이면서 말했다.

"시인과 작가들의 몫이 그런 거지 않겠어요? 다른 사람들이 다부동 전투를 기억하고 다시 이야기할 수 있도록 틀거리를 만들어주는 게 글쓰는 사람들의 몫이지요." 신천강 선생은 돌아간 사람들의 이야기를 하기 위해서라도 제사는 필요하고, 이야기를 하는 것 자체가 애도의 한 형식이 되지 않겠나, 그런 생각이 들었다. 박민경 선생 댁에서 추도 식이라도 한다면, 조지훈의 시 「다부원에서」를 한 번 낭송해주겠다는 생각을 다지고 있었다.

교육적 인간

치통도 사라질 때는 서운하다, 그런 이야기를 이해하는 데 시간이 한참 걸렸다. 코로나 바이러스에 걸렸던 신천강은 자가격리가 끝날 무 렵에야 그 말을 이해하는가 싶었다. 현실로 돌아가야 한다는 것. 그 문 턱에 서 있는 자신은 그림자가 길었다.

태안고등학교 박민경 선생이, 할아버지 49재를 끝내고 다부동에 가 기로 했는데 같이 갈 생각이 있는가 물어왔다. 전에 조지훈의 「다부원 에서」라는 시를 읽어드리고 싶다는 이야기를 한 게 떠올랐다. 49재는 '태안사'에서 열렸다. 신천강은 거기 참여해서 시를 읽었다. "일찍이 한 하늘 아래 목숨 받아/움직이던 생령들이 이제/싸늘한 가을바람에 오히려/간고등어 냄새로 썩고 있는 다부원." 박민경 선생의 부친이 고 개를 옆으로 돌렸다. "진실로 운명의 말미암음이 없고/그것을 또한 믿 을 수가 없다면/이 가련한 주검에 무슨 안식이 있느냐." 목탁을 두드리 던 스님이, 목탁 치기를 멈추고 나무아미타불을 거듭 외웠다.

다부동 전적지에서 장 루이라는 프랑스 젊은이를 만났다. 자기 할 아버지가 한국전쟁 때 다부동 전투에 참여해서 팔을 하나 잃었다고 했 다. 주차장에서 전시관으로 올라가는 오른편 길 옆 초가집 모양의 바 위에 「다부원에서」라는 시가 새겨져 있었다. 루이는 그 앞에 서서 시를 읽었다. 신천강이 다가서자 악수를 청했고, 인사를 하고는 버럭 끌어 안았다. 한국에선 사회적 거리두기를 강화하라고 정부에서 나서서 매일 방송을 해대는 중이었다.

간고등어, 루이는 고개를 갸웃하다가 물었다, 고등어가 어디로 간 겁니까? 신천강은 자신도 모르게 웃음이 터져 나왔다. 외국인에게는 '간고등어'가 그렇게 읽힐 수도 있는 모양이라고 짐작을 하면서였다. 아니, 솔티드 매크럴! 위, 마끄로 살레, 메르시 비앙. 염장 고등어라는 걸 알아들은 모양이었다. 루이와 식사를 함께 하고 비주 인사를 하면서 헤어졌다.

무심히 지내면서 학교 출근도 하고, 인터넷 강의를 대비하여 준비를 하면서 지냈다. 그런데 3월 중순이 되면서 열이 나고 기침이 심했다. 태안병원에 가서 검사를 받았다. 코로나 바이러스에 감염됐다는 것이다. 스페인, 이탈리아를 이어 프랑스에서도 확진 환자가 급격히 늘어나는 중이었다. 컴퓨터와 책 몇 권을 들고 격리치료소에 들어갔다. 학교 개학은 연이어 뒤로 미뤄지고 있었다. 3월이 거의 지나갈 무렵 해서, 4월 들어 온라인 개학을 한다는 발표가 났다.

인터넷이 세상과 소통하는 유일한 통로였다. 학교에서는 이런저런 소식이 끊임없이 날아들었다. 우선 박민경 선생이 마치 자기 때문에 코로나 바이러스에 걸리게 되기라도 한 것처럼 걱정을 해주었다. 동료들의 문병 전화도 끊이지 않았다. 한솔희 선생은 자기가 연주한 피아노곡을 보내주었다. 임이랑 선생은 '키스의 철학'이라는 우스개를 적어 보내기도 했다. 코로나로 해서, 마누라랑 있어도 키스하자고 덤비지 않아 살겠다는 누군가의 이야기였다. 그게 왜 철학인지는 알 수 없었다. 신천강은 '코로나 바이러스 곧 죽음' 그런 등식을 마음속으로 만들고 있었다. 그 생각 자체가 정신을 먹어들어가는 바이러스였다.

교감선생은 직접 찾아와서 관리인을 통해 책을 하나 전해주었다. '이 책은 끝까지 보아야 합니다. 독서가 바이러스 이기는 방법이 될 수도 있을 겁니다.' 그런 문자를 보내주었다. 박외서 산문집『언어적 인간 인간적 언어』는 '주제가 있는 에세이'라는 부제가 달려 있었다. 박외서 교수가 신천강이 공부하는 대학원에 특강을 나온 적이 있었다. 잠재태를 가능태로 바꾸어주는 인류의 위대한 기획이 교육이라는 이야기를 했다. 그리고 교육은 결국 '자기교육'으로 귀결된다면서 학생과 더불어 성장하는 교사라야 삶을 마무리하는 장면에서 한숨을 쉬지 않는다는 이야기도 인상적이었다. 그런데 교감선생이 왜 책을 끝까지 보아야 한다는 이야기를 했을까 의문이 들었다. 책을 앞부분만 대강 읽다가 접어두는 버릇을 들킨 것 같아 좀 민망한 생각이 들었다. 그런데 그 이야기의 진의가 금방 확인되었다. 책 끝에 '발문'을 쓴 사람이 이인문으로 되어 있었다. 끝까지 읽는 게 아니라 발문부터 읽게 되었다.

이건 사뭇 외람된 일이다. 은사 선생님의 책에 발문을 쓴다니. 그러나 생각해보면 고마운 일이다. 평소 선생께서 그렇게도 강조하던 소통을 실천하는 계기가 될 것이기 때문이다. 나는 화답시를 쓰는 심정으로 이 글을 쓴다. 내가『교사를 위한 인문학』이란 책을 냈을 때, 그 서평을 써서 '전국교육신문'에 실어주는 은덕을 입었다. 공부하는 교사를 추어주시던 일도 기억에 새롭다.

선생께서는 제자들과 많은 공저를 냈다. 선생께서 공저에 이름을 올려준 덕으로 대학에 자리잡은 젊은 학자들이 여럿이다. 그런 책을 읽을 때마다 나는 학문을 매개로 하는 사제간의 정리가 얼마나 부러웠던지 모른다. 당신이라고 단독 저서를 내고 싶지 않았을까. '언어적 인간'이

하는 일 가운데 노동강도가 가장 높은 게 책 쓰기 아니겠는가. 그 언어 노동판에 팔 걷고 나서서 후학들과 어울리는 일은 헌신과 희생을 각오해야 하는 성스러운 과업이다.

인간이란 도무지 해명이 되지 않는 존재다. 따라서 '인간적 언어'라는 것 또한 풀리지 않는 화두가 아니겠는가. 인간적이라는 말 자체가 명확하게 규정이 안 된다. 인성이니 인간성이니 하는 말은 우리가 이상형으로 생각하는 개념적 인간을 상정한다. 따지자면 공자와 도척은 둘다 인간적이다. 해명이 안 되는 존재를 해명하기 위해서는 사유의 '폭발'이 있어야 한다. 이 책은 낮은 목소리로 말하지만 사유의 폭발로 가득하다. 인간적 언어를 뒤집어본다는 점에서 그러하다.

해명되지 않는 인간을 교육한다는 것, 그것은 필연적으로 예술행위를 지향할 수밖에 없다. 더구나 교육학을 모색하는 일이야 일러 무엇하겠는가. 그런데 선생은 평생 교육자로 살아왔다는 점을 이따금 환기한다. 그리고 교육자가 언어를 다루는 학문에 관여하며 살았다는 점도 간간이 적어놓았다. 인간-교육-언어, 이 세 항목은 등급을 매길 수 없는 아포리아다. 더구나 이를 연구하는 학문에 종사하는 일이 어찌 호락호락 품에 안겨올 수 있겠는가. "위대한 학문적 사유들은 어떤 점에서 예술과 비슷하다. 그것은 폭발과도 같이 출현한다." 유리 로트만의 말이다. 선생은 "예측 불가능한 장소에 폭약이 매설된 평원"에 서 있으면서도 "봄철의 상쾌하게 흘러가는 강물"을 마주하고 선 듯 웃는 낯으로 '내 맘의 강물'을 노래한다.

교육은 궁극적으로 '자기교육'을 지향한다. 자기교육이란, 주체와 대상의 공진화를 뜻한다. 교육은 교사와 학생의 공진화는 물론이고, 자기 안의 타자와 함께 존재 상승을 도모하는 기획이다. 자신의 존재를 깨닫고 그 깨달음을 실천하는 제반 과정에서 맛보는 환희와 좌절이 모두 언어와 연관된다는 지적은 자연스런 귀결이다. 선생의 책이 말의 힘과 마음의 힘을 깨닫고, 마음밭을 가꾸면서 인성을 발양하여 결국은 이상적인 소통의 생태학을 모색하는 것은 그 구조 자체가 하나의 세계를 형성하는 것이다. 그 세계의 가장 높은 자리에 '소통의 생태학'이 자리잡는다. 거기까지 도달하면 '말에게 무슨 죄를 물을까' 하는 우려는 저절로 자취를 감출 것이 아닌가.

아무쪼록 이 책이 선생께서 일구어가는 생애서사에 하나의 이정표가 될 것을 믿어 의심치 않는다. 책이 나오면 맑은 술 한잔 올려야겠다.

신천강은 이인문 교감선생에게 전화를 하고 싶었다. 발문이 책을 읽고 싶게 하는 구석이 있었기 때문이었다. 그러나 말로 소모할 게 아니라 실천으로 다가가기로 하고 핸드폰을 접었다. 전에 누군가가 그런 이야기를 했던 기억이 떠올랐다. 작품은 후경으로 밀려나고 비평만 무성한 시대가 되었다고. 실체로 다가가기. 다가가 맞대면하기. 머리가 아프고 좀 가라앉았던 열이 다시 오르는 것 같았다. 코로나 바이러스가 실체를 드러내는 중이었다. 우선 타이레놀 두 알을 먹고 창밖을 바라보았다. 벚꽃잎이 눈처럼 날렸다. 문득 루이라는 친구 생각이 났다. 프랑스에 돌아가서 아무 일이 없을까. 아직 죽음을 생각할 나이는 아니었다. 두통이 가라앉는 느낌이었다. 신천강은 책상에 앉아 『언어적 인간, 인간적 언어』를 펴놓고 메일을 작성하기 시작했다.

박외서 교수님! 이인문 교감선생님께서 전해주셔서 교수님이 쓰신 책을 읽고 있습니다. 전에 우리 학교에 특강 오셨을 때, 교육이 아직은 계층상승의 문턱이라고 하시는 말씀을 듣고, 겁도 없이 교육은 계급의 재생산에 기여하는 이데올로기 구도일 뿐 아니냐고 어깃장을 놓았던 신천강입니다. 기억하시나요?

아니, 이러면 안 되지요. 어떤 선언보다 강력한 언어에너지를 지닌 화행이 물음입니다. 물음 중에 가장 무거운 게 아마 존재물음일 겁니다. 저는 지금 코로나 바이러스 전염병을 앓고 있어요. 제가 보내는 이메일이 이승에서 내가 보낼 수 있는 마지막 메시지가 될지도 모릅니다. 아무튼 존재물음 앞에서 당당할 수 있으려면 어떻게 해야 하는지요? 교수님 책 읽으면서 안정하고 지내면 코로나 바이러스도 물러갈 거라고 믿고 있으니 걱정은 안 하셔도 돼요.

교수님은 평정심이 있으신 분 같습니다. 말의 힘만 강조하지 않고 그걸 마음의 힘과 마주 놓아 평형추를 마련하고 계시네요. 그런데 다시 보니 생각이 달라져요. 말의 힘이 곧 마음의 힘이고 마음의 힘은 말의 형상으로 나타나잖아요? 둘이 맞물고 돌아가는 것을 갈라놓는 건 아닌지요? 또 진정한 힘은 보이지 않는다고요? 그럼 진정하지 못한 가짜 힘만 보이는 건가요? 생텍쥐페리의 어느 구절을 변용한 것 같은데, 본질과 형상이 맞물고 돌아가는 거라면, 이런 이분법은 좀 안이한 발상 아닌지요? 죄송해요. '눈썰미' 이야기는 서사가 갖추어져 있어서 잘 읽히네요. 플라톤이 그 꾀까다로운 이야기를 왜 모두 드라마 형식의 서사로 처리했는지 이해가 되는 것 같습니다. '말을 안다는 것'은 세계를 안다는 것이고, 세계를 안다는 것은 '세계-내-존재'로서 나를 형성하는 일. 따라서 그게 교육의 궁극적 지향이 아닐까 싶네요.

제 별명이 어깃장이거든요. 용서하세요. 마음밭은 언어 아닌가요? 의미장이라고 하는 세만틱 필드, 그게 마음밭일 거예요. 교수님은 듣기가 어렵다면서 듣기를 참 잘 하시는 분 같습니다. '욕의 품격'이나 '길을 막고 물어봐' 그거 우리 선배님한테 듣던 얘기거든요. 교수님도 아마 그 선배님 이야기를 듣고 그 글을 쓴 거 같아요. '인생 최고의 시절'은 전적으로 공감이 가는 글입니다. 내가 존경하는 어느 소설가는 당신의 대표작이 뭐냐고 물으면, 죽기 전에 쓰려고 한다면서 의뭉을 떤대요. 그렇겠지요. 인간의 가능성은 끝을 알 수 없다는 믿음이 교육의 본질일 테니 말이지요.

'언어와 인성 사이'에 붙은 화두 '사람 냄새가 나는 사람을 찾습니다'는 웃기는 내용 아닌가요? 사람은 누구나 자기 냄새가 있지 않나요? 그 냄새가 조금씩 다를 뿐인데 말이지요. 사람 냄새 좋아하는 건 드라큘라 족속일지도 몰라요. 우리 어머니는 '나 인간 냄새 지긋지긋하다!' 그렇게 머리를 내둘렀거든요. 사람 너무 갈라보지 마세요. 『카라마조프 가의 형제들』에서 왜 인물을 그렇게 많이 설정했겠어요? 죽도록 고생하면서 말이지요. 인간을 총체적으로 보자는 작가의 의욕이 그런 설정을 했을 건데요.

거기 누구 없어요? 제가 지금 그런 심정입니다. 불안에 떨다가 다시 잘 되겠지, 그렇게 믿다가, 다시 머리가 아파지면 정말 죽을라나, 죽기 전에 무슨 기도를 하지? 그렇게 시간을 견뎌내는 중이거든요. 그런데 저는 못 죽을 거 같아요. 저렇게 꽃잎이 흩날리면서 지는데, 또 금방 산 벚꽃이 함성처럼 피어날 거잖아요? 그리고 프랑스 루이가 잘 견디는지도 궁금하고요. 웃어야지요. "표정은 한 사람이 살아 있음을 증명하는 가장 섬세하고도 역동적인 증거이다." 정말요? 우거지상이나 죽상 그런 것도요? 노상 아이구 죽겠네 하는 그런 말도요?

내가 왜 이러나 모르겠습니다. 제가 로고홀릭, 언어에 미친증이 나나 봐요. 그럼 안 죽을 거예요. 코로나 바이러스 지나가면, 교감선생님과 술 한잔 드리러 갈게요.

내가 1,400명 사망자 가운데 안 들어 있음을 보고함. 파리에서 루이.

신천강은 핸드폰을 접어두고 창밖을 내다보았다. 건너편 산에 봄과 이별을 알리는 산벚꽃이 녹음과 더불어 화사하게 피어나고 있었다. ✿

작품 메모

이런 말이 있다. "푼다 푼다 하니 하루 아침에 석 섬 푼다." 잘한다고 칭찬해주면 멋도 모르고 점점 더한다는 뜻이다. 소설가 우공이 그 꼴이다. 소설에 몰두하다 보니 세상사 모든 게 소설로 보였다.

잡지사의 처음 부탁은 '교사를 위한 인문학'이란 제목으로 글을 써달라는 것이었다. 인문학을 깔깔한 입으로 이야기하기가 마음이 안 놓여 소설 형식을 택했다. 반응은 반반이었다. 잘 읽힌다는 이들이 있었다. 얼마나 잘 읽히는지는 묻지 않기로 했다. 인문학을 왜 소설로 쓰느냐 묻는 이도 있었다. 그들에게는 사르트르를 보라, 그렇게 대답했다. 그건 만용이었다. 우공이 사르트르처럼 철학자가 아닌 것은 물론, 우공에게 인문학은 모가지 걸 대상도 아니었다. 사르트르는 현상학을 두고 최소한 「구토」라는 소설을 써서 자기 학문을 소설로 전환했던 것이다.

로고스를 바탕으로 전개되는 철학은 구체적 상황 맥락이 부여된 서사 가운데 그 의미가 살아난다. 이데아 개념 수립에 몰두한 플라톤이 자신의 모든 저술을 드라마 형식으로 혹은 서사 형식으로 풀어간 이유는 의미의 구체성을 도모하기 위해서였다. 인간 존재의 몇 국면을 서사 속에 녹여 넣은 것이 '별들의 언덕'이다.

'별들의 언덕'은 『새교육』 2020. 1–5에 연재한 '인문학 소설'이다.

50

시인의 강

세컨드 라인

그해 유월 말이었다. 미국 루이지애나에 출장을 가게 되었다. 허리케인이 밀려오고 폭우가 쏟아지는 등, 날씨가 좋지 않은 시기로 접어드는 무렵이었다. 막연하기는 하지만 얼마간 두려움이 덕지진 채 다녀와야 하는 출장이었다.

남생각은 비행기표를 사기 위해 여행사에 들렀다. 아직은 비행기표를 처리해줄 부하직원이 없었다. 여행사 이름이 처음 보는 '아헨시아 문도(agencia mundo)'라서 좀 낯설었다. 월드 에이전시를 스페인어로 표기한 것쯤으로 이해되는 상호였다. 스페인어권 전문 여행사라는 안내문을 보고, 상호가 그런 까닭을 짐작할 수 있었다.

"남생각? 성함 맞는 거지요?" 여행사 직원이 물었다.

"뭐가 이상해요, 왜?"

"아뇨, 나생각이라는 분이 금방 표를 사갔거든요."

"나생각?" 외사촌의 이름이 나생각이었다. 외사촌은 출입이 무쌍해서, 언제 어디를 어떻게 떠돌다가 불현듯 나타났다가는 자취를 감추었다. 동네에 나타나면 으레 여자를 갈아서 달고 왔다. 생애 설계를 어떻게 하는지 종잡기 어려웠다.

남생각은 여직원을 비스듬이 건너보았다. '금봉채 B.CH.KIM'이라는 명찰을 달고 있었다. 단추를 두어 개 따놓은 블라우스 앞자락 사이로 풍성한 앙가슴이 뽀얗게 돋아올라 보였다. 외숙모는 앞가슴이 유난히 풍만했다. 참으로 기연이었다.

"어느녀리 자식이 주물러서 앞가슴이 한 아름인 겨?" 외삼촌은 외숙모를 흘긴 눈으로 바라보면서 그렇게 구박을 주었다.

"당신 아녀도 나 따순따순 보듬어줄 남자 줄을 섰네, 이 사람아. 왜 흘겨보구 그래?" 마침 외삼촌 집이 바로 이웃이어서 그런 다툼을 자주 보았다.

"그래서 애새끼도 어떤 놈팽이 씬지 모르는구먼." 지금이 어느 시댄데 저렇게 미련 곰파는 인간들이 있는가, 남생각은 속으로 무식한 인간들! 침을 뱉었다.

외사촌과 만난 것은 오래전이었다. 뜨덤뜨덤 소식이 오기는 했는데, 어디서 무얼 하고 사는지 알 길이 없었다. 그런데 여기 항공사에서 비행기표를 샀다니. 어쩌면 자기를 만나러 왔다가 그대로 발길을 돌리고 말았는지도 모를 일이었다.

외사촌과 한집에서 지내던 일이 기억의 부유물처럼 떠올라 흐물거렸다. 남생각과 나생각 같은 나이에, 성은 다르지만 이름까지 같다는 게 냉큼 풀리지 않는 의문이었다. 외사촌과 왜 같은 이름을 붙였을까?

"저러다가 구정을 내고 말지." 남생각의 모친이 혀를 찼다.

"아 그게 사랑싸움이라는 거잖여, 냅둬." 남생각의 부친 남수달은 그렇게 능쳤다.

"저런 여자 끌어다가 오래비한테 붙여준 게 당신이잖여?" 모친은 그

집안 불화의 책임을 부친에게 돌렸다.

"그래서, 나더러 책임을 지라는 거여 뭐여? 오이김치 쉰 소리 그만 접어."

"당신이 책임을 진다면 그게 뭔 인간 잡사여."

외삼촌네가 아니라 자기집이 난리를 치를 것 같은 두려움이 남생각의 가슴을 묵직하게 눌렀다. 아버지, 어머니, 외삼촌, 외숙모가 대각선으로 얽혀 삼태극을 그리면서 돌아간 것인가? 천지조화가 태극선 문양 삼태극 속에 다 들어 있다는 부친 남수달의 말, 그 속뜻이 그런 것인가? 풀리지 않는 의문이었다. 한데, 왈 정황증거만 있을 뿐 물증은 없었다.

외삼촌은 만능 스포츠맨이란 소리를 들었다. 못하는 운동이 없었다. 검도는 유단자였다. 그리고 예인의 끼가 가득했다. 사람이 헤프고 자기 앞가림에는 손방이었다. 남생각의 외숙모 금봉채가 팔도노래자랑에 나가서 〈밭매기 노래〉를 불렀다.

"저 인간하고 내가 살라먼사 노래라도 히야 쓰겄다아!" 외숙모가 노래자랑에 출정하는 이유는 그렇게 선명했다.

은가락지 찌는 손에 호무자루가 웬말이냐
사래질고 장찬 고랑 징그랍게도 치셨구나
못 다 맬 밭 다 매다가 잃었구나 잃었구나
금봉채를 잃었구나
금봉채 값 걱정 말우 금봉채 값 내가 대께

"아하, 저런, 밭매러 가면서 금비녀는 왜 꽂구 가는구? 그런데 금봉채 값을 대겠다는 게 누구랍니까?" 사회자 송해풍의 멘트와 질문이었다.

"여기 온 분들 누구든지, 현금 들고 오시면……." 금봉채가 두 팔을 벌려 끌어안는 시늉을 했다.

"저런 변이 있나……." 사회자가 망측하다는 듯이 눈을 가렸다.

노래가 끝나고 무대 아래서 땀을 들이고 있을 때였다. 금봉채 앞 순번으로 〈베사메 무초〉를 근사하게 불러재낀 참가번호 18번 서방행이라는 사내가 다가왔다.

"쩌어그, 금봉채 값 내가 대면사 안 될랑가?"

"현금으로 줄라우?"

"꽃값 카드로 긁자는 놈하고만 살았는감만……!" 서방행의 손이 금봉채의 허리를 감아 돌리는 중이었다.

그렇게 해서 둘은 영등포 로터리 '황금마차'에 가서 노래하고 춤추고 마시고 노래하고 춤추고 하는 중에 밤이 깊어가는 줄을 몰랐다.

서방행이 아직도 취흥이 가라앉지 않아 길목에 나와서도 흥얼거렸다.

"고요한 그날 밤 리라꽃 지던 밤에 ……. 베사메 베사메 무초……. 리라꽃 향기를 나에게 전해다오." 지나가는 사람들이 쳐다보는 눈길이 두 사람에게 꽂혔다.

"워매 워매, 어쩐당가요, 시간이 요로코롬 되야뿌렸어라, 금봉채 값이나 내소."

"배꼽도 대보지 못했구먼, 뭔 꽃값이랑가요, 참 낯바닥 한번 뻔뻔하오."

"치사한 양반이네 이거." 금봉채가 서방행의 귀쌈을 올리려는 순간이었다. 둘의 행적을 추적했던지, 외삼촌 나상권이 들고 나갔던 죽도로 서방행의 견갑골을 내리조겼다. 나상권은 서방행이 눈을 휘번덕거리면서 버둥대는 걸 확인하고는, 죽지는 않았으니 되었다, 하며 바닥에 침을 택 뱉었다. 아내 금봉채의 허리자락을 잡아끌고 골목으로 들어섰다. 골목은 취객들이 네온 불빛 아래 흐물흐물 몰려갔다.

한강 둔치공원으로 내려선 나상권은 분을 삭이지 못하고 헐떡거리면서 금봉채를 닦달하기 시작했다. 금봉채도 지지 않고 들이받고 나왔다.

"계집질 특허 낸 듯이 싸돌아다니는 서방하고 사는 년이, 서방질 한 번 못 할랍뎌?"

"그려, 잘 헌다!" 나상권이 죽도로 금봉채의 등깜을 후려쳤다. 금봉채가 혼절한 것을 알아챈 나상권은 죽도를 강물에 던져버리고 둔치를 벗어났다. 그리고는 며칠 뒤 내외가 종적을 감추었다.

일주일, 열흘, 한 달 그렇게 기다렸지만 금봉채와 나상권은 끝내 집에 나타나지 않았다. 집은 채권자들의 빚잔치로 날아가버렸다. 외사촌은 라면을 삶아 먹고 견디다가 남생각의 집으로 어물쩍 뒹굴어 들어왔다. 그게 외사촌 나생각이 남생각과 한집에서 살게 된 연유였다. 둘은 동갑이었다. 남생각의 생일이 보름 빨랐다. 나생각은 남생각을 자연스럽게 형이라고 불렀다. 그러나 형이라는 말을 쓰는 경우는 그리 많지 않았다. 어른들이 출분(出奔)을 해버린 터라서, 나생각은 남생각의 집에 빌붙어서 밥을 먹고 학교를 다녀야 했다.

남생각은 어쩌면 나생각과 쌍둥이일지도 모른다는 생각을 하곤 했다. 아니면 부모가 바뀌었을 수도 있는 게 아닌가, 의문도 들었다. 끔찍한 일이었다. 남생각은 학교 공부에 매달려 잡초처럼 꾸역꾸역 돋아나는 잡념을 망각 속으로 구겨넣었다.

나생각은 혹시라도 남생각이 자기 때문에 불편해할까 염려하는지, 혼자 빙빙 외돌고 그림자처럼 침묵의 그늘 속에서 자기 일만 했다. 남생각에게는 눈길조차 주지 않았다. 그런 조심스런 행동이 더욱 의문을 자아냈다.

"그래도 사촌 사이인데 말도 섞고 잘 트고 살갑게 지내야 헌다." 남수달은 그렇게 인간관계를 강조했다.

나생각이 남수달에게 꼭 한번 아쉬운 소리를 한 적이 있었다. 태권도복을 사달라는 것이었다. 그때가 중학교 2학년 열다섯 살 되던 해였다. 태권도복과 책가방을 하나 달랑 들고 '왕호무도관'으로 나갔다. 왕호무도관에서 청소하고, 통학하는 애들을 차에 태우고 내리고 하는 일들을 하면서, 비지땀을 흘려 운동을 했다. 그해 중국 광둥성 광저우에서 아시안게임이 있었다. 태권도에서 은메달을 받았다. 아나운서가 물었다.

"이 영광을 누구한테 돌리겠습니까?" 나생각은 아무 대답을 하지 않았다. 웃지 않는 선수로 텔레비전에 소개되었다.

"은메달 별건가요. 고모부 댁에 맡깁니다."

"이걸 느그 아버지가 봐야 쓰는데……."

"고모부께서 허락하신다면 중학교 마치고 자립할랍니다."

그렇게 선언한 나생각은 졸업하자마자 곧바로 출가를 실행에 옮겼다. 책가방과 옷가지가 들어 있는 스포츠가방을 하나 들고 집을 나갔다. 그러고는 소식이 없었다. 고등학교를 졸업할 무렵 고작 한 번 집에 찾아왔다.

"삼 년 만이네." 남생각이 손을 내밀었다. 나생각은 허그 인사를 하려고 남생각에게 달려들었다. 남생각은 몸을 옆으로 비꼈다. 나생각에게서 짙은 담배 냄새가 풍겼다.

"내가 많이 달라져서 부담스럽지? 그래도 악수는 제대로 해야지." 남생각의 손을 잡는 나생각의 손이 두툼하고, 손이 저르르할 정도로 악력이 거셌다.

"그동안 어떻게 지낸 거야?" 남생각이 물었다. 나생각이 잠시 멈칫하다가 이야길 시작했다.

"사실 메달 받은 거 사기였어. 도핑테스트에 걸리지 않는 약물을 티베트에서 몰래 들여와 복용하고 매트에 올라갔던 거야. 어차피 내게 주어진 몸, 내게 몸 말고 다른 재산은 없잖아? 그래서 몸을 덜어 쓰기로 한 거야. 태권도 하다가 허리 나가는 거나 약물 복용해서 몸 망가지는 거나 뭐가 달라? 몸으로 살아간다는 말이 진실이야. 마음은 몸을 따르게 되어 있어. 싸움도 사랑도 몸으로 하는 거야. 몸이 있어야 다른 몸을 만들지."

"다른 몸을 만든다?" 나생각은 대답 없이 앉아 있다가 이야길 이어갔다.

"그런데 참 이상해, 내가 내 몸을 덜어서 산다고 하니까 공연히 서글퍼지는 거 있잖아. 그래서 몸으로 부딪치는 일을 끝까지 해볼 생각이야. 내가 내 몸을 넘어서는 데까지 가보는 거야. 말하자면 스스로 죽음을 선택해서 그 죽음을 향해 뚜벅뚜벅 걸어가 보는 거란 말이지. 죽음의 늪을 건너서도 살아 있으면 뼛속에 보석 같은 사리가 생길지도 몰라. 그런데 그딴 건 사치야. 왜냐구? 사리로는 다른 몸을 못 만들거든. 그러니까 사리가 문제인 게 아니라 정액이 문제라구. 나의 아바타를 가능하면 가능한 대로 많이 만들어 나의 왕국을 건설하는 거야. 허사로 돌아갈 수도 있지만……."

"그래서 어떻게 할 작정인데?" 듣고 있던 남생각이 물었다. 나생각은 오른손을 들어 턱을 긁다가 대답했다.

"군대에 가려고." 아직 신체검사 통지서가 나오기 전이었다. 자원 입대를 할 모양이었다. 해병대에 자원 입대를 해서 몸이 견딜 수 있는 극한점이 어디까지인가를 확인하고 싶다고 했다. 그리고 아직은 남북 대치상황이기 때문에, 군대에서 역량을 발휘하면 밑지는 투자는 아니지 않겠나 물었다. 남생각은 그럴지도 모른다는 뜻으로 고개를 끄덕여 보였다. 이야기는 거기서 중단되었다. 남수달이 나생각을 불러앉혔다.

"이거 얼마 안 된다. 고생스러울 때 써라." 남수달이 나생각 앞에 봉투를 하나 건네면서 말했다. 나생각은 고맙습니다, 하면서 봉투를 걸어들여 안주머니에 넣었다. 남생각은 저게 어쩌면 조카에게 주는 마지막 여비가 될지도 모른다는 짐작으로 나생각을 다시 바라보았다.

남수달은 인사동 어느 찻집의 풍경을 생각하고 있었다. 천상병의 시 '저승 가는 데도/여비가 든다면……. 생각느니, 아, 인생은 얼마나 깊은 것인가' 그런 구절이 풀잎처럼 기억에 살아났다. 남수달이 천상병의 시가 어쩌니 이야기할 때 남생각은 속으로 돌이질을 쳤다. 인생의 깊이라는 것. 그건 한갓된 비유일지도 몰랐다. 남생각 자신은 그런 인생의 깊이니 하는 문제를 사색의 제목으로 삼고 심각하게 추구해본 적이 없었다. 자연은 정확한 손익계산의 방정식으로 돌아갔다. 인간만이 그게 아니라고 우기는 꼴이었다.

거의 비슷한 무렵에 남생각은 관산대학교 자연과학대학 생물학부에 입학을 했고, 나생각은 군에 자원 입대를 했다. 나생각은 한동안 아무 연락이 없었다. 남생각의 부모는 젊은 애들이 연락이나 하고 지내지……. 무심하다는 나무람을 하기도 했지만, 역시 무소식이 희소식이라는 투로 금방 일상으로 돌아오곤 했다.

두어 차례, 나생각이 남생각의 집을 찾아오는 중에, 남생각은 대학을 졸업할 때가 되었다. 남생각은 파충류를 주제로 연구하기로 마음먹었다. 헤르페톨로지아(herpetologia), 파충류학이 그것. 현재 살아 있는 동물들 중에 단일종으로 나이가 가장 오랜 짐승들. 그건 과거와 현재와 미래를 연결하는 '시간 작업(lavor tempus)'이었다. 오천 년, 단군보다 훨씬 이전부터 인간의 삶에 관여해온 놈들이다. 남생각은 인간의 팔다리가 퇴화해서 네발로 기어 다닌다면 아마, 악어와 가장 비슷한 존재가 되지 않을까, 그런 의문을 가지고 공부했다. 파충류 가운데 가장 강력한 놈으로 골라 연구 대상으로 삼겠다고 한 것이 악어와 인연을 맺게 된 계기였다. 도무지 한국에서 악어를 연구해서 밥 벌어먹고 살겠는가, 남수달의 걱정은 날로 깊어졌다.

그런데 여봐란 듯이 취직을 했다. '미래대체식량연구원'이라는 기관이었다. 환경변화 때문에 농업이 타격을 입으면 대체식량을 구해야 하는 게 중대한 과업이었다. 그 대체식량으로 떠오르는 것이 곤충이었다. 곤충과 더불어 파충류를 대체식량으로 만들 수 없을까, 그런 아이디어가 남생각이 취직할 수 있는 틈새를 벌려주었던 것이다.

미국에 새로 취항한 저가항공 '도밍고 에어'는 요금이 국적기보다 30% 정도가 쌌다. 국적기라고 해도 이코노미석으로 질질 밀려 들어가는 중에 일등석에 앉아 몸을 뒤로 재끼고 다리 뻗고 오렌지 주스를 빨대로 빨고 있는 이들을 볼 때마다, 자기도 모르게 솟아나는 분노 같은 것을 억지로 눌러두곤 했었다. 그때마다 남생각은 뜬금없이 〈라 쿠카라차〉라는 멕시코 민요를 떠올렸다. 경쾌한 리듬과는 달리 내용은 디스토피아의 먼지를 피워올렸다. 노래 제목인 '라 쿠카라차'는 영어로 로우치, '바퀴벌레'였다. 바퀴벌레처럼 왕성하게 번식하고 끈질긴 생명력을 지닌 그 징그러운 곤충…… 바퀴벌레 파스타와 지렁이 소스…… 그리고 마리화나를 피우지 않고는 걸음조차 걸을 수 없이 나날이 고달픈 민중들…… 멕시코 혁명…… 위험사회 ……. 험한 세상 다리가 되어…… 브리지 오버 트러블드 워터, 홍수로 물속에 잠긴 도시……. 남생각은 나생각이 자기에게 간절한 눈빛을 보이던 장면을 잊을 수가 없었다.

"형! 참 오랜만에 불러보네, 형이라고 말이지."

"우리 사이에 형이고 아우고가 어디 있어? 그냥 그렇게 만나고 그렇게 시간이 가고…… 아무 일도 없었던 것처럼 그렇게 지냈잖아……. 이제 와서 사촌이니 뭐니 하고 따지는 건 감정의 소모야. 난 그렇게 생각해."

"형이 나보다 냉정한 것 같네……." 나생각은 손등으로 볼을 훔쳤다. 어느 사이 눈이 벌겋게 충혈되어 있었다. 무언가 간절한 소망을 이야기하고 싶은 눈빛이었다. 아니 절망의 나락에서 사라져가는 불빛이 눈망울에 엉기는 느낌이 들기도 했다.

"본론이 뭐야? 아니 본론이 아니라 결론이 뭔데?" 남생각이 커억 목청을 가다듬었고, 나생각은 창 쪽으로 고개를 돌렸다.

남생각은 어쩌다가 자기가 그렇게 냉정한 인간이 되었나, 스스로 살아온 과정이 토막토막 잘린 채 떠올랐다. 자연을 함부로 의인화하지 말라, 그게 남생각이 공부하는 동안 얻은 결론이었다.

"우리 나가서 뭐 좀 마실까?" 나생각이 주머니를 부스럭거리다가 말했다. 담배를 찾는 눈치였다.

"마실 건 집에 충분히 있는데 집에서 하지." 남생각은 나생각이 뭔지 심각한 이야기를 하려는 것 같은 감이 잡혀왔다. 밖으로 나가자는 게 공연한 두려움을 불러왔다. 어떤 상상 못 할 일을 꾸미고 있는 건 아닌가 싶기도 했다.

"기억은 시간과 공간에 뿌리를 대고 있어. 그리고 감각 차원으로 내려가야 구체적으로 의식에 안착이 되는 것 같더라고. 내가 지옥훈련이라고 하는 유디티 훈련을 받으면서 그런 실감을 했어." 나생각이 주먹을 부르쥐어 보이면서 말했다.

"유디티 훈련? 그거 무슨 살인특공대 같은 거 아냐?" 남생각이 나생각 앞으로 다가섰다.

"수중 폭파대라고 해야 정확하겠지, 말로만 보면……. 그건 중요하지 않아."

"그게 중요하지 않으면, 그럼 중요한 게 뭔데? 몸을 바친다는 거야?"

"희생이라고는 생각하지 않아. 내 몸을 덜어내면서 산다는 정도랄까……."

"사실은……." 나생각은 멈칫하다가 현관문을 열고 나갔다. 담배를 피우러 나가는 것쯤으로 짐작했다. 나생각이 들어와 의자를 끌어당겨 앉으면서 몸을 앞으로 숙이는 바람에 짙은 담배 냄새가 끼쳐왔다. 옅은 소금기 밴 풀냄새가 섞여 있었다. 전에 미국에서 공부하고 온 친구가 피워보라고 하던 마리화나 냄새였다. 라 쿠카라차, 라 쿠카라차……. 마리화나도 떨어져 피울 게 없고……. 물도 없고…… 바퀴벌레 같은 험한 세상……. 그런 노래가 귀를 파고들었다.

"사실은, 형이 못 가본 나라를 몇 차례 다녀왔어. 우리들로서는 별다른 일도 아니지만, 거기서 한 일들이 나를 옭아매어 죄어들기 시작하네. 환장하게 말야."

"공작원으로 일했다는 건가?" 남생각이 눈살을 찌푸리고 미간에 주름을 세웠다.

"말하자면 그렇지……. 내가 한 일들은 미루어 짐작하면 빤히 알 수 있는 것들이야. 루틴한 미션일 뿐인 그 일. 그 일을 위해 나는 죽음 직전에 내몰리는 훈련을 하고, 몸을 단련하고, 사격술을 익히고, 그리고 산속에서 보름씩 아무런 먹거리 없이 견디면서 살아보기도 하고……. 그러느라고 뱀도 잡아먹어보았는데, 날것으로 말야. 아마 형의 용어로 한다면 인간이 최상위 포식자라는 걸 증명했다고나 할까. 그렇게 단련한 몸으로 그 나라에 가서 …… 몇 놈 가슴에다가 칼을 박아 넣었는데 그게……."

"그래서……?"

"모든 마지막은 형언할 수 없는 비애의 아우라를 지니게 마련이잖아. 오늘이 형과 마지막 날이 될 거 같아."

"꼭 어디 죽으러 가는 사람처럼 말하네."

"죽음 같은 삶을 살러 가는 셈이랄까." 언제 어디로 어떻게 간다는 것인지 이야기하지 않은 채 나생각은 의자를 뒤로 밀어놓고 일어났다. 남생각은 의자를 제자리로 밀어놓으면서, 나생각이 마지막을 고하는 것처럼 이야기하지만, 언젠가는 한 번 다시 찾아오리라는 짐작을 하고 있었다. 짐작이라기보다는 예감이었다.

남생각은 어지러운 상념을 떨쳐버리려고, 인터넷에서 루이지애나를 검색해보았다. 자기가 가는 뉴올리언스도 검색창에 떴다.

재즈로 유명한 뉴올리언스는 미시시피강 하구의 델타지역에 자리잡고 있다. 뉴올리언스는 프랑스어 누벨르 오를레앙이 영어와 섞여 혼성화된, 크레올어가 된 명칭이다. 오를레앙은 잔 다르크가 영국군에 대항해 전투를 개시한 명소이다. 그녀는 동레미 라퓌셀 출생이다. 그러니 오를레앙이 그녀의 고향은 아니다. 뉴올리언스는 루이지애나주에서 가장 큰 도시이다. 주도는 배턴루지인데, 규모로는 뉴올리언스가 더 크다. 문화시설도 뉴올리언스가 배턴루지보다 더 풍부하다. 프랑스 식민지였던 땅을 미국이 사들였다. 프랑스인들은 거기가 루이 왕의 땅이라는 뜻으로 루이지애나라고 이름을 붙였다.

남생각이 뉴올리언스로 출장을 가게 된 것은 엉뚱하게도 악어 때문이었다. 미시시피 델타에서 서식하는 악어고기가 중년남자들 정력에 그만이라는 소문이 돌기 시작했다. 어떤 인사는 〈백세청년〉이라는 텔레비전 토크쇼에 나와 자신의 경험을 털어놓았다. 회갑이 된 아내가 밤마다 사족을 못 쓰고 달려든다면서, 악어고기의 효능에 대해 느긋느긋 나발을 불어댔다. 늙은 남자 시청자들은 사타구니를 부여잡고 다리를 무릎에 처억 걸쳐올렸다.

아예 악어를 수입해서 시판을 시도하는 사업가가 나타날 지경이었다. 그런 구상을 부추긴 것은 악어고기가 전립선 비대증을 완화하는 데 생각 밖의 효과가 있다는 증언이 나온 데 기인한다. 한국식생활개선협회의 기획에 따라, 먹보텔레비전에서 악어고기의 효능에 대한 증언이 이어졌다. 한편으로 악어고기를 섭취하면 전립선을 아예 녹여버리는 바람에 오줌이 줄줄 새서 기저귀를 차고 다녀야 한다는 이야기도 돌았다.

한편으로 파충류 논쟁이 불붙었다. "혐오스러운 것은 먹지 말라"는 성경 구절이 논거였다. 악어는 혐오스러운 것에 해당한다는 주장이었다. 반대편에서는 역사적 근거를 다른 데서 찾았다. 이집트에서는 악어를 신으로 섬겼다는 것을 논거로 들어 악어의 신성함을 예거하면서, 악어를 먹는 일은 신성한 의례를 치르는 의식이라고 들이댔다. 다시 반대편에서는 성경을 들고 나와 논의를 펼쳤다. 악어를 먹어서는 안 된다는 주장을 성경이라는 권위에 의존하는 것이었다.

"자아, 보십시오. 신명기 14장 9절 10절에 이렇게 나와 있습니다. 물속에 사는 것 가운데서 지느러미와 비늘이 있는 것은 여러분이 먹어도 됩니다. 그러나 지느러미나 비늘이 없는 것은 먹어서는 안 됩니다. 그것은 부정한 것입니다. 그렇게 분명히 나와 있습니다." 준절히 타이르는 어투였다. 이어서 레위기 11장을 예로 들어 같은 이야기를 강조했다.

그 혐오스러운 짐승 가운데 도마뱀, 카멜레온, 악어 그런 것들이 포함되어 있었다. '거룩한 존재인 인간'이 부정한 동물을 식용하는 것은 그 자체가 거룩하지 못하기 때문에 죄라는 것이었다. 남생각이 근무하는 연구소의 비전과는 상치되는 주장과 선동이었다.

관산대학교에서 파충류를 연구한 남생각이 루이지애나에 출장을 가게 된 계기는 악어를 통해 전파되는 기생충의 실상을 밝히는 과업 때문이었다. 악어고기 속에 팔팔 끓는 물에서도 죽지 않는 기생충이 촘촘히 박혀 있다는 것이었다. 그 기생충이 남성의 고환으로 침입하면 만사휴의, 생애 결딴나고 만다는 괴소문이 돌았다. 남생각은 나생각의 일로 상상이 연결되었다.

국가 정보기관에서 나생각을 해외로 잠적 도피할 수 있도록 도와주기로 했다는 이야기를 하고 난 다음, 두어 달이나 됐을까 해서 전화가 걸려왔다. 서울삼군통합병원에 입원해 있는데, 어른들에게는 이야기하지 말고 한번 들러달라는 것이었다. 목소리가 갈라진 채 가라앉아 있었다.

"여긴 남생각인데…… 누구시라고요?"

"나, 나생각, 서울삼군통합병원, 신경외과 병동……."

남생각은 일이 꼬인 모양이라고 짐작하면서, 알았어, 하고 병원으로 발길을 서둘렀다.

회복실에서 나오자마자 전화를 했다는 나생각은 머리를 붕대로 미라처럼 착착 감은 채였다. 아직 코튼캡을 쓰지는 않은 상태였다. 어떤 병인지는 몰라도 뇌수술을 한 게 분명했다. 병상 옆에 라틴계 여성이 풍만한 가슴을 반쯤 드러내고 서 있었다.

"어떻게 된 일이야?"

"마지막 봤다고, 더는 못 본다고 가슴이 울컥하기도 했는데, 이렇게 만나네."

"어떻게 된 일이냐니까."

"머릿속에 기생충이 자라고 있었던 거라."

"기생충이, 머리에, 왜?"

"죽지 않으려고 먹은 게……. 그게 파충류였거들랑."

남생각은 나생각의 이야기 맥을 잡기 어려웠다. 파충류와 기생충이 연결이 잘 안 되었다. 혹 날것으로 먹은 뱀에 슬었던 기생충 알이 뇌 속에서 자라고 있었던 게 아닌가 짐작하는 정도였다.

작전명이 '골든 플로그'였다. 묘향산 보현사에 보관되어 있는 석가모니 진신사리를 찾아오라는 게 미션이었다. 도무지 이해가 안 가는 작전이었다. 그런 작전을 하자면 몇 놈 목을 잘라야 할 터인데, 사리를 몇 낱 돌려받아 오기 위해 사람을 죽인다는 건 불가에서 말하는 자비나 불살생과는 아무런 인연이 닿지를 않았다. 그러나 그것은 엄연한 작전이고 명령이었다.

"간단히 생각해. 이북 애들이 부처님 진신사리를 팔아먹기 전에, 우리가 모셔오자는 거야." 강소령의 설명이었다.

"우리가 성전에 참여하는 폭이네요." 강소령은 아무 대답을 하지 않았다.

4인조 침투 작전이 시작되었다. 작전이랄 것도 없었다. 지피를 철거한 휴전선은 발빠른 젊은이가 마음만 먹으면, 초가지붕 처마 밑 참새 뒤지는 정도 힘이면 넘어갈 수 있었다. 그런데 묘향산 근처에서는 행동이 자유롭지 못했다. 특수부대가 창설되면서 경비가 강화된 모양이었다. 민가에 접근하기도 쉽지 않았다. 민가 한 집 건너마다 군인들이 보초를 설 정도로 경계가 삼엄했다.

사흘 동안 개울물로 배를 채웠다. 나흘째 되는 날 밤이었다. 저 아랫

동네에서 개 짖는 소리가 컹컹 들렸다.

"야아, 너들 개 짖는 소리 들었지?" 다른 대원들은 고개를 둘레거렸다.

"저거 잡아다 먹어야 우리가 산다." Q가 단검을 빼들면서 낮은 목소리로 말했다. R이 Q의 손목을 잡았다. Q의 단검은 놀랍게도 S를 향하고 있었다. 나생각은 입술에 손가락을 대고, 쉿 주의를 환기했다. 서로가 서로를 먹잇감으로 보는 환상에 빠져들고 있었다. 나생각은 주변에서 아무 소리도 듣지 못했다. 대원들이 환청 속에 정신을 잃어가는 중이었다. 그걸 컨트롤하지 못하면 작전은 수행이 아예 불가능했다.

새벽이 밝아오고 있었다. 나생각은 다른 대원들을 매복하게 하고 마을을 향해 가파른 낭떠러지를 기어 내려갔다. 골짜기 저 아래서 연기가 올라왔다. 체구가 왜소한 병사 하나가 불을 피우고 있었다. 총을 옆에 놓은 채 불에다 무언가 굽느라고 나무젓가락으로 뒤집고 있었다. 나생각은 총을 걷어치우고 병사의 목을 조이면서 단검을 눈앞에 들이댔다.

"나 죽으면 안 돼, 형."

"입 닥쳐, 새꺄."

"나 열여섯이야, 형." 형이라니? 나생각을 향해 병사가 눈을 깜박하며 눈물을 짜냈다. 눈망울이 맑았다. 나생각은 칼을 거두어들이면서 병사의 총을 거머쥐었다. 그리고는 등짝에다 총을 겨눈 채 말했다.

"하던 일 계속해." 나생각은 병사의 등을 총끝으로 건드리면서 재촉했다. 주위에 다른 병사는 안 보였다. 병사는 뱀을 굽고 있었다. 닭고기를 불에 굽는 냄새가 골짜기를 채웠다.

"혼자서 여길 지키나?" 병사는 고개를 주억거릴 뿐 대답을 하지 않았다.

"드시라요!" 거의 목구멍으로 기어 들어가는 소리였다. 둘이는 병사가 구워놓은 뱀고기를 함께 나누어 먹었다. 겉 부분은 살점이 잘 떨어졌다. 그런데 속은 덜 익어 고기가 물컹했다. 까짓 날로도 먹었는데, 하면서 고깃점을 목구멍으로 넘겼다. 구역질 올라오는 것을, 먹은 고기가 아까워서 목울대를 부여잡고 꾹꾹 참아넘겼다. 뱀고기가 역겨운 것은 뱀에 대한 관념이 만들어놓은 편견 때문인지도 몰랐다.

나생각이 뱀구이를 먹고 나서, 병사의 총 탄창에서 총알을 모두 빼고 총을 돌려주었다.

"너를 살려준다. 너도 나 죽일 생각 말아." 병사는 숯검댕이 묻은 손으로 볼을 훔쳤다.

나생각이 병사가 잡아놓은 뱀 세 마리를 묶어 가지고 돌아왔을 때, 다른 대원들은 개구리를 잡아 뒷다리를 날로 우적우적 씹어먹는 중이었다.

"여기서 개구릴 잡아먹으면 어떡해? 무식한 놈들. 그게 양산 통도사(通度寺)에서 진신사리와 함께 묘향산으로 온 개구리들이란 말이다." 나생각은 통도사의 금개구리 이야기를 떠올렸다. 선업을 쌓은 사람 눈에만 보인다는 금개구리였다. 그러나 그런 옛날이야기를 늘어놓을 계제가 아니었다.

"우리가 이 기괴한 작전을 수행해야 하는 연유를 알아야 한다. 연유를 모르는 행동은 의미를 잃게 된다. 의미를 잃은 행동은 죽음을 불러온다." 나생각은 동료들에게 이야기했다. 사진 자료를 통해 대개는 아는 내용이었지만, 생각을 굳히기 위해서는 이야기가 필수적이었다. 잘들 아는 것처럼……, 나생각이 그렇게 입을 열었다.

집안이 망해서 먹을 게 궁하면 신줏단지까지 팔아먹는 게 인간이야.

이쪽 집단 놈들이 유엔의 무슨 무슨 제재 그딴 걸로 돈이 궁해지니까, 국보고 보물이고 닥치는 대로 팔아먹기로 작정을 한 거라. 그 가운데 부처님의 진신사리라는 게 있느니. 우리가 그걸 모셔가야 하는 거야. 이건 말하자면 소규모 십자군전쟁이야. 성도 예루살렘을 되찾는 건 뒤에 할 일이고, 우리는 사리함을 찾아 우리 조국의 품에 안겨주면 그걸로 임무 끝이다.

동영상으로 보았겠지만, 묘향산 보현사에는 우리가 국립박물관에서 볼 수 있는 유물들이 있어. 자기들이 국보 문화유물 제7호로 지정한 묘향산 보현사 구층탑은 고려 양식 석탑 가운데 뛰어난 예술성을 지닌 보물이다. 또 지네들이 국보 문화유물 제144호로 지정한 팔각십삼층탑은 말야, 국립중앙박물관에 있는 경천사지 십층석탑과 같은 양식이으로, 언젠가는 같은 땅에 나란히 설 수도 있겠지.

우리의 공격목표는 부처님의 송곳니, 그 이빨이야. 그게 사리라는 건데 부처님의 몸 그 자체라는 거야. 석가여래사리부도비(釋迦如來舍利浮屠碑)에 사리봉안의 내력이 기록되어 있다는 거라, 나는 실물을 안 봤지만 대강 내용은 이래.

신라시대 자장(慈藏)이, 자장율사가 당나라에 갔겄다, 문수보살이 머물렀다는 청량산에서 기도 끝에 석가모니 부처를 만났다는 거야. 그리고 거기서 당태종을 접견하는 중에 부처님 진신사리를 받아 양산 통도사에 그 사리를 봉안했다는 거잖아? 사람 목을 따던 입으로 이런 이야기하는 게 벌 받을 일이지만……. 아무튼 우리가 잘 아는 것처럼 1592년 왜병이 침입해서 석가여래사리가 도둑맞을 위기에 처한 거야. 염병, 내가 왜 이런 이야길 하나, 하여튼 사명당(四溟堂)이 그 사리를 금강산 유점사든가 어디로 옮겼다는 거라. 그런데 그게 동해 가까운 데라서 여전히 왜구 침입의 위험요소가 있었다는 건데, 서산대사 휴정이 사리함(舍利函) 하나는 묘향산에 봉안하고 다른 한 함은 통도사로 되돌려보냈다는 그런 얘기야.

"부처님 송곳니 때문에 몇 놈 목 날아가게 생겼네." 강 하사가 투덜거렸다.

"이번 작전은 피를 보면 안 된다는 거야, 강 하사!" 나생각이 소리쳤다.

3년 전의 일이었다. 나생각은 기억을 더듬느라고 붕대로 감은 머리를 오른손으로 슬그머니 짚어보았다.

"아무튼 그 작전에서 먹었던 뱀이 내 몸에 기생충을 감염시킨 거라."

남생각은 보현사의 사리함을 성공적으로 가져올 수 있었는지 물어보고 싶었으나 슬그머니 생각을 억눌러버렸다.

담당 의사의 엑스레이 판독에 따르면, 정황이 이랬다. 덜 익은 뱀고기에 붙어 있던 기생충이 핏줄을 타고 머리로 올라가, 연수 바로 위에 자라고 있다는 것이었다.

다리가 헛놓이고 눈앞에 안개가 몰려들었다. 격심한 통증을 일으켰다. 송곳으로 머리를 쑤시는 것처럼 아팠다. 왼쪽 머리가 부서지는 것 같았다. 지옥훈련에서도 경험하지 못한 통증이었다. 수술 말고는 다른 방법이 없다고 했다. 머릿속에 총알이 박힌 채 살아가는 인간도 있는데, 버러지 한 마리가…… 하기는 사자 몸 속의 버러지 하나가 백수의 왕 사자를 죽게 한다지 않던가. 나생각은 어금니를 사려물었다.

입원하고 수술하는 사이에 출국 일정이 미루어졌다.

"어른들은 내가 여기 있는 거 모르시지?" 남생각은 고개를 끄덕여 보여주었다. 나생각은 남생각의 손을 잡고 놓질 않았다. 손에 땀이 배어 끈끈했다.

"내 부탁이 하나 있어서 보자 한 것인데……." 나생각은 옆에 서 있는 가슴이 커다란 여자를 쳐다보았다.

"암, 까딸리나 프롬 루이지애나……." 루이지애나에서 온 까딸리나라고 소개하는 여자와 나생각이 어떤 인연이 닿아 있는지를 알 수 없었다. 다만 머리에 떠오르는 것이 있었다. 2005년 8월 29일 '카트리나(katrina)'라는 이름의 허리케인이 뉴올리언스를 집어삼킨 일이 그것. 자그마치 2천 명 이상이 홍수와 폭풍으로 인해 죽었다는 것이었다. 당국은 허리케인을 자연재해로 돌리면서 손을 쓰지 못했다.

당시 까딸리나는 몰아치는 폭우를 피하지 못하고 지하실에 갇혀버렸다. 지하실에는 까딸리나의 실험실이 설치되어 있었다. 실험실에는 악어가 자라는 중이었다. 까딸리나가 실험실을 벗어나려고 계단을 올라올 때, 계단 옆에 놓였던 책장이 넘어지는 바람에 출구가 막혀버렸다. 자기가 기르던 악어에 팔을 물렸다. 악어들은 지하실로 몰려드는 물길을 따라 헤엄치면서 까딸리나를 공격하기 시작했다.

그 무렵 하와이에 파견되어 있던 나생각이 루이지애나 재난 구조 지원병으로 선발되었다. 나생각은 뉴올리언스에서 구조작업을 하던 중에, 지하 연구실에 갇혀 사경을 헤매던 까딸리나를 구출했다. 다른 식구들은 모두 실종되었다.

상황이 종결되고, 까딸리나는 나생각의 품으로 파고들면서, 당신은 나의 세컨드 라인이라고 귀에다 대고 속닥거렸다. 그 이후 둘이는 이따금 만나 시간을 보내면서 실종된 식구들 이야기를 했다. 까딸리나는 악어에게 물렸던 팔목의 상처를 내보이곤 했다.

"한국에는 어떻게?" 남생각이 까딸리나를 쳐다보고 물었다. 나생각이 까딸리나를 옆으로 제치고 나섰다. 까딸리나가 한국에 오게 된 연유를 대강 요약해 정리해주었다. 남생각이 알겠다고 고개를 주억거렸다. 그리고는 재쳐 물었다.

"한국에 와서 하려는 일이 뭔가요, 좀 구체적으로?"

까딸리나가 고개를 갸웃거리다가 남생각을 똑바로 응시하면서 대답했다.

"한국에서 한국어 배워가지고요, 쿠바에 가서요, 한국어 가르치려고⋯⋯." 남생각이 신통하다는 듯이 까딸리나를 쳐다봤다.

"그런데 뭐가 문제지?"

잠시 침묵 가운데 서로 마주 보고 어색한 표정을 감추지 못했다.

"형이 말야, 이 친구 한 학기만 숙식 도와주면 좋겠어서." 남생각은 엉뚱한 제안이라고 접어두면서도, 터놓기 어려운 사연이 있는 건 아닌가, 그런 느낌이 들었다.

"아마, 형한테 하는 마지막 부탁이 될 거야." 남생각은 나생각의 손을 슬그머니 잡았다. 두툼한 손에 열기가 잡혀 있었다. 남생각은 속으로 죽지 말고 살아만 있어라, 그렇게 염원을 삭이고 있었다. 처연한 눈빛이 꼭 이승을 하직하는 어떤 선한 인간의 눈길을 생각하게 했다.

나생각이 퇴원을 해서 어디론가 가버린 다음이었다. 까딸리나가 남생각을 찾아와 일자리 부탁하는 이야기를 했다. 남생각은 '미래대체식량연구원' 연구실 업무보조원으로 까딸리나를 쓰기로 했다. 원장은 특채 형식으로, 까딸리나가 일을 하도록 주선해주었다. 일이 돌아가는 내력을 훤히 아는 것처럼 선선하게 일을 마무리해주었다. 고마웠지만, 일의 맥락을 훤히 알고 있다는 게 두렵기도 했다. 그 두려움은 나생각의 행적과 연관된 것이라서 어떤 신성한, 범접하지 못할 영역을 원장은 이미 거머잡고 있다는 뜻이 되는 셈이었다. 그런데 그 범접하지 못할 영역이라는 게 뭔지는 실체를 드러내지 않았다.

까딸리나는 꼭 한 학기 한국어를 공부하고는 돌아가겠다고 했다.

세컨드 라인

"쿠바로 간다고 했던가? 어디로 갈 건지 주소라도 알려주고 가야지."

"우선은 미국으로 갈 거예요. 그래야 몇 가지 편한 점이 있어요. 미국은 세계의 경찰, 뽈리시아 데 문도, 그렇게 말하는 나라는 힘이 있어요. 그래서 미국에 가서 자리를 잡은 다음 쿠바로 들어가려고 해요. 쿠바가 고향이거든요. 고향에 가서 한국어 가르치며 아이 키울래요. 좋은 사람 만나면 아이도 더 낳고요." 쿠바가 자기 고향이라는 이야기는 안 들어도 짐작하고 있던 터였다.

남생각은 차분히 이야기하는 까딸리나의 불룩한 아랫배를 유심히 쳐다봤다. 나생각과 어떻게 지낸 것인가, 그런 추리를 하다가, 자기들 결심대로 사는 거지……. 그렇게 생각의 끈을 늦추었다.

뉴올리언스 공항은 건물이 낡아 답답하고 퀴퀴한 냄새로 가득했다. 눈부신 햇살과 숲속에 묻힌 도시를 생각했던 건, 쓸데없는 기대였다. 뉴올리언스까지 직항이 없어서 로스앤젤레스에서 비행기를 갈아타고 네 시간을 견뎌야 했기 때문에, 그런 인상을 받은 건 아닌가 하는 생각도 들었다.

호텔 예약은 한국에서 마친 터라서, 찾아가기만 하면 되었다. 이름이 세인트 크리스토퍼 호텔이었다. 접수대에는 몸이 땅땅한 흑인 여성이 남생각을 반갑게 맞았다. 컴퓨터 자판을 투덕거리다가는 패스포트를 내라면서 하얀 이를 드러내고 웃었다. 어디서 많이 본 얼굴 같았다. 로비에 비치된 소파를 차지하고 앉아 있는 손님들은 대부분이 흑인이고, 그리고 몸이 비대해 움직임이 느린 여성들이 눅눅하게 잠겨 있는 공기를 휘젓고 다니면서 깔깔대고 웃었다. 잘 못 먹고 산 결과 그렇게 비만이 되었다는 것이었다. 잘 못 먹었다는 건 너무 잘 먹었다는 이야기였다. 짙은 음식……. 그들 선조들이 먹지 못한 음식을 그들은 먹어댔다. 대를 이어 내려가도 가시지 않는 허기증을 갖고 사는 이들이었다.

9층 12호 방을 배정받았다. 호텔 비용은 사흘에 450달러였다. 한화로 친다면 하루 평균 15만 원쯤 되는 비용이었다. 한국에서 기술노동자 하루 수당이 15만 원이었다. 공교롭게도 악어고기 한 접시 먹는 데도 15만 원이 든다던, 후배 나후덕의 이야기가 떠올랐다.

일이 잘 진척되지 않았다. 대학에서는 물론 뉴올리언스 주정부에서, 악어의 '비밀'을 터놓지를 않는 것이었다. 악어의 생태에 대한 연구는 어느 정도 진척되었지만, 자기들로서도 악어의 기생충과 그 기생충의 폐해에 대해서는 별로 관심을 가진 적이 없다는 것이었다. 결국은 지적재산권을 쉽게 넘겨줄 수 없다는 쪽으로 귀결되었다. 한국 편에서 어떤 연구결과를 넘겨주어야, 그에 대한 답례로 한국이 요구하는 연구자료를 제공할 수 있다는 그들의 태도를 간파했을 때는 이미 7월로 접어드는 시점이었다. 루이지애나 대학의 산토 사바도 교수와 며칠 후에 만나자는 약속을 잡았다. 그사이 한국에서 진행한 악어 관련 논문을 챙겨볼 생각이었다.

한국으로 돌아가야 하는 날을 한 주일 남겨두고서였다. 멕시코만에서 발생한 허리케인이 루이지애나로 북상하고 있다고, 한 시간에도 몇 차례씩 경고를 해대기 시작했다. 15년 전 허리케인 카트리나, 멋쟁이 여자라는 근사한 이름의 허리케인으로 수천 명 시민이 죽음으로 몰린 비극을 기억하는 그들로서는 긴장하지 않을 수 없었다. 집집마다 도시를 떠날 준비를 하느라고 차에다 짐을 싣기도 하고, 보트를 헛간에서 꺼내 시동을 걸어보기도 했다.

불안한 속에 구름이 몰려오고 구름을 따라 비가 뿌리기 시작했다. 바람이 점점 거세지기 시작했다. 15년 전, 강둑이 무너지고 강물이 밀려 들어와 저지대 80% 이상이 침수되는 정황에서 늑장대응을 하는 바람에 시민이 2천 명 이상이 목숨을 잃었다. 위기 대응이 제대로 안 되었다고 비난의 소리가 높았다. 침수지역에 주로 흑인들이 살기 때문에 구제의 손길이 늦었다는 건 결국 인종차별 아닌가 하는 비판도 쏟아졌다. '교토의정서' 탈퇴의 대가라는 여론도 비난에 한몫을 했다. 재난 복구 지원을 위해 멕시코 군대가 뉴올리언스 지역에 파견되었다.

루이지애나 지역의 정유시설이 파괴되는 바람에 기름값이 치솟았다. 결국 소련과 베네수엘라 기름을 수입하는 바람에 두 나라의 경제에 호기를 제공했다. 베네수엘라의 독재자 우고 차베스는 불행을 당한 미국인을 돕자는 연설을 해서, 미국을 우롱하기도 했다. 식품을 탈취하는 등 폭동 직전까지 밀려간 상황이었다.

카트리나보다 더 위력이 있는 슈퍼급 허리케인이 몰려온다고 방송은 경고를 계속했다. 남생각으로서는 어떻게 할 방법이 없었다. 공항은 폐쇄되고, 자동차 운행이 중단되었다. 누구한테 차를 빌리자고 하는 것은 말이 되질 않는 몸부림이었다. 조금 높은 지대에 호텔이 있어서 다행이었다. 높은 지역에 있다고 문제가 다 해결되는 것은 아니었다. 높은 지역은 여전히 낮은 지역에 들어찬 물로 고립된 성이나 다름이 없었다. 그야말로 고립무원의 지경에 빠지고 말았다.

허리케인은 예상보다 빨리 도시를 덮쳤다. 그동안 관리를 소홀히 한 미시시피강 둑이 무너지는 바람에 불어난 강물이 성벽처럼 일어서서 도시로 밀려든 것이었다. 그 위세는 쓰나미를 방불케 했다. 루이지애나 주정부에서는 이전의 재난 경험을 바탕으로, 대학에 국가 위험관리 전문가 양성 대학원까지 만들었지만 실무에는 경험이 따르지 못했다.

한 주일을 꼬박 호텔에 갇혀 살았다. 인터넷은 살아 있어서, 인터넷으로 재난영화를 뒤져 보는 게 일과의 전부였다. 호텔에서는 햄버거와 물만 제공하는 '재난식'을 공급했다.

다른 사람들 물에 빠져 죽는 동안, 어떤 가게는 식품을 탈취당했다. 가재도구를 탈취당하는 이들의 울음이 하루도 그치지 않았다. 질서를 지키지 않으면 비상경계령이 내려질 거라는 방송이 나왔다. 그러나 탈취는 그칠 줄 몰랐다. 얼굴 까만 흑인이 까만 비닐 자루에다가 물건을 몰아넣어, 흰 눈자위를 굴리면서 건물 사이를 빠져나갔다. 어디선가 총탄이 날아와 사내의 옆에서 물보라를 일으키고 튀어나갔다.

허리케인이 지나가고, 무너진 제방을 다시 막았다. 시내에서 물이 빠져나가면서 도시는 다시 생기를 찾기 시작했다. 넘어진 전신주를 일으켜 세우고, 끊어진 전선을 이어 전기가 들어오게 했다. 무너진 길을 정비하는 중장비들이 시내 곳곳에서 부릉대면서 삽날을 부지런히 움직였다. 물에 잠겼던 집을 정리하고, 빨래를 내다 널었다. 언제 폭풍우가 쳤던가 싶게 하늘도 맑게 개어 올라갔다.

루이지애나 대학 파충류연구소 산토 사바도 교수와 다음 날 만나기로 약속이 되었다. 그런데 아직 한국에서 어떤 논문을 공개할 것인지 결정을 못 하고 있는 정황이었다. 시간과 더불어 마음이 옥죄어 들어갔다. 논문을 찾아달라고 부탁해놓은 후배 나후덕에게서는 아무런 연락이 없었다.

어떻게 알게 된 것인지 까딸리나가 호텔로 전화를 해왔다. 우선 허리케인에 무사하다는 것을 알려주는 메시지라서 반갑기 그지없었다. 까딸리나가 살아 있다면, 나생각도 살아 있을 것이라고 기대할 만했다. 서울에서 마지막을 이야기하던 건 아마도 미국에 와서 정착하면 한국에 안 오겠다는 작심이 아니었던가 짐작이 되기도 했다.

"여보세요, 나는 까딸리나입니다. 지금 콜럼버스 호텔에 와 있습니다. 만나기를 희망합니다." 콜럼버스 호텔? 세인트 크리스토퍼 호텔,

크리스토퍼가 콜럼버스라는 걸 금방 거니챘다.

"예에, 저 남생각입니다. 세인트 크리스토퍼 호텔에 와 있다고요?"

"시, 시, 그렇습니다. 로비에 있습니다."

남생각은 알았다, 하고는 욕실에 들어가 얼굴에 물을 끼얹고 수건으로 훔쳐냈다. 얼굴이 많이 상해 보였다. 까딸리나를 만나는데 그렇게까지 신경 쓸 일인가 싶기도 했다. 그러나 그것은 거의 본능적인 반응이었다.

"아주버니, 세뇨르 남!" 까딸리나는 달려들어 남생각을 끌어안고 볼을 부볐다. 소파에 앉아 놀던 아이가 달려와 두 사람 사이를 파고들었다. 안뇽, 안뇽. 남생각을 쳐다보면서 인사를 하는 아이의 모습이 앙증맞았다. 새까만 눈동자 하며 이마가 도도록하니 밀려 올라간 모습이 꼭 나생각을 닮아 보였다.

"벌써 시간이 이렇게 흘렀네요. 아기가 몇 살이지요?"

"꽈트로, 네 살입니다." 아이가 엄지손가락을 접고 나머지 손가락을 펴 보였다. 손등이 포동포동하고 손가락은 길쭉길쭉해서 재주 있어 보였다.

"세뇨르 나, 나생각은요?" 나생각이라는 말을 듣는 순간, 까딸리나는 눈물을 주르르 흘렸다. 까만 볼로 진주 같은 눈물이 방울져 떨어졌다. 일이 잘못되었구나 하는 생각이 뒷골을 때리다시피, 쿵 하는 충격으로 밀려왔다.

"오늘요, 퓨너럴 재즈가 있어요. 세뇨르 나는 소녀 하나를 살리고 죽었어요. 아이를 성당 성모상 위에 올려놓고 자기는 물속으로 가라앉아 바닷가로 쓸려갔어요. 그게 폰차트레일 호수 입구였어요. 우리는 거기서 석양을 바라보면서 꿈을 꾸곤 했어요." 까딸리나는 멈추지 않는 눈물을 연신 닦아내면서, 토막토막 나생각 이야기를 이어가고 있었다.

"세뇨르 나는 영웅이었어요. 한국에서도 영웅이었고, 노스 코리아에서도 영웅이었어요. 그리고 루이지애나에 와서도 영웅이었어요. 좀 웃기지만요."

"웃기다니요?" 아이가 엄마의 치마폭을 들추고 안으로 들어갔다 나왔다 하면서 장난을 쳤다.

"남을 살렸으면 자기도 살아야지요. 남은 살리고 자기는 죽어서 세컨드 라인으로 갔어요."

"세컨드 라인이라면?" 대답이 금방 나오지 않았다. 이승의 삶이 퍼스트 라인이라면, 사후세계 영혼이 안식해야 하는 사후에 펼쳐질 생애를 세컨드 라인이라고 하는 걸로 짐작이 되었다. 이승과 저승을 갈라놓는 것은 한국과 닮아 보였다. 이승의 삶이 곤핍하고 처절할수록 저승에 대한 꿈이 화려하거니, 그런 생각이 들었다. 사실, 사람들이 꿈을 꾸게 하는 것은 이승의 고통인지도 모를 일이었다.

남생각은 상념을 떨치고 아이의 이름을 물었다.

"……나팔로마……!" 아이가 말하는 이름은 라 팔로마로 들렸다. 이 라디에르가 작곡한 그 유명한 노래 〈라 팔로마〉를 이름으로 삼았다는 건 예사롭지 않아 보였다.

"라 팔로마란 말이야, 이름이?"

아이는 아니, 아니, 고개를 옆으로 저었다. 그리고는 '나팔로마'라고 고쳐서 이야기했다. 이해가 안 간다는 듯이 어정거리는 남생각에게 까딸리나가 설명했다.

"나씨, 놈브레 파미이야, 아버지 성이 나씨니까 나씨 집안의 흰 비둘기같이 사랑스런 딸이라고 붙인 이름이지요."

"왜 하필 비둘기인가?"

"비둘기는 폭풍우 속에서도 살아남잖아요?" 남생각은 자신도 모르는 사이 손뼉을 쳤다. 그저 평화의 상징이 아니라 폭풍우 속에서도 살아남는 새가 비둘기였다.

까딸리나를 따라 호텔을 나간 남생각은 그저 무연히, 죽음을 앞에 두고도 그게 남의 죽음이기 때문에 무연히 지나가듯 그렇게 갈 수 있다는 게 내심 안타까웠다.

"나생각은 루이지애나에 와서 방재본부에서 잠수전문가로 일했어요. 자기가 선택한 게 아니라 그렇게 하도록 되어 있었대요. 아마 한국 정부의 배려였을 거예요. 한국에 있으면 죽음의 그림자가 집요하게 따라붙었을 거예요. 암튼 죽은 사람을 건져내기도 하고, 죽을 사람을 살리기도 했어요. 이번에 살린 아이는 나생각과 목숨을 바꾼 거지요." 까딸리나는 남생각이 이야기를 듣는지 마는지 확인도 않은 채 이야기를 이어갔다.

치까, 소녀, 이름이 베로니카였는데, 그 소녀를 살려주고 자기는 죽었어요. 아마 악어가 뜯어 먹었을지도 몰라요. 아무튼 성당의 어린이 학습실에 있던 아이가 물이 차오르자 마당으로 나왔는데, 마당도 벌써 물이 불어 아이의 목까지 차는 정도였어요. 늙은 신부가 아이를 건지려고 마당으로 나왔을 때, 강둑이 터지는 바람에 물이 밀어닥쳤어요. 그리고 성당의 둑이 무너져 물길이 급류가 되어 빠져나갔어요. 신부는 물길에 휩싸여 자취를 감추었어요. 소녀는 마리아상 앞에 가서 마리아상을 붙들고 기어 올라갔어요. 손을 모으고 기도하는 마리아상의 그 손을 겨우 잡고서는, 공포에 질려서 벌벌 떨면서 하루를 버틴 거예요. 이제는 소리지를 힘도 없이 거저 매달려 있었지요. 사람들은 발만 동동 구르고 아무도 거길 헤엄쳐 들어갈 생각을 못 했지요. 아무런 장비나 보호장구도 없이 나생각이 급류 속으로 뛰어들었어요. 나생각은 다른 익사자들을 건지느라고 몸이 지쳐 있었어요.

남생각은 까딸리나의 이야기를 자기식으로 번역해 들으면서, 그녀의 뒤를 따라갔다. 나팔로마 혼자, 주절 주절 이야기를 하며 걷는 자기 엄마를 붙들고 칭얼거리기도 했다.

나생각이 성모상을 향해 물살을 헤치고 헤엄쳐 가서 성모상의 손에 매달려 있는 소녀를 안았다. 소녀는 나생각의 품에 안기자 축 늘어져 버렸다. 나생각은 소녀를 한 팔에 안고 헤엄치기를 시도했다. 주변에는 악어 몇 마리가 빙빙 돌면서 나생각을 공격해왔다. 소녀를 한 팔에 안은 나생각은 몸을 자유롭게 놀리기 힘들었다. 악어는 나생각이 헤엄치는 바짓가랑이를 물고 물살이 센 쪽으로 흘러갔다.

소녀가 토하기 시작했다. 토사물 냄새를 맡은 악어들이 시커멓게 몰려들었다. 나생각은 혼신의 힘으로 팔을 휘저어 악어를 물리쳤다. 머리 위에는 헬리콥터 프로펠러가 휘잉텅털 휘잉텅털 요란한 소리를 내며 선회하다가 그물망을 내려주었다. 나생각은 소녀를 그물망 안에다가 옮겨 실어주었다. 그러고는 배영을 하는 것처럼 뒤로 벌렁 나자빠졌다. 순간 악어가 덮쳐 나생각을 물고 물속으로 잠겨 들어갔다.

하늘로 솟아오르던 헬리콥터 프로펠러가 성당 첨탑 위를 지나가는 전선을 끊었다. 전선이 물 위로 떨어지면서 불꽃을 튀겼다. 나생각의 몸체가 악어에게 물린 채 물 밖으로 나왔다가 다시 가라앉았다. 그러고는 금방 잠잠해졌다.

"세뇨르 나, 남편은, 마리아상 발목을 붙잡고 흙물 속에서 얼마를 견뎠는지 몰라요. 다리 하나가 떨어져 나가고 없었어요. 그리고 우리가 등대를 바라보며 노래했던 폰차트레인 호수로 흘러 들어가다가 입구에서 멈췄어요. 물길이 꼭 그렇게 유도한 건 아닌 듯해요. 거기 도착할 때까지도 나생각은 생명의 끈을 거머쥐고 있었을 거예요. 그게 영웅의 최후인지는 몰라요. 그러나, 아니지요, 아니지요." 까딸리나는 오열하고 있었다.

"진정하고, 아기 돌보세요."

"어떻게, 어떻게 진정을 해요? 남편에게 세컨드 라인은 없어요. 오직 퍼스트 라인만을 붙들고 살았던 사람이지요. 암튼……." 그때 아이가 하늘로 날아오르는 하얀 비둘기들을 향해 작은 손으로 짝짝짝 손뼉을 쳤다.

"애가 이름이, 나팔로마라서 그런지 비둘기를 유난히 좋아해요."

"아바나로 가야겠네요." 전에 쿠바 이야기하던 게 떠올랐다. 빙긋 웃던 까딸리나가 말했다.

"재즈 퓨너럴이 시작되었어요."

그들은 '오르페움'이라는 극장을 장례식장으로 쓰는 모양이었다. 장례식장 앞으로 사람들이 각종 악기를 가지고 모여들기 시작했다. 복장을 제대로 차려입은 사람이 있는가 하면, 평상복 차림에다가 가슴에 백합을 꽂고 나온 이들도 있었다. 대머리진 알머리와 실크햇을 쓴 이도 섞여 있고, 헌팅캡을 쓴 남자가 아랫배에 북을 달고 뒤뚱거리면서 걸었다. 모인 사람들부터가 잡스럽고 혼란스러웠다. 장례 행렬이라 하기는 너무 무질서하고, 애도의 엄숙함은 찾아볼 수 없었다. 그러나 그들은 어딘지 깊은 슬픔을 노래하고 춤추면서 삭여내고 있다는 생각이 들었다. 그들은 슬픔의 깊이를 가장하지 않았다. '산 사람은 어떻게든지 산다.' 외숙모는 그런 말을 자주 넋두리처럼 해댔다.

트럼펫과 트롬본을 시작으로 단조로운 행진곡 리듬이 울리기 시작

시인의 강

했다. 사람들은 '하나 둘 하나'를 반복하면서 대열을 정리했다. 극장 문으로 관이 운구되어 나오고, 악기들이 각기 제 소리를 내면서 재즈 리듬의 음악을 연주했다. 트롬본, 호른, 수자폰, 바순, 클라리넷, 색소폰, 트럼펫, 아코디언, 큰북과 작은북, 온갖 악기가 다 동원된 모양이었다. 곡목을 알 수 없는 재즈 리듬의 음악이 쉴 새 없이 연주되었다.

운구된 관이 들어 있는 영구차 벽을 손으로 쓸다가, 까딸리나는 그 손으로 가슴을 치곤 했다. 나팔로마가 엄마를 따라가면서, 고개를 부지런히 돌려 사람들을 쳐다봤다. 영구차가 골목을 빠져나와 광장에 다다랐을 때, 사람들은 춤판을 벌였다. 한국말로 '난장판'이란 단어 말고는 달리 골라볼 어휘가 떠오르지 않을 정도로 어수선하고 혼란스러운 가운데, 트롬본과 트럼펫 연주가 대중을 이끌었다. 흑인들은 물론 히스패닉, 중국인을 닮은 얼굴들, 그리고 백인들……. 어딘가 한국인들도 끼어 있다가 손을 흔들며 나올 것 같은 대중들……. 그 속에 서 있던 남생각. 외사촌 장례식에 참여한다는 일종의 의식 신드롬으로 굳었던 몸이 자신도 모르게 풀리는 것 같았다. 큰북을 불뚝한 배 위에 달고 뒤뚱거리던 남자가 호루라기를 두어 차례 불어재꼈다. 대중들이 일시적으로 조용해졌다.

"넥스트! 커미트 루핀스……. 휀 아이 다이, 유 베러 세컨드 라인! 오우케이?" 사람들이 박수를 쳤다. 커미트 루핀스의 노래, 내가 죽으면 당신은 보다 나은 다음 세계를…… 그런 뜻이었다.

행렬이 행진을 하면서 다시 춤과 노래가 시작되었다. 언제까지 이 행렬이 계속될 것인가. 남생각은 죽은 사람의 영혼이니, 저승에 가서 잘 살라든지 하는 것보다는 자신들의 시간을 요량하는 방식이 그렇거니 여겼다. 그런 생각을 하는 사이 다시 행렬이 멈췄다. 거구의 흑인 사내가 나팔로마를 두 손으로 쳐들어 안고 이런 선언을 했다.

"포 디스 리를 레이디, 서머 타임, 아 워너 기브 유 디스 송." 어린 숙녀에게 서머 타임이라는 노래를 하나 해드리겠다, 그런 선언이었다. 관악기들의 반주가 나오고, 이어서 노래가 시작되었다. 아이야, 여름날은 얼마나 살기 좋으냐, 울지 말아라. 강에서 물고기가 뛰고 옥수수는 쑥쑥 자란다. 엄마는 아름답고 너는 날개를 달고 하늘을 훨훨 날아라. 아이야 울지 말아라.

흑인 남자가 아이의 볼에 키스를 해주었다. 돈 크라이!(울지 말거라!) 아이는 오히려 그 소리에 눈물을 씻었다. 그렇게 행렬을 따라가다가 멈추었다가 노래를 듣고, 춤추는 사람들 구경하는 사이에 나생각의 몸이 담긴 관이 어디로 갔는지 모른 채로 대열은 헤성글어지고, 노래는 힘을 잃었다. 아직 신명이 남은 색소폰 연주자들이 블루스 계열의 음악을 느리게 연주하면서 각자 돌아가기 시작했다.

"나우, 타임 투 세이 굿바이!(헤어져야 할 시간이네요!)" 까딸리나가 남생각을 물기 어린 눈으로 그윽이 바라다보며 말했다.

"재즈카페에 가서 뭐 좀 마실래요?" 까딸리나가 아이를 쳐다봤다. "오케이?" 아이는 고개를 깨닥거렸다. 재즈카페 이름이 '히비스커스'였다. 루이지애나 다른 데서 보기 드물게 실내가 밝았다. 벽에는 뉴올리언스에서 유명한 재즈 음악인들의 사진이 걸려 있었다. 앞에 작은 무대가 있고, 무대는 히비스커스로 장식되어 있었다. 엘라 피츠제럴드와 루이 암스트롱이 함께 노래하는 사진도 걸려 있었다.

"그간 어떻게 지냈는지, 자세한 이야기는 안 묻기로 합니다. 대개 짐작하는 걸로 충분하니까 말이지요."

"저와 이 아이 나팔로마의 앞날은 궁금하지 않으세요?" 남생각이 비애감이 깃든 눈으로 까딸리나를 건너다보았다. 무어라고 대답할 말이 없었다. 어차피 누구나 자기 삶의 몫은 따로 마련되어 있는 법이 아니

시인의 강

던가. 서로 어떤 책임을 지고 어떤 부담을 느낄 그런 인간관계가 아니었다. 다만 마음에 걸리는 것은, 국가를 위해 몸을 바친 한 인간이, 그 존재가 사라졌다는 것. 그것은 희생이었다. 말의 모순인지 몰라도 자신을 위한 희생인지도 몰랐다. 남생각은 머리를 세차게 저었다. 보상을 전제한 희생은 진정한 희생일 수 없는 일이었다. 자신을 위한 희생? 그런 개념이 성립하는 것인가? 자기 몸을 덜어서 자기 삶을 일구는 게 뭐란 말인가? 아이가 홀 안을 뛰어다녔다.

"야아, 넌 그거 마시면 안 돼!" 둘이 이야기하고 있는 사이, 아이가 맥주캔을 가지고 홀 안으로 뱅뱅 돌면서 입에 털어넣고 있었다. 남생각이 달려가 맥주캔을 빼앗았다. 아이는 울음을 터뜨렸다. 손님들의 시선이 이쪽으로 집중되었다.

주방에서 주인 내외가 뛰쳐나왔다. 남생각은 갑자기 온몸이 얼어붙는 듯, 테이블 모서리를 짚고 어정쩡 일어서서 내외를 바라보면서 눈을 비볐다.

"아니, 남생각 아녀?" 눈에 붉은 물이 잡혔다.

"외숙모……!" 남생각이 달려들어 금봉채를 끌어안았다.

"자네가 여기는 어쩐 일이랑가?" 외숙모 금봉채는 그렇게 물으면서, 까딸리나와 아이를 번갈아 쳐다봤다.

"오늘, 오늘 말입니다, 나생각이 하늘나라로 갔습니다." 안 할 말인가 하면서도 털어놓고 말았다. 허리케인에 희생되는 아이를 살리고 자신은 목숨을 내놓았다고, 천천히 이야기했다.

"이게, 무슨 벼락이라나?" 한참 이야기를 듣다가 한마디 하는 말이었다. 외삼촌 나상권은 시종 아무 말이 없었다. 그러다가 울고 있는 나팔로마를 들어서 안고, 아이의 볼을 쓰다듬어주었다.

"할애비가 노래해줄까?" 아무것도 묻지 않고 아이한테, 대뜸 자기를 할아버지라고 하는 게 이해가 안 되었다. 핏줄이라는 게 그렇게 원형적인 느낌으로 솟아나는 모양이라고 짐작할 뿐이었다.

외삼촌 나상권이 노래를 준비하는 동안, 외숙모 금봉채는 클라리넷을 들고 나와 반주를 시작했다. 루이 암스트롱의 그 유명한 〈얼마나 놀라운 세상인가(What a Wonderful World)〉를 불렀다. 차분한 목소리로 하는 노래는 유다른 친밀감이 돌아났다. 푸른 나뭇잎과 붉은 장미, 그리고 파랗게 개어 올라간 푸른 하늘……. 그렇게 이어지는 노래를 따라 남생각이 일어서서 노래를 따라 불렀다. 까딸리나도 다가와서 같이 음정을 맞추었다. 아이가 엄마 치맛자락을 잡고 맴을 돌았다.

"결국 그렇게 가는 거로구나……." 나상권이 한숨을 쉬었다.

"뭐가 말입니까?" 남생각이 나상권의 일그러진 얼굴을 쳐다보았다.

"인간의 언어로는 설명이 안 되는 인생이 있느니……. 이름이 뭐라고 했던가? 아, 까딸리나라고 했지? 미국 국적인가?"

"예, 미국 시민권을 가지고 있습니다."

"애 키우기는 미국이 아무래도 나을 것이다. 루이가 노래한 것처럼 저 애가 지금은 울고불고 하지만 금방 자라난다, 그리고 우리가 결코 경험할 수 없는 그런 세계를, 그런 놀라운 세상을 배울 거다. 애 잘 키워라. 나생각의 연금은 너에게로 돌아갈 수 있도록 조처하겠다."

돌아가는 이야기를 듣고 있던 금봉채가 나섰다.

"아들 몸값을 어떻게 며느리도 아닌 여자한테 준다는 거요?" 눈꼬리에 각이 섰다.

"여기서 따질 일이 아닌 것 같소." 단호한 어조였다.

루이지애나 대학의 산토 사바도 교수가 전화를 해왔다. 자기가 쿠바에서 열리는 열대어 연구 문제로 출장을 가야 한다면서, 급히 만나자는 것이었다. 어떤 요구를 할 것인가?

남생각은 지갑에 들어 있던 명함을 나상권과 까딸리나에게 각각 한 장씩 건넸다. 아기에게 무언가를 주어야 하겠다는 생각이 들어 가방을 열어보았다. 고정희 시인의 시집이 손에 잡혔다. '사랑을 위한 향두가' 라는 제목의 페이지가 접혀 있었다.

"하느님이 졸으시는 사이에/매혹된 영혼으로 손 잡은 우리/떨며, 애 타며, 조바심하며/간간이 멍에도 된 우리". 첫연을 읽자 눈앞이 부옇 게 흐려왔다. 사랑이 죽음과 맞물려 있다는 생각 때문인 듯했다. 남생 각은 손등으로 눈을 비볐다.

"흘러서 흘러서 아득한 사람아/사지에 콸콸 북받치는 사람아". 다시 눈앞이 흐려졌다. 머리를 좌우로 흔들었다.

"깊고 어두운 계곡에/카바이트 불빛 한 점/내 넋으로 흔들리며 우나 니/세상 끝날을 예감하며 빛나리니". 마지막 연의 활자들이 살아나 눈 앞에 버러지처럼 날아다녔다.

그 시 끄트머리에 '인생 숙제 풀 듯 살지 마라. 축제하듯 살아야 한 다.'는 문장이 적혀 있었다. 지우고 줄까 하다가 그대로 건네기로 했다. 나생각은 진정으로 세상 꼭대기에 닿았던 것인가? 그런 의문이 풀리 기 위해서는 아직도 많은 문제들이 남아 있었다. 그리고 그의 삶을 축 제하듯이 사는 삶으로 돌려놓는 게 가능한 것인가?

그런 갈피 잡히지 않는 생각을 하며 가방을 뒤졌다. 가방 밑바닥에 서 못난이 인형 삼형제 열쇠고리가 잡혀 나왔다. 남생각은 그걸 나팔 로마의 손에 쥐여주었다.

"그라시아스, 무차스!(대단히 고맙습니다!)" 그래, 쿠바에 가서 살려면 스페인어를 알아야 할 터였다. 그 준비가 이미 되어 있다는 생각이 들 었다.

남생각은 바꾸어두었던 달러화로 음료값을 지불하고, 재즈카페 '히비스커스'를 벗어났다. 까딸리나가 출입문 앞까지 나와 인사를 했다. "아디오스!(안녕!)" 인사하는 까딸리나의 눈이 젖어 보였다. ✽

작품 메모

작가 현장은 겁이 많은 사람이다. 두려움은 끝을 모르기 때문에 생겨난다. 삶의 끝에 죽음이 있다. 죽음이 무엇인지 모르기 때문에 인간은 근원적 두려움에 휩싸인다. 억울하게 죽어간, 억울하다는 이야기는 할 기회도 없이 죽어간 '노예'들의 그림자라도 보자는 셈으로 현장이 찾아간 곳이 아프리카 세네갈이었다. 아프리카 가운데 가장 치안이 잘 되어 있다는 나라가 세네갈이다. 세네갈에 다녀와서 『수상한 나무』(푸른사상사, 2018)라는 소설집을 냈다.

아프리카에서 아메리카로 팔려온 노예들이 어떻게 살았는지, 궁금해하던 차에 미국 루이지애나에 들를 기회가 생겼다. 겁 많은 현장은 겁 없이, 얼씨구 박을 넣으면서 루이지애나행 비행기표를 끊었다. 그리고 거기서 뉴올리언스 구경을 뻐근하게 했다. 재즈의 본고장에서는 장례 또한 재즈 가운데 치르고 있었다. 헌데 미시시피강 하류에 자리잡은 루이지애나는 자연재해의 중심지이기도 했다. 인간의 행로와 자연의 폭압, 그 가운데 피워올릴 수 있는 인간의 정신적 위대함에 대해, 복합적으로 생각해본 것이 「세컨드 라인」이다.

시인의 강

라 팔로마

1

소설가로 등단했다고 해서 나라에서 먹여 살려주는 것은 아니었다. 그러나 이따금 잔칫집 봉송처럼 먹을거리를 던져주기도 했다. 왈 해외 레지던스 프로그램이 그것이었다. 문학을 위시한 예술 영역 몇을 선택해서 대개 3개월을 기한으로, 해당 국가에 가서 견문을 넓히고 작품을 구상하기도 하라고 파견하는 제도가 있던 터였다.

현장원이 대한문학인회 회원으로 등록을 하자마자 날아온 첫 공문이 해외 레지던스 신청이라는 것이었다. 이전 식으로 말한다면, 전쟁통에 전서구(傳書鳩)가 전해주는 것 같은 반가운 소식이었다. 그 대상 국가들 가운데 쿠바가 끼어 있었다. 이제는 거의 낡은 소문 같은 이야기가 되었지만, 체 게바라를 떠올리게 하는 게 쿠바였다.

문학과 연관된 사항이 있다면, 헤밍웨이가 『노인과 바다』를 쓴 배경지역이 쿠바라는 것이었다. 헤밍웨이의 행적을 찾아보고 문학의 의욕을 불러일으키는 일도 마음에 끌렸다. 그러나 따지고 보면 그런 것들은 곁가지에 불과했다. 딸의 생명이 걸린 문제가 거기 있었다.

현장원의 부친 현명한 또한 쿠바에 대한 유다른 애착을 지니고 있었다. 아침에 일어나자마자 오디오 시스템을 작동해놓고서는 〈라 팔로마〉를 흥얼거렸다. 그리고는 현장원을 불러놓고, 그 노래가 쿠바가 스페인의 식민지로 있을 때, 세바스티안 이라디에르가 쿠바를 방문했다가 거기서 하바네라 리듬을 반영한 노래로 작곡했다는 것이며, 세계에서 가장 많은 레코딩이 되었다는 등 이야기를 해주기도 했다. 철종 때였느니라……, 쿠바에서 비둘기 하나 조선으로 날아왔다가 가버렸지……. 그런 이야기를 주절주절 늘어놓으면서 노래를 흥얼거렸다.

배를 타고 하바나를 떠날 때
나의 마음 슬퍼 눈물이 흘렀네

현장원이 고등학교를 졸업하자, 그의 어머니가 집을 나갔다. 뒤에 안 일이지만, 나는 아들 하나 키웠으면 그걸로 내 생애 업은 다 닦았다는 것이었다. 그런 메모를 읽은 이후, 현장원은 자신의 존재 근거에 대해 의심하기 시작했다. 어머니한테 생애의 업으로 각인되었던 자신의 존재란 무엇인가, 자기를 키웠다는 어머니는 생모가 아니었던가. 아버지와 어머니는 어떤 사이였던가, 그런 생각들이 얽혀들어 하루도 마음 편할 날이 없었다.

─사랑은 집착이다. 집착은 때로 운명의 빛깔을 띠기도 하는 법이다. 부친의 말이었다. 그래서 어떻게 하라는 지침은 없었다.

아내가 출분하고 나서, 현명한의 쿠바에 대한 애착이 그의 생애를 좀먹어 들어갈 만큼 안쓰러운 집착으로 변했다. 아내가 버텨주던 둑이 무너진 셈이었다. 그러나 그 둑이라는 게 그렇게 분명한 형상을 만들어주는 것은 아니었다. 쿠바에서 날아왔던 비둘기라는 존재가 무엇인지, 그게 현장원 자신과는 어떻게 연관되는지 충분히 이해하지 못한 채, 부친 현명한의 노래 흥얼거리는 소리를 끝없이 들어야 했다.

　사랑하는 친구 어디를 갔느냐
　바다 건너 저편 멀고 먼 나라로

'사랑하는 친구'는 집을 나가 돌아오지 않는 아내를 두고 읊는 구절이었다. 현장원이 그동안 겪은 바로는, 부친 현명한은 아내를 그렇게 애틋하게 아끼는 축이 아니었다. 현장원은 사랑하는 친구가 자기가 알지 못하는 어떤 여인일지도 모른다는 생각을 막연히 하고 있었다. 그것이 쿠바를 떠올리게 하는 생각의 꼬투리였다.

　현장원은 부친 현명한의 살림을 돕기 위해서라도 결혼을 해야 했다. 앞치마를 터억 걸치고 부엌일이며 세탁, 청소를 하면서 부친 밑에서 살기는 하루하루가 지루하고 역겨웠다. 하우스마스터의 아들 그 자리를 벗어나기 위해서는, 어떻게든지 여자를 끌어들여야 했다. 그게 현재 같이 지내는 아내였다. 같이 지낸다는 것은 사랑을 전제한 결혼이 아니라는 뜻이었다.

　── 장가들었으면 네 가정은 네가 책임져라. 알았다고 하기는 했지만, 책임질 방법이 없었다. 아내가 아이들 학습지 지도교사로 나섰다. 현장원은 닥치는 대로 일감을 덥석덥석 물었다. 출판사 편집사원으로 일하기도 하고, 후배가 개설한 학원에 찾아가 중학생들 국어를 가르치기도 했다. 몸만 건강하면 그럭저럭 살아질 것 같았다. 일정한 수입이 아니라서 돈이 모아지지 않았다.

　아이가 생기면서, 아내가 일하고 현장원은 집에서 아이를 키웠다. 집안일하고 아이 자라는 것 보면서 하루하루 지내는 시간은 이전에 겪어보지 못한, 아기자기하고 달달한 밀도를 지닌 것이었다.

— 당신 때문에 내가 일 그만두어야 하겠어요. 무슨 소리냐고 반문하거나, 반대의 뜻을 밝힐 여지가 없었다. 한마디로, 사내가 사내 구실을 못 한다는 것이었다. 생각해보니 아버지 밑에서 살다가 아내 치맛자락 밑으로 기어드는 꼴이었다. 알았다고, 세 식구 살아가는 생활비야 마련 못 하겠는가, 팔뚝을 걷어붙이고 나섰다. 그러나 현실은 현장원이 생각하는 것처럼 호락호락하지 않았다. 부친이 정년을 하면 얼마간 도움을 받을 수 있지 않을까, 그런 티미한 기대를 걸어보기도 했다. 그건 분명히 내면에서 무너지는 소리였다. 몸이 부실해지고, 정신이 허약해져 헛것이 눈앞을 스치기도 했다.

— 그러다가, 당신 사람 구실 못 하겠어요. 전에는 사내 구실 못 한다고 다그치더니, 한 단계 처져서 사람 구실을 걱정하는 지경이 되었다. 그렇게 한 해를 빈들거린 끝에 밤중의 홍두깨처럼 들이민 한마디가 "소설이라도 써요!" 하는 거였다. 그렇게 해서 『물매문학』이라는 잡지를 통해 등단이라는 것을 했던 터였다.

그럴 계기로 쿠바 레지던스 프로그램에 참가 신청을 했던 것이다. 그런데 쿠바 현지의 지원기관에서 그 프로젝트 지원을 취소하는 바람에, 현장원의 꿈은 비둘기처럼 날아가고 말았다.

현장원의 부친 현명한은 관산대학교에서 윤리학을 강의했다. 물질로부터의 해방을 신조로 살아온, 실천윤리의 대부격이었다. '이타행'이라는 별명이 붙어 있었다. 현명한의 실천윤리 핵심은 이타주의에 있었다. 그런데 현명한의 '남'에는 아들 며느리는 포함되어 있지 않았다. 자신이 모은 것은 모두 생전에 남을 위해 내놓는다는 게 현명한의 '현명하지 못한' 윤리였다.

현명한은 퇴직을 하자마자 쿠바 여행을 하겠다고 나섰다.

— 너희들은 너희들 일이나 걱정해라. 너희처럼 살다간 애 굶겨 죽이겠다. 여름방학 한 달 동안이라도 얘, 미리 데리고 쿠바에 갔다 돌아오마. 현장원은 뱃이 틀려 돌아갔다.

현명한은 퇴직금에서 여행비를 챙겨 가지고 손녀 현미리를 데리고 쿠바 여행을 떠났다. 몸이 탈진되어 있던 아내는 아이 때문에 힘들면 언제라도 연락하라는 이야기를 하며, 손등에 눈물을 떨구었다. 한 손은 시아버지의 손을 잡은 채였다.

그리고는 아무 연락도 없이, 두 해가 다 되도록 안 돌아왔다. 아내는 딸이 안 돌아오자 미쳐 돌아가기 시작했다.

— 난 미리가 안 돌아오면 한강에 가서 투신하고 말 거예요.

— 그 어른이, 대학에서 평생 학생 가르친 그 어른이 아무려면…….
현장원은 말을 잇지 못했다. 그런데 현장원으로서는 부친이나 딸을 찾아 나설 아무런 준비가 없었다. 아내는 집에 앉아 있다가는 말라죽겠다면서, 밖으로 나돌았다. 아내가 여행을 빌미로 돌아다니는 것은 딸이 돌아오기를 비는 기도의 한 형식이었다. 현장원은 아내를 도와 여행비를 마련하느라고 비지땀을 흘렸다. 언젠가는 쿠바로 직접 찾아가자는 이야기를 하고 나올 것 같았다. 그건 현장원 편에서 먼저 제안을 해야 마땅한 일이었다.

— 우리가 쿠바를 직접 찾아가자구요. 현장원은 알았소, 대답은 그렇게 했지만 구체적 방안은 없었다. 손에 쥔 돈이 없었다. 현장원 내외에게 쿠바는 아득히 먼 용궁세계나 마찬가지였다.

— 궁하면 통한다는데 당신이 여행비 마련해봐요. 쿠바 여행비를 어떻게 마련하나, 머리를 짜고 앉아 있는데 뱃이 울렸다. 누구, 망설이고 있다가 문을 열고 나가보았다. 잘 포장된 액자 하나가 배달되어 와 있

었다. '샤이닝 문'의 문정선 마담이 보내온 것이었다. 작가들과 이따금 드나들어 아는 사이였다. 이 여자가 왜 이러나? 아연할 일이었다.

포장을 풀었다. 흐드러지게 핀 홍매를 그린 화폭은 아직 물감 냄새를 풍기고 있었다. 문정선 마담이 부탁해서 남중(藍中)이란 화가가 그렸다는 내용이 적혀 있었다. 제사(題詞)로 적어놓은 구절은 마뜩지 않은 느낌으로 다가왔다. 매화는 혹독한 추위를 겪고서야 맑은 향을 뿜어내고, 사람은 어려움을 겪을 때 그 절조가 드러난다는 구절이었다. 매경한고발청향(梅經寒苦發淸香) 인봉간난현기절(人逢艱難顯其節). 사군자를 하는 이들이 흔히 쓰는 구절이었다. 어렵사리 문학 공부해서 등단한 현장원을 축하하는 선물이었다. 난향처럼 살아야 한다던 부친의 이야기가 떠올랐다.

소설가 현장원은 새로 박은 명함을 들고, 자기 이름을 정히 음미하는 중이었다. 인생에 장원 한번 해보라고 부친 현명한이 지어준 이름이라고 했다. 그게 玄壯元(현장원)이다. 그런데 자꾸만 '환장한'으로 읽히는 통에 눈앞에 노란 안개가 끼곤 했다. 나이 사십에, 먹통들 말로 불혹에 신인 소설가 명함을 들고 다니기는 쑥스럽고 겸연쩍었다.

현장원은 얼마 전에 『상어』라는 장편소설을 하나 완성했다. '십 년을 경영하여 지어낸 초가삼간' 같은 작품이었다. 그런데 선뜻 출간을 하지 못하고 미적미적 미루어왔다. 한 개인에게 폭력이 발생하고, 그 폭력이 그 개인이 사는 사회와 맞물려 인간을 망가뜨리는 이야기를 쓴 것이었다. 인류의 죄악 가운데 폭력과 '테러'만큼 인간에게 모멸감을 안기는 게 어디 있을까 하면서, 장원은 못 하더라도 사람들이 그런 이야기를 읽고 감발되는 바 있기를 은근히 기대했다. 이른바 주제 가치가 높은 소설이라고 자부하는 작품이었다.

그런데 출간을 미루는 것은 이게 마지막 작품이 될지도 모른다는 두려움 때문이었다. 그 소설을 출간하고 나면 다른 소설이 냉큼 써지지 않을 것 같았다. 그것은 너무나 일찍 찾아온 위기감이었다.

사실 출간을 미루는 핑계는 '머리말'이 안 써진다는 데도 있었다. 머리말이라는 것이 소설 본문과는 층위를 달리하는 글이라서 개인적인 소회를 적기도 하고, 고마움을 입은 이들을 거명하기도 하는 자리였다. 어떤 경우는 길게 진행되는 본문보다 서문, 머리말, 작가의 말 등을 더 신뢰를 두고 읽는 독자도 있게 마련이었다. 말하자면 작가가 독자에게 작품 안 읽어도 좋으니 이것만은 읽어달라고 부탁하는 글이 머리말인 셈이었다. 생각해보니 그 머리말이 안 써진다는 것은 작품으로 독자를 직접 초대하고 싶은 의욕 때문이기도 했다. 그런데 출판을 하지 않고는 독자를 모을 수가 없었다. 독자를 모아야 그 작품을 읽은 독자들끼리 공감과 비판을 해가면서 또 독자를 이끌어올 수 있는 게 아닌가. 소설쓰기와 소설 소통하기는 다른 맥락으로 각놀음을 한다며 속으로 푸념을 하고 있을 때였다.

— 당신 어머니 쿠바 사람 아냐? 뜬금없는 질문이었다. 설마, 그렇게 능쳤지만 개연성이 아주 없는 얘기도 아니지 싶었다. 현장원은 화장실에 들어가 거울을 한참 들여다보았다. 가무잡잡한 피부와 흰자위 두드러지는 눈이 예사롭지 않았다.

현장원의 대학 동창 진성금이 전화를 해왔다. 현장원이 먹을거리를 해결하려고 골드미스 스커트 자락 바람 이야기를 만들어내는 데 골몰하느라 진땀을 흘리는 동안, 진성금은 아리스토텔레스의 『시학』을 들고 다니면서 자기 길을 개척했다. 문학이 역사보다 보편적 진리를 담아낼 수 있는 이유에 논리를 세우느라고 머리를 썩이고 자신의 문학적 신념을 관철하겠다고 목청을 높이곤 했다. 그는 이른바 알속 있는 문학의 이론이라는 걸 공부했다. 다른 사람들은 그것을 문학비평쯤으로 여겨주었다.

역시 아리스토텔레스는 대단했다. 돈이 되는 사업이었다. 진성금은 삼십에 교수가 되었고, 현장원은 겨우 사십에 어느 어수룩한, 아니 삐딱한 잡지『물매문학』으로 등단이라는 걸 했다. 정치현실의 난맥상을 소재로 한 소설이었다. 제목이 '그님의 미망'이다. 미망이라면 박완서가 쓴 소설 제목으로 동음이어 '미망(未忘)'이 있지만, 그것은 잊을 수 없음, 잊지 못함이란 뜻이었다. 현장원이 쓴 것은 어리석음을 풍자하는 '미망(迷妄)'이었다. 미혹되고 망녕될 지경의 어리석음을 정치현실에 비겨 쓴 게 현장원이 쓴 '미망'이란 작품이었다.

매스컴에서 새로운 '정치소설'이라고 몇 군데서 다루어주었다. 한국인의 정치적 무의식을 파헤쳤다는 평이었다. 현장원은 소설과 정치의 관계를 생각해보았다. 소설은 다락방에서 배 깔고 엎드려 읽어도 되지만, 정치는 광장으로 나서서 대중을 향해 외치고, 무리를 짓고, 자신의 의사가 공공적인 통로를 통해 관철되는 데 스스로 만족해서, 몸 사리지 않고 치달리는 잡역과 같은 일이었다. 기자가 쓴 걸로는 테러 문제가 정치의 핵심으로 들어와야 한다는 주장도 있었다. 자신이 의도하지 않았는데, 남들이 이야기를 해주어 자신의 작품이 작가와 독자를 연결해주는 역할을 한다는 느낌을 받았다. 그렇다면 혼자 먹고살기 위해 반지하방에서 쓴 소설이 시대적인 과제를 다룬 셈이 아닌가. 자신의 창작행위가 사회성을 띤다든지 정치성을 물고 온다는 게 신통할 지경이었다.

진성금의 전화는, 본격소설과 사회소설의 갈림길에서 왔다갔다를 하면서 딸 현미리 소식을 잠시 잊고 있을 때, 걸려왔던 것이다.

— 현장원 씨, 내가 문학윤리학회 학회장을 맡게 되었는데, 장원 작

가가 와서 발표를 하나 해주어야 쓰겠소. 좀 뜬금없는 제안이었다. 그 나이에 학회장을 맡았다는 것도 그렇고, 발표니 뭐니 하는 제안도 '키 쓰고 벼락 막는다'는 이야기처럼 들렸다. 이타주의……, 아버지 현명한의 얼굴이 눈앞을 스쳤다. 이어서 딸 현미리의 얼굴이 떠올랐다.

— 그런 발표는 교수 양반들이나 할 일이지, 소설가 주제에 나서서 하는 얘길 누가 듣겠어? 현장원은 소설가를 교수 아래 처박아넣고 있었다. 스스로 생각해도 당당하지 못한 발언이었다. 현장원의 어투를 냉큼 읽었는지 진성금은 잠시 말을 끊고 있었다. 현장원이 들이댔다.

—소설가한테 학술모임 강연 나오라고 하는 건 작폐라구, 적폐가 아니라 작폐. 진성금은 그럴지도 모른다는 생각이 들었다. 소설가는 소설이나 쓰고 학자는 연구하고 해야지, 소설가가 정치가 바짓가랑이 붙들고 늘어진다든지, 학자가 기업인 눈치 보면서 손 벌리는 풍토는, 그야말로 폐단이었다. 진성금은 현장원의 샅바를 슬그머니 당겨봤다.

— 발표비 땡땡하게 챙겨줄 거요, 삼겹살에 소주 한잔 할 겸해서 오셔. 차표 사놓을 테니, 방도 잡을까?

진성금은 목을 매다는 어투였다. 발표비를 준다는 데서 현장원은 꼿꼿했던 뱃살이 '환장하게스리' 스르르 풀렸다. 아내의 얼굴이 떠올랐다. 쿠바에 갈 여비가 될까?

— 소설가더러 학회에 가서 무슨 이야기를 하라는 건지 들어나 봅시다. 소설가가 학자들 앞에서 할 얘기가 별로 있을 거 같지는 않지만. 현장원은 진성금의 진지한 태도에 감복되었다는 듯이 진지하게 대응하고 나왔다.

— 내가 큐를 줄 테니 나머지는 소설가의 감각으로 보충하셔. 그렇

게 말하고는 교수다운 어투로 설명을 늘어놓았다.

— 그런 거 들어봤지? '공공성'이라고…… 이걸 말이지 영어로 퍼블릭스 또는 퍼블릭니스라고 하는 건데, 인간의 사회적 관여성, 사회적 합의와 연관된 제반 영역을 뜻한달까. 그런데 사회적인 것과 다른 점은 이해관계를 떠나 친밀성을 바탕으로 하는 인간관계를 포함한다는 점이랄까. 반사회적인 경우 통제의 대상이 되기도 하지. 아무튼 문학의 유파 가운데 형성되는 일종의 정신적 지향, 태도, 성향 등을 뜻하는 게 공공성인데, 그 공공성을 바탕으로 사람들은 살아간다는 뜻인 거라. 교수라는 사람은 말을 저렇게 해야 하는 모양이었다. 현장원은 부친 현명한을 생각했다. 부친은 말이 그렇게 유창한 편은 아니었다. 이타성은 사회적 공공재라는 얘길 들은 기억도 떠올랐다.

현장원은 공공성의 속성을 규정하는 방법에 대해 조금은 알고 있었다. 관산대학교 석소윤 교수가 사이토 준이치의 『민주적 공공성』이란 번역서 한 권을 전해주어 꼼꼼히 읽은 적이 있었다. 그것은 국가적 차원의 문제이며, 누구에게나 열려 있는 개방성을 특징으로 한다, 아울러 모든 사람에게 관계되는 보편성을 지니는 과제를 뜻한다는 점을 강조했다. 부친 현명한 또한 공공성 문제를 이야기한 적이 있었다. 쿠바가 의료제도가 잘 되어 있다는 예를 들어 공공성 수준이 높다고 강조하기도 했다.

현장원은 진성금의 이야기가 얼마나 길어질 것인가를 짐작해보면서, '사림파'니 '사장파'니 하는 무리들을 생각하고 있었다. 폭력은 공공성을 띠지 못할까. 그런 의문이 들었다. 순수문학, 사회주의문학, 맑시스트, 로맨티스트……. 이어서 에꼴(l'école), 이미지스트(imagist), 상징주의자(symbolist). 그런 종잡을 수 없는 어휘들에 이어서 감리교, 장로교, 침례교 그런 교파가 떠오르기도 했다. 문학은 신앙이 아니다. 문학은 종교적 결속력보다는 약한 결속력으로 관계가 형성된다……. 따라서 공공성이 좀 약한 편이다.

— 듣고 있어? 진성금은 말을 쏟아내고 있었다. 사회적 공공성이니 민주적 공공성, 말하자면 어떤 일이든지 중요한 일은 개인뿐만 아니라 개인들의 모임, 즉 대사회적 역할, 또는 기능을 하게 마련인데, 적절한 소속감을 불러일으키면서 공공의 집단을 만든다는 거야. 이 개념은 사회적이라는 용어와 맞물려 있는데, 사회적이되 구성원들의 공감을 바탕으로 한다는 점이 사회학 용어와 차이라면 차이겠지. 전문가의 개념으로 말하자면 공동사회성 독일어로 게마인샤프트리히카이트에 가까운 게 되겠지. 그렇지? 집단이 만들어지는 구심력에 대항하는 힘도 생각할 수 있는데 집단에서 어떤 인물을 배제하는 것도 공공성의 반작용일 거야. 인간 행동 가운데는 공공의 이익에 기여한다든지 아니면 저해한다든지, 그런 기능이 있단 말이지. 공공성을 위한 조직, 공공의 기구, 공공성의 기능과 역기능 그런 걸 일괄해서 공공성 영역의 핵심어라 할 수 있는데, 문학도 그런 기능이 있다고 보는 게 우리 입장인 거라. 예컨대……. 예가 얼른 생각이 안 나는지 진성금은 잠시 말을 끊고 멈칫거리다가, 다시 말을 이어갈 태세였다.

— 진교수, 그렇게 꿰고 있으면서, 자기가 나서서 발표하지 소설가를 불러서 뭔 이야기를 듣겠다는 건지, 알다가도 모를 일이오. 회장 당신이 발표하면 되겠다고 하려는데, 진성금이 말끝을 채갔다.

— 이런 예 어떨지 모르지만, 개인의 성생활은 사적인 것이고 내밀성을 지닌 사적 영역의 행위지. 그런데 그게, 요새 한국에서처럼 인구 감소와 연관될 때, 인구과잉 문제를 야기할 때는 공공성을 띤단 말이지. 국가 차원에서 산아 증진 정책을 수행하는 경우에도 성문제가 공공성을 띠게 되는 것이지. 입양아 정책 같은 것도 한 예가 될 터인

데……. 현장원은 딸 현미리의 가무잡잡하고 윤기나는 얼굴이 떠올랐다. 딸 현미리를 찾아가기 위해서라도 주먹에 쥔 돈이 필요했다.

— 그건 공공성이라기보다는 사회성 아닌가? 현장원은 다른 이야기를 하고 싶었다. 그런데 진성금의 반응은 달랐다.

—흥미를 느끼기는 하는 거지? 마찬가지로 소설에서 다루는 성문제도 공공성을 띨 수 있는데, 이광수의『무정』은 남녀의 연애가 결국 결혼제도의 문제를 이끌고 오는 거고, 그런 점에서 '성'을 공공적 차원에서 다룬 선례가 된다고 볼 수 있지 않겠나. 현장원은 자기 소설이 얼마나 공공성을 띨 것인가 하는 생각을 곱씹고 있었다. 그리고『무정』의 경우 공공성은 결혼보다는 사제관계로 설명하는 것이 더 적실한 예가 아닐까, 그런 생각이 들었다. 일단 수긍하기로 했다. 부친 현명한과 어머니의 관계는 무엇인가? 그리고 무얼 얻으려고 손녀를 데리고 쿠바에 간 것인가. 그런 의문이 이어졌다.

— 잘 알겠는데, 아무튼 나에게는 학회에서 발표를 한다는 게 생소한 일이라서, 생각할 여유를 좀 주소. 진성금은 어떤 주제든지 자기에게 맡겨지면 자동인형처럼 논리를 세워 말할 수 있다는 듯이, 마치 자신이 말하는 로봇처럼 늘어놓고 있었다.

— 여가의 공공성을 예로 들어 생각해보시오. 문학은 여가에 어떤 기여를 하는지 말이요. 소설 읽으면서 휴가를 보내는 사람들이 있다면, 그리고 그것이 사람들의 생활을 규제하는 일종의 규칙이 된다면 문학이 공공성을 획득하는 거 아닌가……. 그렇게 생각을 밀고 나가서……. 소설과 여가는 물론이고 소설과 교육, 소설과 나라의 문화 수준, 나아가 소설과 혁명 그렇게 주제를 넓혀서…… 콘크리트 비비듯 비벼서 뚝딱 하서……. 소설가가 뭔 글을 못 쓰겠요? 쾌활하고 자신감 넘치는 어투가 자못 교수답다는 생각을 했다. 진성금 교수는 월급

　　　　　　　　　　　　　　　시인의 강

이 얼마나 될까, 그런 엉뚱한 생각도 들었다.

— 알았소. 그렇게 대답을 하고 사흘이 지났다. 진성금에게서 메일이 왔다.

2019년 10월 26일(토) 오후 1시, 달구벌대학교 국제컨퍼런스홀
가상 제목 : 문학의 공공성 구현, 그 가능성과 한계

이런 환장할! 현장원은 자기도 모르는 사이에 그렇게 내뱉었다. 마침 그날이 결혼 십 주년이 되는 날이었다. 아내는 쿠바에 직접 찾아가 현미리를 어떻게든지 구해와야 하지 않겠나 안달이었다. 안달 정도가 아니라 미쳐가는 중이었다. 몇 푼이라도 보태야 비행기를 탈 수 있었다. 여행비를 못 구해 절절매고 있는 판인데, 아내가 터억하니 티켓 예매를 했다는 것이었다. 그것도 친구 돈을 빌려서 예매를 했으니, 비행기 삯은 당신이 알아서 내라는 것이었다. 일이 아퀴가 맞질 않았다. 다른 방안을 찾아야 했다.

— 아무래도 안 되겠소. 현장원이 전화를 했을 때 진성금이 왜 그러냐고 재쳐 물었다.

— 해외에 갈 일이 있어서.

— 촌스럽게 해외는, 인터넷으로 처리하고 학회에 오소. 그러면서 지금 해외 해내가 어디 있느냐면서, 마누라 여행 그딴 거야 마누라가 계꾼들과 다녀오게 하라면서, 희한하게 둘러쳤다. 그럼직한 이야기였다.

학회에 가서 발표를 하는 건 공공의 이익을 위하는 일이고, 마누라랑 여행하는 것은 사적인 일로 치부되는 판이었다. 한 개인이 공적 영역과 사적 영역으로 갈라지는 국면이었다. 현장원은, 결혼 십 년, 애하나, 할아버지가 손녀 데리고 잠적한 현실 앞에서 눈앞이 아득했다.

― 요새 마누라가 알바해서 먹고살거든……. 진성금은 혀를 차다가, 내가 서울로 갑니다, 하고는 전화가 끊겼다. 발표비 선불할 수 없는가 물을 기회는 없었다. 환장할…… 일이었다.

2

대구에서 서울로, 진성금이 현장원을 찾아왔다. 일부러 찾아왔다면서 서초동 와인 바 '샤이닝 문'으로 나오라는 것이었다. 현장원의 눈앞에 아내 민유자의 날카로운 콧날과 매서운 눈매가 오락가락했다. 그 뒤에 문정선의 얼굴이 홀로그램처럼 흔들리면서 떠올랐다.

버닝썬 이야기로 장안이 들끓을 무렵이었다. 현장원은 아내 앞에서 체험의 한계가 소설의 한계라면서 불평을 늘어놓고 말았다. 그게 한탄을 내뱉는 데 이르는 모양새가 되었다.

― 버닝썬에 가서 술 마셔본 적 없는 주제에 무슨 소설을 쓴다고……. 나 웃기지? 그러나 나는 그런 스캔들 안 만드는 순정파야. 아내 민유자의 눈길이 피끗했다. 현장원은 아내의 눈길을 피하느라고, 아내의 볼에 입을 맞추었다. 아내 민유자는 현장원을 밀어제치고는 휴지를 뽑아 코를 풀었다. 누가 아버지 안 닮았달까, 어쩜 이렇게 부자간이 똑같아……. 투덜대는 투였다.

― 야아, 문인들 이렇게 모여주면 우리 가게가 쌀롱 되겠네. 문정선이 손을 내밀면서 환하게 웃었다. 문정선은 자기 나름의 쌀롱 같은 것을 계획하는 모양이었다. 현장원은 문정선의 팡팡한 엉덩이에 눈이 자주 갔다. 현장원의 아내는 엉덩이가 뒤뚱거리며 다닐 지경으로 풍만했다. 엉덩이의 크기와 이재능력의 함수관계를, 현장원은 속으로 계산을

하곤 했다. 그건 풀리지 않는 방정식이었다. 다른 건 몰라도, 새애기 둔부를 보니 애기 하나는 잘 낳겠다, 부친 현명한의 며느리에 대한 평가였다.

— 요새 문인들이 와인 마실 여가가 있나? 들고 있던 와인리스트를 탁자에 펼치느라고 상체를 숙이는 문정선의 블라우스 네크라인 안에 젖가슴이 두렷이 떠올랐다. 유방의 사회적 공공성, 엄마 젖을 빨고 있는 어린애의 눈빛이 어미의 눈빛과 마주치면서 세상은 온통 꿀물에 젖어들었다. 현장원은 아내가 아이 젖을 물리는 걸 보고는 몸을 가볍게 떨었다. 그것은 일종의 생의 촉각과도 같은 것이었다.

현장원은 자기도 모르는 사이에, 아니 의식적으로, 의식과 무의식이 늘 넘나드는 것이지만, 공공성 문제를 자기 것으로 끌어안고 있다는 생각이 들었다. 수용자와 객관적 대상의 관계 속에서 공공성은 존재한다. 현장원은 자기 생각을 그렇게 정리했다.

— 문학 한다는 게 가난하게 살겠다는 각오와 한가지야. 현장원은 문정선에게서 눈길을 돌리며, 열적게 말했다. 그것은 부친 현명한의 좌우명 같은 것이기도 했다. 단사표음(簞食瓢飮), 햄버거와 콜라 한잔에 만족하고, 갈불음도천수(渴不飮盜泉水), 목이 타도 생수 훔쳐먹지 않는다, 그게 부친의 표어였다. 그러나 현실은 달랐다. 열다섯 소년이 편의점에서 햄버거 훔쳤다가 경찰에 잡혀가 혼쭐이 나기도 하고, 물이란 물은 죄다 값이 매겨져 팔렸다.

— 문학인의 가난? 진성금이 눈을 크게 뜨고 현장원을 쳐다보았다. 문학하는 이가 가난하다는 건 고정관념인지도 몰랐다. 문학으로 돈 벌어 잘사는 이들이 없는 바 아니었다. 평창동에는 개인 문학관을 가지고 사는 문인 선배들이 몇 있었다. 자신이 예외적 인간이 되지 말라고 스스로 울타리를 치는 어리석은 인간이 있는 법이다. 현장원은 돈이

친구를 만든다는 생각을 이따금 하곤 했다. 친구의 공공성……. 아버지의 공공성, 내외의 공공성……핏줄의 공공성……. 부자간의 관계와 조손간의 관계는 어느 것이 더 공공성을 띨까? 현미리……. 현장원은 쿠바로 간 부친과 딸 생각에 잠겨들었다.

— 문여사는 여전히 시 잘 써지나? 진성금이 물었다.

— 시가 잘 안 되어서, 소설이나 써야 하겠어요.『서초동 사람들』이란 제목의 연작소설을 하나 구상하고 있는 중이라오.

— 하긴 여기 사람들 이야기 뭐가 될 것 같군. 밖에서 데모대들이 외치는 소리가 실내까지 들려왔다. 조국수호, 검찰개혁, 조국수호, 검찰개혁……. 현장원은 눈을 감았다가 떴다. 건너편 벽에 정완영의 시조 「조국」의 시화가 걸려 있었다. 현장원은 시의 끝구절 '청산아, 왜 말이 없이 학처럼만 여위느냐' 하는 데 눈을 주고 있었다.

— 공공적 주체로 나를 세워나가지 못하는 주제에, 그런 제목으로 무슨 발표를 하고 어쩌구 한다는 게 우습지 않아? 현장원은 자신을 비웃고 있었다. 진성금이 현장원의 물잔을 다가주면서 말했다. 아직 주문을 미루고 있는 중이었다.

— 공공적 주체는 자연스럽게, 아니 저절로 형성되는 게 아니라 투쟁을 통해, 일종의 전리품으로 얻게 되는 건지도 몰라요. 문정선처럼 시대를 포착하는 작업 그게 일종의 투쟁일 거고. 소설쓰기 그건 설명 필요없는 투쟁이야. 현장원은 작가 혹은 소설가라는 게 공적 존재라는 생각을 막연히 해왔다. 진성금의 이야기를 듣고 나니 사실이 그렇겠다는 생각이 드는 것이었다. 군중의 소음 속에서 뚜렷이 울리는 목소리를 건져내어 빛 가운데 드러내는 일이 소설쓰기였다. 소설적으로 공공적 주체가 된다는 것은 사회적 책무를 진다는 뜻이었다. 자신은 그런 역할을 하고 있는지 의문이 들었다.

— 소설가로 공인을 받자면, 물론 판을 깔아주는 제도라는 게 있어야겠지. 삐딱하기는 해도 그『물매문학』이라는 잡지가 당신을 작가로 만들어주었다는 거 잊으면 못써. 그래서 어떻게 하라는 것인가? 답답한 일이었다. 현장원은 진성금이 말하는 것 하며 현장원 자기를 대하는 태도 어느 하나 고운 게 없다는 느낌이 들었다. 소설가에 대한 학자의 우위를 강요하는 듯한 분위기 가운데, 현장원은 속이 서서히 뒤틀려 가기 시작했다.

— 어려울 때 도와주는 게 친구지 않아? 진성금이 현장원의 손을 잡으며 얼굴에 웃음을 돋아 올렸다. 진성금이 현장원에게 도움을 요청하는 요지는 이런 것이었다.

문학이 이제까지 너무 자기 울타리 안에 들어앉아 '좌정관천'하는 식으로 살았는데, 좀 더 개방된 환경에서 문학을 공공차원의 담론을 위한 대상으로 보자는 거였다. 그래야 문학의 사회적 기능이 확장될 거고 문학 끝장났다는 푸념 걷어치우고 새로운 문학 향유하면서 살 게 아닌가. 그런 뜻에서, 문학을 살리자는 의도에서 문학이나 문학교육의 공공성에 대해, 공공적 담론을 만들어보자는 거요. 아시겠소? 한 자락 깔고 나오는 투가 식상하기는 했지만, 당신도 교수 티를 내는구나 하는 생각으로 눌러 앉았다.

— 꼬트 뒤 론느 빈티지, 그 정도면 충분하지 않아? 문정선이 와인 리스트를 집어들면서, 멈칫거리지 말고 어서 결정하라고 재촉하는 중이었다.

— 여기는 세미나룸이 아니라니까요. 진교수님은 침대에서도 공부하는 자리 깔고 그러셔? 문정선이 진성금을 향해 눈을 흘겼다. 룸을 나갔던 문정선이 와인 병을 하나 달랑 들고 들어왔다. 그리고는 이야기 판에 끼어들 기세였다.

— 여기가 그냥 샤이닝 문이 아니라니까요. 문정선은 모니터를 작동시켜 임동혁이 연주하는 베토벤의 〈월광 소나타〉를 화면 가득 띄웠다. 현장원은 정완영의 「조국」을 적어놓은 액자를 쳐다봤다. 거기에는 시인 혼자만 덩그러니 앉아 있고, 대중들이 없었다. 아가씨들이 안주 접시를 들고 들어왔다.

— 우리 두 사람뿐인데, 너무 과하지 않나? 현장원이 눈을 굴리며 말했다.

— 소설가가 세상 구석구석 훤히 알아야 소설 시야가 넓어지지. 아가씨들은 말야, 잠시 나가 있지. 우리 되게 재미없는 이야길 해야 하거든. 현장원은 진성금이 사태를 잘 파악하고 요량한다는 생각이 들었다.

— 쟤들 팁 얼마씩 줘야 하지? 현장원이 진성금을 쳐다보며 물었다. 엉뚱한 생각이었다. 윤리학자와 술집 아가씨. 현장원은 부친 현명한과 딸 현미리를 생각하고 있었다. 어쩌면 어머니가 쿠바에서 술집을 경영하는지도 모를 일이었다. 그렇다면, 부친 현명한은 손녀를 소개할 겸해서 쿠바로 데리고 간 걸까.

— 걱정 마소. 내 프로젝트에서 얼마간 돌려쓸 만큼은 있어요. 다른 친구 두엇 더 올 테니 걱정 안 해도 돼. 현장원은 자기 속을 들킨 것 같아 자리가 영 불편했다.

— 다른 친구라니? 현장원이 부담스럽다는 듯이 물었다.

— 나한테 술 살 만한, 그런 애들 있어. 서초동 '높은 집'에서 일하는 애들 있는데, 내가 걔네 애들 과외를 해서 관산대학에 합격시켜주었거든. 사교육을 통해 공교육의 수준 향상에 기여한 거라고. 공교육이라는 게 공적교육, 교육의 공공성이 보장되는 그런 교육이지. 그런데 교육이라는 게 공룡이 돼가지고 자율적으로 운신이 되질 않아. 그

건 자네도 잘 알 테지만……. 알바한 집 학부모 뜯어먹겠다는 수작 같아 맘이 켕겼다. 교육의 공공성, 문학이 교육에 기여하는 공공성, 문학 속에 나타나는 교육의 문제. 나아가 문학교육은 공공성의 차원에서 어떤 과제를 안고 있는 것인가? 현장원은 이미 진성금이 부탁한 과제를 속으로 정리하고 있었다. 그때 문정선이 진성금 옆에 바짝 다가앉았다.

— 높은 집 사람이 누구예요? 문정선이 진성금을 느글거리는 눈길로 쳐다보며 물었다. 진성금은 멈칫거리고 있었다. 자신과는 특별한 관계가 없었다.

— 내가 오늘 근사하게 한턱 쏠게요. 시인이 왜 저러나, 현장원은 고개를 갸웃거렸다.

— 어디 별장이라도 가자는 얘긴가?

— 별장은 차관 정도 돼야 가잖아요? 가당찮다는 어투였다.

— 시인과 검사, 잘 어울리는 조합 아닌가? 현장원이 한마디 거들었다.

— 엉뚱한 생각 말아요. 시와 영업은 길이 달라요. 시인과 작부? 엉뚱한 생각……!

— 일단 사람이 오면 봅시다. 진성금의 눈빛이 번득하고 빛을 튕겨냈다.

— 여기까지는 소설가가 계산해보시지. 진성금이 옷걸이에 걸린 코트를 집어들며 말했다. 현장원은 머릿속이 하얗게 비어나가는 듯했다. 현기증이 몰려왔다. 카드 잔고가 겨우 몇십만 원이나 될까 말까 달랑달랑했다. 공공성 실현을 위해서도 돈은 필요한 것이었다.

3

코트에서 지갑을 꺼내 들고 나간 진성금은, 문정선의 부축을 받으면서 헛놓이는 걸음으로 다시 룸에 들어왔다. 현장원은 '서러운 가얏고' 같은 자기 존재를 붙들고 앉아 있었다.

— 서울까지 찾아와서 날 녹초로 만들겠다는 거야 뭐야. 현장원은 불평을 늘어놓듯이 말했다. 진성금은 술김이라 그런지 말이 길었다. 교수라는 직업병이 도지는 것인지도 몰랐다. 부친 현명한은 늘 그렇게 말했다. '진리는 말이 번잡하지 않다.' 그럴라치면 현미리는, 할아버지 진리가 뭔데? 하고 물었다. 쿠바에서 현미리는 무얼 하고 있을까? 현장원은 내리닫히는 눈을 손등으로ㄴ 문질렀다.

— 자네 때문에 사적인 일이 공공적인 일로 위치변환을 하는 셈이랄까. 친구로서 발표를 부탁하는 것은 친밀성을 바탕으로 하는 일이니까 사적 영역에 속하는 것일 텐데, 학회 회장으로서 발표를 부탁하는 일은 공공성을 띠는 것이지. 그리고 달구벌에서 문학 공부하는 회원들과 자네에게 친분을 만들어주겠다는 거야. 그런 이야기를 하는 사이, 양복을 빼입은 젊은이 둘이 홀로 들어섰다.

— 제가 오진률입니다. 젊은이 하나가 명함을 내밀었다. '법무법인 진률' 수석 변호사라고 되어 있었다.

— 저는 명함이 없어서……. 진성금의 친구 현장원입니다. 소설가입니다. 그렇게 자기 소개를 했다. 근간에 만든 명함을 챙겨 나오지 못한 것이었다.

— 그렇군요. 오진률이 현장원에게 다가서면서 놀라는 듯, 반갑게 손을 내밀어 잡고 흔들었다.

— 문학이 도깨비라고 썼던, 소설가……. 맞지요? 옆의 젊은이가 슬

그머니 손을 내밀었다.

— 오랜만입니다. 구면인데 몰라보시네요, 고평만입니다. 기억하실라나 모르겠습니다만,『물매문학』시상식에서 만났잖아요? 평론가 고평만. 현장원이 이름이 재미있다고 했더니, 이름과 달리 자기는 '저평'을 하는 사람이라고 나왔다. 까슬한 느낌이 들었다. 그러나 소설가로 지내자면 평론가 하나는 꿰차고 있어야 한다는 선배의 이야기가 떠올랐다.

— 정욱이 대학원 마쳤습니까? 진성금이 오진률에게 물었다. 아마 그가 과외를 해서 관산대학교에 들어가게 했다는 학생 안부를 묻는 모양이었다.

— 걔가 문학에 빠져서 이제 법에는 관심이 없습니다. 지금은 도서관에 처박혀 있는데, 아마 대학원은 국문과로 가지 않나 싶습니다. 진성금을 바라보는 오진률 변호사의 눈길이 곱지 않았다. 마치 당신이 문학 바이러스를 애한테 주입해서 애가 문학병에 걸렸다고 탓하는 모양이었다. 현장원은 공공성과 친밀성이 넘나들면 '개종'이라는 결과를 가져올 수도 있다는 생각이 들었다.

— 현장원 선생은 지금도 '도깨비 문학론'을 고려하고 계십니까? 현장원의 딸 현미리는 도깨비 이야기를 유난히 좋아했다. 사실 도깨비 문학론이라는 아이디어도 딸에게서 얻은 것이었다. 부친 현명한은 순수 열정의 윤리를 이야기하곤 했다. 그러면서 체 게바라를 추켜들었다.

현장원은 구태여 대답을 하려 들지 않았다. 전에 그런 일이 있었다. 『포스트휴먼 문학』이라는 잡지에서 '작가가 보는 소설의 비밀'이라는 특집에 글을 써달라고 해서 써준 적이 있었다. 이른바 '도깨비 문학론'이라는 글이었다. 현장원은 잠시 그때 발표한 글을 반추했다. 대개 이런 내용이었다.

'문학 도깨비론'은 정녕 연구논문이 되기 적절치 않은 제목일지도 모른다. 넓은 의미의 문학이건, 장르를 한정해서 소설이건, 텍스트를 분석하고 그 결과를 재구성해서 논리를 세워야 연구가 된다. 텍스트라는 것은 종이 위에 활자로 기록된 일련의 언어 연쇄물을 뜻한다. 그러나 누군가 읽어주지 않으면 텍스트 그 자체는 '말을 하지 않는다.' 같은 텍스트를(혹은 텍스트의 다른 이본을) 여럿이 읽어 공유해서 기억의 영토에 함께해야 하고, 소통해야 한다. 의식상의 기억을 공유하지 않는 텍스트는 공허하다. 읽는다는 것은 남도 읽을 때라야, 그리고 그 읽은 결과를 공유할 때라야 의미를 지닌다. 어떤 텍스트를 읽은 독자들이 공유하는 기억내용이 문학인 셈이다. 그것은 실체가 없다. 그래서 도깨비다. 요즈음 말로 한다면 문학은 하이퍼공간에 존재한다. 하이퍼공간의 공공성……. 현장원은 그런 주장을 펼 논리가 마련되어 있지 않았다.

그런데 도깨비는 논리가 서지 않는 존재이다. 자기 존재를 실체로 가지고 있지 않기 때문이다. 소설이 어디 있는가? 특히 문학 가운데 소설은 도깨비를 닮았다. 정체를 알 수 없다. 따라서 학문의 대상이 되기 어렵다. 학문의 대상이 되어도 텍스트를 가지고 작업을 할 경우, 그것이 독자의 의식공간에 어떤 형상으로 자리잡는가 하는 점은 보여주기 지극히 어렵다. '도깨비학'이나 '도깨비론'은 성립하지 않는다. 실체가 없기 때문이다. 도깨비를 불어로 옮긴다면 아마 팡톰(le fantôme)이 될 것인데, 이는 그리스어 환영을 뜻하는 판타스마($\varphi\acute{\alpha}\nu\tau\alpha\sigma\mu\alpha$)에 어원을 두고 있다. 환영의 문학……. 그런데 독자는 그걸 실체로 안다는 게 기가 찰 일이었다.

거듭하거니와 문학은 실체가 없다. 근원적으로 환영(simulacre)이다. 아울러 상징이다, 상징기호로 조립한 이미지군이다.『춘향전』은 실체가 무엇인가? 머릿속에 남아 있는 인상과 인물과 그들의 행동 파편이 '춘향전'의 실체다. 문학은 근원적으로 가상으로 존재한다. 가상으로 존재하는 문학, 그걸 읽은 사람들 사이에서는 의식공간에 공유하는 차원이 또 다른 가상을 만들어낸다. 독자들이 만들어낸 이질적 가상을 바탕으로 의식의 공통성을 일구어낸다. 문학의 공공성은 거기서 생겨난다. 사람을 묶어주고 풀어주어 어떤 행동을 하게 한다. 문학의 공공성은 환영의 공공성인 셈이다. 현장원은 그러한 내용을 메모하고 있었다.

— 술 먹으러 와서, 딴짓하는 사람, 난 제일 싫더라. 다른 룸에 다녀왔는지 문정선이 현장원의 옆으로 다가앉으면서 눈을 하얗게 흘겼다. 현장원은 등줄기로 소름이 끼쳤다. 손등으로 눈을 문지르고 다시 쳐다봤다. 환장하게, 문정선의 얼굴이 아내를 꼭 닮아 보였다. 거기서 왜 환장하게가 떠올랐는지 알 길이 없었다. 아마 문정선이 달구벌대학교 대학원에서 공부한다던 이야기를 기억하고 있었기 때문인 듯싶었다. 이 장면에서 한국으로 유학와서 동양윤리학을 공부하고 쿠바로 돌아간 '이루나'라는 아가씨가 떠오르는 것은 기이한 일이었다. 그게 혹시 현장원의 이모는 아닐까 그런 생각을 오랫동안 떨쳐내지 못하고 지내왔다.

— 천재는 몽상에 잠기기도 하고 그러는 거야. 진성금이 현장원의 잔에 술을 따르라고 문정선을 쳐다봤다.

— 선생님은 요새 어떤 소설 쓰세요? 고평만이 물었다.『상어』이야기를 할까 하다가 입을 다물었다. 안 팔리는 소설이라고 이야기하려다가, 말을 돌렸다.

— 머지않아 제 소설 읽으실 기회가 있을 겁니다. 얼마 전에 끝낸 장편이 하나 있기는 한데……, 현장원은 멈칫거리면서 고평만을 쳐다봤다. 성큼 욕심을 내어 읽어주겠다는 이야기를 기대하고 있었다.

— 전에는 장편소설을 잡지에 몇 회로 나누어서 분재도 하고 했는데, 요즈음엔 그런 잡지 찾기 어렵지요. 전작으로 낼 때 작품 해설을 달아드릴 수는 있고, 그걸 잡지에 발표해서 독자를 확보하는 것도 방법입니다. 그래서 어떻게 하라는 것인가, 현장원은 고평만을 올려다봤다. 고평만이 빈 잔을 들고 현장원에게 술 따르기를 재촉하고 있었다. 현장원이 고평만의 잔에다 자기 잔을 부딪치면서 오케이, 오케이 그렇게 반복했다.

문학 이야기를 하자고 모이긴 했지만 영 조합이 어우러지지 않는 모임이 되었다. 공공성이 상실된 집단인 셈이었다. '공공성 형성의 내적 구조' 현장원은 그렇게 혼자 중얼거렸다. 문정선이 오진률 변호사 옆으로 자리를 옮겨 앉았다.

4

— 달구벌대학교 대학원이라면, 진성금 교수한테도 강의 들어요? 현장원이 조심해야 하겠다는 생각을 하면서, 문정선에게 물었다.

— 아니걸랑요. 난 문학 대신 철학 공부하기로 했어요. 언니 하는 일에 쐐기 박겠다고 작정한 것처럼, 내 동생이 그 과에 다니거든요. 그런데 제가 거기 얼찐거리면 오해를 살 것 같기도 하고……. 그렇지 않은가 하는 표정으로 진성금을 쳐다봤다.

진성금은 지난 학기 비평론 기말시험 장면을 떠올리고 있었다. 문학

장르의 독자성 혹은 법칙성에 대한 이론을 요약하고 실제 작품을 예로 들어 설명하라는 문제였다. 문선란이라는 여학생이 가장 먼저 답안지를 제출하고 앞문을 열고 나갔다. 진성금은 시험지를 들고 훑어보았다. 내용이 충실하지 못할 거라는 예측과는 영판 달랐다. 시험지를 2단으로 접어, 정갈한 글씨로 한 장을 빼곡하게 채웠다. 너무도 인상적이어서 기억에 사라지지 않고 아직 내용이 기억에 남아 있었다. 대개 이런 내용이었다.

문학은 예술 가운데서도 특이한 예술이다. 이는 문학이 언어를 매재로 하기 때문이다. 음악의 매재인 음은 본질상 아무 의미를 지니지 않는다. 물론 과도하게 날카로운 소리는 두려움을 불러올 수 있다. 그러나 두려움은 느낌이지 의미가 아니다. 그림을 그리는 물감의 색 자체는 아무 의미도 지니지 않는다. 붉은색이 공산주의를 뜻하는 것은 어느 시대에 선택한 상징에 시대 이념이 착색되었기 때문이다. 그런데 문학의 매재인 언어는 그 자체가 상징이고, 상징이기 때문에 사물 차원의 질료가 되지 못한다. 그리고 언어는 그 걸치는 영역이 매우 포괄적이다. 소설의 경우 인간사 어느 구석이고 못 다룰 영역이 없다.

소설은 서사 차원에서 규정하자면 '인간의 이야기' 그 가운데 근대적인 형식의 이야기이다. 인간의 활동 범위를 전체적으로 포괄하는 이야기는 인간의 행위 영역 전체를 그 안으로 이끌어들인다. 문학은 인간의 언어적 형상화다. 그런데 문학 고유의 학문적 논리는 없다. 인간에 대한 학문, 개인과 집단의 심리를 다루는 심리학, 사회적 존재로서 인간을 다루는 사회학, 인류학적 존재를 다루는 인류학, 그런 데서 이론을 빌려다 쓴다. 문학 고유의 것이라면 장르론이나 수사학 정도가 있을 뿐이다.

그런데 수사학이나 문체론은 다시 언어로 수렴된다. 문학은 널리 보면 인간에 대한 언어적 형상화이다. 형상화 또한 언어적 기법으로 설명될 수 있다. 결국 문학연구 방법론은 이웃 학문에서 그 방법론을 차용해 쓴다. 문학 고유의 방법론이 없는 셈이다. 문학연구 방법론이 더욱 난관에 봉착하는 것은 문학의 실체라고 할 수 있는 독자의 독서 내용과 그 해석 때문이다. 텍스트를 다룬다고 하지만, 독자의 이해와 감동을 제외한 텍스트란 추상적인 언어조직일 뿐이다. 문학 현상학이 주목을 받는 것은 이 때문이다. 감각과 이미지와 상징 등을 이야기하기 위해서는 다시 언어를 동원해야 한다. 문학에 관한 한 창작이나 비평이나 연구나 모두 언어작업으로 수렴되는 셈이다. 여기서 문학연구자는 막다른 골목에 다다른다.

그렇게 개설에 해당하는 내용을 서술하고는 항목별로 구체적인 예를 들어 설명하고 있었다. 이런 학생이 달구벌까지 와서 공부하는 까닭을 알기 어려웠다. 길러봄직한 인재라는 생각을 했다. 그러나 한 학생이 뛰어나다고 해서 그 학문 전체가 뚜렷한 수준 향상을 보이는 것은 아니었다. 공공적인 맥락에 들어가야 할 터였다.

진성금은 문학연구가 문학을 공공성의 마당으로 띄워올리는 데 기여하는 바가 무엇인가 하는 생각에 빠져들었다. 현장원에게 들려주고 싶은 내용이었다.

문학을 그 이웃 영역에서 넘보는 것은 문학의 속성 때문이다. 소설이나 시를 읽기 이론에서 다루어야 한다는 주장이 나온다. 소설연구, 시론, 시비평 등은 소설읽기, 시읽기가 아닌가. 소설이라는 장르의 언어체를 읽어내는 것이기 때문에 언어학이나 국어학에서 다루어야 한다는 주장을 거침없이 내세운다. 그런 사정을 잘 아는 진성금이 소설가 현장원에게 발표를 부탁하는 것은 무리일지도 모른다는 생각이 들

시인의 강

었다. 그러나 진성금의 생각은 딴 구석에 있었다. 현장원이 위험해 보이는 것이었다. 어떻게든지 도와주어야 한다는 생각이 들었다. 그때 오진률 변호사가 현장원에게 술잔을 내밀었다.

— 소설 써서 먹고살 수 있어요? 현장원은 받은 잔을 마시지 않고 그대로 탁자 위에 놓았다. 소설 써서 먹고살 수 있는 소설가가 몇이나 될 것인지, 손가락이 짚어지질 않았다. 조정래, 김주영, 이문열, 그리고 모모하는 젊은 소설가들 말고는 손에 꼽을 만한 예가 떠오르지 않았다. 여자들의 경우는 생활을 자신이 책임지지 않아도 되는 경우가 '많기' 때문에 남자들과는 형편이 다를 것 같았다. 직업으로서의 소설가는 이제 사라지는 중이 아닌가 싶었다. 소설쓰기가 직업이 될 수 없을 때, 소설 문학의 공공성은 이전과 달라질 게 명약관화한 일이었다.

푸른 바다 위에 떠 있는 요트에 앉은 털부리 작가는 작살에 꿴 커다란 물고기를 들고 있었다. 멕시코만에서 살던 헤밍웨이의 사진이었다. 현장원이 그 사진을 가리키며 말했다.

— 저 무렵 소설가들은 날렸지요. 지금은 달라요. 소설을 쓴다는 게 과연 무엇인가? 소설가들 스스로 그렇게 고개를 갸웃거리고 있는 형편입니다. 회의주의 철학자들이 되었지요. 글쎄요, '고독한 자의 자기성찰' 정도나 될까? 현장원은 힘없이 이야기를 하다가, 혼자 허탈하게 웃었다. 부친 현명한도 '고독한 자기성찰'을 버릇처럼 되뇌곤 했다.

— 구태여 이야기하자면, 남의 이야기를 빌려와서 하는 자기성찰이랄까. 이게 중요한 이유는 자신의 명상과 달리 성찰은 인간에 대한 보편적 가치를 생각하게 되는 거 아닙니까. 그렇게 되면 소설이 일종의 대화성을 획득하게 됩니다. 그리고 나와 남의 관계를 촉진하는 역할을 하지요. 사람과 사람의 관계를 촉진하는 건 중요한 일이지요. 현장

원의 이야기를 듣고 있던 오진률 변호사가 비스듬히 등을 소파에 기대고 앉아 빙긋이 웃었다. 한심한 인간아! 하는 표정이었다. 섬과 섬을 건너뛰며 날아가는 이야기처럼, 맥이 끊기곤 하는 이야기가 밀려가고 있었다.

— 소설 안 쓰면, 뭐어 죽을 일이라도 생깁니까? 오진률 변호사가 물었다. 대답할 말이 없었다. 안 쓰면 그만이지만, 그렇다고 대안으로 할 일이 있는 게 아니었다. 사실 현장원이 소설에 매달린다고는 하지만, 매달리는 건 아니었다. 매달린다기보다는 의지하는 편이었는데, 그건 허전하기 짝이 없는 존재근거였다. 머리가 서늘하게 비어나가는 느낌이었다. 불혹? 의혹이 다 해소된 나머지 명징한 의식으로 인간을 바라보고 세상을 평가할 수 있는 그런 나이가 불혹일 터였다. 환장하게, 당신이 그렇게 초라한 '한 마리 작가'가 되면 우린 뭐야? 오진률은 벌컥 화를 돋우었다. 현장원의 등에 진땀이 흘렀다. 그들은 그냥 존재가 아니라 현장원 자신의 존재근거였다. 당신이 소설가라는 데 대해 아무 의심을 두지 말라는 뜻으로 생각되었다. 남이 자신을 규정해주는 전도된 언어 가운데 사는 자신. 하복부가 팽팽하니 부풀어 올랐다. 부친 현명한과 딸 현미리 얼굴이 떠올라 눈앞에 아물거리다가 사라지곤 했다. 쿠바에 가야 할 일이었다. 아버지건, 딸이건, 혹 고모뻘 되는 누구건 가서 찾아와야 할 존재들이었다.

— 오해 없을 줄 알고 말씀드리는데, 혹시 알바 삼아 홍보실 일 조금 거들어줄 수 있겠어요?

— 홍보실 일이라뇨?

— 우리 장모가 여성 언더웨어 사업을 하는데, 사세 확장을 하는 중에 홍보를 강화해야 한다면서, 홍보실을 새로 운영한다는 겁니다.

— 그렇게 하세요. 비평가 고평만이 앞에 나섰다. 그리고는 그 일을

해야 하는 이유를 설명하러 들었다. 소설 써서 먹고살지 못한다는 이야기를 하려는 참이었다. 현장원이 손을 내저었지만 고평만은 완악스럽게 나섰다.

— 이제 소설 써서 밥벌이할 수 있는 시대는 멀리 갔습니다. 직업으로서의 소설쓰기, 이제 잊어버리고 다른 밥벌이 한번 강구하세요. 와인 잔을 홀짝 비우고는 자기 이야기를 늘어놓았다. 소설가는 대개 투잡으로 소설쓰기를 해야 합니다. 어디 몸이 견디겠어요? 현장원은 자신의 팔을 만져보았다. 근육이 흐물흐물했다. 벽에 걸린 사진을 다시 쳐다보았다. 낚싯대를 들고 있는 작가의 팔뚝엔 근육이 울툭불툭 돋아나 보였다.

— 아니면, 일반 남성 소설가들은 '들병이 남편' 노릇 하지 않으면 모가지 살아갈 방법이 없습니다. 평생 아내한테 죄짓는 느낌으로 살아야 합니다. 그래도 소설 버리지 못하는 이들이 있기는 하지요. 그런데 소설을 집착과 미망(迷妄)으로 밀고 나가면, 나중에는 자기 세계에 빠져 세상은 변하고 자기 소설은 그대로 고착되어버리고 맙니다. 미안한 이야긴데 현장원 작가도 불혹이라, 누구 말대로 이제 혁명을 도모할 수 없는 나이 아닙니까. 일자리 생길 때 잡으세요. 연봉도 괜찮을 겁니다. 얼마 얘기했지요? 고평만이 오진률을 쳐다보다가, 현장원의 잔에 술을 따랐다.

생각해보니 공개적인 망신 아닌가 싶었다. 그러나 금방 속셈을 하면서, 이야기에 빠져들었다. 네 재주로는 밥벌이 못 하고 마누라 신세 져야 산다, 그런 이야기가 달가울 까닭이 없었다.

— 한 사천이야 안 되겠습니까? 월 삼백에다가 아내가 학생이 줄지 않으면 이백오십 해서 오백오십만 원, 중산층 4인 가족 살기의 기준에 딱 맞는 수입이었다. 월 소득 외에 은행잔고가 8억은 되어야 중산층이

라지만, 그야 아내가 계획해서 할 일이고……. 줄잡아 한 해 벌면 쿠바에 가서 일 년은 버틸 수 있겠다 싶었다. 현장원은 히죽 웃었다.

— 구미가 당기시면, 연락하세요.

— 지금 찬밥 더운밥 가릴 처진가, 강연료 톡톡히 챙겨준다니까 감읍해서 눈물 흘리는 사람이. 그건 공공성에서 벗어나는 일이었다. 자신의 공적인 몸값은 거기 훨씬 못 미쳤다. 강연료에 눈물 흘린, 그런 일은 환장을 한대도, 단연코 없었다. 발표를 허락한 것이 그렇게 비친 모양인데, 자존심 구기는 일이었다. 나는 내가 아니라 남의 눈에 비친 내가 나인 셈이었다. 그것은 그림자놀이 비슷한 일이었다. 아무튼 술이 깨는 장면이었다. 소설의 공공성 따위를 묻고 어쩌고 할 계제가 아니었다.

— 내가 연락하겠습니다. 그렇게 인사를 하고는 자리를 떴다. '샤이닝 문' 광고판이 선혈 같은 빛을 길바닥에 흘리고 있었다. 딸 현미리는 텔레비전에서 작살로 고래 찍어내리는 장면을 보다가 울어서 눈이 벌개지곤 했다.

5

뒤척이다가 잠이 깼다. 아내가 켜놓은 라디오에서는 가곡이 흘러나왔다. '세월이 흐르면 잊으리라고 생각했지요. 세월이 흘러가면 잊어진다고…….' 소프라노 황영금이 부른 〈안타까움〉이란 노래였다. 아내는 독서지도자 교육에 간다고 나간 모양이었다. 현장원은 문학의 공공성 문제와 연관된 내용을 대충 적어놓은 노트북 컴퓨터를 펼쳤다.

늦어도 10월 20일까지는 발표 원고를 달라던, 학회 간사 노영득 선생의 목소리가 귀에 잉잉거렸다. 그날이 10월 15일이니까 닷새 정도 시간이 남은 상황이었다. 현장원은 노트북에서 파일을 찾아보았다.

'소설/문학의 공공영역에서의 역할'이란 제목 아래 이런 내용들을 간단하게 메모해놓았었다. 화면을 스크롤하면서 파일 내용을 읽어나 갔다. 파일에 들어 있는 내용과 의식상에 떠오르는 생각이 얽혀들었 다.

사적 영역에서 이루어지는 독서가 공적 영역으로 전이되면 공공성 이 발생한다. (공적 영역과 공공영역을 유사한 용어로 쓴다.) 현장원은 대강 아래와 같은 내용을 메모해두었다.

첫째, 인간관계 조성―소설가끼리, 소설가와 비평가, 같은 작가의 작품을 읽을 독자끼리, '소설가의 오만함'을 혐오하는 독자끼리, 같은 작품을 읽고 논의하는 가운데, 강요 없는 결속을 이루게 된다.

밖에서 조국수호, 검찰개혁 구호가 들려오는 것 같았다. 그건 전날 서초동에서 들었던 구호의 기시감, 데자뷔인지도 몰랐다. 데모와 문학 ―데모를 위한 노래, 예컨대 〈임을 위한 행진곡〉을 같이 부르는 사람 들 사이에도 공공성이 조성되는가? 그런 것 같기도 했다. 달리 생각하 면 그것은 '상상된 공동체'일 듯했다.

둘째, 교육의 지표―인간 형성의 매개체……. 자신없는 항목이었다.

셋째, 이념을 대변하는 매개체를 중심으로 공공성을 형성할 수도 있 다. 브나로드 운동(V-narod) 운동과 소설 : 심훈의 장편소설『상록수』.

넷째, 사회운동을 추동하는 소설의 공공성. 이 항목은 예가 다소 구 체적이었다. 예를 들기로 한다.『엉클 톰스 캐빈』(Harriet Beecher Stowe, 1811~1896, 1851년 신문 연재, 1852년에 발표), 노예해방의 도화선을 마련 한 소설. 이광수의『흙』(1932.4.12.~1933.7.10.『동아일보』연재, 1953년 단

행본 출간), 농촌계몽소설로 당대 젊은이들을 열광시켰던 것으로 전해진다. 라블레(1494.2.4.~1553.4.9.)의 소설『가르강튀아와 팡타그뤼엘』(1532~1564)은 프랑스 17세기 개명의 나팔 소리를 울려준 소설이다. 헤밍웨이의『노인과 바다』…… 그 뒤에 달린 언급은 없었다.

문득 이런 의문이 들었다. 라블레를 읽은 사람이 몇이나 있을 것인가. 이야기가 추상적으로 흘러갈 것 같았다. 최인훈의『광장』, 도스토옙스키, 에밀 졸라…….『제르미날』?

현장원은『제르미날』뒤의 의문부호, 그 속에 숨어 있는 자신의 어설픈, 공공성이 배제된 까칠한 삶의 민낯을 보여줄 게 께름했다. 작가는 비평가나 연구자보다 한결 윗길을 걸어야 한다는 게 현장원의 자기 삶에 대한 일종의 '지침'이었다. 자신 없는 발표를 하는 행위가 자신의 치부를 보이는 것이라면 곤란할 터였다. '사십대의 민낯'이라는 글을 쓸 수 있을까, 그런 생각이 떠오르기도 했다.

전날 있었던 일들이 한꺼번에 기억의 창고를 벗어나 홰를 치기 시작했다. 시쓰기를 그만두고 와인바를 운영하는 문정선, 그리고 그의 동생 문선란을 위해 공부 방향을 바꾼다는 문정선, 발표비 챙겨줄 터이니 발표를 해달라는 친구 진성금의 시혜적 우정, 자기 처갓집 홍보실 일을 해달라는 변호사 오진률, 거기 편을 드는 비평가 고평만 등 하나도 마음 편하게 해주는 이가 없었다. 비어 있는 카드를 들킨 일. …… 아무튼 원고는 완성해놓아야 할 일이었다. 돈 때문이 아니라 친구와 한 약속을 지키기 위해서는 발표장에 서야 했다. 발표장은 쿠바로 향하는 항구였다.

전화가 울렸다. 진성금이라는 발신자 이름이 떴다.

— 어제는 여러 가지로 결례가 많았소. 아침에 오진률 변호사가 전

화를 해왔는데 연봉 육천으로 조정하기로, 장모와 이야기가 되었다는 거야. 당신 의향을 급히 알아야 하겠다는 얘길 해서, 내가 전화하는 것인데……. 그렇게 결단을 하면 어떨까 싶소. 소설이야 근무하다가 연가 내서 쓰면 될 것이고……. 그렇게 하소. 공연히 쭈글스럽게 마누라 치마폭에 둥지 틀 생각 말고…….

— 나 같은 사람이 왜 꼭 필요하다는 건지, 진형이 아는 것처럼, 내가 그런 계통에 경험이 없잖소.

— 책상물림 소설가와 달리, 그분들 다 꿰뚫어 보는 눈이 있습니다. 공연히 버티지 말고 그 정도면 수락하는 게 좋지 않겠소? 그건 현실이 아니겠소. 당신이 소설 써서 한 달에 사오백 버는 건 꿈도 못 꿀 일이라는 분위기를 풍겼다. 현장원은 꼭 몸을 파는 것 같은 느낌으로 대답을 미루고 있었다. 부친은 말했다. '선비는 얼어 죽어도 곁불을 쬐지 않는다.' 딸 현미리는 깔깔 웃다가 '나는 곁불이라도 쬐고 얼어 죽지 말아야지.' 그렇게 조롱투로 말했다. 현명한은 손녀의 머리를 쓰다듬어주었다.

— 이따가 아마 고평만 씨가 전화할 겁니다.

— 고평만 씨는 왜?

— 당신이 어제 그랬잖소. 소설『상어』읽어달라고 했잖소? 현장원은 알았다, 하고는 전화를 끊었다. 무얼 알았다는 것이지는 모호한 상태였다.

속이 쌀쌀 쓰렸다. 열두 시에 다가가고 있는 시간이었다. 커피를 한 잔 타서 들고 텔레비전 버튼을 눌렀다. 법무부장관 조국이 검찰개혁에 대해 급박한 어조로 발표하는 중이었다. 자신의 생애를 온통 검찰개혁에 걸고 사는 모습은 딱하기까지 했다. 검찰에 한맺힌 이들이 드글거리는 나라, 그게 조국의 조국이었다. 그건 어찌 보면 아직 씻어내지 못

한 식민지 흔적이었다. 속이 부글거렸다. 현장원은 환장할!을 되뇌면서 화장실로 들어가 변기를 타고 앉았다. 묽은 변이 주룩주룩 쏟아져 나왔다. 쿠바에서 딸 현미리는 화장실을 어떻게 쓰고 있을까, 생리를 시작할 나인데 할아버지가 그걸 처리하는 방법을 알까? 생각은 현실로 튀었다.

검찰개혁이 완수되면 소설쓰기와 소설읽기가 잘 될까. 아무 답이 떠오르지 않았다. 뿐만 아니라 광화문 광장에서 서초동 거리에서 외치는 '조국 수호'와 '조국 파면'……. 팬티 다섯 장에 5만 원을 부르는 쇼호스트의 요설과 별반 달라 보이지 않았다.

전화벨이 울렸다. 고평만 씨였다. 예상한 일이 문득 다가왔을 때의 그 당혹감이 몰려왔다.

— 웬일로?

— 우리 독서모임 하나 만들지요. '샤이닝 문'의 문정선 마담이 장소와 와인과 다과랑 제공하고, 변호사 오진률 씨가 스폰을 하겠다고 합니다. 그리고 진성금 교수는 금요일이면 서울에 올라온다 하니까 시간을 조정하기로 하고요. 그러면 문학연구자, 소설가, 시인, 비평가, 그리고 왕년의 문학청년 변호사를 아우르는 근사한 모임이 될 것 같지 않습니까? 현장원 선생께서는 그냥 참여하기만 하면 됩니다. 그 '그냥'이란 말이 귀에 거슬렸다.

— 그냥 말고 내 의무사항이 뭔지, 내 몫의 일이 있으면 참여하고 그렇지 않으면 별 생각이 없소. 곁불 쬐며 살기는 싫다는 생각이었다.

— 우리가 말입니다, 술도, 여자도, 돈도 다 시시껄렁한 시기로 접어들고 있는 게 현실입니다. 이럴 때 우리는 공자에게 돌아가는 게 옳다고 봅니다. 그래서 '시습독서회'라고……. 공자님 말씀처럼 '학이시습'하는 자세로 공공적 공간을 만들어가자는 뜻인데, 달리 고려할 사항

시인의 강

은 별로 없어 보입니다. 헤밍웨이는 소설 안 써진다고 자살하고 말았다. 부친 현명한은 자살은 창조주 하느님을 모욕하는 죄라 했다. 자살할 염려는 없었다. 더구나 손녀 현미리가 있어서 그런 우행은 저지르지 못할 터였다.

― 한 달에 한 번 모일 겁니까? 좀 바빠지겠네요.

― 그럼……. 현장원 작가께서 참여를 허락한 걸로 알고 추진하겠습니다.

― 그렇게 하지요. 현장원은 힘주지 않고 그렇게 대답했다. 다섯 모이는 데에 동창생이 셋이면 공공적 아우라는 애쓰지 않아도 자연스럽게 생겨날 터였다.

현장원은 그날까지 원고를 완성해야 한다는 억압감에 시달렸다. 그건 자기가 결정한 일정을 지키는 의무의 이행이기도 했다. 그러나 그 시한은 부진부진 밀려나고 일은 진척이 더뎠다.

현장원은 얼굴 구기는 일이긴 하지만 뭔가 길이 보이는 듯싶었다. 컴퓨터 앞에 앉아 발표 내용을 생각나는 대로 자판을 두드려 입력해놓았다. 소설/문학의 공공성 구현의 가능성과 한계를 지적하는 걸로 결론을 삼아야 하는 게 해결할 과제라는 생각을 하면서 타자를 해나갔다.

문학을 향유하는 일은, 시를 읽거나 소설을 읽는 걸로 대표되는 문학의 향유는 인간과 연관된 가치를 실현하는 한 가지 방법이다. 인간의 가치실현은 '자존감'으로 표현된다. 자존감이란 말이 적절치 않다면 자아 존재감 혹은 실존적 감각이라고 할 수도 있다.

소설/문학은 인간을 총체적으로 다룬다. 정서적 몰입만이 아니라 지적으로 통제된 정서의 형성 가운데, 인간의 가치를 입증해주는 일이 문학을 향유하는 가운데 이루어진다. 공공성은 감성과 논리를 함께 공유하는 인간관계 속에서 자라난다. 그러한 인간관계를 문학이 매개하는 것이다.

인간이 세상에서 남과 더불어 산다는 것을 인식하고, 인간이 관계 존재라는 것을 알아가는 과정이 인간 형성의 메커니즘이다. 공공적 공간에 자리잡은 인간으로서 자아를 발견하는 일이 문학/소설을 향유하는 가운데 이루어진다. 문학은 일종의 대리체험인데, 경험의 간접화는 대상을 거리를 두고 바라볼 수 있게 한다. 이는 미적 거리를 유지한다는 의미가 되기도 한다. 대상에 몰입하되 거리를 유지할 줄 아는 이 메커니즘이 문학의 미적 차원을 보장해주는 것이다.

현장원은 두 팔을 들어올려 기지개를 켜고 타자를 계속했다.

그 형태는 여러 가지로 전개되었지만, 인간은 교육적인 존재이다. 교육적이라는 말은 자기를 형성한다는 의미이다. 형성은 독일어의 빌둥(Bildung)을 뜻하는데, 이 말은 우리가 만들다, 형성하다, 혹은 형상화하다 하는 동사 빌덴(bilden)의 명사형이다. '철학적 인간학'에서 주장하는 바처럼 인간은 형성되는 존재, 형성하는 존재인 것이다. 그 형성을 제도적으로 통제하고 도와주는 것이 교육이다. 교육과정에 문학/소설을 포함하는 것은 이러한 까닭이다. 루카치가 리얼리즘 너머에 독일의 교양소설을 설정하는 이유도 이 부근에 있다.

근대적 의미의 문학/소설은 대부분 책의 형태로 존재한다. 책을 만들고 보급하고 독자의 앞에 책이 갈 수 있도록 하는 출판과 유통 보급 과정이 공공성 형성에 기여한다는 점을 주목할 필요가 있다. 근래에 관심의 대상으로 부각하기 시작한 '작은 도서관' 운동은 문학을 통한 공공성 형성에 기여할 것으로 기대된다.

공공성 문제가 제도화되어 사회적 차원에서 제도화가 되면 공공성은 약간 경직되겠지만, 그 가능성은 증가할 수도 있다. 중고등학교에서 그룹 독서를 기획하고 실천하는 예를 생각할 수 있다. 거기까지 써 나갔을 때 전화가 걸려왔다. 등록되지 않은 번호였다.

— 아, 여보세요. 현장원 작가시지요? 나 오진률 변호사 에미 되는 사람인데, 전화를 기다리다가 내가 전화를 했어요. 우리 아들하고 만났다면서요? 아들 얘기로는 충분히 설득력 있는 이야길 했다던데, 제발 뒤로 빼지 말고 나랑 좀 만납시다. 그러고는 일방적으로 서초동 '샤이닝 문'으로 저녁 일곱 시까지 나오라는 것이었다. 그리고는 전화를 끊었다.

현장원은 소설이야 남는 시간에 쓰기로 하고, 그 연봉 육천을 수용하기로 했다. 그리고 쓰던 원고를 완성하겠다는 생각으로 '문학/소설의 공공성 구현의 한계'를 조목별로 나열하기 시작했다.

문학은 근본적으로 가상공간의 작업이다. 실체가 없고 하이퍼공간에 연결망을 형성하고 떠도는 존재이다. 따라서 가소성(可塑性)이 매우 높은 텍스트이다. 문학을 매개로 만들어지는 인간관계는 개인적 차원의 것이 공공성을 띠도록 조율하는 데 많은 걸거침이 있다.

공공성의 제도 차원에 대한 반성적 성찰이 필요한데, 문학을 매개로 형성되는 공공성은 구성과 해체를 동시에 수행하거나 혹은 반복을 거듭한다. 사회 도덕이나 정의는 지속성을 지닌다. 그러나 문학의 공공성을 가능하게 하는 '취향'은(문학적인 선호 경향은) 짧은 시간적 구간을 두고 뒤바뀐다. 그렇기 때문에 공공성을 제도 차원으로 이끌어들일 필요가 있다. 그렇게 할 경우 공공성은 경직되어 본질을 상실할 것이 염려되는 것 또한 현실이다.

문학의 부단한 변화와 공공성 개념의 변화가 맞물려 보편가치 수립이 어렵다는 점이 공공성을 형성하고 유지하는 데 한계가 된다. 문학은 변형을 거듭하는 당대의 문학이 있을 뿐이다.

공공적 합의의 제한적 분편화가 문학/소설의 특징이다. 소설은 폭넓은 삶의 스펙트럼을 총체적으로 포회(抱懷)하는 작가의 욕망에서 출발한다. 그런데 시대의 흐름을 따라 스펙트럼의 어느 한 층위에 관심이 집중된다. 그리고 이를 바탕으로 공공성이 형성된다. 교육과정 담론에서 '강조점'이 달라지는 것이 공공성 변화를 증명하는 지표 역할을 한다. 현장원은 문학의 공공성을 교육과 연관짓고 있었다. 생각은 짧고 표현 또한 거칠었다.

작은 공동체 혹은 공공영역의 아우라는 당대의 사회적 분위기 안에서 변조된다. 사회적 분위기 아래 변조되는 아우라를 일원화할 수 없기 때문에 공공성의 영역이 제한된다. 헤밍웨이 소설이 불타나게 팔릴 때, 카리브해의 다른 작가들은 어떤 위상이었을까. 그것은 주제 범위를 넘어서는 문제였다.

현장원은 거기까지 원고를 써나가다가 지쳐 나자빠졌다. 그 선에서 마무리하고, 모자라는 부분은 발표 현장에서 보완하고 수정하기로 작정했다. 그런데 토론이 없어서 참여자들의 이야기를 들을 수 없는 게 아쉬운 점이었다. 아무리 '대화주의'를 소리높이 외쳐도 독백을 하고 돌아오는 일이 될 게 뻔했다. 대화는 힘이 있어야 가능한 언어수행 양식이었다. 그런데, 현장원에게는 그 힘이라는 게 없었다.

잠시 쉬는 사이, 버릇처럼 텔레비전을 켰다. '조국 법무장관 사임'이란 자막이 떴다. 조국을 수호하자고 외치던 군중은 어디로 가서 무엇을 외칠 것인가. 그런 의문을 가지고 텔레비전을 쳐다봤다. 자막에 뜨는 시계가 2019년 10월 15일 오후 3시를 가리켰다. 목욕도 하고 잠시 쉬어야겠다고 생각했다. 텔레비전 때문에 쉴 수 없었다. 사표 수리, 20

분 지나서 관산대학교 복직원 제출. 그리고 가족을 돌본다고 집으로 돌아가고. 법무부에서 만들었다는 영웅 조국의 퇴장 이미지 광고가 논객들의 이빨에 씹히기도 했다. 현장원은 텔레비전에 중개되듯이 구성되는 조국 이야기와 논객들의 말빨을 메모하고 있었다. 현장원 자신의 머리로는 '환장하게' 플롯이 짜이지 않는 하이퍼리얼리티 속에 자기가 앉아 있었다. 어느덧 여섯 시로 접어들고 있었다. 오진륭 변호사의 장모님, 여성 언더웨어, 섹시팬티 시리즈……. 미감과 위생의 공공적 연계성……. 일곱 시 약속.

인간은 사회적 존재이면서 내면성을 지닌 존재고, 초월을 지향하는 존재인데, 검찰개혁에 홀릭하는 그에게 내면성은 어디 있고, 초월지향은 무엇인가 하면서 집을 나섰을 때는 부평쯤 되는 서쪽 하늘에 까치노을이 눈부시게 흩어져 있었다. 삶의 수평선은 그의 내면에만 존재하고 외부와 연결되는 순간 가뭇없이 사라지는 셈이었다.

연봉 육천, 굴러들어오는 복을 어떻게 쳐낸다? 소설은 어떻게 할까? 여성의 내복, 언더웨어를 스토리텔링하는 일을 자기가 해낼 수 있을까? 차라리 아내에게 쇼호스트로 나서라고 할까? 현장원의 발걸음은 무거웠다. 현기증이 오는 듯했다. 생각해보니 아침부터 하루 종일 끼니를 걸렀다. 소설이 밥 먹여주던 시대는 행복했다. 그는 혼자 중얼거렸다. 그때 핸드폰이 드르르 떨었다.

— 나예요, 아버님이 내일 한국에 돌아오신대요.

— 뭐야, 당신 이제 헛소리까지 하는 거야, 정신 차리라구.

— 현미리랑, 이루나가 누구예요?

— 쿠바 안 가도 되겠네. 언더 육천 오버 육천…… 염병.

저 아저씨 왜 저러니? 옆에 지나가던 여중생이 그에게 핸드폰 카메라를 들이댔다. 딸이 돌아오면 그만한 나이가 되었을 터였다. 현장원은 〈라 팔로마〉 한 구절을 혼자 흥얼거렸다.

사랑스운 너 함께 가리니
내게로 오라 꿈꾸는 나라로 ✻

작품 메모

소설가는 품위를 지키면서 사는 인간의 모습을 형상화하는 직업인이다. 그런데 인간의 품위는 가변적이고 형성과정에 있다. 그러니 이렇게 살아라 하고, 독자들에게 훈수하는 건 시건방진 일이다. 최소한의 품위를 지켜나가기 위해서 흔들리고 좌절하는, 그리고 다시 일어서는 인간을 그려 보여 주는 데서 그쳐야 한다.

하고 싶은 이야기 다 못 하는 게 소설가다. 이야기의 결론 또한 확실하게 내놓기를 주저한다. 성급한 독자들은 자기가 읽은 소설의 '주제'가 뭔가를 묻기도 한다. 그건, "당신 왜 사는데?" 그렇게 다그치는 물음과 다를 바 없다. 사랑 또한 이에서 멀지 않다.

지나간 사랑은 추억을 소환한다. 추억의 증거가 있을 때, 그 강도는 더욱 강렬해진다. 소환되는 추억의 근원지를 찾아가는 일은 때로 현실을 배반하기도 한다. 쿠바가 그런 나라 가운데 하나다. 작중인물 '현명한'이 쿠바에 뿌린 사랑의 추억이 어떤 것이었는지는 독자 여러분의 상상력으로 재구성할 일이다.

이 소설은 2019년, 서울대학교 〈명예교수 협의회 회보〉에 실렸다.

시인의 강 | 하늘이 울어 땅도 춤추고 | 일어나 걸어가라

시인의 강

1

소설가 현장은 소설을 하나 써놓고 5개월이 넘는 동안 발표를 미뤄왔다. 소설이 시대 추이를 앞서갈 수 있는가 하는 근원적 문제 때문이었다. 현장이 소설의 소재를 찾은 것은 2020년 2월 후반 3주, 우크라이나를 방문했을 때였다. 타라스 셰브첸코라는 우크라이나 민족 시인의 작품을 읽고 그의 생애를 추적하는 가운데, 국가체제에 희생당한 시인의 생애가 마음에 걸려왔다. 그것은 가슴 짜안한 비애감과 역사에 대한 분노의 감정을 불러일으켰다. 현장은 3월 한 달, 그 소설을 쓰는 데 시간을 바쳤다. 그리고 4월부터는 코로나 추이를 관망하면서 지냈다. 작품에서는 코로나가 풀려 외국여행을 할 수 있는 걸로 설정했다. 현장의 소망이었다. 현실은 외국여행을 허락하지 않았다. 현장이 소속된 '심층서사회' 회지의 작품 제출 마감일이 턱에 다가왔다. 코로나가 소설에 각주를 달게 강요하기도 한다는 생각을 하면서, 작품 난외에 주를 붙여 제출하기로 했다. 오늘은 2020년 9월 11일 금요일이다. 금일 COVID-19 확진자 176명, 누적 사망자 350명, 그 가운데 자신이 끼지 않았다는 것은 기적이었다. 인간사 저 꼭대기에 어떤 알지 못할 힘이 있어 소설의 앞길에 버팅기고 서서는, 소설가 주제에 미래를 넘보지 말라고 위협하는 중이었다.

아래 글은 현장이 2020년 3월에 써놓은 후 발표를 망설이고 망설이던 그 소설이다.

* * *

그것은 세상을 한판 뒤흔들어놓는 사건이었다. 도무지 통제가 되질 않는 게 바이러스였다. 그 바이러스를 겪으면서 시인이라는 게 뭔지를, 미언은 거듭 거듭 스스로에게 물어보았다. 시인이 스스로 시가 무언지 묻는 행위는 말의 목을 비틀어놓는 짓이었다. 계기는 기실 간단한 것이었다. 그 흔하디흔한 '구멍'이 불씨로 피어날 줄은 천만 짐작도 못 한 것이었다.

그런 잡지가 있었다. 『포스트휴먼 시학』이라고 알 만한 사람은 대개 아는 잡지였다. 어떻게 발간비를 마련하는지 시 한 편을 실어도 원고료를 꼬박 챙겨주었다. 망설이기는 했지만 그대로 묻어두기 싫어서 시를 하나 보냈다. 「구멍」이라는 시였다. 미언은 자기 시가 실린 잡지를 묵연히 바라보고 있다가 자기 시를 소리 내어 읽어봤다.

구멍, 구멍에서 나와/구멍을 뽀듯이 통과해 나가면서/피 흘리고 환호한 나날들/그 현란한 여행 끝나면/결국 존재란 존재는 구멍을 통해/구멍 없는 구멍으로 터져나가/무한천공의 구멍으로 산화한다.//아담이 나온 구멍/이브가 비집고 나온 구멍/그 구멍 사이 그것……/또한 구멍이어서/인간은 또다시 구원 없는 구멍이다.

코로나는 말하자면 '구멍'이었다. 늙은이 삼백여 명을 엮어서 저승으로 끌고 간 다음, 코로나 바이러스는 세가 꺾였다. 아니 주저앉았다. 잠복이라는 말이 맞을 듯하다. 2019년 12월부터 2020년 5월까지, 꼭 6개월 만이었다.

처음에는 중국 우한(武漢)에서 일어났다고 해서 우한폐렴이라고 했다. 거기 사람들이 뱀이며, 들쥐, 살가지, 족제비 그런 짐승을 잡아먹는 식습관이 있어서 그런 역병이 창궐하게 되었다고 식인종 쳐다보듯했다. 중국의 바이러스 실험실이 뚫리는 바람에 바이러스가 창궐한다는 소문도 돌았다. 우한에는 한국 교민도 천여 명이 넘고, 그 교민들을 상대로 해서 포교활동을 하던 중, 새세상교회 교인들이 바이러스를 묻혀가지고 한국에 돌아와 무차별적으로 살포(撒布)하는 바람에, 한국이 역병의 세계적 본거지인 양 세계인의 논총을 받았다. 한편으로, 역병에 잘 대처한다고, 미국 장사꾼 대통령 트럼프도 한국을 추켜세웠다. 왕관표 역병은 돈으로 다스려지지 않는다는 것을 한참 뒤에 깨닫지만.

한국에서는 역병이 '코로나 바이러스19'라는 무채색 용어로 바뀌었다. 세계보건기구의 권고 사항이라고 했다. 증오와 혐오의 감정을 뺀 탈색용어였다. 염병－장질부사－장티푸스－티포이드 피버…… 그런 절차를 밟아, 우한폐렴이라는 역병은 '코로나 바이러스19'라는 이름을 얻었다. 드디어는 COVID-19가 되어 언어적 격절을 만들어냈다. 늙은이들은 못 알아듣는 용어였다. 아무튼 풍속과 상업－무역과 종교가 역병과 얽혀들면서 사태는 걷잡을 수 없는 지경으로 악화일로를 걸었다. 모이지 말고 싸돌아다니지 말라는 것이 정부의, 이를 악물고 분을 안으로 삭이면서 목청 낮춰 건네는 경고였다.

이런 시대에 시를 쓴다는 게 무엇인가. 시인이 할 수 있는 일이란 무엇인가. 아득하고 아득한 지평이 펼쳐져 있을 뿐이었다. 지평은 시인의 것이 아니었다.

코로나는 세상을 한바탕 바꿔놓는 중이었다. 노마디즘을 외치던 사람들이 호모 에레미쿠스(homo eremicus), 은둔하는 인간을 현실로 수용해야 한다고 깃발을 세우기도 했다. 광장 정치가 사라졌다. 광화문과 서초동이 조용해졌다. 촛불 부대도 태극기 부대도, 전광석화 목사 집회도 역병의 흙탕물 밑으로 가라앉았다. 바야흐로 국론통일의 시대가 도래한 것이었다. 코로나는 터부였다. 터부의 부적이 낡은 벽에 가난처럼 눌어붙었다.

초대형 교회들이 '마가의 다락방'을 외치는 것까지는 좋았는데, 돈이 되는 일이 아니었다. 댄스홀이며 노래방이 폐쇄되고, 결혼식 청첩장에는 통장번호가 기재되었다. 장례식에 모이는 사람도 숫자가 줄었다. 역시 통장으로 조의금을 받았다. 돌잔치, 생일잔치 분위기 띄우던 알바생들이 일자리를 잃었다. 그러나 클럽이며 바 같은 데는 젊은이들로 넘쳐났다.

대형병원과 정부청사 구조개선이 논의되었다. 도무지 인간들 모여서 북적대는 일이 시더분해진 세월이 되었다. 노숙자들도 타격을 입기는 마찬가지였다. 선뜻 다가와 푼전을 던져주는 인간이 눈에 띄질 않았다. 신종 인간이 탄생했다. 따라서 그것은 신기원이었다.

어떤 학자는 코로나-19 이전과 이후로 세계사를 서술하게 될 거라는 예측을 내놓기도 했다. 집단의 해체……. 세상은 평평해져가기 시작했다. 이른바 이포크 메이킹한 사건이었다. 코로나는 구멍 저쪽이었다.

코로나 이전 시대는, 말하자면 아카디아였다. 특히 시인들에게는 우아한 행복이 넘쳐나는 시대였다. 등단하고 한 해가 지나자마자 『월인의 강물』이라는 시집을 낸 미언의 경우도 마찬가지였다.

시를 쓰기 참 잘 했다는 생각이 들었다. 세상에 그렇게 자기를 위로하는 말을 할 기회가 있을까 싶지 않았는데, 시는 자기를 배반하지 않았다. 미언이 나가던 문화센터 정시호 시인은, 시는 자기를 선택해준 인간을 배반하지 않는다고 낮은 목청으로 다가왔다. 덜떨어진 소설가 선택한 것보다 자기를 선택한 것은 여러분들 탁월성의 증거라고 어깨를 들추기도 했다. 누군가 시가 어렵다고 하면, 언젠가는 시쓰기 잘 했다는 생각이 들 터이니 지금 조금 어려워도 참고 견디면서 시 수업에 전념하라고 일렀다. 그러면서 죽기 전에 시집 하나 내면 저승 가는 데 그만한 선물이 어디 또 있겠냐면서, 자기는 시집을 아홉 권 냈다고 자랑도 늘어놓았다. 왜 열 권이 아닌가. 위대한 음악가들도 교향곡 9번이 극점이다. 대가라 하는 이들도 10번을 시도하는 족족 죽음의 사신에게 끌려간다. 오래 살아야 여러분들 시집 내는 거 볼 게 아닌가. 정시호 시인의 꿈꾸듯 물젖은 눈길은 미언에게 머물러 있었다. 그런 낌새를 모르는 듯, 수강생들은 박수를 쳤다.

미언은 죽기 전에 어쩌구 하는 상투어에 머리를 내저었다. 그 뜻을 모르는 바 아니지만, 인간 하는 일치고 어느 하나 죽기 전에 하는 것 아닌 게 있던가 싶었다. 그런데 죽기 전에 할 일 다 했다는 생각이 든 것은 남편이 훌쩍 저승으로 떠난 후였다. 한참 울다가 생각하니 이제 자유라는 걸 맛볼 수 있는 흔치 않은 기회라는 생각이 드는 것이었다. 야박하기는 하지만 진실이었다. 남편과 백년해로하기를 기대하는 것은 집착이었다. 집착 가운데도 차진 집착이었다.

집착은 도를 닦아서 사라지는 게 아니었다. 문득 다가오는 깨달음도 아니었다. 결국은 자기 스스로 넘어서고 이겨내야 하는 과업이지만, 그 계기는 밖에서 올 수도 있다는 생각을 남편을 떠나보내면서 했다.

어머님은 아버님 가셨는데 슬프지도 않으세요? 며느리가 비슷한 옷음을 입가에 걸치고 물었다. 깊은 슬픔은 안에서 불꽃도 없이 탄단다. 며느리는 비둘기처럼 꾹꾹꾹 웃었다. 시인 끝난다는 뜻인 모양이었다. 여생을 어떻게 혼자 지내려고 그러세요, 덧붙이는 말이었다. 말 속에 말이 있는 듯하기도 했다.

고등학교를 졸업한 손녀가 꼭 대학을 가야 하는가, 대학 무용론을 들고 나왔다. 자기는 자기 길이 있다고, 그래 대학 안 간다고 고집을 부렸다. 왜 그런다냐? 고등학교까지 배우면 인생 배울 것 다 배운 거지요. 그래서 성인이 됐다고 투표도 하라 하지 않나요. 미언 자기를 두고 하는 말 같았다. 언제던가 할머니 대학 어디 나왔느냐고 물었을 때, 함석헌 선생은 자기는 감옥에서 대학보다 한결 나은 공부를 했다더란다고 둘러댔다. 손녀 강윤파는, 할머니도 감옥살이 했던 적 있어요? 그렇게 물었다. 대답이 궁했다. 군인이었던 아버지가 대간첩작전에서 사고사를 당하는 바람에 대학은 건너뛰었다. 그 사실을 누구한테나 담담하게 밝힐 수가 없었다. 전에 정시호 시인에게 한번 터놓은 적은 있었다. 왜 시에 좌절 이미지가 자주 나오는가 물었을 때였다.

대학 안 나오고도 할 일 많아요. 그게 뭔놈의 개 풀 뜯어 먹는 소리라냐? 속담에 빠지면 빠싹한 시 못 써요. 속담은 절반만 진실이라구요. 속담은 사고가 단순해요. 시는 최소한 세속하고는 거리를 두어야 하잖아요. 야 좀 보그레. 시인이 매화 읊는다고 똥에서 향내 난다더냐? 그래 대학 안 가고 할 일이란 게 뭔가 읊어봐라. 윤파가 머리를 긁으며 멈칫거렸다. 확실한 전망이 안 서는 모양이었다. 전망, 역사전망? 참 오랜만에 떠올려보는 어휘였다.

학벌 없는 사회, 그거 다 대학에서 지독한 공부꾼으로 소문났던 먹통들 하는 소리 아니겠냐. 대학이 제도화되면서 사람을 대졸자와 비대

졸자로 나누니까 그렇게 되는 거 아닌가요? 아무튼 대학은 나와야 헌다. 왜요? 시인의 손녀니까······, 정시호 시인은 학교보다는 공부를 강조했다. 그렇다 싶었다. 윤파는 보조개를 지으며 새큰둥 웃었다.

할머니가 쓴 시 「구멍」에 대한 평가가 좋지 못해요. 종교적 편견을 조장하는 못된 시라는 거죠. 고평만이란 비평가가 쓴 그 글 읽어봤어요? 미언은 그런 비평가의 글이란 게 읽을 가치가 있는가 근원적 회의에 빠져 지냈다.

그 무렵 아들 내외가 캐나다 토론토 지사로 발령을 받아 가는 바람에 손녀 윤파를 미언이 맡아 같이 먹고 지내야 했다. 배울 거 다 배웠다는 애를 뭐 땀시 나한테 맡기려느냐? 그건 제 깜냥의 말일 뿐, 아직 멀었어요. 한 해 묵혀봐서······ 그렇게 해서 밥상에다가 숟가락 하나 더 놓는다는 식으로 손녀를 떠맡았다. 양육수당 월 2백이었다. 전업 가정교사? 미언은 자기도 모르게 실소하고 말았다.

손녀 윤파가 할머니의 시 작업에 끼어들기 시작한 것은, 미언이 퇴촌문학상을 받은 게 계기였다. 고려말 무신정권을 비판하다가 실의해서 촌으로 숨어든 선비의 뜻을 기리는 상이었다. 시골로 물러간다고 해서 퇴촌(退村)이라고 자호를 했다는 분이었다. 시상식에서 심사위원장은 세상과 거슬러 사는, 세속의 물길에 휩싸이지 않는 시인이 되라고 격려를 했다.

미언은 시를 쓰면서 시대의 감성이니 하는 생각을 해볼 겨를이 없었다. 결국 시는 자기의 존재확인이라는 생각만 거듭했다. 철학에서 말하는 존재론이 아니라, 이 세상에 뿌리를 내리는 일이 존재확인이었다. 역사적 존재로서 자신의 입지를 확인하는 일, 그런 정도가 역사인식이라면 역사인식일 수 있었다. 그 이상 역사에 참여를 하느니 하는 일은 생각 밖이었다.

달빛이 강에 내리면, 강바닥은 물고기 비늘처럼 몸을 뒤치면서 살아났다. 그래서 '월인의 강물'이었다. 그러나 강물에 달빛이 어리기까지 역정은 만만치 않았다. 어두운 밤, 피의 강을 건너고 건너야 강은 비로소 속으로 맑아지고, 거기 달빛도 어리는 것이었다. 세상을 두루 비추는 달, 그 달빛을 받아 뛰노는 강물, 거기 이르는 과정은 참담했다. 정시호 시인은 미언의 시적 상상력의 폭이 크다고 칭찬을 거듭했다. 그 칭찬 끝에는 대개 눈을 찡긋해 보였다.

시상식에 꽃을 한 다발 들고 왔던 손녀 윤파가 물었다. 상금 어디 쓰실 거예요? 글쎄 아직은. 그럼 저랑 여행 가요. 과히 나쁘지 않은 제안이었다. 그렇게 하자꾸나. 여행지는 내가 선택한다? 그야 전주(錢主) 맘대로지요. 옛말로는 엿장사 맘대로라고 했단다. 맘대로 하세요. 세계 최초의 할매 엿장사가 되겠네. 정하상이라는 먼촌 조카 하나가 우크라이나 키예프 교육원에서 일하고 있다는 기억이 문득 떠올랐다. 그 이야기는 윤파에게 하지 않은 채, 미언 맘대로 우크라이나를 여행지로 선택했다. 숨겨놓은 다른 이유도 있었다.

그 무렵 미언은 우크라이나의 시인 타라스 셰브첸코에, 그야말로 꽂혀 지냈다. 정시호 시인의 책 선물이 미언의 시야를 열어준 셈이었다. 정시호 시인은 시를 쓰려면 시야가 넓어야 한다면서 한자로 칠판에다가 시야(詩野)라고 써놓고, 미언 선생 시야는 우크라이나 들판입니다, 그렇게 부추겼다. 무얼 두고 하는 얘긴지는 기실 선명하지 않았다. 한정숙이라는 역사학자가 편역한 『유랑시인』이라는 책을 선물로 받았다. 타라스 셰브첸코의 시집이었다. 그 시집을 전해주는 정시호 시인의 손이 가늘게 떨렸다. 미언은 책과 함께 그 손을 잡을 뻔했다.

이 책은 낯설구만라, 왜 나한테 타라스 셰브첸코를 읽으란다요?

　　　　　　　　　　　　　시인의 강

선물의 이유는 받는 사람이 헤아리는 법입니다. 말이 맞는데 이의를 달고 어쩌구 할 까닭이 없었다. 일단 읽어보아야 할 터였다. 600페이지 가까이 되는 책은 서문만 해도 130쪽이 넘었다. 우크라이나인의 근대적 민족 정체성을 이야기하면서 시인 타라스 셰브첸코의 시적 특성을 요약적으로 제시하는 글이었다. 간단간단히 설명을 하는 식이 아니라 학문적으로 접근하는 태도가 자못 진지했다. 시편마다 각주를 달고 해설을 붙여 이해를 돕는 방식의 글쓰기는 성실성 자체만으로도 전범이 될 만하다는 생각이 들었다. 같은 글을 쓰는 사람이라고 하지만 자기로서는 발 벗고서도 따라가기 힘든 경지였다.

책을 읽어갈수록 시인의 고향 동네를 가보고 싶었다. 그것은 잘 쓴 책의 힘이었다. 휜칠하게 쓴 책을 읽을 때 작가를 만나보고 싶은 의욕이 솟는 것과 유사한 심리였다. 우크라이나어의 특성과 아름다움을 이야기하는 부분은 우크라이나어를 모르는 미언으로서는 실감이 가지 않았다. 그보다는 한국어의 아름다움이 무엇인지 누가 묻는다면 어떤 대답을 할 수 있을까, 그런 의문만 머리를 내밀었다.

우크라이나를 찾아가는 것은 시인을 만나러 가는 길이었다. 정시호 시인이 자기 수강생들을 데리고 여행을 할 때면 늘 이용하는 '푸른들 여행사'에서 비행기표를 샀다. 찾아보려는 시인이 호락호락한 존재가 아니라서 그런지, 일이 꼬였다. 비행기표 사놓고 여행사에 부탁해서 호텔까지 예약을 해놓았다. 정하상에게 연락해두는 것도 잊지 않았다. 그런데 코로나, 그놈의 코로나 왕관이 길을 막아섰다. 왕관표 역병은 중국에서 비롯되었다. 무한(武漢), 중국인들은 그걸 우한으로 읽었다. 우한은 우환(憂患)을 연상하게 했다.

여행 연기했다면서요? 정시호 시인이 밑도 끝도 없는 질문을 전화로 해왔다. 왜 인간적 거리를 좁혀 들어오는 걸까. 목소리는 반갑고 정은 부담스럽기 짝이 없었다. 사실, 사회적 거리두기를 국가가 명령하는 판에 목소리만으로도 반가웠다.

중국은 역시 황제의 나라다웠다. 코로나 바이러스 환자가 급증하자 중국 정부는 우한시를 폐쇄해버렸다. 한국 정부에서는 전세기를 동원해 중국 우한에 갇혀 있는 교민을 수송해 왔다. 그 후 확진자와 사망자 숫자가 그래프를 수직으로 곧추세우면서 올라가는 기세였다. 이스탄불 공항에 한국인 출입금지 명령이 내렸다. 이어서 한국인 입국을 금지한다고 선언하는 나라가 늘어나기 시작했다. 한국인 입국을 금하는 나라가 무려 150개국을 넘어서는 판이었다. 세계 10위권 경제대국 어쩌구 방정을 떨던 낯바닥이 왕관표 역병 앞에서 작신 구겨지고 말았다. 물론 후반에는 다소 회복이 되었지만.

여행 연기해얄란갑다. 얼마나요? 무기한으루다가. 그럼 난 뭘 하지? 왕짜증이네. 대학 안 가도 할 일 많다더니, 야그가 달라지는갑다. 그새 뭘 할까 궁색해지는 모양감만, 잘코사니다야. 시인이 감정이 승하면 시 못 써요. 한다는 소리가…… 할미 타넘으려고. 그러나 사실 그랬다. 손녀와 여행 가기로 한 길이 막혔는데, 잘되었다고 하는 할미의 어투는 사실 꼬인 게 틀림없었다. 미언은 창밖을 내다보았다. 시인은 고독을 감당해야 한다던 정시호 시인의 이야기가 떠올랐다. 그러나 강요된 고독은 진정한 의미의 고독일 수 없었다. 몸이 근질거리기 시작했다.

길에 사람이 뜸했다. 배짱으로 나돌아다니는 것은 코로나 전염을 부추기고 나다닌다는 혐의를 받을 장본이었다. 웬만하면 택배, 핑계가 좋아 택배였다. 문 앞에 놓고 가세요. 인간 꼴도 보기 싫다는 투로 말씨들이 삐뚤어졌다. 인간혐오를 노골화하는 행동을 드러내는 쪽으로 사람들은 변해갔다. 엘레베이터에서, 아 고녀석 참 잘생겼다, 그런 칭찬은 주책없는 노파의 '짓거리'였다. 젊은 엄마들은 아이를 품 앞에 돌려 안고는 등을 돌리고 섰다.

윤파는 아침은 제 손으로 챙겨 먹었다. 식빵 두 조각과 계란프라이 하나랑 우유 한 컵을 마시고는 밥밖에 모르는 할미를 비웃듯이, 김치냄새를 탓했다. 뭐야, 실내가 김치공장 같네, 제사상에 김치 늘어놓으면 귀신이 뿔나서 김칫독 메고 나온대요.

그런 꼬부장한 이야기를 주절거리다가 방으로 숨어들어 컴퓨터 앞에 앉았다. 윤파와 세상을 이어주는 모든 라인이 컴퓨터에 연결되어 있었다. 정전이라도 되는 날에는 꼼짝없이 맥을 놓고 '방콕'하다가 주저앉을 판이었다. 그것이 지루하면 하릴없이 책을 읽는 쪽으로 갔다. 왕관표 역병이 세상 풍속을 별스럽게도 바꾸어놓는다는 생각이 들었다. 세상에나 책을 읽다니…… 구텐베르크 갤럭시 노바, 혀를 빼어물 일이었다.

윤파는 주로 할머니 책을 빌려 읽었다. 빌려 읽기보다는 아예 서재를 점령했다. 집에 널린 게 책이었다. 미언의 책도 책이었지만, 평생 그 잘난 교양을 신주 모시듯 하고 살았던 남가재(南柯齋) 김일두(金壹杜), 그 할아버지가 남겨놓은 책들이 서재에 가득했다. 윤파가 무얼 읽는지 미언은 알 수 없었다. 그러나 그렇게 지내는 사이가 윤파의 말씨가 달라지기 시작했다. 그리고 할머니에게 관심을 보여주는 것도 이전과 달라진 점이었다.

내가 할머니 따라 여행 가려면, 최소한 할머니가 푹 빠져 있는 시인의 대표작은 읽어봐야 할 것 같아서, 그래서 읽어봤어요. 그래야? 어쩜 잘했고만이라. 그럼 한번 낭송해볼라냐? 눈으로 보면 알 텐데…….

시는 아무쪼록 읊어야 한다, 그래야 시어의 말맛이 쫄깃쫄깃 살아나는 겅게. 번역시를 낭송하는 게 뭐 큰 뜻이 있겠어요? 아무튼 다시 보기나 히야 쓰겠다. 미언은 『유랑시인』 527쪽, 간지를 질러두었던 데를 펴보았다.

나 죽거든 그대들,/무덤 속에 뉘어주게./사랑하는 우크라이나 드넓은/초원 가운데 묻어주게./넓은 들판 풀밭도, 드니프로도,/그 가파른 강둑도 눈앞에 보며,/힘찬 강물의 외침도/내 귀로 들을 수 있게.//적들의 피가 우크라이나를 떠나/푸른 바다로 실려갈 때/그때 나는 떠나리/풀밭도 언덕도 벗어나 — /이 모든 것 떠나 날아가리/신의 품안으로,/날아가 그 안에서 기도하리…… 그전엔/그러나 신은 찾지 않겠네.//나를 묻어주게, 그리고 일어나게/그대들 일어나 쇠사슬 부수게./폭군의 사악한 피로/자유를 씻게./위대한 가족 이루거든/자유의 새 가족 이루거든/나 또한 잊지 말고,/다정하고 나직한 말로 기억해주게.

할머닌 안경 안 쓰고도 그 잔글자가 보여요? 그게 우리 집안 내림이다. 내림이란 말을 어떻게 알아들었는지 고개를 끄덕거렸다. 그러다가는 미언에게 바짝 다가섰다.

이 시 제목이, 자포비트, 뭐라더라, 유언이라면서요? 할머니, 뭐냐, 할머닌 유언장 써둔 거 있어요? 유언? 너무 일찍 그런 거 써놓음 잔망스러워 일찍 죽는다잖냐. 타라스 셰브첸코는 이 시를 31세에 쓴 걸로 되어 있던데요. 위기상황이랄까, 심한 병에 걸려 죽을 것 같은 상황에서 썼다지 않던? 죽음을 앞둔 사람에게 나이는 별로 중요하지 않다. 아닐 텐데요. 살아서 힘이 펄펄 날 때 유서를 써야지, 골골 죽으면서는 제대로 된 유서 못 쓸 거 아녜요? 그렇기는 하다고 하려다 입을 다물었다. 정시호 시인의 얼굴이 떠올랐다. 사랑은 죽기 전에 딱 한 번으로 족합니다. 그렇게 말하면서, 나는 아직 그 사랑을 못 해봤지만, 그렇게 덧대어 말했다. 젖은 듯한 눈으로 미언을 쳐다보면서였다. 미언은 창쪽으로 고개를 돌렸다.

매일 사는 게 말이다, 유언을 하듯이 유서를 쓰듯이 그렇게 살면 유언 따위가 따로 필요치 않겠지야. 어머 할머니 웃긴다, 그거 벌써 50년대에 손창섭이란 작가가 「혈서」란 작품에서 다 이야기한 거라구요. 혈서를 쓰듯이 살아야 한다는 데는 공감이 갔으나 분명한 스토리는 떠오르지 않았다.

남 유언하는 거 실실 비웃기도 하고, 같이 울어주고, 그렇게 여유 있어야지, 그래야지, 어떻게 매일 그렇게 유언하듯이 살아요, 할머니는 '참을 수 없는 존재의 무거움'에 지질려 있는 거 같아요. 윤파는 안 그러냐는 듯이 미언을 한참 쳐다보고 대답을 기다리는 눈치였다.

들어보면 맞는 말 같기도 하고, 또 달리 생각하면 애가 어딘가 성미가 외돌아가 있는 것처럼 보이기도 했다. 그런데 신통한 것은, 왕관표역병으로 방에 처박혀 책을 읽는 동안 도무지 이런저런 요구가 없는것이었다. 모든 일을 자기가 결정하고, 결정한 일은 실천하는 당찬 기계 같은 것을 안에 기르고 있는 듯했다. 그게 무엇인지 정체를 드러내지는 않았다. 그것은 보이지 않는 내면의 열기 같은 것이었다. 약동하는 생의 활력. 미언에게는 그런 약동하는 에너지가 다 새나가고 없었다. 에너지 넘치는 척하는 것은 아무래도 억지 같았다. 타라스 셰브첸코에 대한 몰두도 사실 온전한 실감은 아니었다. 윤파가 자기가 읽은시 이야기를 하기 시작했다.

그런데, 뭐냐, 자기만 우크라이나를 사랑하는 것도 아닐 텐데, 우크라이나에서 가장 좋은 데다가, 초원과 강물 흘러가는 소리 들리는 언덕, 그런 땅에다가 자기를 묻어달라는 건 뭐예요? 건방지다는 이야기를 하지는 않았다. 그러나 그런 느낌이 얼굴 표정에 역력했다.

시인은 그냥 자기 개인이 아니잖겠냐. 자기 이야기를 해도 남들과 공감하는 부분이 있어야 되는 거잖으까. 그러니까 말이지, 시인이 전투에 참여해서 처절한 싸움을 하고 않고는 중요하지 않을 게야. 처절한 싸움 끝에 강물이 적들의 피로 벌겋게 물들었을 때, 그 강물이 하늘나라로 연결되어 하늘에 호소할 수 있게 길을 내는 게 시인의 책무 아니겠냐. 시인의 절절한 심정이 우크라이나 사람들의 심정을 대변한다면, 자기를 우크라이나 강 언덕 무덤에 묻어달라고 할 수 있겠지야. 윤파는 고개를 갸웃거렸다. 흔쾌히 받아들일 수 없다는 눈치였다.

또 말이지요, 자유가 절대가치를 지니는 것인지는 모르겠는데 말이지요, 폭군의 사악한 피로 자유를 씻으라는 건, 이미지가 너무 처절하고 모순되는 거잖아요? 폭군의 사악한 피가 어떻게 자유를 보장해요? 그리고 자유를 피로 씻으면 그 자유는 피로 물들지 않을까요? 자유는 피를 먹고 자란다지 않던. 금부처에 먹칠을 해도 부처가 먹빛깔을 닮는 법이 없단다. 나무에 거름을 주면 나무가 거름빛깔이 되어 거름 냄새 피우던? 아니잖아? 자유는 일테면 살아 있는 나무 같은 거라서 피가 자유의 거름이 될지언정 나무를 피로 물들이지는 않는다. 알것지야? 윤파의 얼굴이 환해졌다. 자유를 절대가치로 상정해야 자유를 위한 싸움이 힘을 받는 거야. 식민지 총독을 향해 폭탄 던지는 일, 그걸 테러와 동일시할 수 없다. 미언은 말하고 윤파는 묵연히 듣고 있었다. 그러다가 자기 하던 이야기를 이어갔다.

그런데 위대한 가족, 자유의 새 가족, 가정인가, 패밀리를 뭐라고 해야 해요? 그 가족을 이루는 것이 시인의 최종적인 열망인 거 같잖아요? 그게 뭔데, 인류 보편의 이념을 가족으로 축소하는 건 이해가 안

가요. 이해가 안 간다는 건 실감이 적다는 건데요……. 윤파는 혼자 말하듯 뱉어냈다. 제법 까스락진 어투였다.

일리 있는 말이네. 일리밖에 없어요? 애두, 그런데 인간이 가장 편안하고 걸거침 없는 그런 사회단위가 뭐시겠냐? 가정 혹은 가족, 나아가 고향 같은 거잖겠어야?

윤파는 가족 이데올로기니 가부장제 같은 단어들을 떠올리면서 혼자 웃었다. 혼자 웃는 버릇이 언제부터 생겼는지, 윤파는 상대가 자기도 아는 이야기를 할 때면 혼자 웃곤 했다. 할머니 미언이 시인이 되어 설익은 이상주의에 매달려 있는 게 아닌가 그런 느낌을 윤파는 곱씹는 중이었다.

그래도 시인이라 겸손하지, 세상이 자유와 평화로 가득할 때, 다정하고 나직한 음성으로 자기 이야길 해달라는 소망, 안 그렇겠냐. 윤파는 미언을 빤히 올려다보다가 슬그머니 손을 잡았다. 윤파의 손은 부드럽고 따뜻했다. 그것은 오십 년 전 미언 자신의 손이기도 했다. 미언은 핏줄이 울퉁불퉁 돋아난 자신의 손을 한참 내려다보았다. 정시호 시인은 미언을 만나면 늘 손을 먼저 내밀었다. 미언의 손을 잡고는 말간 눈으로 미언의 얼굴을 응시했다. 언제부턴가 정시호 시인의 눈길이 거북하게 느껴지지 않았다.

시인은 범슬라브주의를 지향하던 것 같더라만. 말하자면 우크라이나가 대항해서 싸우는 러시아나 폴란드, 그게 모두 슬라브족 아니겠냐, 그러니까 싸움의 대상을 자기 주체 안으로 이끌어들여 하나로 녹여낸달까, 존재 상승을 기한달까, 그런 구상을 시인은 가지고 있던 모양이야. 그러니까 위대한 가정이니 새로운 자유의 가정이니 하는 건 말이다, 위대한 슬라브 공동체 자유로운 슬라브 공동체를 꿈꾸었던 모양인데, 너 생각해봐라. 같은 민족이라도 나라를 달리해서 오랫동안 밀고 밀리고 지배하고 지배당하고 하는 사이에 원한과 분노와 저주가 쌓일 대로 쌓였는데 그게 가능하기나 하겠냐? 미언의 말이 길어지고 있었다.

아무리 해도 안 될 걸 왜 시에다가, 그것도 유언에다가 써넣지요? 윤파가 우습다는 듯이 입을 삐죽거렸다.

시는 모든 걸 이야기하려 하지 않는다. 모란꽃을 두고, 그게 한 뿌리 가격이 얼마고, 생산단가는 얼마며, 운송비는 얼마인지 따지지 않는다. 시인은, 아니 시는 요약과 응축의 문학이야. 때로는 과장법을 동원하기도 하지. 그래서 시가 은유 텍스트 아니겠냐? 할머니 꼭 어느 대학 교수 같아요. 우리 학교에 관산대학에서 정년한 교수가 전문가특강이라고 나왔는데, 그 머리 하얀 교수 강의 내용과 할머니 이야기하는 게 너무 똑같아요.

그래야? 어떤 영역이든지 공준에 해당하는 일반화된 지식이 있지 않겠냐? 그런데, 뭐냐, 공준이 뭔데요? 이런……! 무식한…… 그런 말이 목울대를 타고 올라오는 걸 억지로 눌러놓았다. 시인이 유식함을 자랑하면 시가 잡문이 됩니다. 정시호 시인은 그렇게 강조했다. 그렇다고 무식하란 말씀은 결코 아닙니다. 미언은 물개 박수를 해보였다.

너 맹자라고 알지? 순자도 알지? 윤파가 고개를 끄덕였다. 야가 뭘 안다고 고갤 깨닥거리냐? 나 열 받으면 코로나 확진자 될지도 몰라요. 그러면서 윤파는 휴지통에서 휴지를 뽑아 코를 풀었다. 눈에 열기가 어려 보였다.

성선설과 성악설로 대립되는 두 인간관을 윤파는 알고 있었다. 그래서? 뭘 그래서예요, 증명이 안 되는 주장이지만, 그렇게 상정하고 논리를 세워나가는 가설적 원리, 그게 공준, 포스튜레이트라는 거잖아요? 미언은 윤파에게 한 방 먹었다는 열패감이 슬그머니 고개를 들었다.

잘못 건드렸다가는, 작신 코를 눌리겠다는 생각이 들었다. 그럴 터였다. 젊은이들에게 자리를 내주어야 마땅한 일이었다. 윤파는 이미 젊은이 축에 들 정도로 성장해 있었다. 옆에 아니 자기 뒤에, 자신의 핏줄을 이어갈 그런 젊은이가 있다는 것은 저윽한 위안이 되는 일이었다. 윤파에 대해 그런 생각을 하기는 처음이었다. 혼자서 세상을 살다가 생을 마감하는 건 인륜에 반하는 짓일 겁니다. 주례를 서면서 아들딸 많이 낳으라 했다는 정시호 시인의 말이었다.

코로나냐 뭐시냐, 그게 극성을 부리는 동안, 우리도 자숙할 건 자숙해야 하는 거 아닌가 싶다. 자숙이고 뭐고 그렇게밖에 시간을 요량할 방법이 없었다. 도무지 사람 모이는 데를 갈 만한 여건이 아니었다. 피씨방, 노래방, 클럽, 술집, 교회, 학교 어디든지 인간 꾀는 데는 바이러스가 묻어 있지 않은 청정지역이 없었다. 근간에 미언이 그 묘미를 알아가는 찜질방은 잘못 드나들다가는 바이러스를 들러쓰기 십상이었다. 왕관표 역병은 치명적인 감염력을 지니고 있었다. 감염이 사람과 사람을 떨어뜨리게 했다. 이른바 사회적 거리두기를 외쳐대는 통에, 친구 시인 강인정이 인간의 근원적 성향으로 내세우는 '친밀성'은 딴 세상의 덕목이 되었다.

윤파도 고개를 끄덕일 뿐 말이 없었다. 다른 때 같으면 조잘거리면서 할미 코침 주는 이야기를 해댈 판인데 스스로 자숙하는 눈치였다. 자숙, 자숙? 윤파는 안으로 무슨 생각을 하는지 그 단어를 중얼거리면서 창밖을 내다보았다. 창밖에는 늦봄 붉은 꽃기억을 간직한 채 윤푸른 녹음이 지나가는 중이었다.

미언은 자기가 한 말 '자숙'이라는 단어에서 숙청이란 단어로 연상망이 작동을 시작했다. 암살, 제명, 추방, 처형, 체포, 구금……. 그런 어휘들은 인간에 대한 이미지를 바꾸게 하는 것이었다. 코로나 바이러스 그 왕관이 백성들을 벌벌 떨게 몰아치는 형국이었다. 그것은 폭력과 폭압을 겹쳐놓은 절대권력이었다.

할머니, 할머니는 죽으면 어떻게 해주길 바라세요? 아까 얘기했잖더냐. 유서를 쓰듯이 사는 사람에게는 유언이 따로 필요치 않다고 말했던 게 아니겠냐? 윤파의 핸드폰이 드르르 울렸다. COVID-19로 해서 사회적 거리두기를 선포한 이후 윤파가 전화기를 쓰는 건 처음 보는 일이었다.

산타바바라대학에서 공부하던 루갈다가 한국에 돌아왔다는 것이었다. 미국에서 코로나 바이러스 견디지 못하고 온 거냐? 바이러스냐 친구냐, 그런 양단간의 물음은 진저리 나요. 너 확진자 되면 난 너 못 본다. 맘대로 하세요. 저런 싸가지 하고는. 미언은 말을 입밖에 내지 않았다.

윤파는 안 입던 가죽 스커트를 깡동하니 차려입고 외출을 서둘렀다.

윤파가 나가자 집안은 고요하다 못해 괴괴한 느낌마저 감돌았다. 집안에서 둘이만 지낼 때, 집은 성과 같이 안전한 느낌이었다. 밖에서 왕관표 역병 때문에 늙은이들이 백여 명 넘게 죽어나갔다는 이야기를 들어도 그건 자신의 몫이 아니었다. 남의 이야기, 칠칠치 못하게 자기 몸하나 관리도 못 하는 빈충이 이야기로만 들렸다. 그런데 윤파가 미국서 들어오는 친구를 만나러 간다고 나가고 나서는 불안이 엄습해왔다. 미국서 온다는 윤파의 친구애가 확진자 아니라는 보장이 없었다. 혹시 집에 와서 같이 지내자 한다면 어떻게 한다는 작정도 없었다.

그다지 신경을 썼던 게 아닌데, 윤파 친구가 산타바바라에서 대학을 다녔다는 것과 이름이 루갈다라는 것도 생생한 기억으로 떠올랐다. 성인 바르바라나 루갈다나 희생과 헌신으로 신앙을 지킨 인물들이어서 맘이 쓰였다. 더구나 산타바바라는 역병 창궐 지역 캘리포니아 로스앤젤레스 인근 도시 아닌가. 왕관표 역병은 희생과 헌신을 강요하는 폭력이었다. 미언은 이런 상황에서 시란 무엇인가를 숙고했다. 시는 역경을 넘어서는 강력한 에너지를 지니고 있어요. 정시호 시인은 누가 불행을 당하면 그런 이야기를 하곤 했다. 미언의 남편이 죽었을 때도 그 말을 빼놓지 않았다. 두툼한 손으로 미언의 어깨를 두드려주면서였다.

미언은 자기 시집을 꺼내 들고 「월인의 강물」이란 시를 소리내어 읽었다. 명상과 기도로 단단하게 단련되어 마침내 강물에 비친 은혜를 볼 수 있는 눈이 생긴, 시인의 보람을 확인하고 싶어서였다.

맑은 강물에 빠져들어/한 삼십 리쯤/흘러서 가다가, 둥둥 떠서 내려가다가/아 여기까지, 후이익 숨 한번 내쉬고/건너편 언덕에 엎어지고 싶은 욕심이여!//강 건너 언덕마다/살구꽃 화사하게 피어나고/수직의 그림자 강심에 던지고 서 있는 미루나무/푸른 핏줄 달아올라/숨가쁘던 당신의 입김/해는 불타고 달은 음울한 청으로 울었다.//수염발 옥수수 뿌리처럼 빳빳한 우리 할아버지/잠뱅이 걷어올리고/인내천, 쑥고랑 건너다가/목에 밧줄 걸고 한강가 모래사장에 목을 던졌다지./낙동강에 피를 뿌린 우리 아버지, 또 아버지들……//당신은 허적허적/강 건너 옷자락 날리며/떠서 흐르듯 너울너울 달려갔지./당신의 길은 강 저쪽이매 따라가지 못한 나는/강줄기 따라 피묻은 발로 오르내리기 한 생애//산골짜기 흘러내리는/조그만 강들이야/스스로 맑아서/달빛도 말씀처럼 비추거니와/장강 대하는 태초의 어둠에 뿌리를 대고 있어서/흙탕으로 굽이치는 물줄기 맑히는 건 오직 마음이다.//불타오르던 삼각주에/다시 태초의 어둠이 깃들고/그대 염원으로/불타는 손끝에 달이 뜨거들

랑/강과 바다에 법열로 일렁이는 인광은 가득해서/아, 비로소 말의 사
슬은 풀려 강건너 언덕에 이는 바람⋯⋯

사실이 그러했다. 목월 시인은 '인연은 갈밭을 건너는 바람'이라 노
래했다. 몇 줄 산문으로 풀어내기 어려운 사연이 담긴 구절이었다. 그
러나 아무리 생각해도 자신의 삶은 하고많은 사연으로 서걱거리는 갈
대밭을 지나는 바람일 수 없었다. 허허롭기로 하자면 누구 못지않게
메마른 바람이 이는 들길이었다. 참담하기로 하재도 할 이야기가 너무
많았다. 그 많은 이야기를 안으로 새기면서 자신의 강에 달빛이 은혜
처럼 어리기를 바라면서 시를 써왔다. 그러나 시는 그 또한 언어라서
사슬이 되어 발목을 옥죄어왔다.

강은 건널 수 있는 대상이 아니었다. 이승과 저승 사이에 가로놓인
삼엄한 허구렁이었다. 차안에서 피안(彼岸)을 꿈꿀 일이 아니었다. 산
에 꽃이 흐드러져도 피안으로는 가지 않았다. 강물 또한 허상이긴
마찬가지였다. '푸른 강물 위에다 작은 배를 띄우고' 그렇게 노래하는
푸른 강물은 말처럼 쉽게 찾아지지 않았다. 차라리 흙탕물로 흘러가는
장강대하의 흐름을 따라가볼 요량으로 강줄기를 따라 오르내리기를
거듭했다. 혹여 어느 하늘 맑은 날 그 강에 달빛이 비치지 않겠나, 그
러면 그 강물에 빠져 피안으로 건너가는 방법을 생각하기도 했다. 그
러나 그 또한 바람이었다. 그래서 '월인의 강물'보다는 피안의 바람을
노래하는 게 진솔한 자세란 생각이 들기도 했다. 핸드폰에 문자 들어
오는 소리가 들렸다. 뜬금없이 정시호 시인이었다.

강 저쪽에 손짓하는 그대/이제 손을랑 내리고/수선화 피는 언덕에
서/강바람 이야기나 들려주오

시인의 강

마치 자기 시를 읽고 있는 걸 들킨 느낌이었다. 석 달 만에 오는 연락이었다. 미언은 정시호 시인의 번호를 눌렀다. 전화기로는 코로나 바이러스 안 갈 거 같아서…… 전화했어요. 보고 싶었소. 왜요? 그리움에 이유가 있어야 하오? 제가 '그대'라는 말에 속은 모양이지요? 아, 이따금 속기도 해주어야……. 미언은 얼굴이 확 달아올랐다. 미언은 수화기를 든 채 정시호 시인의 이야기를 듣고 있었다. 거리두기를 통해 사람 사이가 더 가까워진다는 역설을 경험한다고 했다. 사회적 거리두기는 때로 미적 거리두기로 통한다는 이야기도 빼지 않았다. 우리가 꼭 사제간이라고 해야 합니까? 그 말에는 어떤 열기 같은 게 느껴지기도 했다. 아무튼 건강 잘 챙기세요. 식사 건너지 마시고요. 남의 끼니 걱정을 하고 있다니, 미언은 그런 이야기를 하는 자신이 스사로워지기 시작했다.

아직 손에 들고 있던 미언의 전화기가 울렸다. 통화가 왜 그렇게 길어요? 저 윤파인데요, 친구 데리고 집에 가려구요. 글씨다, 괜찮을랑가, 니가 채금져야 헌다. 음성이래요. 검사해봤다더냐? 왜 사람 말을 못 믿어요? 열도 없고…… 쌩쌩해요. 걔 혹시 해열제 먹은 건 아니겄제? 기가 막혀, 할머니! 윤파의 목소리는 날이 서 있었다. 말이 막혔다. 말에 대한 믿음이, 언어에 대한 믿음이 시인을 만든다고, 정시호 시인은 구구절절 이야기를 틀어박았다. 그대라는 말, 이제껏 그것이었던 그대를 불러내는 시적 호소력…… 그대는 모든 독자를 향한 그대인데 독자에게는 자기를 특칭하는 걸로 인식되는 이 묘미 때문에 시를 쓴다는 거였다. 생각해보면 그건 허언이었다. 그리고 독자는 일정 부분 미망에 빠지는 것인데, 그걸 어떻게 믿으란 말인가. 그렇다고 어디 믿음을 둘 데가 따로 있는 것도 아니었다.

학교에서 강의가 안 되니까, 강의 내용을 레포트로 대신하기로 했대요. 할머니가 유명한 시인이라고 해서 할머니한테 시에 대해 물어보려고 해요. 나한테는 뭘 줄 건데? 할머니 웃긴다, 시인이 시 이야기를 하는 데다가 자리 깔아드린 것만도 고맙게 생각해야지, 뭔 물질적 보상을 바란대요, 세속 시인 시쿨라 포에트…… 야 좀 봐라, 할미 공깃돌 놀리듯 하려 드네. 그저 듣고만 있는 루갈다라는 친구가 안돼 보여, 좋다, 해놓고는 물었다.

루갈다라고 했던가, 자네가, 밥할래 설거지할래 아니면 청소할래? 그런데 너네 가족은? 조심하느라고 멈칫거리다가 물었다. 졸혼하고 아빠는 이탈리아로, 엄마는 스페인으로 각각 자기 길을 갔어요. 저런, 거기다 코로나 위험지역인데. 루갈다는 코로나 따위는 아랑곳하지 않았다. 졸혼 웃기지요, 관계만 결혼이고 실제는 따로 자유롭게 산다는 거잖아요. 그래서 나는 개밥에 도토리가 되었어요. 미언은 웃을 수도 화를 돋울 수도 없는 묘한 정황에 빠졌다. 어쩌까이, 그럼 부모들은 개밥이라냐? 좋다, 우리집에 도토리 하나 심어보자. 땡큐 소 머치! 그렇게 해서 왕관표 역병으로 해서 3인 가족이 되었다. 왕관표 역병이 물러가면 해체하기로 했다. 미언이 루갈다를 받아들인 데는 내심, 윤파를 루갈다에게 붙여서 미국 대학으로 쫓아 보내려는 계책이 숨어 있었다.

루갈다가 집에 들어오고 한 주일이 그럭저럭 지나갔다. 루갈다는 손끝이 매워 설거지는 물론 청소며 빨래까지, 발발대고 다니면서 손질을 잘했다. 루갈다에 비하면 윤파는 아직 어린애 티를 벗어나지 못하고 있었다.

그날은 윤파가 생일이라고 해서 미역국을 끓여주었다. 뭐시냐, 늬에미 애비는 전화 한 통 없다냐? 딸 생일 못 챙겨줄지언정 말이다. 루갈다가 갈갈대고 웃었다. 윤파 입양아예요? 그게 뭔 소리냐? 에미 애비 없는 자식, 그런 말이 있잖아요? 친밀성 있는 말투라서 그렇다. 그런데 이통에 생일이라니요? COVID-19 난리통에 생일 챙기는 게 우습다는 거였다. 오늘 할머니 시 이야기 들으면 어떨까요? 맘대로 하려무나. 루갈다가 카메라가 부착된 노트북을 가지고 와서 거실 탁자에 놓고, 이야기가 시작되었다. 윤파는 차와 다과를 준비했다.

지금부터 미언 시인을 모시고 대담을 시작하겠습니다. 시간 내주셔서 감사합니다. 제가 묻고 시인께서 대답하시는 형식으로 할 텐데, 친구 윤파가 보조 질문을 하기도 할 겁니다. 간단한 레포트 작성을 위한 인터뷰니 긴장 놓으시고 편하게 말씀해주세요.

우선, 어떤 계기에 시를 쓰게 되었는지요? 이런 질문을 드리는 까닭은, 시인은 타고나야 한다는 이야기가 널리 퍼져 있기 때문입니다. 시를 쓸 수 있는 기본 능력은 타고난다고 해도, 누구나 시인이 되는 건 아니잖아요. 그래서, 시를 쓰게 된 계기가 특별히 있었는지요?

인생이 쓸쓸해진게로, 비로소 시가 생각나더면. 윤파 할아버지가 회갑을 겨우 넘기고 저세상으로 가셨는데, 그 충격이 엄청 컸어라. 자다가 나도 모르게 옆을 더듬고, 아침에 일어나서는 여보 어디 있어요, 그렇게 소리치다가 스스로 놀라 내가 미쳤나 그런 생각도 들고, 정은 들이기보다 떼기가 더 어렵다더니 거짓 아니더라니까. 세상이 온통 텅 비고 사방이 '허무로 도벽해 놓은 것' 같아서, 이참에 나도 그 사람 따라갈까 하다가, 아서라 말아라, 자기가 복이 없어 먼저 갔지, 자기 때문에 못 한 거 해보자 하는 식으루다가 억하심정이 생기는 거야. 그런데 그 억하심정을 풀 수 있는 방법이 또 막연한 거지 뭔가. 내가 술을 먹겠어서방질을 하겠어, 서방과 자식과 부엌과 빨래밖에 모르던 주제에……
그렇다고 돈을 쓸 줄 아나…… 노래 말마따나 바보처럼 살았거든.

루갈다는 얼굴을 찌푸렸다 폈다 하면서, 재미있다는 듯이 미언 쪽으
로 다가들었다.

그때 나보다 먼저 등단한 시인이 자기랑 같이 시 공부를 하자는 거
라. 밑갈 일 아니라서 그러자고 한 게, 내가 시인이 되었어라. 거기서
좋은 선생님두 만나구……. 미언은 손으로 입을 가렸다. 자신도 모르
게 정시호 시인을 들춰내고 있었다. 얼굴이 달아오르는 느낌이었다.

그렇게 심심할 때 날 부르지 그랬어요. 내가 널 너무 좋아할까 봐 그
리 못 했지라. 윤파가 깔깔깔 웃었다. 누구랑 똑같이 말하네. 타라스
셰브첸코가 시를 쓰기 시작한 계기는 고향 방문이었다. 상트페테르부
르크에서 미술대학을 다니다가 고향을 찾아간다. 거기서 고향 사람들
사는 참상을 보고서는 그대로 참지 못하고 현실의 참상을 글로 쓰기
시작한 것이 시인이 되는 계기였다. 미언은 그런 이야기를 덧붙였다.

아, 그렇군요. 결국 자신의 문제나 고향의 현실이나 절실한, 절박한,
어전트한 느낌이 있어야 시를 쓰게 된다는 말씀인데, 모태신앙처럼 집
안이 시인의 집안이라서 거기서 보고 들어 시를 쓴 경우도 있을 것 같
아요. 옳제 그러지라, 예는 안 들었다.

시인을 한마디로 어떤 사람이라고 정의할 수 있을까요? 시인이 되
어보니까 아 이런 사람이 시인이로구나 그렇게 깨달아지는 게 있던가
요? 물론 시인마다 개성이 있을 것이고, 생각과 감정이나 감성이 다르
겠지만, 미언 시인의 경험을 바탕으로 일반화해서 말하자면 시인이 어
떤 사람이라고 할 수 있을 것 같아요?

정의? 시인은 정의되지 않는 인간 아닌가 싶기도 하고. 내가 시를 쓸
줄은 몰랐거든. 나한테 시를 가르쳐준 정시호 시인도 그런 이야기를

했는데, 시인을 이런 인간이라고 규정하는 순간 시인의 본래 모습에서 멀어진다는 게야. 물론 유파라는 게 있기도 하지만 같은 유파 안에서도 시인마다 빛과 색이 모두 달라요. 그런데 정의를 하려 들면 실체에서는 영판 멀어지지. 정의되지 않는 인간. 그게 시인인 거 같아. 정의라는 게 모서리 모두 달아진 돌멩이 같은 거잖던가. 윤파는 메모지에다가 正義라고 써놓고 들여다보았다. 미언은 메모지를 빼앗아 윤파가 써놓은 正義에 화살표를 하고 justice라고 써주었다. 그리고는 定義 → definition 그렇게 써서 밀어주었다. 츳츳 혀를 차면서였다.

왜 그럴까요? 루갈다가 미언을 바라보고 물었다.

꿈꾸는 인간이라 그렇겠지. 미언의 심드렁한 대답이었다. 꿈꿀라면 잠을 많이 자야 하겠네. 윤파가 빈정거렸다. 백일몽이란 꿈도 있는 법이다. 그 한마디에 이어 미언의 이야기가 이어졌다.

현실에서 실현하기 어려운 일을 도모하는 인간의 모든 행위가 꿈꾸기 아니겠냐? 꿈은 의식상에 부유하는 막연한 생각에, 말하자면 막연한 생각을 스토리텔링해주는 셈인데, 형태를 부여해준달까, 구체화해준달까? 헌데 시에서 그 방향은 정해져 있지 않은 게 특징이지. 꽃 피는 계절에 혁명이 일어나고 혁명에 가담했다가 죽은 사람이 있다고 하면, 꽃을 이야기하는 중에 그 죽은 사람 얼굴 살짝 끼워놓는 것만으로도 꽃의 의미는 영판 달라지는 거거든. 타라스 셰브첸코도 그런 방법을 자기 시에 적용한 것 같더라만. 미언이 잠시 멈칫거리고 있었다. 같더라만…… 뭐어야. 그렇게 나올 줄 알았다, 애가 노상 할미 넘보는 꼴이라니.

시인이 손녀한테 대드는 거 재미있네요. 노인이 젊은이를 어떻게 이기려고 그러세요? 우아하게 물러서는 게 노인의 미덕일 건데요. 미국선 그렇게 가르친다냐? 가르치긴 누가 가르쳐요, 다 스스로 깨달은 거지요. 그만하세요. 애들, 아니 젊은이들과 맞설 일이 아니었다. 미언은 식은 커피를 찔끔 마셨다. 입맛이 썼다.

이번 COVID-19는 인간을 되돌아보게 하는 세계적인, 아니 세기적인 사건 같아요. 이런 사태에서도 미언 시인은, 시인이라서 행복해요? 마구 몰고 가는 식이네. 내가 언제 행복하다고 했어야? 시인은 행복하다고 외쳐대는 전도사가 아닐 게야. 행복이라는 게 상대적이기도 하고, 그리고 규정하기 어려운 주관적 감정이기도 하지 않겠어라? 강에 달빛이 비치어 아름답게 일렁이는 데서 생명의 약동을 느끼고 감탄할 수도 있겠지. 그러나 그 강물이 어디서 흘러왔고, 그 강에 어떤 전쟁이 지나가면서 사람의 피가 얼마나 흘러갔을까를 시인은 생각하기도 해야지. 다른 사람들은 그저 스쳐 지나가는데 시인은 유별나서 그 강의 역사와 현재 앓고 있는 강의 악취에도 민감해야 하는 거라고 나는 생각헌다만……. 윤파와 루갈다가 서로 쳐다보며 눈을 찡긋했다. 당연히 행복하다고 할 줄 알았는데, 그게 아니라서 놀랍다는 생각들을 하는 모양이었다.

말하자면 시인은 행복한 게 아니라 늘 놀랍다는 생각으루, 아니 감각으로 사는 게 시인인 거 같더라니. 썩어가는 강물은 까맣게 잊고 말이지, 그 강물에 달이 비치어 온 세상이 생의 약동 속에 일렁이는 것처럼 환호하지 말라고, 그렇게 말하면 함구령에 처한다든지 그렇게 법으로 다스릴 일이야 아니겠지. 그러나 이튿날 아침 그 강물이 썩어서 물고기가 배를 내놓고 퍼드러지는 모양을 본다면 그 또한 놀라운 일이 아닌가. 인간의 무지에 대한 놀라움……. 미언은 눈을 감고 머리채를 흔들었다. 코비드 나인틴, 그 역병을 겪으면서도, 아니 옆집에서 사람이 죽어나가는데도 나는 남의 일처럼 먹고 자고 해야 하는 게 참 신통해요. 미국에 코비드 나인틴 더 번지기 전에 한국에 왔으니 망정이지,

내가 죽을 수도 있다는 생각을 하면 아찔해요. 이 부분은 레포트에 쓰지 말아야겠지요? 루갈다가 미언과 윤파를 번갈아 쳐다봤다.

그럴 것이야. 어떤 작가가 시는 경탄에서 비롯한다고 했는데, 경탄은 말하자면 기쁨과 슬픔 양쪽에 홍예처럼 걸쳐 있는 거야. 놀랍다는 건, 예사로 보아넘기지 않는다는 뜻인데, 풀밭에 죽어 있는 새 한 마리……, 그 넘어 언덕에 피어 있는 황금빛 수선화…… 그리고 언덕을 넘어 불어가는 푸른 바람…… 그런 게 다 경탄을 불러오지 않겠냐…… 그런 감각을 살려내는 사람이 시인이랄까, 그러자니 가슴 짠한 일이 많지야. 평생을 같이 살아온 사람을 먼저 보내기도 해야고. 죽은 남편의 얼굴이 스치고 지나갔다. 미언은 그런 이야기를 하다가 자기도 모르게 눈자위가 젖어오는 것 같았다.

왕관표 역병만 해도 그렇지. 스페인이나 이탈리아가, 미국이 무슨 죄가 있어? 중국은 죄를 회개해서 그 병 벗어났나? 한국은 아직 죄 회개가 덜 되어 역병이 안 물러가는 거야? 아니면 조주빈이라더냐 불청객이라더냐 하는 놈이 말이시, 애덜 사타구니 장사를 하다가 애먼 손 무시기한테 죄송하다는 헛소리나 해대고 그래서, 그거 왕관표 역병 안 물러가는 거 아닌 거 같더라만. 루갈다는 약간 벙벙한 표정이었고 윤파는 할머니가 별걸 다 안다는 식으로 피이피이 헛김을 뱉어내고 있었다.

아무튼 시인은 세상이 행복으로 가득하고 은혜로 넘쳐난다는 식으로 호도하는, 남의 눈을 먹물로 맥질하는 인간이 아닌 게야. 그러니 시인이 되려면 남보다 더 많은 눈을 가지고 있어야 하지 않겠냐? 본다는 건 보아낸다는 뜻이겠지. 남들 눈에도 다 비치는 것을 시인이 그대로 이야기한다면 시인답지 못허지 않겠냐. 왜 관세음보살이 천수천안이라야 하는지 이해가 되겠지야. 할머니가 관음보살이라도 된 거 같네. 근데 할머니, 관세음보살은 남자야 여자야? 아니면 트렌스젠더야? 애가 생각하는 게 아그똥하네이, 너 말이고만. 미언은 윤파의 머리를 쥐어박는 시늉을 했다.

행복이 환상이란 말씀인가요? 루갈다가 정색을 하고 물었다. 혹 모를 일이다, 그런 걸 행복이라 하는지는. 허나 행복은 객관성을 유지할 수 있어야 한다. 객관성이란 남도 같이 느끼고 같이 생각하는 그런 속성 아니겠냐. 세상을 아름답다 해놓고는, 그 생각에 폭 빠져서, 소파에 다리 꼬고 앉아서는 빈티지 와인에다가 네덜란드 치즈 안주 해서 홀짝거리면서, 브람스를 듣다가 랭보를 이야기하면서 세상은 얼마나 다정한가, 그렇게 자아도취에 빠져 사는 인간들이 있다는 말이시. 그리고는 행복의 이미지를 자꾸만 구체화하는 거야. 그건 자네도 잘 알 테지만 말하자면 '돌림병'이야. 그러한 돌림병에 빠져 있는 자들의 삶은 '행복'이라는 어휘로 추상화된다는 게 그게, 어디더라 슬로베니아의 괴팍한 철학자 지젝인가 누군가의 얘기 아니냐? 와우! 루갈다가 탄성을 질렀다. 다른 시인들에게 듣기 어려운 이야기라는 뜻인 듯했다.

물론, 그렇지요. 물론, 시인이 문제를 해결하는 사람이 아니라는 걸 우리는 잘 알면서도 시인이 인간의 고민을 살갑게 이해하고 어루만져 주어야 한다는 위안에 대한 기대를 가지고 있는 게 사실입니다. 행복에 몰두하는 게 환상이라면, 그 환상에서 벗어나는 방법, 그러면서 행복할 수 있는 방법이 뭐라고 생각하세요? 실로 어려운 문제였다. 미언은 손을 들어 머리를 짚고 있다가, 어디까지 이야기를 해야 하는가 하면서 말을 이어갔다.

마음의 부적을 걷어내야겠지. 뭐랄까, 부적은 우상이라 할 수도 있겠지야. 헌데 모든 우상은 대가를 요구한다네. 우상을 섬기는 것은 자유를 위임한달까 그런 걸 텐데, 세상을 명료하게 보는 그 지성이랄까

지혜랄까 그런 걸 몽땅 갖다 바쳐야 우상은 비로소 웃음을 짓기 시작해. 웃으면서 살살 등을 긁으면서 간을 빼먹는 거야. 시는 우상을 섬기지 않는 지혜를 기르는 일이야. 그래서 나는 비유를 무서워해. 이양하라는 영문학자가 「나무」라는 수필을 썼지. 나무는 덕을 지닐 수 없어. 죽어서 나무가 된다면? 그런 가정은 현실을 위무하는 데 손톱만큼 도움이 될지 몰라도, 조금 생각하면 그거 말짱 헛소리야. 나무는 사람이 아냐. 그런데 나무를 사람이라고 해놓고는 말이 많지. 루갈다가 자판을 두드리던 손을 멈추고 미언을 쳐다봤다. 「나무」를 한국 수필의 백미라고 거듭 강조하던 헨리 팍의 이야기가 떠올라서였다.

행복 이데올로기에 취해 허우적거리는 시인과는 말을 섞고 싶지 않다네. 행복은 서리아침 찬물로 씻어서 볼이 발간해진 소녀의 아찔한 그런 감각에서 오는 건지도 모르지. 사물을 안개로 가려 유령으로 만드는 비유 걷어내고, 명징한 언어로 묘사할 수 있는, 해서 선악을 함께 아우르는 거기 진실이 있는 거 같아. 그런 진실을 발견하는 데 시인의 행복이 있다고 할까. 할머니 어투가 달라졌어요. 윤파가 다가앉으면서 말했다. 전에 정시호 시인은 전라도 사투리가 곰살궂어 좋다는 이야기를 하기도 했었지. 여기서 왜 정시호 시인인가, 미언은 자기도 모르는 사이 머리를 쓸어올렸다. 어색한 장면에서 머리를 쓸어올리는 것은 정시호 시인의 버릇이었다.

충청도 말이나 전라도 말로 해야 실감이 나는 게 있고, 표준어로 말해야 격에 어울리는 게 있는 거야. 타라스 셰브첸코도, 범슬라브주의자였던 시인이 말이다, 자기 시는 우크라이나어로 써야 한다고 고집을 했단다. 모국어? 그것도 이데올로기라 해야 할까? 민족이라는 게 만만치 않아서 한때 구소련 거대제국에 포함되어 있던 나라들이, 구소련 무너지니까 모두 독립을 해서 자기 민족언어 되살리자고 나서는 난리들이지 않더냐. 기도하는 언어와 세금 내는 언어는 달라. 시가 기도라면 시인은 기도하는 언어로 시를 써야 할 것이다. 잠깐만요. 루갈다가 이야기 가닥을 타들었다.

참 재미있는 말씀인데요, 기도하는 언어와 세금 내는 언어의 괴리, 말하자면 생활 언어와 행정 언어 그렇게 구분해도 될까요? 생활 언어와 행정 언어가 동일한 경우는 어떻게 보아야 하는지요? 예를 들어 미국 같은 경우는 어떻게 보세요?

거긴 본래 민족 포기한 사람들 모여서 만든 나라지. 그런데 거기서도 여전히 언어 문제는 간단치 않은 것 같더라구. 몇 년 전에 미국의 공용어는 영어다, 국가에서 그런 선언을 할 정도였으니까. 미국 영어는 아메리칸 잉글리시라는 거잖아. ⋯⋯그런데 이야기가 왜 여기로 튀었어? 시인은 행복한가, 그런 이야기하던 중이 아닌가? 미언 시인께서 이야길 잘 하시니까 이야기가 곁길로 빠지네요. 하기는 이게 COVID-19, 왕관표 역병을 견뎌내는 방법 가운데 하나일지도 몰라. 이야기하는 인간은 이야기 끝내기 전에는 못 죽으니까. 그러니까 행복하냐구? 그야 아무튼⋯⋯ 시인은 행복보다는 발견하고 경탄하는 사람이라고 해야 할 거야. 윤파가 하품을 했다. 얼굴이 좀 발갛게 달아오른 듯했다. 미언은 더럭 겁이 났다. 역병이니 염병이니 입을 가볍게 놀렸던 COVID-19의 쓴맛을 보는 게 아닌가 싶어서였다.

2

아무 말 말고 따라나서라. 미언은 손녀 윤파와 그의 친구 루갈다를 뒷자리에 태우고 선별 검사소로 차를 몰았다. 두 젊은이는 아무 말도 않고 앉아 있었다. 그래, 그렇게 침중한 사색을 하는 시간도 필요한 법이다. 병원에 도착하자 '선별 검사소'에 줄을 선 사람들 뒤에 가 섰다. 차례를 기다린다는 것, 어떤 결과가 나올지 모르는 상황이었다. 불안이라는 게 이런 것인가 싶었다.

며느리에게서 전화가 왔다. 한국도 난리던데, 별일 없으세요? 별일 없다. 게는 다 무고허지야? 할머니 웃긴다, 우리가 바이러스 검사 받으러 가는 게 아무 일도 아니란 말이지요? 자꾸 불어대면 일 덧난다. 침묵은 더 큰 재앙을 불러와요.

윤파가 기침을 했다. 앞에 섰던 젊은 여자가 하얗게 흘긴 눈으로 뒤를 돌아봤다. 그 여자가 뒤돌아보는 걸 신호로 해서 줄 섰던 모든 사람들의 눈길이 이쪽을 향하고 있었다. 정시호 시인의 뒷모습을 닮은 남자가 마스크에 모자를 눌러쓰고 검사소를 빠져나갔다. 미언은 눈을 훔쳤다.

윤파와 루갈다는 똑같이 COVID-19 양성 판정을 받았다.

미언은 왕관표 역병 음성으로 판정이 났다. 그나마 다행이었다.

양성 판정을 받았어도 당장 어떤 증상이 나타나는 것은 아니었다.

그럴수록 대책은 엄격하고, 단호해야 했다. 미언은 윤파와 루갈다를 불러놓고 행동수칙을, 공표 아니 발표를 했다. 코로나는 위아래는 물론 동서남북 방향을 알지 못한다. 그러니 인간이 그놈의 바이러스와 머리싸움을 해야 한다. 니들이 코비드 나인틴이라 하는 그놈의 역병은 아직 예방약도 치료약도 없다. 그리고 늘 변신한단다. 그래서 신종 바이러스라 할 때 새롭다는 뜻의 노블을 갖다 붙인다는 게야. 불상놈의 족속…… 그 앞에 무릎에 피 맺히게 기도를 한들 효험이 있겠냐. 그러니 이성적으루다가 정부가 하라는 대루 히야 쓴다. 이성의 영을 세워야 헌다. 정치가들 좋겠다, 자기들 말 잘 들을 테니…… 영이 설 거니까.

쩌그, 말이다, 그런게 한 집 세 살림이란 걸 히봐야 쓰겄다. 각방 쓰고, 식사는 자기가 해결하되 주방은 시차를 두고 쓰는 게야. 가족인 티도 내지 않기로 헌다. 그렇게 보름 지나면 그놈의 '염병'이 들러붙지 못할 것이여. 미언의 말은 곧 그대로 법이었다. 휴대폰이 그런 이상한 동거를 제법 거들었다. 할머니 나 똥 누러 가는 데 15분 걸린다. 똥 누고 물 잘 내려. 가끔 창문 열고. 슈퍼에 가는데, 한라봉 사다가 신장 위에 놓을 테니 둘이 갈라 먹어라. 뭐시냐, 그놈의 바이러스는 감정을 죽이고 대처히야 헌다. 감정 섞인 말로 공연히 열받게 하는 일 없도록. 잘 먹고 잘 자고 잘 싸고 허면, 그거 비손 같은 거 하지 안 히도 물러가야. 선거 전까지 집에 처박혀 지내기로 했다. 완치 검사는 미언의 차를 이용하기로 했다.

미언의 지휘 아래 코로나 사태가 몇 줄로 끝나는 수도 있다는 걸 증명하는 사례를 만들어냈다. 사람들은 그런 것을 기적이라고 한다. 미언은 대단한 고비를 넘었다는 자신감이 솟아올랐다. 나야 죽으면 시 못 쓰는 거 말고 무신 여한이 있겄냐, 너희들은 앞날이 구만 리같이 창창헌디 그녀늬 염병 땜시로 꼴까닥 허면 안 되지야. 그러니 내가 목숨 걸고 나서니까 그 염병 물러간 거야. 할머닌 연극에도 재능이 출중하셔! 윤파가 깔깔대고 웃었다.

그렇게 COVID-19를 피해간다고 해도 상황은 만만치 않았다. 시를 이야기하고 어쩌고 할 겨를이 없었다. 영일곱 살짜리가 폐렴으로 죽기도 하고, 아홉 살 된 아이가 입원했던 병원에 COVID-19 환자가 발생했다. 음성으로 판정을 받고 서울 모산병원으로 옮겼는데, 그 과정에

시인의 강

서 환자 몇이 양성으로 확인되는 바람에 병원을 폐쇄하는 일이 벌어졌다. 확진 환자가 세 자리 수에서 두 자리로 주저앉을 기미가 보이지 않았다. 그런 중에 온라인 개학이라는 걸 한다고 교육부총리가 발표를 했다.

총선을 보름 앞둔 시점에서 대책 없는 선심성 공약이 창궐했다. 위기상황 극복을 해야 한다고 기본소득 지급을 결의했다. 국민의 70%라면…… 도산하는 기업부터 살릴 것이지, 전 국민에게 헬리콥터로 돈을 살포하겠다는 그 속을 누가 모르랴 싶었다. 지자체장들마다 돈잔치 궁리에 골몰했다. 명재천 경기도지사는 지자체 충당금 없이 정부 지원만 받겠다고 나왔다.

거대 정당들이 위성 정당을 만들어 당대표조차 자기 당 이름을 제대로 발음하지 못하는 해프닝을 연출했다. COVID-19, 총선 거기다가 조주빈이란 이름의 불청객, 국민의 죽일 놈이 텔레비전 화면을 맥질하고 다녔다. 인간시장에서 노예매매를 시도했다는 보도도 있었다. 세상은 바야흐로 바이러스로 범벅이 되었다. 돈 바이러스, 성 바이러스, 정보 바이러스, 디지털 바이러스, 권력 바이러스 등…… 지구는 바이러스로 터질 판이었다. 미언은 이제까지 부정해왔던 어떤 생각을 스스로 수정하고 있었다. 인간은 지구에 규정되지 않는 바이러스 같은 존재였다. 자신의 숙주인 지구를 파괴하는 바이러스가 인간이라는 생각. 끔찍하지만 현실이었다. 현실이기 때문에 인정해야 했다. '사람이 꽃보다 아름다워' 그렇게 외쳐댈 때부터, 그게 말장난이라는 걸 알아본 터였다. 비유항이 과도하게 편향되어 있었다. 그걸 바꾸면 '바이러스가 꽃보다 아름다워' 그렇게 패러다임을 형성할 터였다.

인간이 지구에게 바이러스라면, 인간의 언어 또한 바이러스? 언어로 된 시 역시 바이러스가 아니라는 논리는 성립할 수 없는 일. 언어의 바이러스인 시. 시에만 전염되는 바이러스는 따로 있는가? 있을 듯했다. 우선 떠오르는 게 관념이었다. 관념은 과장법의 외양을 하고 나타났다. 과장은 미화되어 사실을 감추었다. 미언은 '사회적 거리두기'라는 어색한 용어를 용인하기로 작정했다. 거리두기를 허용하지 않는시, 그것은 바이러스 감염원이었다. 그런 점에서 COVID-19는 그 나름의 미학을 수립하고 있었다. 고독해야 할 일이었다. 타라스 셰브첸코는 고독에 지질려 50을 넘기기 전에 생을 마감했다. 슬픈 일이었다. 체제가 사람을 죽인 셈이었다. 그 체제는 역병이었다. 역병은 생산을차단했다. 타라스 셰브첸코는 열세 살 어떤 소녀의 키스를 받은 후 여자를 모르고 살았다. 그가 가까이 다가가는 여자마다 그를 전염병을옮기는 벌레로 취급했다. 혼자 살아서, 그래서 죽었다. 혹시 어떤 갸륵한 여인이 있어 그에게 다가가 다정하게 손을 잡아주었다면, 아마도그는 더 오래 그림을 그리고 시를 쓸 수 있었을 터였다. 정시호 시인에게 다가가 옆에서 지팡이 노릇을 해준다면, 그가 세계를 놀라게 할 시를쓸 수 있을지도 모른다는 생각이 들었다. 뜬금없었지만, 현실이었다.

그런 우울한 생각을 곱씹고 있을 때, 루갈다가 다가와서 자기 레포트 준비를 마저 도와달라고 청을 넣었다. 시인 하나 아주 울궈먹기로작정했는갑다. 시인의 뼈다구요? 핵심어, 키워즈…… 윤파가 모든 걸번역해야 하나, 투덜거렸다.

시인에 따라서 즐겨 쓰는 어휘가 있는 거 같아요. 시적 애용어는 시인을 이해하는 지수, 마커 같은 역할을 할 텐데 말이지요, 미언 시인의 시에는 강이 특별한 의미를 지니는 것처럼 보여요. 그 강이 다른 시인의 경우와는 좀 달리 나타나는 것 같은데, 강 이야기 좀 해주시지요. 강에 관심을 가지게 된 이유라든지…… 특별한 체험이 있다면 그런 걸 듣고 싶습니다.

미언이 낸 시집 『월인의 강물』을 독파한 나머지 하는 이야기라서, 소홀히 대답할 수가 없었다. 더구나 표제작이 '강' 모티프를 포함하고 있었다. 그래요, 내게 강은 특별해요. 특별하고 또 남들과 같은 게야. 시를 쓰기 시작했을 무렵에는 아름다운 강만 골라보았지라. 골라본 강은 내 의식상의 강이라, 아니 의식이 투영된 강이라서 강의 본래 모습과는 거리가 있는 기라. 이제는 강바닥을 기어다니는 버러지와 물고기도 보이제. 그뿐인가, 강 상류에서 화장을 한 인간의 한심한 영혼도 강물을 타고 흘러 내려오는 게야. 마음을 끝없이 흘러가는 강, '내 맘의 강물'과 함께 사대강 보에 흐물대는 물이끼도 보인다는 그런 얘긴데……. 루갈다는 쩝쩝 입맛을 다셨다. 나루는 어때요?

자네가 묻는 거에 몽땅 대답해야 하는 겨? 항구는 만남과 이별이 동시에 이루어지는 문턱 닮은 공간이지. 아무튼 시인은 사물의 자기다움을 보는 사람인 겨. 그러니 강도 강다움을 보아야 허는디, 친구가 내 생일에 불러주었던 〈내 맘의 강물〉은 서정성이 너무 짙웅게, 뭐시냐 강의 도도한 흐름이랄지, 용틀임하는 생명력 그런 게 잦아들고 만당께. 자네 아는가, 러시아의 일리야 레핀이란 화가가 〈월광〉이란 그림을 그렸는데, 그게 말이시, 흘러가는 강물에 비친 달빛을 쳐다보는 젊은 여자의 뒷모습…… 난 그 그림 보고 울었다네. 왜요? 내 모습을 보는 것 같아서…… 여자의 뒷모습이 슬슬 헤풀어지기 시작하더니 공중으로 훨훨 날아가는 게야. 그리고 그 자리에 내 얼굴이, 퀭한 눈으로 이쪽을 바라보고 있는 거야. 삽살개는 귀신을 본다잖여? 그래서 눈이 네 개라는 게야. 내가 내 귀신을 보았을 때, 그 섬짓한 전율을 일리야 레핀은 귀신같이 간파를 한 거라. 강에서 화제가 옆으로 빗나가는 거 같아요. 강으로 돌아오시지요. 루갈다가 컴퓨터 자판에 손을 얹은 채 말했다.

미언 시인이 읽으신 타라스 셰브첸코의 『유랑시인』의 '피가 흐르는 강'에 밑줄이 쳐져있던데, 그런 상상은 과도한 거 아닌가요? 어쩜 그런 상상을 할 수 있어요? 루갈다는 책을 뒤적이면서 표시된 곳을 찾고 있었다. 타라스 셰브첸코에게 피가 흐르는 강물은 거의 일상화된 이미지가 되야뿌랐제. 피가 일상적 이미지로 드러나는 시인, 그의 삶이 얼마나 처참했는지를 보여주는 단면이라 할 수 있지 않을까? 러시아의 폭정 아래 고생하다가 죽어가는 민중들 가슴에 투쟁의 불을 지피는 일이 그런 이미지로 형상화된 것이라면, 그게 결코 헛소리나 과장이 아니라는 걸 이해할 수 있겠제. 시인은 강에서 역사를 읽는다는 이야기는 하지 않았다. 너무 진부한 이야기라는 생각 때문이었다.

사람살이의 단위를 어떻게 세우는가 하는 데 따라 역사적 사실도 달라 보인다네. 우크라이나를 러시아와 분리해서 논하기 어렵지 않겠어라? 피로 물든 강물만 노래한다면 시가 되겠지만, 강을 배경으로 일어난 전투와 죽음을 거기서 싸운 사람들을 이끌어 들이면, 그건 이야기가 될 터인데, 시와 이야기는 그렇게 얽혀들지 않겠나? 그래서 유랑시인이 필요한 건지도 모른다네. 유랑시인은 자기 시를 고집하지 않거든. 그리고 남의 이야기를 시로 읊어주지. 「하이다마키」란 장편시는 서정시가 아니라 역사시 아니던가. 폴란드 치하의 우크라이나에서 일어난 농민과 코자크들의 봉기. 봉기? 그게 뭐야? 벌 떼처럼 일어난다는 뜻 아니겠냐. 그런 사태를 이야기 빼고 어떻게 읊어? 루갈다가 잘 모르겠다는 듯이 고개를 갸웃거리고 있었다. 그 통에 이야기가 멈췄다. 윤파가 커피를 타가지고 왔다. 코로나 물러가니 이렇게 좋은걸, 사실 난 우리집에서 처녀 둘이 한꺼번에 저승 가는 줄 알고 얼마나 마음 졸였는지 모른다. 니들이 몽달귀신 된다고 히보아라. 본론으로 돌

시인의 강

아갈까요?

사람살이의 단위라 하셨지요? 그래, 왜? 그게 뭔데요? 말하자면사 국가와 민족 그런 것이지야. 그러니까 민족으로서 우크라이나와 국가로서 러시아 그런 대립인가요? 그런 셈이겠지라. 민족과 세계 보편의 인간세상, 그게 맞설 수 있다고 보세요?

글씨다아, 루갈다는 국적이 미국인가 한국인가? 멈칫하던 루갈다가 대답했다. 국적으로는, 저는 아메리칸이지요, 그런데 혈통으로는 한국인이고요. 한국인이란 말에 문제가 있는 게라. 민족개념으로 자기들 이야기할 때, 다민족국가라는 이야길 하면서 근본 종족은 한족이라 하고, 프랑스인은 골족, 독일인은 게르만족 그렇게들 이야기하는데, '한국'이란 말 그게 말로만 보면 민족개념이 아니라 국가개념인 게야. 한민족을 중국에서는 한족이라 하는데 한시(漢詩)는 한문으로 된 시를 뜻하지? 한국시는 뭐라 하지? 코리안 포이트리라고 하자, 그러면 그 코리안을 다시 번역하면 뭐가 되지? 한국이 될 거라. 한국시…… 그러면 다시 언어, 민족, 국가 개념이 뒤엉키게 된다 말이시.

눈을 앙큼하게 굴리고 앉았던 윤파가 끼어들었다. 단일민족국가라고 해오던 관행이 그런 결과를 가져오지 않았나요? 그런 면도 있지…… 정시호 시인은 이따금 한민족의 순수한 혈통과 정서를 이야기했다. 미언은 생각이 갈피를 놓은 채 흔들렸다. 한국어에 깃든 민족정신을 살려야 하는 게 시인의 사명이라고도 했다. 그런 이야기를 들을 때마다 미언은 내심 긴장하지 않을 수 없었다. 부드러운 음성으로 다가오는 정시호 시인과 그의 말 사이에 건너기 어려운 구렁이 느껴졌다.

미언 시인은 잘라서 말했다, 민족 그건 부적, 탈리스만이다. 정말 그렇게 생각하세요? 부적이나 우상까지는 아니지만, 그래도 민족은 사람을 묶어주는 끈이 아닐까 싶네. 할머니이? 왜 그랴? 국경을 없애면 되잖아요? 유럽 모양으로 말이지? 윤파가 고개를 끄덕였다. 아무튼 우리는 민족개념의 DNA를 만들면서, 그걸 벼리고 담금질하면서 살아왔달까. 민족이란 말은 우리가 고단한 역사를 살아내는 방법론이었다. 루갈다가 벌떡 일어섰다. 그리고 미언을 한참 노려보았다. 눈빛이 표독스러웠다.

미언 시인은 이제 달리 사세요. 어떻게? 세계시민으로요. 말이 좋아 시민이지, 그리고 하는 말이 '지구촌'이라잖나. 지구촌에 촌장이 생기면, 촌장 동상 세우자는 이가 나타날 거고, 그 동상 부수자는 사람이 반격을 하고…… 그런 악순환이 거듭될 것이여. 미언이 한숨을 내쉬었다. 로자 룩셈부르크, 윤파는 그 생각을 하다가, 아니, 아니 고개를 살래살래 흔들었다. 루갈다는 하품을 했다.

심심히서 죽겄는 모양이다, 루갈다 말야. 심심해서 죽을 인간이 시를 써서 심심함을 견뎌낼 수 있다면, 그게 어디야? 심심함은, 무료함은 비윤리적이거든. 게으른 자를 찬양하는 종교는 아무 데도 없다. 하루 일하지 않으면 하루 굶으라는 이야기는 성경에도 공자님 말씀에도 있다. 그거 근대화 이데올로기 아닌가요? 부지런함은 스칼라 개념이 아니라 벡타 개념이다. 시인이 말이 많으면 나라가 망한다. 내 같은 소리 또 한다만. 내가 요설에 빠지는 것 같지 않냐. 개뿔이나 아는 것 없으면서 아는 소리 하는 시인은 결국 시를 못 쓴다. 써도 시답지 않은 시가 된다. 제가 미언 시인을 요설가로 만든 셈이네요. 이자 되얏지야? 왕관표 역병 덕에 레포트 자료 하나는 착실히 벌었다, 그렇지야? 루갈다가 미언의 손을 잡고 흔들었다.

미언 시인 만나 엄청 해피했어요. 행복이면 행복이지 미국물 쪼깨 먹었다고 해피가 뭐시라냐? 해피고 강아지고 간에, 너 가기 전에 이 핸드폰 손 좀 봐줘야 쓰겠다. 핸드폰도 왕관표 역병에 감염된 것인지 메일이 안 뜬다. 줘보세요. 데이터 용량이 초과되었군요. 근데 이거 보세요. 핸드폰을 가로챈 윤파가 소리내어 읽었다.

강 언덕에 그대와 함께/바람을 향해 가슴을 열고/달빛 내리는 강심에/손 잠그면 새로 열리는 하늘

정시호 시인이 보내온 짧은 시였다. 앞뒤로 아무런 덧붙이는 말이 없었다. 누구 기다리시지요? 외로운 모양이로구나, 정시호 시인. 잘 해보세요. 잘 해보긴, 난 사랑 졸업히었어야. 사랑이 꼭 하나라야 할 필요가 어디 있어요? 강도 말예요, 흘러가면서 지나는 나라에 따라 이름이 달라지잖아요? 체코에서는 블타바강이 독일로 가면 몰다우강이 되고, 그게 엘베강으로 합류하잖아요? 사랑도 비슷해요. 뭐라는 소린지 원. 애가 꽤 성숙했다는 생각이 들었다. 그게 꼭 왕관표 역병 때문인지는 알 수 없었다. 쩌그, 머시냐, 윤파 데리고 미국 갈 생각 없냐? 제 병은 혼자 다 앓고 나야 완치돼요. 윤파 때문에 내 구역을 흘러가는 강물에 '손을 잠글' 수 없다는 이야기는 하지 않았다. 애들 눈치를 속여먹을 늙은이가 어디 있겠나 싶었다. 정시호 시인이 보고 싶었다. 6개월 동안 얼굴을 못 본 셈이었다. 어떤 사람을 그렇게 간절하게 보고 싶다는 감정이 솟아오르는 것은 스스로 생각해도 놀라운 자신의 변화였다.

3

코로나 바이러스 여파 때문인지, 비행기 좌석이 여유가 있었다. 세

사람 좌석에 혼자 앉아 있다 보니 옆에 신경 쓸 사람이 없었다. 그런데 어딘지 헤적거리는 느낌은 어쩔 수가 없었다. 사랑이 어디 하나만 있더냐 하던 윤파의 이야기를 음미하는 중이었다. 어쩌면 정시호 시인이 마중을 나올지도 모른다는 엉뚱한 생각도 들었다. 오래하는 기도보다는 간절한 기도가 하늘에 닿는다고 정시호 시인은 말했다. 시도 많이 쓰는 것보다는 간절한 심정으로 써야 독자의 심금을 울린다면서. 막연히 허전할 때 눈에 어리는 정도지, 정시호 시인에 대해 간절함은 없었다.

할머닌 왜 저하고 자리를 떼어놓았어요? 키예프 보리스필 공항에서 입국심사를 받는 중에 윤파가 물었다. 그래야 서로 자유롭지. 할머니 여전히 웃기셔. 자유는 고독을 전제하는 거야. 할미가 그래도 시인인데, 그런 소리 하면 안 된다는 거냐?

절대 구속이 자유를 가능하게 하는 거 아닌가요? 그게 그 소리 같다만. 미언은 윤파의 이야기를 그대로 수용하기 어려웠다. 자유와 고독과 구속은 쉽게 꿰어지지 않는 항목이었다. 아무튼 윤파도 상당히 컸다는 생각이 들었다. 불과 몇 개월이지만.

여행하는 동안, 적절한 거리를 두고 그렇게 지내자. 아름다운 거리? 그게 미적 거리라는 거야? 사람 사이에 거리를 소거하면 마요네즈처럼 느글느글 속스러운 기운이 배어나는 법이제. 그게 법이랄 것까지 있는가, 윤파는 그렇게 속으로 의문을 달았다.

너는 1119호고 나는 1118호다. 저녁 먹으러 나갈 때 만나자. 미언은 새끼손가락을 들어 보였다. 윤파는 웨어러블 손목시계를 들여다보았다. 손녀와 할머니 사이가 같이 여행 간 동네 사람만도 못한 거 아닌가, 그런 생각이 들었다. 여행이 끝나기 전 언젠가는 대학을 가라는 이야기가 나올 게 마음에 걸렸다. 루갈다한테 묶어매서 산타바바라로 쫓아 보낼 궁리를 하고 있었다는 걸, 윤파는 루갈다한테 들어서 빤히 알고 있었다. 거기다가 너네 할머니 연애하는 중인 거 같더란 이야기도 기억이 생생했다. 늙은이들은 대개 속이 깊은 터라서 냉큼 속내를 드러내는 법이 없었다. 윤파는 반백 머리를 뒤로 묶은 '미언 시인'을 한참이나 쳐다봤다. 저런 또래의 남녀가 만나면 무얼 할까? 추억파티나 할까? 저들에게 설계할 미래란 무엇인가? 아이를 못 만들 것은 물론이었다. 사타구니가 축축하게 젖어오는 느낌이 왔다. 생리대를 준비하지 않았다는 생각이 났다. 윤파는 약국에 다녀와야겠다고 방을 나섰다.

엘리베이터 문이 열렸다. 눈동자가 파란 금발 아가씨가 빙긋 웃으면서, 즈드라스트 부이찌! 인사를 했다. 이 친구는 하루에 얼마나 많은 사람을 만날까? 수많은 사람을 만나는 것만으로도 재미있는 직업일 것 같았다. 고등학교만 나오고서도 할 수 있는 일, 엘리베이터 걸도 할 수 있는 일 가운데 하나였다. 그런데 그런 생각은 엘리베이터 걸의, 다스비다냐! 그 인사말과 함께 사라졌다. 러시아어권에서 일하자면 러시아말을 알아야 했다. 언어는 확실한 자본에 해당하는 것이었다. 윤파에게는 확실한 언어자본이 없었다. 한국어에 능통하지 않다는 것은 근간에 읽은 책들이 증명해주었다. 한국어로 쓴 책들이 그렇게 어려울 줄은 참말 몰랐다. 그렇다고 외국어를 어느 하나 꿰고 있는 것도 아니었다. 루갈다는 월터 휘트먼과 존 스타인벡의 문학을 이야기했다. 너 그걸 다 읽었어? 당근……! 사람 질리게 하는 말이었다. 대학 안 가겠다던 생각에 금이 가기 시작했다. 세상은 복층에 복층이 거듭되는 다층구조란 생각이 들었다. 아래층만 왔다갔다 하다가 위층에서 얼마나 신나는 일들 혹은 심각한 일들이 일어나는지 모른 채 인생이 끝장날 수도 있다는 생각. 그건 좀 억울한 일, 손해 보는 일 같았다.

여자는 생리 끝나면 여자 아니다. 그럼 뭐지요? 인간이지. 그럼 됐지요 뭐어. 그런데 그 인간 되는 여자 백에 하나나 될까. 할머니가 시를 쓰는 것은, 여자의 계절이 끝나고 인간이 되기 위해 도모하는 과업인지도 몰랐다. 윤파는 미언을 다시 쳐다봤다. 미언의 말투며 독서량이 예사로 보이지 않았다.

저녁시간이 되도록 아무 할 일이 없었다. 윤파는 창밖을 내다보았다. 바로 내려다보이는 자유 광장에 거대한 석주가 서 있었다. 석주 위에는 황금빛 자유의 여신상이 장식되어 있었다. 석주 아래편에는 혁명에 참여한 군인, 학생, 농부 그런 사람들의 조각상이 장식되어 있었다. 자유, 그것이 인류의 영원한 염원이 된다면, 인류는 영구한 세월 동안 자유를 누리지 못했다는 역설이 성립되는 셈이었다. 인류사상 한 번도 자유가 완벽하게 구현된 적은 없었다. 할머니를 따라나선 여행이긴 하지만, 우크라이나 키예프 호텔에 와서 엉뚱한 생각을 하고 있는 셈이었다. 이제까지 별로 깊이 생각해본 적이 없는 문제였다. 절대자유란 존재하지 않는다. 물리학적 세계에서도 작용과 반작용이 있을 뿐이지, 자유는 침묵이다. 어디서 들은 이야긴지 분명한 기억은 없었다. 그러나 자신의 문제와 연관지어 생각해본다면, 자유를 찾는 게 아니라 도피나 다름이 없는 것 아닌가 싶었다. 자유는 구속을 전제하는 것인지도 모를 일이었다. 동상을 또 다른 동상으로 바꾸어 세우는 역사의 반복, 독재와 부정부패와 혁명과 반혁명…… 윤파는 우울한 생각을 밀어내느라고 루갈다에게 메시지를 보냈다.

외로운 여행자가 추억을 더듬으면서 바라보는 도시의 풍경. 자유란 상대적이라는 결론을 얻으려고 여기까지 왔던가. 우리 시대의 자유란 무엇인가? 막연하다 하지 않기로 하자. 코로나에 묶여 살던 그 부자유

시인의 강

의 시대, 그때도 민주주의를 외치고, 보다 나은 내일을 꿈꾸지 않았던가. 문자로 긴 내용을 쓰기에는 생각이 자유롭게 흘러가지 않았다.

윤파! 친구는 자유를 추구하는 게 인간의 본능이라 하겠지? 아닌지도 몰라. 하나님 앞에 모든 걸 맡기는 그런 절대 구속을 인간들은 역사가 진행되는 동안, 쉼없이 갈망했어. 나한테 그런 예가 있단다, 볼래? 붉은색으로 표시된 구절은 시였다.

한 줄기 강을/오래 그리워하여/그 강물에 빠져/밤을 도와 달려가다 보면/나 또한 강이 되어/강이 강 밑으로 흐르다가/비로소 열리는 새벽

인간은 자유만으로는 어쩌지 못하는 어떤 길이, 거기 빠져 죽고 싶은 그런 강물이 있는 건지도 몰라. 미언 시인, 너네 할머니 잘 모셔라. 그 강에 다른 강이 하나 뱀처럼 고개를 들고 달려들어도 너는 미동도 하지 말아라. 강 밑으로 흐르는 또 다른 강을 네가 어쩌겠냐? 윤파는 핸드폰을 놓칠 뻔했다. 정시호 시인이라는 이와 거리를 두기 위해 자신의 제안을 순순히 받아들이는 것처럼 위장을 하고 있는지도 모를 일이었다. 혼자서는 해결할 수 없는 감정을 다스리는 방법으로. 윤파는 자유와 구속과, 자유와 사랑 그런 문자가 머릿속을 오가는 가운데 실내를 바장이고 있었다. 누군가 다가와서 어깨에다 손이라도 얹어줄 것 같았다. 할머니도 그런 허전함을 달래고 있지 싶었다.

저녁은 우크라이나식으로 하기로 했다. 우크라이나라고 특별한 음식이 있을까 의문이 들었다. 사람 먹고사는 거 어디가나 똑같다던 친구 이야기가 떠올랐다. 친구 지연은 아버지가 외교관이라 유럽을 떠돌면서 근무하는 통에 가족과 함께 떠돌아다녔는데, 그 덕에 사람 먹고

사는 거 똑같다는 걸 알았다고 하면서, 자기는 보편주의자라고 선언을 하곤 했다. 아무튼 현지식이 맛있다는 미언의 의견을 따르기로 했다. 맛있다는 것은 새롭다는 뜻이었다.

식당 이름이 '네프스키 인 키예프'였다. 네프스키가 누구예요? 네바 강이라고 알지, 윤파야. 윤파는 고개를 저었다. 어디선가 들은 적이 있는 듯한데 정확한 기억이 없었다. 대강 이렇다. 1240년, 한국으로 치자면 고려 23대 고종 27년경 될까, 러시아가 나라의 틀이 잡혀갈 무렵인데, 러시아 주변에는 강적들이 러시아를 집어먹으려고 노리고 있었지. 거기다가 몽골 지금 이 동네, 키예프까지 쳐들어온 거야. 그때, 그때, 말이다. 꼭 지금 네 나이, 열아홉 살짜리 알렉산더 공작이 군사를 몰아 적군을 물리친 거야. 네바강 근처에서 말이지. 그래서 알렉산더 뒤에다가 네프스키란 이름을 달았단다. 러시아로서는 구국영웅이다. 그러니까 나라에서 그를 성인으로 올려주고 그를 기념하는 성당을 전국에 세웠던 거란다. 알렉산더 네프스키 성당들…… 미언의 이야기는 윤파에게 요설로 비쳤다. 한편으로는 겁이 나기도 했다. 할머니 이전에, 미언은 거대한 산이었다. 아니면, 루갈다가 말한 대로 건너지 못할 강이었다. 그런 이미지는 물리적으로 구축될 수 없는 정신의 아스라함 속에 우뚝 솟아나 버티고 선 성을 닮아 보였다.

그럼, 여기 우크라이나 키예프도 러시아 영토 한구석이란 뜻? 원균네 집안 사람들이라고 충무공의 거리 충무로 안 다니겠냐? 조선이 있을 뿐이지 그게 충무공의 나라도 원균의 나라도 아니라는 뜻이지. 그러니까 대한민국 정부지 문아무 정부라고 하는 건, 말이 안 되는 소리다. 윤파는 깔깔 웃었다. 할머니, 참 웃긴다. 할머니도 반문연대 멤버예요? 반문연대는 또 뭐시다냐? 전에 친이 친박 그런 거 있었잖아요? 현재 대통령 반대하는 사람들 모임이 있어요. 그건 나도 대강 안다만…….

 주문이나 하자, 여행에 말이 많으면 감동이 말 뒤로 사라진다. 야아, 기막히게 좋다, 짱 좋다, 어쩜 이렇게…… 그렇게 떠드는 사람들은 시를 못 쓴다. 시인은 침묵 속에서 감동을 형상화하는, 언어화하는 사람이다. 감동할 줄 모르니까 말이 없는 거 아녜요? 아니라니까, 말 많은 집 장맛도 쓰다, 그런 말도 있잖니. 왜 남의 집 장맛에 시비를 걸어요?

 남의 얘기가 재미있단다. 책임질 일도 적고 말이다. 인간이 그런 법이 아니겠냐?

 "부제쩨 자까쥐바찌?(주문하시겠습니까?)" 종업원은 메뉴판을 식탁 위에 던지는 것처럼 놓고는 메모지를 들고 주문을 재촉하며 서 있었다. 윤파가 잠시 후에 시키겠다면서, 메뉴판을 펴들었다. 메뉴판은 모두 러시아문자(키릴문자)로 적혀 있었다. 뭘 그렇게 망설이냐, 고기 먹을래 야채 먹을래? 우크라이나는 쇠고기가 야채보다 싸대요. 싸니까 먹는다는 거냐, 할미 돈 있어야! 입맛을 돈으로 계산하지 말아라. 그렇게 해서 만만한 닭으로 식단이 결정되었다. 닭이라? 이런 시가 있느니…… 미언이 핸드폰을 펼쳤다.

 오늘도 너는 조소(嘲笑)와 모멸로서 침 뱉고 뺨치며 위선이 선(善)을 능욕하는 그 부정 앞에 오히려 외면하며 회피함으로써 악에 가담하지 않았는가.

 새벽이면 새벽마다 먼 예루살렘 성에 닭은 제 울음을 기일게 홰쳐 울고, 내 또한 무력한 그와 나의 비굴(卑屈)에 대하여 죽을 상히 사모치는 분함과 죄스럼과 그 자책에 눈물로서 베개 적시우노니.

 뭘를 어떻게 했다는 건데 호들갑이 심하네요. 그게 호들갑으로 들리

느냐? 육하원칙이 없는 글은 대개 호들갑 아닌가요? 자화자찬과 자기
비하를 오락가락하는 정신 나간 작자들의 글이 그렇지 않은가, 할머닌
빼고…… 나라고 뺄 이유 없다. 미언이 야멸찬 어투로 말을 끊었다. 말
하는 투가 싸가지 없다는 분기가 서려 있었다.

근데 '죽을 상히'는 뭐래요? 글쎄, 죽을 모양으로, 죽을 것처럼 그런
뜻 아니겠냐? 미언은 반문하는 것처럼 대답하는 게 맘에 걸렸다. 화제
를 바꾸기로 했다.

암튼 닭 한 마리 놓구서, 우리가 말이 길구나. 그런데 하상인가 하는
이 친구는 왜 안 오나? 그 친구라니요? 정하상이 말이제. 그런 얘기 안
하셨잖아요? 같이 여행 가자고 했지, 내 하는 일마다 일일이 너한테 고
해바치겠다는 약속한 적 없었지야? 윤파가 깔깔대고 웃었다. 의외의
반응이었다.

먹자, 근데 너 뭐 한잔 할래? 윤파는 이 야회한 늙은이……. 그런 생
각을 하고 있었다. 그렇다고 못 마실 일은 아니었다. 우크라이나 이웃
나라 몰도바, 거기 와인이 맛있기로 소문이 나 있다. 그 와인 한잔 하
자, 종업원이 얼음통에서 와인병을 꺼내 상표를 보여주었다. 몰도바산
화이트 와인. 주정 농도가 13.5%였다. 이야기하지 않은 모든 게 거짓
말은 아니란다. 말 못 할 사정이 있기도 하고, 어느 시인 말마따나 '모
과나무 옹두리에도 사연이' 있는 법이다. 할머닌 뭔 법이 그렇게 많아
요? 내가 그랬나? 능청떤다는 소리 듣기 전에 입을 막아두어야 할 터
였다.

자 즈다로비에! 말하자면 건강을 위해서, 그런 뜻이지. 그런데 하상
이란 사람이 누구예요? 이제사 궁금하냐? 할미의 외가로 먼촌 조카가
하나 있었니라…… 미언은 눈을 지긋이 감았다. 우리집에서 컸다. 누
구라는 건지 감이 안 왔다. 그때 접수대에 와서 손님을 찾는 젊은이가

보였다.

여기! 미언이 손을 흔들어 보였다. 인사들 해라. 앤 우리 손녀고 이 젊은이는 진외가 이모네 아들, 정하상이다. 윤파는 잠시 멈칫했다. 정하상은 『한국천주교박해역사』에서 읽은 적이 있는 인물이었다. 『자산어보』를 쓴 정약전의 아들. 다산 정약용의 조카. 한국 가톨릭 전도의 주역. 45세에 순교. 이름이 같을 뿐인데, 상상은, 아니 연상은 장벽이 없었다.

우크라이나 살기 어떤가? 전에 할머니가 그러셨잖아요, '인간도처유청산'이라고 말이지요. 내가 한 말이 아니라, 동아시아 한문 문화권에서 격언이나 속담처럼 떠도는 말이 되었제. 전에 보내주신 거 핸드폰에 넣어 가지고 다녀요. 보세요. 정하상이 핸드폰을 미언에게 내밀었다. 요새 눈이 안 좋아, 잘 안 보인다네. 다만 내가 청산에 뼈를 묻고자 한다면 욕심이 과한 거 아니겠나…… 그러시군요.

누구 겁주려고 그런 구닥다리 이야길 엮고 있는 것인가 싶었다. 자리가 불편해지기 시작하고 음식 맛이 없었다. 윤파 자기를 앞에 놓고, 우리는 이런 수준 이야기를 하는 사람들이라는 과시를 하는 게 틀림없었다. 그것은 언어적 압력이었다. 폭력까지는 아니라고 하더라도. 언어? 할머니 이름은 참 좋은 뜻이었다. 아름다운 말, 시인 되기를 소망하는 어른들의 바람이 그런 이름을 만들었을 터였다. 그러나 미언에는 미혹하는 언어란 미언(迷言)도 있었다. 시는 사람을 현혹하게 하는 미언(媚言)일지도 모른다는 생각이 들었다. 윤파는 코로나 바이러스 때문에 갇혀 사는 동안 한자어를 익히는 재미에 맛을 들이기도 했다.

문자 속 있는 인간들이 패거리를 지어 자기들 기득권 지켜나가려고 하는 안타까운 세속사에 시라는 게 자리잡고 있는 게 아닌가 싶었다. 문학 시간에 절명시라는 것을 배울 때였다. 나라 위해, 의리 위해 죽으려면 시 한 편은 남겨야지요? 그렇지. 그러면 먼저 시인이 되어야 하는 게 순서겠네요. 시 공부하는 사이 마음 변하면 못 죽겠지요? 그게 논리가 서는 말이냐? 말의 논리는 말하는 사람과 듣는 사람이 함께 만들어 내는 거잖아요? 말은 금기체계를 만들어내는 장치거든요. 그래서 상징자본이고, 상징자본 창출의 주체가 되지 못한 루저들은 신세 간데없게 마련인 건 어디서나 매한가지라구요. 윤파의 이야기는 거침이 없었다.

이름이 윤파라고 했던가. 넌 대학 안 가도 되겠다. 윤파는 잠시 아찔한 충격이 뒷골로 밀려드는 느낌이었다. 언어의 기득권자를 건드린 셈이었다. 윤파는 조용히 일어나 밖으로 나갔다. 선생이라는 사람에게, 그래도 왈 선생인데 그게 할 소리냐고 따지러 들지 않으려는 속다짐 때문이었다.

뭐 하나 시킬까? 식사하고 오는 중입니다. 와인이나 한잔 같이 하지요. 우크라이나에서는 말인데, 타라스 셰브첸코라는 시인 좋아하는 사람들 많은가? 하상은 멈칫거리는 눈치를 보이다가, 말하자면, 그렇게 입을 열었다.

말하자면, 타라스 셰브첸코는 우크라이나 민족 시인이지요. 그런가, 나도 그럴 만하다는 생각을 하면서 그의 시를 읽었어야. 민족 시인이란 정치적 입지에 따라 가치평가가 달라지는 시인이라는 뜻도 되는 거 같아요. 그 러시아 체제가 계속 유지된다면, 아마, 내 생각이지만, 그렇게 부각되진 못했을 거 같다는 뜻인데요……. 하상은 잘라 말하기를 자꾸 유보하는 편으로 이야길 이어갔다. 어찌 들으면 인류 보편성을 지니기 어려운 시인이라는 말 같기도 했다.

아무튼, 여기까지 왔으니 말인데, 카니프라던가 시인의 기념관이 있는 거기까지, 거리가 얼마나 된다나? 차로 두어 시간 걸리는 거립니다.

시인의 강

거기 안내할 시간 짬이 날라나 모르겠다. 오늘이 화요일이지요? 수, 목은 일이 있고, 금요일은 시간이 날 것 같습니다만. 좋아, 우리는 키예프 구경 느긋하게 하면서 기다리기로 하지. 미언은 수첩에다가 날짜를 표시해두었다.

이건 내가 상을 받은 시집인데 하나 받아두라구. 『월인의 강물』이라는 표지를 보면서, 할머니가 그저 시를 쓴다고 나부대는 노파는 아니라는 생각이 문득 떠올랐다. 가야산 해인사(海印寺)니 오대산 월정사(月精寺)니 하는 절은 '달상징'을 담고 있었다. 해수관음상 또한 달과 연관된 이미지를 지닌 것이었다. 달은 하늘이고, 물은 바다에 가득하니 일렁이고, 강물은 산골을 돌아 평야로 벌판으로 뻗어 나간다. 바다와 지상의 무한공간에 일렁이는 달빛, 그 아스라한 세계를 더듬고 있는 한 인간, 그 앞에 자신이 앉아 있는 것이었다. 할머니 미언의 머리 위로 원광이 어른거리는 것 같았다. 윤파는 머리를 저어 환상을 걷어냈다. 미언이 고개 흔드는 윤파를 보고 빙긋 웃었다.

시인으로 사시니까 행복하세요? 시집 페이지를 훌훌 넘겨보던 정하상이 하는 말이었다. 미언은 시와 행복을 연결지어 생각해본 적이 드물었다. 시인은 늘 괴로운 사람이야. 행복하다 싶으면 그게 무람해서 괴로움을 일부러 만들어서 괴로워하는 사람이야. 윤파는 미언을 꼬나보았다. 언제던가 시는 경탄에서 빚어져 나온다고 했던 기억이 떠올랐다. 경탄은 기본적으로 행복감과 친연성이 있는 게 아닌가. 무감각을 벗어나 경탄으로 이어지는 시간, 그 자체가 행복이 아닐 것인가. 그런데 시인의 불행을 이야기하고 있는 게 석연치 않았다. 경탄과 불행이 어떻게 연결되는지 선명한 연관이 떠오르지 않았다.

오면서 보니까 수선화가, 황금빛 수선화가 피어 있더라고. 나는 아, 소리를 질렀지. 그런데 〈일곱 송이 수선화〉라는 노래가 떠오르는 거야. 양희은 씨도 그 노래를 개사해서 불렀지. 그런데 사랑하는 사람에게 집도 마련해줄 수 없고, 땅은 물론 운도 없어도 말이지, 밝아오는 아침 언덕마다 피어나는 황금빛 수선화를 보여주면서 입맞춤해줄 수 있다는 그 가난한 노래. 우습지, 머리를 기댈 수 있게 소나무 가지로 베개 만들어준다고 하잖아. 그게 시인이야. 내가 말이 많아지네. 자네 만나니까 속이 편해져서 그래. 편하게 생각해주시니 고맙습니다. 그런데 진정한 시는 역시, 누구 말대로 '소확행'을 추구해야 하는 거 아닌가, 그런 생각이 들어요.

소소하지만 실감이 손에 잡히는 행복? 그럴랑가 모르제. 그건 시 없어도, 찾아지는 행복이야. 소확행에는 깊이가 없어요. 무게는요? 윤파가 끼어들었다. 존재의 무게감도 참아내야 하는 게 시인 아니겠냐. 미언은 COVID-19를 견디는 동안 자신이 현학으로 빠지고 있는 게 아닌가 우려를 거듭했다. 시인에게 현학은 바이러스 한가지였다. 너절근한 언어를 주절대는 입은 그것이 시인의 입일 때 얼마나 가증스런 것인가. 금요일 아침 호텔로 차를 가지고 오기로 약속을 하고, 헤어졌다.

새벽이었다. 어디선가 닭 우는 소리가 '길게' 들렸다. 길게 들리는 닭 울음은 반복되었다. 정시호 시인이 언제던가 「계명(鷄鳴)」이라는 시를 써서 미언에게 보여주었다. 그것은 자신의 생활습관을 이야기하는 것이기도 했다. 단지 생활습관이 아니라 간절한 그리움 같은 게 스며 나오는 작품이었다.

오월 고단한 밤 시인은 이야기 속 헤매돈다./닭울음 세 번 들리도록 빈방을 바장이거니/합장한 그대 손끝에 모여든 향이사 별로 뜬다.

세상에나! 나 때문에 고단한 오월 밤, 이야기를 만드느라 잠 못 드는 사람이 있다니. 내가 합장을 하고 하늘에 올리는 염원이 향이 되어 마침내 그게 별이 된다니! 미언으로서는 닭소리를 들으면서 계명구도(鷄鳴狗盜) 같은 잔재주 부리는 설화나 생각하는 터였는데, 정시호 시인이 자신을 대하는 태도는 거부하기 어려운 어떤 끌림이 있었다. 그러나 그것은 끌림일 뿐, 확 치고 나오는 박력은 자취가 멀기만 했다. 하기사 그 나이에…… 꽃이니 풀이니 나무니 하는,「오우가」나 불러대도 얼마나 가상한 일인가 싶었다. 농담이나 퍼 나르는 펌글족으로서는 범접하기 어려운 아우라가 깃든 게 아닌가, 그렇게 합리화를 시도하면서 시간이 갔다.

미언은 창가로 다가가 커튼을 제쳤다. 눈을 찌르고 들어오는 햇살 때문에 고개를 돌렸다. 닭울음이 햇살을 불러온 것 같았다. 미언은 팔짱을 끼고 두 팔에 힘을 주었다. 젖무덤이 한 아름 안겨왔다. 남편은 그랬다. 내가 혼자 끌어안기는 아까운 가슴이야. 미언은 남편을 밀어제치며, 망칙스러워! 그렇게 30년을 살았다. 환청처럼 닭 우는 소리가 또 들렸다. 정시호 시인이 자기를 만나 품에 안아준다면……, 그런 상상을 하는 것 자체가 남편에게 면구스런 일이었다. 그러나 미언은 다시 생각을 가다듬었다. 그러나 이제 남편과는 강을 사이에 두고 이쪽 언덕과 저쪽 언덕으로 갈라서 있지 않은가?

윤파야, 네 친구 루갈다는 정말 미국으로 돌아간 거냐? 어떻게 아셨어요? 나도 감이 있지. 미국 아직 왕관표 역병 안 물러갔잖아. 미금역이던가 거기로 갔어요. 걔네 부모들이 이탈리아와 스페인에서 코비드 나인틴에 쫓겨 한국으로 돌아왔걸랑요. 졸혼을 졸업하고 같이 합류하기로 했대요. 미언은 말했다. 타국에서 따로 죽어 이름 없는 묘지에 묻히기는 싫었을 것이구만. 그래서 30년 이상 살 섞으면서 산 인연이 어딘데. 살이 아니라 영혼을 비빔밥처럼 비볐어도 징그런 인연도 있잖아요. 그럴듯한 얘기였다. 윤파의 전화기가 드르륵 드르륵 메시지를 알렸다.

거기 어디? 키예프. 뭐하고 지내? 너네 부모 칭찬하는 중이다. 웃기지 말고. 내가 하고 다닌 일 들어볼래? 키예프 루스/드니프로 강/보그단 흐멜니츠키/코자크 그런 것들 더트고 다녔어. 너는? 김치찌개 식당서빙? 누구네 식당? 아빠랑 엄마랑 식당. 그게 뭔 식당이야, 졸혼 졸업자 식당. 윤파는 자신도 모르게 까르르 웃었다.

왕관표 역병이 이별 수가 있는 사람을 묶어주기도 한단 말이지? 죽어도 같이 죽고 싶었을 거예요? 루갈다 아버지가 진 거야. 죽을 때는 아내 품에서 죽고 싶지 않겠냐? 그걸 어떻게 아세요? 너의 할아버지 보니까 그렇더라, 당신 곁에서 죽는 게 내 소원을 이룬 것이라나…… 하여튼 그러면서 입가에 웃음을 물고 숨을 거두었단다.

할머니, 저어기, 있잖아요? 있긴 뭐이가? 할머니한테 연애시 보내는 정시호 시인 몇 살인지 아세요? 우리 나이 되면 위아래 없다. 왜요? 누가 먼저 저승 갈지 모르니까. 그럼 할머닌 혼자 죽고 싶으세요? 야가 먼 야그를 하는 거라? 할아버지 돌아가신 지 십 년이나 됐잖아요, 그러니 할머니는 다른 강물 만나세요. 점점 하는 소리가…… 그러면 넌 뭘 할래? 대학 가지요. 내가 너한테 얹혀 사는 걸로 아는 모양인데, 착각이다. 대학 못 가면 시집갈래요. 그거 듣던 중 반가운 소리다. 미언은 희한한 이야기 듣는다는 생각을 하면서, 어떻게 살려고 그러나 물었다. 윤파는 계획이 착실했다.

튼튼한 남자 만나서 아이 다섯 낳을 거예요. 아시아에는 내가 사니까 애들을 각 대륙에 가서 살도록 해서 세계를 한 가정으로 만들 거예요. 애들 있으면 자연 관심이 갈 거고, 관심이 가는 데가 내 땅이잖아요? 그럴라면 너 외국어 공부 열심으루 히야겠다아. 아뇨, 각 대륙에 가서 한국어를 가르치면 되지 왜 내가 외국어를 공부해요? 윤파는 러시아어로 인사하던 엘리베이터 걸을 생각하고 있었다.

장히 좋은 계획이다. 그런데 할머니, 애 낳는 거 얼마나 힘들어요? 조물주가 애 낳고 살게 점지했으니 아무 걱정 말아라. 그런데 애 키우는 건 조물주의 임무가 아닌데, 어떻게 할라구 그러냐? 애아버지 다섯만 있으면 되잖을까요? 유럽에 하나, 아메리카에 둘, 아프리카 하나, 호주에 하나 그런 식으로…… 너 지금 소설 쓰는 거냐? 유모 두라고 하면 되지요. 점점 발상이 해괴하게 돌아간다. 아니면 국가가 아이 키우는 책임을 맡도록 하거나……. 미언은 입을 가리고 하품을 했다. 현실을 몰라도 너무 모른다는 이야기는 하지 않았다. 다만 시집가겠다는 것과 아이 다섯 낳겠다는 발상이 기특해서 등을 토닥여주면서, 아이구 우리 밉둥이! 그렇게 얼러주었다.

야아, 지평선이다. 윤파가 소리쳤다. 미언은 졸다가 깨어 차창 밖을 내다보았다. 들판은 온통 옥수수밭으로 덮인 바다였다. 이따금 해바라기밭이 산굽이를 뚫고 들어온 포구처럼 굽어들기도 했다. 벌판으로 코자크 병사들이 말을 달려 몰아가고, 말발굽 소리가 우박 쏟아지는 소리처럼 요란하게 귀청을 두드렸다. 이 벌판을 역사 속으로 끌어들인 인간들이 얼마나 대단한 것인가 하는 생각에 빠져 있었다. 그런데, 자네는 왜 한마디가 없나? 지평선은 말이 없다…… 기억하세요? 이미자? 정하상은 고개만 끄덕거렸다.

멀리 강줄기가 보이기 시작했다. 미언은 정시호 시인이 보낸 시를 생각했다. 강 밑으로 흐르는 강…… 생각해보면 강의 발원지에서 바다로 흘러드는 하구까지 전체를 알기는 사실 지난한 일. 우리는 내가 딛고 선 언덕에서 보이는 강을 볼 뿐이다. 강의 나머지는 상상의 피안에 흘러가는 상상의 흐름일 터였다. 강 밑으로 다른 강이 나란히 흐른다면 강 위로는 바람이 강을 이루어 불어갈 것이다. 강 밑으로 흐르는 강을 위해서는 다른 존재를 불러와야 할 일이었다. 강과 강이 뒤얽혀 흘러가는 가운데 물고기와 물짐승들이 그 속에서 사랑하고 새끼를 치고…… 강 언덕에는 바람이 버드나무를 길러 그 그림자를 드리울 것이었다. 그 강바닥에 달빛을 비치면 강은 범종 소리를 타고 내면으로 깊어진다. 내면으로 깊어진 그 강에 나의 실존이 자리잡는 것이려니. 할머니, 나 소변…… 윤파가 미간을 잔뜩 찌푸리고 할머니를 부르는 바람에 미언의 상념이 깨어졌다. 정하상이 차를 세웠다. 윤파는 급히 옥수수밭을 향해 뒤뚱거리며 달려갔다.

한참이 지나도록 윤파는 돌아오지 않았다. 옥수수밭 사이로 들어가는 것까지는 보았는데, 자취를 감춘 것이다. 불안이 엄습해왔다. 전화가 울렸다. 올 것이 왔다는 두려움과 함께 전화를 받는 손이 떨렸다. 왜, 왜 그래……? 차에 삽 있나 물어보세요. 차에 삽 있냐고 묻네…… 정하상이 트렁크에서 야전삽을 찾아들고 옥수수밭을 향해 걸어갔다.

아, 시원하다. 애두, 뭐이가 그리 시원하다냐? 오줌자리랑 생리대 '오드리 선'도 같이 땅에다 묻었거든. 니가 오줌 싼 거를 땅에다 묻었다? 오늘 지평선으로 떨어졌다가 내일 동쪽 지평선에서 해가 되어 떠오르겠냐? 치이…… 내가 눈 오줌이 우크라이나 들판을 기름지게 하겠지, 할머니? 육대주에다가 모두 애를 낳겠다고 했잖냐…… 마땅히 그래야지. 너는 땅을 산 거야. 정하상이 백미러로 흘금 뒤를 돌아보았다. 얼굴을 일그러뜨리면서 웃고 있었다. 정하상이 액셀레이터를 힘을 주어 밟았다. 차가 심하게 흔들렸다. 윤파가 미언에게 기대오면서 팔을 뻗어왔다. 차창으로 플라스틱 타는 역한 냄새가 들어왔다.

　　　　　　　　　　　　　　　　　　　　　시인의 강

카니프(Канів)라는 표지판이 도로변에 서 있었다. 오른편으로 짙은 숲이 우거진 야산이 보였다. 왼편으로는 멀리 강줄기가 숲 너머로 얼굴을 내밀었다가 사라졌다. 사라졌던 강줄기가 다시 나타났다. 미언은 자기도 모르게 후유 한숨을 내쉬었다. 산모퉁이를 돌아가면서 차는 찌이익 하는 소리를 냈다.

차가 고장난 갑만. 브레이크에 이상이 있는 것 같습니다. 그럼 언덕 내려가다가 강물 속으로 꼴아박히는 거잖아. 방정맞은 소리를. 듬성듬성 들어앉은 주택들 사이로 아파트가 보였다. 동과 동 사이에 과일나무들이 누렇게 익은 살구를 푸짐하게 달고 서 있었다. 한가하고 여유 있는 풍경이었다. 이런 안주의 공간에 핏물이 흘러갔다는 생각을 하매, 눈시울이 알알해졌다. 미언은 휴지를 찾아 코를 풀었다.

저게 무슨 뜻이야? 윤파가 길가에 서 있는 표지판을 가리키면서, 운전석에 앉은 정하상의 어깨를 치면서 물었다. 애들이 언제 봤다고 이렇게 말을 놓고 이러나, ……저거 말이지? 정하상이 길 옆의 표지판을 가리켰다. Тарасова гора 타라소바 고라, 타라스의 언덕이란 뜻이야. 타라스 셰브첸코의 기념동산이랄까. 그런데 글자들이 왜 저래? 저게 키릴문자야. 맞아, 타라스 셰브첸코가 키릴과 메토디우스 형제단에 참여했다가 체포되어 유형을 가는 그 단체, ……책을 제대로 읽었다는 느낌이 들었다. 저런 애가……. 대학 가기 싫다는 것은 저 나이 애들이 한번 부려보는 투정 같은 것이려니 하는 생각이 들었다. 미언은 왼손을 뻗어 윤파의 손을 잡았다. 윤파는 슬그머니 손을 뺐다. 곁을 주지 않겠다는 뜻 같았다.

저 앞에 있는 게 기념관인 모양인데, 왜 사람이 아무도 없지? 시인의 명성이라는 게 저런 것인가 하는 생각이 들었다. 차가 끼이익 소리를 내며 주차장으로 밀려 내려갔다. 거봐, 그럴 줄 알았다니까. 정하상이 운전대를 좌측으로 급히 돌려 겨우 차를 멈추었다. 강으로 처박혀 죽는 줄 알았다, 놀랐지? 할머니 소원 아녔어요? 버르장머리 하고는……진실은 껄끄러운 거예요.

기념관 돌아보고 계시면 차 수리해 가지고 오겠습니다. 저는 이 기념관 이미 몇 차례 봤습니다. 그래 언덕 조심하라구. 정하상이 손등으로 이마에 흐르는 땀을 씻자, 윤파가 숄더백에서 휴지를 꺼내 건넸다. 나도 따라갈래요. 시는 다 읽었걸랑요. 시인의 기념관? 대개 구질구질해요. 문학인의 기념관에서 문학은 질식하고 까십만 너절하게 널려 있어요. 아니다, 타라스 셰브첸코는 화가이기도 하잖더냐? 할머니 옆에 바이러스처럼 따라붙기 싫어요. 알았다, 저노무 가시나가…… 그런 말을 달지는 않았다.

내가 할머니한테 아첨하려고 타라스 셰브첸코 약력을 정리했어요. 할머니 메일로 보냈으니까 열어봐요. 그래 고맙다. 저렇게 소견이 멀쩡한 애가 왜 대학을 안 가겠다고 하는 것인지 이해가 안 되었다. 윤파와 정하상이 차에 오르는 걸 보고서는 기념관 건물을 돌아 입구 쪽으로 발길을 돌렸다. 기념관 옆 작은 언덕에 수굿하니 서 있는 동상은 뒤에 볼 작정이었다. 옆구리께가 허전했다.

지미언!

미언은, 툭 치고는 이어서 쿵쾅거리는 가슴을 안고 굳어 붙어 서 있었다. 정시호가 다가와 미언의 손을 잡았다. 미언 시인 맞지요? 미언이 정시호의 손을 뿌리쳤다. 나 정시호 맞습니다. 앞에 서 있는 남자의 얼굴이 흐물거리며 오르내렸다. 코로나 바이러스가 내 몸을 관통해 지나간 모양입니다. 물건이 형체만 어른거리고, 외곽선이 뚜렷하게 보이질 않아요. 그러면서 손을 내밀어 허공을 더듬었다.

아니, 선생님……

미언 편에서 두 팔을 벌려 정시호를 끌어안았다. 정시호는 무릎이 꺾이는 걸 억지로 곤추세워 자세를 바로잡았다. 눈이 상한 것만이 아닌 듯, 몸이 많이 망가져 있었다. 눈이 안 보이면 사물의 향기가 더 짙게 다가올 겁니다. 또 사물의 깊은 울림이 가까이 물결져 올 것 같기도 하고. 바이러스 때문에 시인 하나가 헛소리를 하는 늙은이가 되어버렸다. 억울했다. ……나는 타라스 셰브첸코보다 20년이나 더 살았다오. 서러워할 것 별로 없소. 기왕 왔으니 기념관이나 돌아봅시다. 정시호가 잡은 미언의 손이 땀으로 젖어오기 시작했다.

윤파가 만들어준 연보를 들고 기념관을 둘러보았다. 윤파 말대로 문학은 자료 속에 숨고 에피소드들만 남아 전시되어 있었다. 달은 숨고 달빛만 강물 위에서 반짝이면서 물비늘을 뒤집는 것과 같다는 생각을 했다. 타라스 셰브첸코는 농노였다면서요? 미언이 물었다. 정시호는 한참 멈칫거리다가 대답했다. 아프리카에서 아메리카로 팔려간 노예와 꼭 같은 정황은 아니지만, 상속하고 매매할 수 있는 존재라는 점에서는 농노나 흑인 노예나 그게 그거지요. 자유가 없는 존재……? 사랑하고 자식 낳아 기르는 일이 원천적으로 불가능했던 시대, 귀족만 그런 자유를 누리던 시대의 삶이란…… 아무튼 타라스 셰브첸코는 24세에 농노의 신분을 벗어나는데 말이지요, 그 맥락에서 우정은 정말 눈물겨워요. 미언은 짐짓 모르는 척, 어떤 이야긴데요, 정시호의 이야기를 재촉했다.

당시 러시아 황제는 니콜라이 1세였는데, 황태자 알렉산드르의 사부 가운데 바실리 안드레예비치 주콥스키라는 낭만파 시인이 있었지요. 황실에서는 주콥스키의 인기가 대단했어요. 당시 타라스 셰브첸코는 상트페테르부르크 예술 아카데미에서 그림 공부를 하고 있었어요. 노예가 미술대학에 다닌다면 의아스럽지 않아요? 그게 다 재능이 돈으로 환산될 수 있다는 걸 안 주인이 얄팍한 책략을 부린 건데, 화가 하나 잘 길러서 그림으로 돈이나 한몫 잡아보자는 속셈이었어요. 낌새를 알고, 친구들이 화가 카를 브률로프를 부추겨 주콥스키의 초상화를 그리도록 했어요. 그리고는 그 그림을 경매를 통해 왕실에 소개하고 사라고 꼬드겼는데 황후가 그 그림을 사서 왕실에 걸기로 한 거지요. 그 그림값으로 타라스 셰브첸코의 주인에게 돈을 지불하고, 그를 농노의 신분에서 풀어줄 수 있었던 거예요. 타라스 셰브첸코가 농노에서 풀려난 날이 1838년 4월 22일인데, 타라스 셰브첸코는 그걸 못 잊어 그 기념으로 시를 쓴 건데, 그게 「카테리나」라는 작품입니다. 미언은 카테리나 내용을 기억에 떠올리면서 정시호의 이야기를 들었다. 주콥스키는 타라스 셰브첸코의 사정을 알고 그림의 모델 노릇을 하느라고 고생 꽤나 했지요. 모델로 앉아 있는 게 얼마나 지루하고 고역스런 일인가요.

사실 「카테리나」는 간단한 내용이었다. 러시아 병사와 사랑에 들떠 아이를 만든 카테리나가 간난신고 속에 살아간다. 아이의 아버지를 만나지만 아이를 돌아보지도 않는다. 카테리나는 망가진 사랑의 슬픔을 못 이기고 아이를 남겨둔 채 자살한다. 아이 이반은 거지가 되어 유랑 시인을 따라다니는 신세로 유랑의 길에 들어선다. 그런 이야기를 하면서 미언은 시를 쓴 게 얼마나 다행인가 거듭 되뇌었다. 소설을 안 쓰길 잘했다는 생각이 들었다. 이런 슬픈 이야기를 시인이 직접 하기는 너무 어려웠을 거예요. 그래서 음유시인이 필요했던 것 같아요. 음유시인의 길잡이가 되어 떠도는 그 아이가 우크라이나의 슬픈 역사를 기억하겠지요.

사람이 누군가를 사랑하는 건, 어쩌면 자기 힘으로 안 되는 일인 것 같지 않아요? 사랑? 미언은 자기 귀를 의심했다. 사랑이라니…… 타라스 셰브첸코가 말이지요, 그의 시에 따르면 열세 살 무렵이었던 것 같은데, 자기에게 키스를 보내준 처녀가 있었던 것 같아요. 여자친구 옥사나 코발렌코라는 아가씨가 그 여잔데 말이지요, 타라스 셰브첸코가 자꾸 주저주저하니까 멋진 러시아 장교와 열이 달아 아이를 만들었어요. 그런데 그 군인이 다른 지역으로 전근되는 바람에 비혼모(非婚母)가 되어 머리에 붉은 스카프를 쓰고 아이를 길렀는데, 러시아 장교가 딴 여자를 데리고 찾아와서 나를 잊어라 하고는 달아나는 바람에 실성해서 죽고 말았어요. 어쩌면 「카테리나」는 타라스 셰브첸코가 자기 이야기를 음유시인을 동원해서, 우크라이나 서사민요 '둠카' 형식으로, 자기 이야기를 한 거 같아요. 정시호가 한숨을 길게 내뱉었다. 그리고는 풀려 있는 미언의 손을 잡았다.

복사꽃처럼 볼이 고왔는데, 이름을 향원, 향기가 멀리 가라고 이름을 그렇게 지어주었는데, 제 어미와 얼마나 멀리 갔는지…… 이제까지 소식을 모른다오. 내가 죄가 많아요. 따지고 보면 내 죄를 감추기 위해 나는 시라는 걸 썼는지도 모르오. 언어 속에 숨어든 죄가 꼬물거리면서 살아서 두터운 지층을 뚫고 싹을 틔우겠지. 미언은 속에서는 그런 생각의 싹이 터오르기 시작했다.

나는 정시호 선생님의 파문에 흔들리고 싶지 않아요. 꼭 그런 뜻은 아니지만…… 날 좀 부축해주시오. 정시호가 미언에게 기대오면서 흔들리는 목소리로 말했다. 계단이 안 보여서…… 코로나 후유증인 모양이오. 미언은 코로나 무섭다는 생각을 하면서, 호텔 타라소바 고라까지 정시호를 부축해서 걸었다. 정시호의 겨드랑이에 땀 기운이 느껴졌다. 창백한 얼굴에서 땀이 배어나왔다. 타라스 언덕이라는 이름, 타라소바 고라는 호텔도 같은 이름을 쓰고 있었다. 불편해할까 봐 방을 둘 잡았소. 키를 전해주면서 정시호가 미언을 쳐다봤다. 어떻게 된 일인지 치밀한 계획으로 일을 꾸민 것만 같았다. 얼굴이 하얘지고 이마에 땀이 흐르는 것만은 계산에 들어 있는 것 같지 않았다. 미언은 키를 들고 머뭇거리고 서 있었다.

혼자 괜찮겠어요? 정 뭣하면 전화하겠소. 그 말이 떨어지자 미언의 전화가 울렸다. 할머니 윤파인데요, 나 키예프로 돌아가야 하겠어요. 키예프로 돌아가? 놀라지 마시고요, 윤파가 정하상에게 전화를 바꿨다. 카니프에서 안 된다고 해서, 인근 체르카시 읍까지 갔는데요, 부품이 없대요. 불가불 키예프까지 가야 수리가 되겠어요. 이게 뭔 장난이라냐. 정하상은 다시 윤파에게 전화를 옮겼다.

저녁에 호텔 타라소바 고라, 그 앞 광장에서 여름 강변음악회가 있어요. 안드레이 보첼리가 와요. 보첼린지 보따린지, 내 가방이랑 모두 차에 있단 말야. 더운 물로 샤워하고 홀랑 벗고 자요. 그리고는 전화가 끊겼다. 윤파의 깔깔 웃는 소리와 함께. 이것들이…… 정시호가, 난 눈을 쉬어야 하겠어요, 침대에 누웠다. 미언이 다가가 이불깃을 올려주었다.

속이 쌀쌀 쓰렸다. 점심을 건너뛴 뒤끝이었다. 전화를 들었다. 룸서비스로 햄버거와 맥주를 시켰다. 미언은 주문을 하고 놓았던 전화를 다시 들었다. 333호로 한 세트 더 부탁합니다. 다다, 스파시버! 예 감사합니다, 그런 답이 왔다. 미언은 햄버거를 한 입 벌큰 베어물었다가 손바닥에 뱉어놓았다. 입덧을 하는 것처럼 속이 울렁거렸다. 맥주만 한 병 마시고 침대에 누웠다. 정시호 편에서는 아무 연락이 없었다. 미언은 정시호가 어떻게 자기 뒤를 추적해 오는지 궁금하기도 하고, 한편으로는 스토킹을 당하는 기분이 올라왔다. 다시 일어나 입을 헹구고 침대 모서리에 앉았다. 모든 일들이 자연스럽게 진행되는 것 같기도 하고, 어떤 정교한 플롯을 따라 사람을 옥죄어가는 것 같기도 했다. 정시호 시인은 정말 나를 찾아 여기 우크라이나까지 온 것일까? 정시호가 벌였던 불장난의 상처를 내가 감당해야 하는 이유가 있는가? 정시호와 지내다가, 정시호가 끝내 병을 이기지 못하고 시각장애인으로 지낸다면…… 유랑시인 따라다니는 소년처럼 그의 시중을 들 자신이 없었다.

그러다가 깜박 잠이 들었다. 미언은 꿈속에서도 시를 썼다. 강을 따라 내려가기도 하고 강줄기를 거슬러 올라가보기도 했다. 강은 넓어졌다 좁아졌다 하면서, 굽이를 돌 때마다 빛깔이 달라졌다. 어떤 때는 햇살이 내려쬐어 눈이 부셨다. 강은 바다를 향해 흘러갔다. 폴란드 군대들이 강 언덕을 개미 떼처럼 넘어왔다. 코자크들이 전투를 하느라고 강 언덕에서 아우성이 일었다. 그리고 강물은 피로 물들었다. 노을이 핏빛으로 타올랐다. 미언은 그 강물의 굽이에서 허우적거리고 있었다. 등을 보이고 떠나는 누군가를 향해 서럽게 손을 흔들었다. 멀리 바다가 보였다. 문에 노크하는 소리가 들렸다. 미언은 화들짝 깨어 일어났다.

출입문 밑으로 팸플릿이 밀려 들어와 있었다. 강변음악회는 여덟시부터 시작한다고 했다. 미언은 시계를 확인했다. 디지털 문자가 19 : 00에서 깜박거리고 있었다. 정시호에게서 아무 연락이 없었다. 미언은 놀라듯 일어나 옷깃을 여미면서 문을 열고 복도로 나갔다. 강 위에 노을이 타고 있었다. 밤이면 달이 밝아 물비늘이 현란하게 일 것 같았다. 정시호의 방 앞에는 아무 흔적도 없었다. 방문에 노크를 했다. 들어오세요. 멀리서 벽을 넘어 들려오는 목소리였다. 문이 기웃이 비껴 있었다. 나를 기다렸다는 건가. 문을 열어두고…… 응큼하기는…….

어디 계세요? 여기가 화장실인가……? 미언은 정시호가 화장실에서 낙상을 한 게 아닌가 더럭 겁이 났다. 화장실에서 자빠져 뇌출혈로 죽었다는 사람들 이야기를 많이도 들은 터라, 무슨 일이 난 게 아닌가 가슴이 벌컥 솟았다 가라앉았다. 문 열고 나오세요. 들어와 문을 잠그긴 했는데, 문고리가 손에 안 잡혀요. 전화는요? 프런트에 연락해주시오. 미언은 협탁 위에 놓여 있는 전화를 향해 걸어갔다. 침대 위에 구겨진 팬티와 후줄근한 러닝셔츠가 내던져져 있었다. 남편은 다른 타박은 안 해도 매일 갈아입을 내의가 준비되지 않으면 불같이 화를 냈다. 왜 그런대요? 남자의 자존심이니까. 미언은 별 의미 없이 웃곤 했다. 종업원이 와서 화장실 문을 열어주었다.

미안하오. 가방에 내복 있는데, 집어줘요. 나와서 입으시지. 그게 어렵소? 미언은 입을 다물었다. 자기가 묻는 게 어리석은 질문이었다. 미언은 여행 가방을 열어 내복을 찾아 화장실로 밀어 넣고는, 침대 위에 놓여 있는 빨래를 개켜서 가방에 넣었다. 쉰내 비슷한 살 냄새가 났다. 탁자 위에는 반쯤 먹던 햄버거와 따지 않은 맥주병이 그대로 놓여 있었다. 정시호 시인은 이제 어둠 속을 헤매고 있는 중이었다.

미안하오. 팬티가 뒤집혔어요. 까짓거. 까짓거가 뭐예요. 미언은 정시호의 팬티를 잡아내려 돌려서 입혀주었다. 정시호의 몸이 허리를 숙인 미언의 등 위로 엎어지듯 기울어졌다. 저녁 먹고 음악회 가야지요. 다른 건 몰라도 안드레아 보첼리 노래는 들어야지요. 그렇게 합시다. 미안해서 원. 이미 시계가 일곱 시 반에 다가가고 있었다.

안드레아 보첼리, 그 사람 본래 얼굴 곱잖아요? 음성이 미성인 것처럼 고왔지. 그런데 지난 부활절에 밀라노 두오모에서 노래하는 걸 보았는데요, 많이 삭았더라구요. 그렇더라고요. 기도를 낄낄대고 웃으면서 할 수 없지. 신 앞에 엎드려 기도하는 인간의 등판이 당당하고 억세면 그게 기도가 되겠어요? 아무튼 나는 기독교인은 아니지만, 안드레아 보첼리 노래 들으면서 울었어요. 생명의 양식을 간구하고, 탄생과 부활의 신비를 노래하며, 주 하나님께 기원하는 노래, 그게 종교와 무슨 상관이 있어요. 두오모 성전 문 앞에서 부르는 어메이징 그레이스는 한때 잘못을 뉘우치는 절절한 참회가……그게 바이러스 '덕'이라면 우습지요. 오만하고…… 정시호는 아무 말이 없이, 미언이 집어준 대로 옷을 주섬주섬 챙겨입었다.

식사하러 가시지요. 아직은 그런대로 윤곽이나마 보이니 다행입니다. 화장실에서는…… 그럼 왜? 내가 그걸 어찌 아오. 정시호가 미언의 손을 더듬어 잡았다.

음악회는 짜임새가 그렇게 탄탄하지는 않았다. 우크라이나 노래와 코자크들의 춤, 러시아 민속음악도 섞여들었다. 역시 안드레아 보첼리는 압권이었다. 우크라이나 가수 아리나 돔스키와 어울려 〈타임 투 세이 굿바이〉를 불렀다. 사회자는 이 노래가 콘 테 파르티로(con te partiro), 그대와 떠나고 싶소, 그런 뜻이라고 소개를 했다.

방 안에 당신 태양이 없다면 세상엔 빛이 없다오. 당신이 거리에서 만났던 그 빛을 내 안에 가둬주소서. 이제 우리 떠나야 할 시간이라오. 당신과 같이 살았던 그 나라로. 배를 타고 바다 건너 떠나야 하오. 당신은 나의 환한 달님, 당신이 없다면 내가 기억하는 땅은 어디도 없다는 걸 나는 안다오. 콘 테 파르티로, 요 콘 테……

앞을 못 보는 가수가 태양과 달과 빛을 절절하게 염원하고, 앞에 서서 가락을 맞춰주는 상대를 향해 그대와 떠나자 하는 노래는 샤를 보들레르의 「여행에의 초대」를 연상하게 하는 것이었다. 사람들은 일어서서 앙코르를 외쳤다. 역시 그대라는 이인칭 대명사는 강력한 호소력을 가지고 있는 어휘였다. 앙코르를 외치는 사람들마다 모두 '그대'들이 되어 환호하고 있었다.

모였던 사람들이 썰물처럼 빠져나가고 광장을 밝히던 조명등도 꺼졌다. 조명이 꺼지니까 보름을 지난 달이 하늘 한가운데를 서서히 흘러가고 있었다.

우리도 일어나지요. 굳어붙은 듯이 앉아 있는 정시호의 손을 미언이 잡았다. 정시호가 한쪽 허벅지를 짚고 일어났다. 미언이 휘뚱하고 기울어지는 정시호를 끌어안았다. 정시호의 등 뒤로 강에 달빛이 어려 보였다. 그래 때가 되었다. 미언은 낮은 목소리로 중얼거리면서 정시호의 손을 잡고 달빛 어린 강 쪽으로 내려갔다. ✼

작품 메모

독자여, 독시소설(讀詩小說)이란 말을 들어본 적이 있는가. 대강 짐작으로 시 읽은 내용을 소설로 쓴 것일 터이니, 시를 읽는 독자라면 이 말에 금방 익숙해질 만하지 않은가. 말이 익숙하다고 내용까지 익숙한 건 아닐 터라서 마음이 놓이지 않는다.

현장은 2020년 2월 한 달을 우크라이나에 가서 돌아다니며 지냈다. 그러다가 코로나 때문에 이스탄불 공항이 폐쇄되기 전날 가까스로 서울로 돌아왔다. 우크라이나에서 돌아다니는 동안 내내, 우크라이나 시인 타라스 셰브첸코(Тарас Григорович Шевченко, 1814.3.9~1861.3.10)를 비켜 다니기 어려웠다. 농노의 신분을 벗어나 화가로, 시인으로 살아간 그가 유형을 당해 몸이 망가져 겨우 47세에 생을 마감한 그의 생애…… 역사의 진전은 희생을 요구한다. 역사의 제단에 장작더미를 쌓아, 그 위에 삐썩 마른 시인 하나 올려놓고는 불을 질러 태워도, 그 제단 아래 강은 유유히 흘러간다. 그렇게 태연하게 역사를 바라볼 수 있는가. 푸른 하늘 아래서……

이 소설은 『작가교수세계』 23호(2020.12)에 실려 있다.

하늘이 울어 땅도 춤추고

천지인, 그 춤사위

수정 여사께서, 자네 쪼매 보고 싶다고 하시네. 정한규 시인이 뜬금없는 연락을 해왔다. 그런데 수정 여사라는 이름이 영 낯설었다. 생각해보니 수정은 어머니 이름이었다. 성이 목 씨라서 목수정(睦樹精)이었다. 사람들은 그냥 수정이라고 불렀다. 이경이 어머니에게 전화를 했다.

제대 앞두고, 휴가를 갈 수 있기는 합니다만……. 합니다만이라니……. 그렇게 청처짐하니 있지 말고, 한번 나와보그라. 그 전화를 받고 나니 갑자기 어머니 얼굴이 눈앞에 어른거렸다. 며칠 전 박자연이 언제 휴가 나오는가 묻는 전화를 해오기도 했다. 박자연이 보고 싶기도 했다. 이경은 외박증을 끊어 집에 들렀다.

그래 고생 많았다. 사내 노릇 하자면 군대는 겪어봐야 헌다. 군대에서 많이 배웠습니다.

난 사람이 모지락스러워 그런지 몰라두, 아들 군대 간다고 울고 짜고 하는 여편네들 한심하더라. 그런 어머니여서 이경 편에서도 살갑게 곁을 주고 지내지 않았다. 자네 나름으로 시간을 좀 마름질해보소. 기다리겠다면서 전화가 끊겼다. 휴가 나오면 자기한테 먼저 연락하라던 박자연의 보조개 잡히는 볼이 떠올랐다.

어머니는 정한규 시인을 허랑한 풍각쟁이라고 하면서도 싫지 않은 내색을 했다. 그가, 야야, 말이다, 세상을 쥐락펴락하는 어른이다. 풍각쟁이라 하는 것과 세상을 쥐락펴락한다는 건 어울리지 않는 단어의 뒤틀린 조합 같았다. 아무튼 정한규 시인의 연락이 고마웠다.

이경은 스마트폰 메모장에다가 이렇게 적었다.

'시인은 세계를 마름질하는 사람이다.'

그런 생각은 그의 어머니에게서 비롯되었다. 그보다는 어머니의 말을 복사한 것이라는 게 더 정확할 듯했다.

어머니는 전반 위에다가 옷감을 놓고 정성들여 가위질을 해서 옷감을 이리저리 눈썰미 있게 잘랐다. 옷감에 가윗날 먹어들어가는 소리가, 생쥐가 함지박에 떡쌀 쏠아대는 소리처럼 사각사각 들렸다. 어머니의 얼굴이 약간 일그러졌다. 손도 조금은 떨려 보였다. 이마에 땀이 비치는 것 같았다. 그게 마름질이었다.

마름질을 하기 위해서는 사방 반듯한 옷감을 몇 조각으로 갈라야 한다. 그리고 그 조각들을 머릿속에 떠오르는 모양을 따라 맞추어 꿰매야 한다. 마름질을 할 때면 어머니의 이마가 촉촉히 젖곤 했다. 가위질로 새 옷감을 조각내는 행위는 온몸이 조여들고 떨리는 긴장을 더불고 진행되는 모양이었다. 세상을 조각내는 일, 그건 혁명이기 때문에 관자놀이의 핏줄이 파들거릴 터였다.

가위질이 뭐가 힘들어서 땀이 나고 그래요? 몰라서 하는 소리다, 이거 잘못하면 세상 절딴난다. 늬 아버지 못 보았냐? 자기가 사회의 목탁(木鐸)입네 하면서 정론직필(正論直筆)을 외치다가, 그게 안 먹혀들어가니까 술로 세상 덮을 드끼 설치다가설랑 술독에 빠져 죽지 않았더냐. 세상이 자기 뜻대로 마름질이 안 되었던 것이야. 외롭다든지 고독하다든지 하는 푸념은 들은 적이 없었다. 결국 어리석은 인간이었지야.

네 목숨은 네가 지고 가는 거야, 마찬가지로다가 내 목숨은 내가 얼러메고 갈란다. 허니 맵차게 살아라. 그 맵차다는 소리가 청상의 소리라는 걸 안 건 근간이었다. 청상(青孀)은 푸른 서리[青霜]로 이경의 머릿속에 각인되었다.

어머니는 세상 이치를 어떻게 그리 훤하게 아는지, 겁나게 유식했다. 세상을 마름질하는 사람마다 옷감을 조각내는 방식이 다르단다. 학자들은 이를 '방법론'이라는 이상한 말로 쓰지. 옛날 어른들은 수-목-화-토-금 오행으로 세상을 마름질했다. 깔끔하지 않으냐?

이경은 어머니 앞에서 이따금 아는 소리를 했다. 흙과 물, 불, 공기 그렇게 네 가지 원소를 설정하기도 해요. 2,500년 전 그리스의 탈레스가 그렇게 설정했다구요. 최근에는 프랑스의 바슐라르라는 사람도……. 어머니의 얼굴에 비싯한 웃음이 지나갔다.

『주역』이란 책은 삼천 년 전에 나왔어야. 탈레스보다 오백 년이나 앞선다, 애야. 그런데 말이다, 다섯이든 넷이든 그런 조각내기에는 사람이 빠져 있다. 단순하면서도 사람을 끼워 넣는 구조가 천지인(天地人) 삼재론(三才論)이제. 사람을 가운데 두고 위로 하늘이, 아래로 땅이 있어 사람이 땅을 딛고 서서 하늘을 받들어 살아가는 형상이다. 그렇지야? 난 말이다, 세상을 천지인으로 잘라 맞추는 마름질이 마음에 든다. 누구의 마름질인지는 이야기하지 않았다.

어머니 이야기는 이어졌다. 마름질하기를 마무리하기 위해서는 갈라놓은 조각들은 다시 모아야 한다. 그래야 모양이 잡힌다. 모양이 잡힌 옷은 그 안에 사람이 있어 움직여야 세계의 실상에 가닿는다. 사람이 대단한 이유는 사실 간단하다. 하늘과 땅을 휘젓고 다니면서 끊임없이 우주를 팽창해 나가게 하기 때문이다.

누가 그런 일을 하는데요? 시인이 하제. 그 지경에 이르면 시인은 신이 된다. 신이란 우주의 운행을 주재(主宰)하는 존재 아니겠냐. 시인이 우주를 주재한다고요? 박자연은 짝퉁이 신 이야기하지 말라면서, 이경을 끌어안았다. 신은 우리 둘 사이에 있다고, 희한한 소리를 하면서였다.

그렇지. 그럼 넌 시인을 풍각쟁이 작대기로 보느냐? 이경은 입을 가리고 웃었다. 우주의 주재자와 풍각쟁이가 같이 놀아? 어머니의 말은 이어졌다. 덜떨어진 이들이야 그리 말허겠제. 과도한 주관이거나 한갓된 공상일 뿐이라고 말이지야. 그러나 '태초'를 이야기하는 주장치고 객관적인 게 어디 있더냐. 혼돈이 있다가 천지가 부판(剖判)했다든지, 하나가 나누어져 둘이 되었다든지 하는 데에 어디 객관성이 보장되는가 의문이 든단 말이지. 태초에 말씀이 있었다지? 그 말은 누가 한 것인가 증거가 없잖냐. 모든 최초는 혁명적이야. 혁명은 주관의 극단이지 않겠냐. 그 주관의 보편성을 믿고 세계의 운행을 주재하는 게, 그게 시인이다. 이경은 고개를 갸웃했다. 누구를 염두에 둔 것인지 수상쩍은 구석이 있었다.

어머니는 아들 이경을 쳐다보다가 한 발 물러서는 기세를 보였다. 말이 너무 거창해지는갑다. 시인이 길을 내는 대로 따라가기보다는 우리가 마름질하는 방식대로 땅과 하늘과 그리고 인간 순으로 세상을 더터가야 할 게다. 물론 이 세 자락이 함께 어울려 돌아가는 실상을 부단히 추구하는 시인의 작업을 평면적 텍스트로 환원하는 방식은 극구 피하야제. 공문서나 그렇게 읽는 법이거든.

어머니는 가위로 자른 천 조각을 저고리 모양으로 늘어놓고는 자리에서 일어나 전반을 옆으로 밀어놓았다. 쪼매 앉아 있거라, 어머니는 치맛자락에 서늘한 바람을 일으키며 방을 가로질러 갔다. 전화를 받고 들어오는 눈치였다.

땅을 딛고 서서

며칠이나 있다 간다냐? 자투리 외박이라 사흘밖에 못 있어요. 밥은 몇 끼 먹고 갈 수 있겠구나.

휴갓길에 이경은 지난 기억을 더듬었다. 어머니는 따뜻한 밥 한 그릇을 천수경 외듯이 읊어댔다. 그것은 자식에게 어머니가 보여줄 수 있는 사랑의 최대치였다. 박자연은 먹고 마시는 것보다는 눈이 즐거워야 했다. 만나자마자 영화를 보러 가자고 나왔다.

군대밥, 짬밥이라더냐 그 관급품 밥 질렸을 게다. 허니 오늘 에미가 밥 따끈하게 지을 테니 같이 먹자. 그러려고 다른 약속 안 잡았습니다. 군인이 뭔 약속이 있다냐? 휴가 중에는 군인도 민간인입니다. 그런 정신으루다가 전투하겠냐? 군인은 군인이다. 이경은 산은 산이요 물은 물이로다 하는 화두를 떠올렸다. 산답지 않은 산을 산다운 산으로 돌려놓는 게 당신의 일이라고 하던 어머니는 정신이 어지러우면 향로에 향을 꽂곤 했다.

오늘은 너랑 시 이야기나 하자꾸나. 좀 뜬금없는 제안이었다. 이어서 나오는 말은 더욱 이경을 옥죄었다. '시인은 모로매 맨발로 땅을 밟고 살아야 헌다.' 어머니는 손으로 쓴 원고지 한 묶음을 들고 와서 상을 펴고 그 위에 올려놓았다. 너도 대학 나왔으니 이거 읽어봐라. '시업에 대하여' 그런 제목이 붙어 있는 글이었다. 시업은 한자로 쓰여 있었다. 詩業 — 시로 말미암아 지은 업은 중하고 엄해서 한 인간의 생애를 몽땅 좌우할 수 있다는 느낌. 그것은 일종의 부적과 같은 단어였다. 시업이라면, 시로 밥벌이한다는 뜻인가요? 아니다, 어머니는 비녀를 빼어 입에 물고 흘러내린 머리카락을 밀어올려 고치고는 다시 꽂았다.

나는 늘 내 삶의 최고 경지를 추구해왔느니라. 바느질이면 바느질, 글쓰기면 글쓰기, 밭에 나가 풀매는 일까지. 최고의 아내가 되고 싶었고, 엄마로서 신사임당을 넘어서고 싶었다. 내가 너를 사랑한다고 내 입으로 말하지 않지만 너를 최고의 아들로 키우고 싶었다. 사실 나는 고독했다. 고독한 사람들을 가만 보니, 책 읽고 글 쓰고 해서 고독을 이겨내는 것 같더라. 그래서 공부를 하기로 작정하고, 네가 이미 알았을지도 모르지만 너 모르게 공부라는 걸 했다. 이제는 대학원까지 마쳤다. 대학원요? '한국 현대시의 상상력 자장 연구' 그거 쓰느라고 머리 다 빠져 비녀가 기울곤 한다. 아무튼 내게 주어진 삶이 하늘의 명령인 양 살았다. 그런데 말이다, 하늘은 사랑이 아니라는 것도 알겠더라니. 주책없게 니 아버지 생각이 자주 나는 게야. 너 정한규라고……. 어머니는 말끝을 입안으로 검어들였다.

그런데, 정한규가 누구지요? 짐짓 모르는 척하고 물었다. 글쎄 나 죽자사자 따라다니던 그 풍각쟁이 시인 있잖냐? 저도 알지요. 그 시인이 시집 낸다고 나더러 엮어보라고 해서 내가 발문 삼아 몇 줄 썼느니라. 우선 읽어봐라. 이경은 원고 뭉치를 들고 자기 방으로 들어갔다. 거실에서 어머니가 전화하는 소리가 길게 이어졌다.

전화 소리가 그쳤다. 밥 냄새가 솔솔 풍기고, 도마에 칼질하는 소리가 또닥또닥 들려왔다. 이경은 어머니한테 받은 원고를 읽어보았다.

땅에 대한 각별한 애정에서 정한규 시인의 시는 출발한다. 이는 땅

위에 사는 풀과 나무와 꽃으로 구체화된다. 저승 가는 길에 꽃이 피어 있지 않다면 시인은 죽지도 못할 것 같다. 나는 천국과 지옥을 아주 단순하게 구분한다. 천국에는 나무가 있고, 지옥에는 나무도 풀도 없을 거라는 식이다. 그러나 이걸로는 충분치 않다. 천국의 땅에 자라는 나무와 인간이 교감을 하지 못한다면, 그 나무는 죽은 나무다. 그래서 나는 '수화(樹話)'라는 호를 하나 갖고 싶었다. 그런데 그건 이미 화가 김환기가 가져갔다.

어머니가 호를 가지고 싶어 했다니, 처음 알게 된 일이었다. 수정(樹精)으로 충분하지 않은가 싶었다. 아무튼 어머니의 글은 나무로 시작하고 있었다.

「감태나무」라는 작품의 첫 구절은 이렇게 되어 있다. "눈이 내린다 감태나무야". 나는 이 구절을 보고 가슴을 쳤다. 그런데 나만 그렇게 감탄을 하는 게 아닌가 싶어 가슴 쳤던 손을 거두어 마주잡고 생각을 다듬어보았다. 감태나무는 잎이, 별꽃이 열리는 때죽나무와 닮아 동글동글하면서 끝이 뾰족하니 뻗어 나왔다. 그리고 잎 표면에는 짙지 않은 광택이 잡혀 단단한 나무란 인상을 준다. 그리고 수피가 곱고 목질이 단단해서 지팡이로 쓰기 제격인 나무다. 이 나무는 가을에 적황색 단풍이 들었다가 빛깔이 이울면 엷은 갈색이 되어, 떨어지지 않고 겨울을 난다. 겨울에 싸락눈이라도 올라치면, 잎에 눈 알갱이 떨어지는 소리가 양철지붕이 소나기 만난 것 같다. 꽃을 기다리는 봄밤에 감태나무를 보면 이게 꽃인가 하고 속기도 한다. 다른 나무들 잎이 피기 시작할 무렵이 돼서야 새로 밀고 올라오는 참새부리 같은 잎눈에 겨울을 난 마른 잎은 자리를 내주고 비로소, 마른 잎이 꽃잎처럼 진다.

이 나무가 우리 어른들 산소 근처에 무성해서 몇 뿌리를 밭둑에 옮겨 심었다. 아들이 일을 거들었다. 일 년 사계절을 이 나무는 자기주장을 하고 서 있는 것이다. 봄 여름은 물론 가을과 겨울에 설렁거리면서 자기 이야기를 하는 나무……. 그게 감태나무다. 나무의 이야기를 듣는 어머니……. 가끔 우두커니 서서 뜰을 내려다보던 어머니의 뒷모습이 눈앞을 스쳤다. 어머니는 시인이 시를 쓰던 정황을 복원하고 있었다.

바람이 불고 날이 궂어 시인은 방에 들어앉아 바깥소리에 귀를 기울이는 모양이다. 감태나무 이파리에 눈알갱이 부딪는 소리가 들린다. 눈이 온다고 감태나무가 알려준 셈이다. 시인은 문을 열고 밖을 내다본다. 그리고 눈발 날리는 속에 산봉우리를 바라보면서 태곳적부터 이어오는 산의 역사를 상상한다. 문득 자연의 변화 속에 변해가는 내 몸을 생각한다. 시인은 늙은이가 되어 감태나무 지팡이를 짚고 다녀야할 나이가 되었다. 그 지팡이는 댓돌 옆에 던져놓고 시인은 자연과 대화에 빠져 있다. 전에 언제던가 등산용 지팡이 하나 사다 달라던 어머니 부탁이 떠올랐다.

깨달음은 문득 오고, 지난 일 고쳐 할 시간은 가뭇없이 멀어져간다. 인생이 그렇다. 그래서 감태나무 지팡이가 예사로 보이질 않는다. 이경은 시집 원고를 다시 들쳐보았다. 어머니는 안경테를 밀어 올리며 원고를 읽었을 터였다.

눈이 내린다 감태나무야//건넌산 흰 눈을 이고 있는 봉우리/……. 눈비 바람 안개 속/일고 스러지는 눈발//감태나무 지팡이는 누가 놓고 갔는가

어머니는 정한규 시인과 같은 길을 가고 있었다. 공감, 같은 하늘 아래 함께 길을 가는 두 사람을 생각하게 했다. 다음 단락은 어머니의 일

상이 펼쳐지는 듯했다.

시를 읽는 일은 나 자신을, 내가 서 있는 주변을 돌아보게 한다. 내가 이 글을 쓰는 지금은 4월 중순, 벚꽃은 이울고 꽃 기억 아직 잔잔한 녹음이 번지기 시작한다. 건너편 산을 바라본다. 진군해 오는 녹음 속에 들라크루아가 그린 '자유의 여신', 그 옷자락처럼 산자락 훤하게 밝히며 일어서서 산을 이끌고 가는 산벚나무들이 보인다. 상상이 도를 넘으면 환상에 빠진다. 환상은 현실을 비껴가게 한다.

상상이되 때와 장소를 보듬어 안는 그런 실팍한 상상이라야 하리라고, 산벚나무들을 다시 쳐다본다. 청초하고 우아한 빛깔과 보일듯 말듯 잠겨 있는 음영이 신비감을 자아낸다. 산벚꽃은 묘사를 거부한다. 그래서 산문의 영역을 멀리 벗어난다. 어떤 작가는 산벚나무 앞에서 환하다, 환하다 그 말만 거듭하고 서 있는 모습으로 산벚나무를 그리기도 했다. 이경은 산벚나무 그게 박범신의 소설 『나마스테』에 나온다는 것을 알고 있었다. 인도, 네팔 같은 데서 인사로 주고받는 말이 나마스테였다. 산벚나무는 계절의 인사였다. 어머니는 정시인의 시를 인사로 받아들이는 눈치였다.

이 어름에서 정시인은 산벚꽃을 수채화로 이끌고 간다. 잔잔하지 않다. 대단히 역동적이다. 얼마간은 사타구니 춤춤해지는 '아심찮은' 군침을 보기도 한다. 산을 휘저어가는 한 판의 자진모리, 거기 어우러지는 춤사위 가운데 하늘이 내려와 어울리는 천지조화를 시인은 그려낸다. 눈물인 듯 이별인 듯, 아니면 멀리 사라지는 한판 군무가 산자락을 더터가는 듯한 이 산벚꽃은 소리와 춤과 먹을 풀어 힘차게 쳐대는 화폭 가운데 산을 휘몰아간다. 역동적 이미지의 가슴 벌럭거리는 가운데 봄이, 나의 봄날이 간다. 전에 언제던가 장사익이 부르는 〈봄날은 간다〉를 들으면서 눈가를 찍어내던 모습이 떠올랐다. 봄날은 혼자 가는 게 아니었다. 봄날은 '서로' 가는 것.

　자아, 이제 보시라. 제목이 「산벚꽃 수채화로 가는」이다. 작품 전체를 더듬어보기로 한다. 이경은 어머니가 시를 두고 연극을 하고 있다는 생각을 했다.

　질펀하니 얼크러지면서 얼쑤/산에 산을 펼쳐내는데/덤벙덤벙 출렁거려대는 것//"아심찮다", 잠깐씩 내려앉는 하늘……. 지휘봉도, 연주하는 누구도 없는데//산을 휘저어대는/산벚꽃, 산벚꽃

　이 나무들이 땅에 뿌리를 내리고 있다는 것을 우리는 기억해야 하리라. 식물적 상상력이 아니라 땅의 상상력이기 때문이다. 어머니는 생명이 땅에서, 물에서 온다는 것을 이야기하곤 했다. 그런 맥락으로 보면 어머니가 정한규 시인의 시를 소홀히 읽지 못하는 이유를 짐작할 만했다. 그것은 일종의 업이었다. 업 가운데서도 선업일 듯했다. 선업을 함께 쌓아갈 수 있는 누군가가 있다는 것……. 이경은 눈가가 시큰해졌다.

　전에 그런 일이 있었다. 어머니는 자기가 사는 땅을 자운동산(紫雲東山)으로 이름을 붙였다. 그것은 자미궁(紫微宮)을 연상하게 하는 것이었다. 허적(虛寂)의 현요(眩耀)한 세계에 묻히는 데는 말로 물어낼 수 없는 까닭이 있을 듯했다.

　우리 연못가에다가 '눈향나무' 몇 그루 심자. 존재가 실감을 잃고 허공에 둥둥 떠오르면 그건 땅을 배반하는 짓이지야. 그런 이야기 자체가 허적거리는 언어였지만, 어머니는 이경에게서 멀어지고 있었다. 어머니의 요청대로 눈향나무 사이로 짙은 남색으로 꽃이 피어나는 아이리스 몇 포기를 같이 심었다. 눈향나무 사이에서 겨울을 난 아이리스

가 마른 잎을 바닥에 눌러놓지 못한 채 새 촉을 힘지게 밀어올리고 있었다. 마른 이파리가 눈에 거슬려 뜯어주느라고 엎드려 있는데, 꿔거엉, 이마를 치고 푸더덕 날아가는 까투리. 화들짝 놀라 허리를 폈다가 다시 마른 잎을 뜯어내는데, 이런! 까투리는 알을 품고 있었던 것. 이경은 저르르 저려오는 손을 거둬들이고 연못을 벗어났다. 까투리가 무사히 알을 품어 솜털 숭얼숭얼한 꺼병이 거느리고 밭에 들면 나무새야 까짓것 작파를 해버려도 무슨 상관일 것인가. 연못 언덕이 늘 푸른 빛깔로 덮이기를 바라고 심은 그 나무……. 가시가 고약한……. 눈향나무.

돌이켜 생각해보니 나무끼리 균형을 유지한다는 건 어머니의 욕심이었던 듯하다. 언제던가 나무 욕심도 욕심이라며 혀를 찼다. 수욕(樹慾)이라 할까. 나무와 어울려 꽃이 자라고, 그 안에 꿩이 알을 품는 게 자연의 진면목일 터. 그러나 어머니는 그게 자연이라 생각하지 않는 듯했다. 인간의 관여가 너무 크다는 생각으로 짐작이 되었다. 박자연은 꽃꽂이를 잘했다. 그런데 어머니는 줄기 잘린 꽃에는 질색이었다. 박자연이 이경 생일이라고 사준 장미 몇 송이를 들고 왔을 때, 어머니는 꽃을 따버리고 잎을 훑어낸 줄기를 정원 한가운데 심어 뿌리를 내리게 했다.

어머니는 정시인이 타고나길 풍각쟁이로 타고난 모양이라는 이야길 한 적도 있었다. 이경은 자기 생각이 어머니와 맞물려 어우러진다는 느낌에 감겨들었다. 나무들은 조화로움을 지나 소리와 춤과 그림 사이에서 계절이 오고 가고를 거듭한다. 그것은 건실한 천지 운행의 리듬을 타는 소리요 춤이다. 어머니는 어깨선이 고운 뒷모습을 드러내고 정원을 바라보곤 했다. 뒷모습에 어리는 그림자를 이경은 어렴풋이 서늘한 그늘로 느끼곤 했다.

어머니는 병어조림을 얹은 밥상을 들고 들어왔다. 날렵한 조각보가 덮여 있었다. 이경의 기억으로 어머니는 음식 그릇을 겉으로 드러내 놓아 들고 다니는 적이 없었다.

땅과 흘레하는 하늘

제대가 얼마 남았다고 했냐? 결혼 준비해 얘야. 아직은요. 인생살이 다아 때가 있니라, 박자연이던가 사람 괜찮더라. 어머니가 박자연 이 야기를 하는 것은 뜻밖이었다.

이경이 고등학교를 졸업하고 대학에 가기 전 두어 달 어머니와 한가 하게 지낸 적이 있었다. 울타리 옆에서 이웃집 개들이 사랑을 하고 있 었다. 이경이 저리 못 가, 못된 자식들! 소리를 질렀다. 개들 사랑에 네 가 왜 재를 뿌리러 드냐? 애들이 보잖아요? 그런 거 보면서 인간이 동 물 중 한 가지라는 걸 깨닫는 법이 아니겠냐. 그리고 그건 천지의 이치 를 개들이 대신 보여주는 것이라면서, 오히려 사람들이 자연을 벗어나 이상하게 살 뿐이라고 이야기했다.

이경은 원고 3절의 제목을 다시 쳐다보았다. 하늘과 땅이 흘레를 한 다? 이경은 혼자 중얼거렸다. 어머니의 글은 이렇게 이어졌다.

말이 천속하다고 탓할 이가 있을 듯하다. 나도 그걸 저어하여 다른 말로 바꿀까 하다가, 그보다 적실한 말이 찾아지지 않아 그대로 두었 다.

공초(空超)라는 호를 쓰는 시인 오상순은 「첫날밤」이라는 시에서 첫 날밤을 맞는 신부를 '구원의 성모 현빈(玄牝)'이라고 읊은 적이 있다. '태초의 비밀 터지는 소리'를 내지르는 현빈은 그 근원이 노자에게로 거슬러 올라간다. 『노자』에 이런 구절이 나온다. 곡신은 불사의 존재이니 이른바 현빈이라(谷神不死 是謂玄牝)./현빈의 문은 천지의 뿌리이다(玄牝之門 是謂天地根). 땅을 인간으로 대유할 때 계곡은 여성으로 비유된다. 여성은 생산성을 뜻한다. 그런데 생산은 두 성의 결합으로 이루어진다. 두 성의 결합을 제도적으로 허용한 게 결혼이고, 그 진정 시초는 '첫날밤'이다. 제도와 습속이 보장해준다 한들 존재가 깨어지고 다른 존재로 탄생하는 순간인데 어찌 무덤덤할 수 있겠는가. 이경은 경주에 갔을 때 '여근곡'을 본 적이 있었다. 그러나 어머니의 골짜기를 본 적은 없었다. 박자연의 경우도 아직 미지의 영토였다.

할머니 얘기가 떠올랐다. 어머니와 소곤거리면서 하던 이야기라 디테일은 알 수 없었다. 어머니가 이경의 할머니에게 '첫날밤'이 어떻더냐고 물었던 모양이다. 대답은 이러했다. "하늘과 땅이 한번 붙었다 떨어지는 줄 알았다." 저런! 빅뱅이라는 몰취미한 말로 어찌 그 순간을 표현할 수 있겠는가. 그런 생각을 하면서 이경은 박자연을 떠올렸다. 그저 친구로 사귀자는 그런 사이였다. 그건 사랑의 마른 껍질일지도 모를 일이었다. 그러나 어머니 생각은 달랐다.

그런 이야기는 이경이 어머니에게 6·25 어떻게 겪었는가 물었을 때도 수사가 변하지 않았다. 이경은 어머니 덕으로 천지개벽(天地開闢)이니 합벽(闔闢)이니 하는 말을 들으면, 하늘과 땅이 한번 붙었다 떨어지는, 그 희한한 장면을 떠올리곤 했다. 글은 이렇게 이어지고 있었다.

정시인 사는 동네 어딘가 '절굿대 골짜기'라는 데가 있는 모양이다. 쓰여진 대로는 말이 되질 않는다. 솟은 절굿대와 파인 골짜기의 의미 자질이 상반되기 때문이다. 골짜기에 절굿대가 들어가야지. 다시 보니 옳거니 음양의 이치가 살아 있는 것이다. "남색, 진남색 절굿대, 뒷동산 골짜기가 끌어안고 살지", 그렇게 땅이 조화되어야 음양이 어울려 안산(案山)이 된다. 좌청룡 우백호 모이는 곳에 주산 봉우리가 솟아올라 있고, 그 가운데 음핵(陰核)의 자리에 놓인 산이 안산이다. 그 '현빈지문' 안에 인간들이 태어나 자진모리 춤사위로 살아간다. 동산에 달이 떠서 윙윙 소리를 내며 우주의 운행을 이야기하는 밤, 천지는 바야흐로 철꺽 붙었다 떨어지면서 흘레를 하는 것이 아니겠는가. 이경은 「절굿대 골짜기」란 작품을 찬찬히 읽어보았다.

남색, 진남색 절굿대, 뒷동산 골짜기가 끌어안고 살지, 잦은 가락 자진모리 절굿대 추임새는 골짜기가 넣은 것이지……. 뒷동산 오르시는 백 세 우리 할머니 역력히 듣는 소리

이경은 자신도 모르게 약간 긴장하면서 글을 읽었다. 어머니는 어느 사이 비평가가 되어 있었다. 공감의 비평을 하는. 정시인의 시에서는 '생산 이미지'가 가끔 외설을 살짝 빗겨 등장하곤 하는데, 이런 건 어떤가. "삽사리에게 이슬이 비친 날, 장수하늘소가 날아왔네, 먼 참나무 숲에 사는" 삽사리와 장수하늘소, 조합이 예사롭지 않다. 어머니도 정시인과 더불어 자기가 보는 장면에 몰입하는 듯했다.
삽사리가 이제 다 커서 어미 노릇 할 때가 된 모양이다. 이녀느 가이가 암내가 났네, 크음! 암내 나서 이슬이 비친 '뒷게'를 짯짯이 쳐다보는 것은 점잖지 못한 짓. 아니 우주의 신비가 깃든 생명 탄생의 경이로운 징조. 하여, 고개를 돌렸는데 장수하늘소가 날아와 땅바닥을 기어간다. 요놈 봐라, 무슨 냄새를 맡았길래, 발로 길을 막았는데, 발등으로 기어올라 마침내 옷섶에까지 올라왔다가는, 두어 줄 쓰다가 막혀버린 시 구절처럼 향기가 되어 날아가버렸다. 참나무 숲으로 돌아갔을 터이다.

　　　　　　　　　　　　　　　시인의 강

장수하늘소 날아간 골짜기는 생산의 소리로 가득하다. "고라니가 새끼를 키워 나간 것이 지난 봄이고, 저지난해에는 까투리가 알을 품어 오종종 꺼병이를 이끌고 갔지." 이 골짜기로 날아왔던 장수하늘소가 다시 날아간 참나무 숲. 그런데 왜 참나무 숲일까? 장수하늘소는 참나무에 구멍을 내고 그 진액을 빨아 먹고 산다는 점에서는 자연스런 구성이다.

이경은 생각했다. 장수하늘소 날아간 참나무 숲, 거기서 향기가 어릴 것이라고. 이 대목에서 이경은 '침향(沈香)'이라는 걸 생각했다. 유튜브의 명사 명강의라는 채널에서 미당선생 이야기를 들었다. 그 느리고 찐덕찐덕한 목소리로 하던 이야기. 이런 이야기였다. 삼십 년쯤 자란 참나무를 자세치 길이로 잘라서, 풍천(인천강일 터인데)이라고, 거어, 민물과 바닷물이 서로 넘나드는 거기 뻘 속에 던져두었다가서는, 삼십 년에 한 번씩 건져 올렸다가 다시 넣기를 일곱 번을 반복하면 침향이 난다는 것인데, 내가 잘라 넣은 나무에서 향을 맡는 건 손자 대에나 가서일 터인데, 인간 정신이란 그렇게 오래오래 숙성되어야 향이 나는 법이거든. 침향 한가지로. 천지의 운행 이치와 인간이 하는 행위가 딱 맞아떨어져야 향이 나는 법인 게야. 그 침향을 장수하늘소는 앞당겨 맡는 터라서 참나무 숲으로 가는지도 모를 일, 이라고 어머니는 생각하는 모양이었다. 글은 또 이어졌다.

그건 그렇다 하고, 왜 시 제목을 '산도라지 산도라지 눈빛'으로 붙인 것일까. 산도라지를 두 번 반복한 것이야 강조하는 뜻일 터인데, 누구의 눈빛이 산도라지 빛깔이라는 것인가. 장수하늘소의 눈빛? 그건 아닌 것 같다. 시인의 눈빛? 그것도 의문이다. 장수하늘소가 내게 왔다가 날아간 그 아쉬운, 아쉬워서 더 고운 그 빛깔이 산도라지 눈빛일지도 모른다. 여름 푸른 하늘을 배경으로 피어나는 하늘에 선연한 점을 찍는 '풀초롱꽃'의 보라색은 사실, 장수하늘소의 몸 빛깔이기도 하다. 사슴벌레나 딱정벌레 그런 곤충들의 등껍질은 우리네 부엌에 걸려 있던, 어머니가 마른행주로 닦고 기름칠도 해서 검게 반짝이던 옹솥의 빛깔이기도 하다. 또 달리 보면 시인 박재삼이 포착한 '말없이 글썽이고 반짝이던' 그 옹기 빛깔이 장수하늘소의 빛깔과 흡사 닮았다. 장수하늘소가 다녀가는 동안 다른 풀벌레들은 울기를 그치는 이 적막한 공간, 거기라야 산도라지 눈빛이 어리는 게 아니겠는가. 히야, 이경은 입맛을 쩍 다셨다. 나이와 상관없이 어머니는 숲 향기를 풍겼다. 그러나…….

어머니는 나이를 먹고 있었다. 어머니의 어머니, 외할머니 집에 가면 솥이 늘 반질반질 닦여 빛나곤 했다. 이경은 어머니가 읽은 시를 다시 찾아 읽어보았다.

삽살이에게 이슬이 비친 날, 장수하늘소가 날아왔네, 먼 참나무 숲에 사는//참나무 향주머니를 가져온 것일까. 앞을 막아선 내 장난기의 발등을 오르고 외뿔을 더듬거리면서 오지랖을 타오르더니 이냥 날아버리네……. 산도라지 산도라지 눈빛으로 오던 장수하늘소 풀벌레 몇 무어라 무어라 이야기 뚝 끊겼네

어머니는 이런 명제를 내걸고 있었다. '자연에 대한 경탄에서 시는 빚어져 나온다.' 자연을 보고 무엇을 생각하는가 하는 데 따라 경탄의 길은 갈린다. 자연과 역사를 연결하는 인문적 상상력의 경탄도 있다. 그런가 하면 자연 그대로 경탄을 자아내는 경우도 있다. 「무등산」에 나오는 한 구절 '주상절리(柱狀節理)'는 인간의 어설픈 범접을 허용치 않는다. 무등산은 이름으로 치자면 최고의 산이다. 무등은 등수를 매길

시인의 강

수 없다는 뜻이다. 겨룰 대상이 없으니 무등(無等)이다. 무등산은 정상 혹은 최고의 산이란 말이 된다. 최상 최고의 존재는 이념화의 화를 잘 입는다. 별이 그렇듯이.

별? 박자연은 별을 환장하게 좋아했다. 별이 종소리를 낸다는 것이었다. 예술의전당에 피아노 독주회를 들으러 갔던 적이 있었다. 손열음이 연주하는 리스트의 〈라 캄파넬라〉를 듣고서는, 광장에 나와서 통통 튀어 오르며 춤을 추었다. 자기는 별이라면서. 이경은 엉뚱하게 오대산 골짜기에 울려 퍼지는 범종의 맥놀이를 생각했다.

정시인은 그저 무등산을 쳐다보는 게 아니라 그 생성의 역사에 주목한다. 상상을 덧붙여 시를 읽자면 이렇다. 바다 한가운데서 화산이 폭발하여 용암이 솟아올라 산이 되고, 그 산에 다시 화산이 터져 용암이 흘러내리다가 바닷물을 만나 물이 끓으면서 식어가는 중에 쩍쩍 금이 가서 바위기둥을 이뤄 정연하게 갈라진다. 그 산이 다시 접히고 치솟아 바위기둥은 거대한 한 뭇이 되어 산 위로 밀려 올라간다. 산 위로 밀려 올라간 바위기둥, 세월은 기둥과 기둥 사이의 틈을 메꾸지 못하고 말 그대로 기둥 모양(柱狀)의 절리(節理)로 남는다. 하늘나라의 석공이 먹줄을 튕겨놓고 아직은 정을 대지 못한 그 형상 그대로 줄지어 선 바위가닥들…… 그게 자연이라면, 자연은 자연스럽지 않다. 무등산의 입석대며 서석대는 그렇게 생성된 기둥 모양의 돌 무리이다. 무등산이 거구의 인간 몸체라면 그 산의 바위들은 등뼈일 터. 등뼈는 6천만 년 세월을 흘려보내면서 굴도 생기고 짐승들이 깃들기 시작한다. 이 장구하고 용틀임하는 산의 역사를 단 몇 줄로 줄이다니. 그저 '무등산'이 아니라 '주상절리'를 환기하는 까닭에 이 시는 또 다른 무등이다. 그래서 '무등절리'인 모양이다.

이경은 시를 읽으면서 1980년 광주와 무등절리가 연결이 안 되어 안달을 했다. 화산과 누운 돌기둥처럼 가지런히 정리된 피의 돌기둥…… 이경은 어지러운 이마를 짚었다. 손바닥에 미열이 올라와 엉겼다.

　　바다여 바다여/무등을 잉태하다니//바다를 찢는 물칼/솟구치던 피//……/내어 지르던/물기둥, 불기둥,//무등 무등/무등 절리여

　어머니는 정시인 때문에 잠을 설치는 중이었다. 이런 식이었다. 나는 정시인의 시를 내가 사는 시간을 따라 읽는다. 지금이 축시(丑時)를 지나는 중이다. 종일 비를 감질나게 뿌리다가 그쳤다가 하더니 이 깊은 밤이 되어서야 뇌성벽력(雷聲霹靂)과 함께 좍좍 쏟아진다. 창 앞의 오죽이 바람을 따라 태질하기를 한참이다. 이 시간에 '하늘 물소리'를 만나는 것은 우연치고는 희한한 우연이다. 6행으로 압축한 짧은 시 속에 천지의 운행을 모두 욱여넣어 망라하고 있다. 어머니가 기다린 시간이라는 게 뇌성벽력의 시간이지도 모른다는 생각을 이경은 거듭 곱씹었다.
　태양을 떠올리게 하는 빛과 구름과, 땅속으로 스며들기 천 년이 되는 물방울, 그리고 북소리…… 이것이 '하늘문 두드리는 하늘 물소리'이다. 하늘과 땅, 그 사이를 온갖 조화로 오르내리는 물, 구름이었다가 빗방울 되어 땅으로 스몄다가, 그게 북소리가 되어 하늘로 치솟아 올라가는 하늘 물소리로 변신을 거듭하는 사이에, 천 년이라는 시간이 걸려 있고, 그 시간을 타고 할머니는 북소리를 울리고 있다. 할머니의 북소리가 하늘 물소리가 되어 하늘 문을 열려고 다부지게 달려드는 이 구도에서, 별들도 정화수 그릇에 첨벙거리며 자맥질을 한다. 자디잔 것들 다 제하면 하늘과 땅이 한판 붙는 그 장면이 적실하다. 우물

물, 강물, 바닷물이 아니라 '하늘물'이다. 그리고 물 그게 아니라 하늘물 '소리'다. 밖에 빗소리가 그쳤다. 그리고는 정적이다. '하늘물 소리'는 '하늘 메아리'로 변신한다. 어머니가 잠 안 자고 읽었다는 시를 이경은 찬찬히 음미했다.

인간사, 아리고 쓰리고

이경은 어머니가 피곤하다든지 힘들다든지 하는 푸념을 들어본 적이 없었다. 그래서 그런지 밤잠을 못 이룬다든지 고되다든지 하는 이야기는 영판 낯설었다. 그런데 놀랍게도 정한규 시인의 시를 읽으면서는 고단하다는 이야기를 터놓고 있었다. 그것은 어쩌면 어머니 내면의 외로움의 표현일 듯했다. 이경은 땅기는 눈을 비비다 말고 귀를 기울였다.

화장실에서 물소리가 들렸다. 어머니가 세수를 하는 모양이었다. 안약을 어디 두었나, 내 정신이 왔다갔다 한다. 손에 들고 찾기도 하고 말이다. 잠을 설친 모양이다. 왜요? 왜는, 너 기다리다 그랬다. 어머니도……

내가 밤잠을 못 이루고 깨어 있는 건, 삶이 고되다고, 고되게 살아왔다고, 앞으로도 고되게 살 거라고 긴 이야기를 털어놓기 위함이다. 나는 아무래도 낙천가가 되기에는 자갈길을 너무 멀리 온 듯하다. 천상병 시인처럼 "나는 세계에서/제일 행복한 사나이다." 그렇게 토로할 수는 없다. 이만하면 나는 세상에서 제일 행복한 여자라고 소리지를 줄 모르는 사람이 되었으니 이를 어쩔거나, 한탄하다 보면 눈이 알알하고 눈앞이 아리아리해서 읽는 글이 눈에 잘 들어오질 않는다.

어머니는 자기가 글을 쓰는 시인에게 동화되어 다가가는 중이었다. 술이 벌겋게 취해 들어온 아버지는 이경의 볼에 자기 볼을 비비곤 했다. 따끔거리는 수염발이 쐐기같이 느껴졌다. 박자연은, 거기 턱 좀 쓸어봐도 돼? 그걸로 끝이었다.

잠이 안 오기는 정시인도 매한가지인 모양이다. 표제작으로 되어 있는 「아리아리 되오는 하늘 메아리」 첫 연은 밤잠을 다 날려야 다가오는 구절이다. 밤중에 나가 어머니가 천지신명에게 비손하느라고 떠다 놓은 정화수 그릇을 들여다본다. 잔별들이 오글오글 반짝거린다. 선뜻 방에 들지 못하고 뒤란을 바장이다가 보면 별들은 하나씩 하늘로 날아오르고, 어느새 동녘이 훤해진다. 그렇게 해서 아리아리한 눈 비비면서 기억을 더듬어본다. 어머니가 치성을 바치던 '남산밑 신령님'은 그저 뭐시던가로 물러서고, 산밑 사람들과 강마을 사람들이 시집가고 장가들어 아리아리 살아가는 삶의 모습이 부각되어 온다. 그건 내가 '아리고 쓰리게' 살아온 삶을 노래할 때 거기 화답하는, 이제까지 살아간 사람들의 메아리가 아니던가. 아니 앞서 살아간 사람들의 외침에 대한 나의 메아리 외침이 아닌가. 그렇게 해서 '아리랑'이나 '아라리' 가락에 함께 어우러져 춤사위로 흥청거리는 것이다. 그 노래와 춤사위는 백제에 핏줄을 대고 있다. 아리아리 노래하다가 '아리수'를 떠올리고, 그게 백제 말로 한강을 뜻한다는 사실을 잔주[細註]로 달아놓았다.

박자연은 아리수 물병이 애기들 손목 같다면서, 백제 보살 손등이 이렇겠다고 깔깔 웃었다. 이경은 아리수 물병을 보면서 약사여래의 생명수 담은 정병(淨瓶)을 생각했다. 박자연은 에코백에 아리수 물병을 넣어 다니곤 했다. 박자연이 말인데, 볼이 통통하니 약사보살처럼 생겼지 않더냐? 처음 들어보는 이야기였다.

아리고 쓰리게 살아가면서 노래하고 춤출 수 있는, 거기 인간 삶의 진실이 깃들인다. 그래서 신은 죽었다고 외친 니체는 이런 구절을 잊지 않았다. "내가 신을 믿는다면, 춤출 줄 아는 신만을 믿을 것이다." 춤도 이야기를 타야 흥이 일지만, 이야기 없이 춤만으로도 가락은 자지러진다. 자족하는 존재, 존재 자체가 충만한 그런 존재, 그걸 줄이고 압축하면 아리고 쓰린 이야기가 된다. 거기 이르면 비극이니 희극이니 하는 어설픈 장르론은 부질없는 이론이 될 뿐이다. 아리고 쓰리게 사는 삶의 고갱이 그 자체가 있을 뿐이다. 그 아리고 쓰린 메아리가 하늘에 미치다니, 아니 하늘에서 메아리져 지상으로 울려온다니…… 이 말이 맞는지, 그런 생각을 하면서 이경은 어머니가 딴사람이 되었다는 생각을 했다. 자신을 전반 위에 올려놓고, 철가위로 마름질해서 이경이 알지 못하는 다른 인생을 마름질한 것 같았다. 이건 내가 녹음한 건데 들어볼래? 어머니는 자신이 녹음한 정한규 시인의 시를 들려주었다.

아리아리 되오는 하늘 메아리//첨벙거리는 정화수 잔별들/하나씩 하나씩 날아오르면//남산밑 신령님 뭣이냐, 뫼 아래 사람들, 강 건너 사람들 시집 장가 들어, 뫼 아래 살이, 물살이 살이지, 어우러져 사는, 아리아리 살아가는 삶이라니//아리아리 되오는 뫼살이/앞산 함께 부르는 메아리//아리아리 아리수 아라리아리/아리고 쓰린 무엇이라더냐/아리랑 쓰리랑 아라리 아리

어머니는 점점 정시인의 시에 공감하고 몰입하고 있는 모습이 역력했다. 어쩌면 정시인을 사랑하는 건지도 모른다는 생각이 들었다. 아리고 쓰리게 사는 인간의 삶, 그 가운데도 품격은 갖추어야 하고 품위는 지켜야 하는 게 아닌가 싶었다. 사람들이 소리하고 춤추며 글을 하

는 까닭은 자신의 인간적 위엄을 잃지 않으려는 노력인지도 모른다는 생각이 들었다. 어머니의 위의, 역시 낯선 언어였다. 너 고창에 가본 적 있더냐? 동리(桐里)선생의 고향, 판소리의 고장 거기가 고창이다. 들어봐라. 어머니는 이야기를 이어갔다.

정시인은 판소리 고장 태생답게 동리 신재효 선생과 소리꾼 진채선을 한판 거판지게 살아간 인물로 거명한다. 사제간의 사랑이 육신의 사랑으로 전이되는 양상이다. 어머니가 왜 진채선에게 특별한 관심을 가질까. 그리고 그건 어머니 자신의 일그러진 생애와 어떤 연관이 있을까, 그동안 진중하게 고려한 적이 없는 어머니의 내면이었다. 하아, 그런데, 그것은 낯설었다.

뭐실 그렇고롬 뚫어지게 본다냐……. 야가. 어머니가 오래 묵은 가양주를 쟁반에 놓아 가지고 왔다. 시라는 그기 말이시, 술 없으면 어찌 시라 하겠냐. 내가 빚은 건게 한잔 함서 야그나 허자. 이경이 쟁반을 받아서 테이블에 놓았다. 그리고 두어 번씩 잔을 주고받았다. 진채선이 어떻게 생각하세요, 어머니? 어머니는 턱으로 도리질을 하다가 이야길 터놓았다.

채선이 이름이 꽃물 든 신선이라 않더냐. 진채선은 한자로 요로콤 쓰는디, 거시기 내가 손이 쪼매 흔들려야. 어머니 말과는 달리 진채선(陳彩仙)이라는 글씨는 정갈했다. 진채선이 아버지가, 성은 다르다만 정한규 시인 집안 당숙이나 재당숙쯤 되는 모양인데, 무녀를 아내로 맞았다. 조선 말 무녀에게 장가들라면 족보에서 파내는 척출(剔黜)을 각오해야 했을 게야. 헌데 말이시, 사랑인데, 까짓것, 족보 따위가 뭐 말라비틀어진 거겠냐. 하늘과 땅이 한번 붙었다 떨어져 천지가 부판하면서 빛깔도 찬란한 신선 하나 적강한 것매치로 떠억하니 얼굴도 고왔대야. 어미를 닮아 소리 재주가 남달랐다는데, 이를 어찌 동리선생이 놓칠 까닭이 있었겠냐. 그를 거두어 소리 가르쳐 서울로 올려보내 경회루 낙성연(落成宴)에 나아가 소리를 불렀다지 않겠냐. 그런디, 채선이 부르는 그 소리가 경회루 돌기둥을 치니, 돌기둥도 가락 이기지 못하고 춤을 추었댄다. 진채선의 남다른 소리가 빌미가 되어 희대의 파락호(破落戶) 예인(藝人)에게 잡힌 바 되었지야. 너도 알지야? 대원군이 운현궁에서 먹을 갈아 난(蘭)을 칠 때 진채선은 피맺히는 목청을 돋우어 〈춘향가〉 어느 대목을 불렀을 것이여. 그 소리가 방등산까지 미쳤다는 건 정시인의 상상일 테지. 명창의 노래에는 혼백이 깃들이는 법이란다. 혼은 하늘로 오르고, 백은 땅으로 스민다. 그렇게 인간은 하늘과 땅으로 날아오르고 스며서 명이 다하는 법이다.

마침 동리선생이 중병에 들었다는 소리가 한양까지 닿았던 모양이라. 이에 진채선이 떨치고 일어나 자기 선생 찾아가느라고 방등산 넘어 호랑이 무서워 않고, 소리 소리 하며 고창으로 내려왔을 것이 아닌가. 소설 이전 전설의 시대 이야기를 닮아 보였다. 정말요? 확인된 사실인가요? ……그라제라. 쪼매 지둘러라. 어머니는 치마폭을 여미면서 전화기가 울어대는 안방으로 달려갔다. 쪼께 지둘르소……. 암시랑토 않고만. 어쩌끄나이잉……. 맥락이 잘려 무슨 이야기인지 제대로 감이 잡히지 않았다.

나 좀 보래……. 그런데 방등산이라니. 방등산(方等山). 백제 시대 노래에 방등산이란 노래가 있었니라. 방등이 뭐요? 사방에 무등이라는 뜻이지야. 남아공 케이프타운의 테이블마운틴 따위야 어찌 항렬을 같이해 줄을 맬 것이냐. 그래서 그냥 진채선이 아니라 그 방등산을 오르는 진채선인 게여. 우리나라 최초의 여류 판소리 명인(명창) 진채선의 소리는 하늘의 소리이제. 천지간 육합에 하늘의 소리를 당해낼 재간은 아무 데도 없다 이잉. 진채선의 오랍동생뻘 되는 정시인이 그린 진채선의 진영(眞影)을 그리듯끼 했어야. 너도 청이 갠찮으니 읽어보아라. 이경이 잔을 들어 주욱 비우고는 시를 소리 내어 읽었다.

물 위에 드는 방이라니 내 방이겠지 어둔 밤 세상이 더 어두워도 바늘 구멍 하나면 어떠리, 창의 창문 방의 천정도 먹, 거기 바늘구멍 무덤 속이라도 환해지리니//기둥을 쳐본들 어디 소리가 있더이까 명주 가슴을 찢어 방등산 자락에 펴 널린들 어디 펄럭이는 무엇이 있으리오//어둔 밤길 호랑이가 길을 막으면 힘껏은 내질러서 피가 터져 벌겋게 토해 내고 백 날 또 백 날을 이어내면 어딘가 울려서 오는 그 소리 있지, 허공을 찢어서 되오는 소리라니 정녕 내 소리 아니리

조금 어렵네요. 명작이라는 게 다아 그러지라. 너도 알제, 동리선생 말이다. 이경은 목을 움찔했다. 진채선을 길러 국창(國唱) 명인을 만든 동리선생은 아주 당당하고 씨억씨억한 사내였제에. 동리선생의 '내지르는 그 소리'는 그의 출신이 반가 왕대밭이라서 왕대 같은 특이한 그림을 얻어 가졌겠제. "왕대나무 맹종죽 숲이 있지, 쉼없이 읊조리는 동리선생의 숲," 휘이, 어머니는 한숨을 뱉았다. 휘파람 소리가 귓가를 서늘하게 지쳤다.

고창 모양성 한켠에 왕대나무 숲이 있단 이야길 듣고, 이경은 그걸 구경하러 간 적이 있었다. 마침 죽순(竹筍) 돋아나는 늦은 봄이었다. 병든 어머니가 주책없이 한겨울에 죽순이 먹고 싶다는 바람에, 효성 남다른 맹종이 대밭에 들어가 엉덩이 까고 얼음 바닥에 앉아 마침내 죽순을 얻어 왔다는 그 끔찍한 고사는 뒷전으로 물리고, 죽순이 무서운 걸 보고 몸을 떨었다. 로켓포 포탄이 일제히 땅을 뚫고 올라와 하늘로

시인의 강

기를 뻗어대는 그 기운을 어찌 평정한 마음으로 바라볼 수 있으랴. 맹종죽은 같은 대라도 오죽과는 항렬을 같이 대기 어려운 위의가 있었다.

어머니는 오죽을 무척 아꼈다. 맹종죽에 비하면 애기대나무였다. 어머니는 줄기 까만 오죽을 뒷담 아래 길러 바람 소리, 비 듣는 소리를 들으며 지냈다. 거기 비하면 맹종죽은 겁이 나서 이마에 땀이 배는 위세였다. 어머니가 말했다.

왕대나무 숲에서 어기찬 기상으로 무장한 동리선생의 면모가 여실히 포착되어 있는 시니라. 말하자면 동리선생은 대로 친다면 왕대나무였제. 아니, 그 숲 그것이었던 거라. 어머니는 원고를 당겨놓고 어느 쪽을 열었다. 내 글 볼래? 이경이 원고지에 눈을 박고 읽었다.

동리선생의 소리 또한 헌걸차서 정정한 소나무 기개를 뿜어내기도 한다. 이런 식이다. "동리선생 북채를 불끈 쥐고 일어서/한 박 추임새를 넣으면/방등산 선운산 골짜기까지 사냥 나가/제 계집 거두는 사내도 나온다, 얼쑤." 신라 향가 「우적가(遇賊歌)」 모티프가 여기 살아 있다면 건강하는 어사일까. 어쩌, 좋지 않냐? 대답 대신 이경이 물었다.

그런데 이 시 제목이 '오배이골 사내'로 되어 있네요. 오배이골이라니? 필시 동리선생을 뜻하는 거겠지야. 골은 골이니 마을이나 마을 들어선 골짜기를 뜻한 것일 터. 그러면 오배이는 뭐란 말인가요? '오백이'의 음운 환경 때문에 'ㄱ'이 약화되어 오배이가 된 것일 테다. 백이는 서울의 '장승배기'와 같은 음운 환경에서 장승 대신 오동의 '오(梧)'를 대치한 것 아니겠냐. 이경은 고개를 주억거렸다.

기명이라는 게 손때가 묻어야 역사가 된다. 오동추야 달이 밝아……, 그렇게 깝숙대다가도 동천년노항장곡(桐千年老恒藏曲)이라, 오동나무는 천년이 지나도 항상 그 곡조를 간직하느니. 그런 구절에 맞닥

뜨리면 옷깃을 여미게 된다. 그런 오동이 선 마을, 그게 오배이골이다. 그러한 사내고, 또 그러한 소리이기 때문에 '오배이골 찔레꽃 가시덤불/아무렇지도 않게 헤치고 나온다'는 것이여. 이러한 소리 그 위에 어떤 예술이 둥지를 틀 것인가. 왈 무등이렷다. 어머니는 흥이 도도해지는 중이었다. 이경이 흥을 돋우어 올리는 어머니를 보는 것은 처음이었다.

동리선생은 가객이면서 학자니라. 학자의 하는 일이란 먹을 갈아 글을 쓰는 것이제. 그 양반 쓴 '가사'가 책 한 권이 다 되야. 아무튼 동리선생 또한 오욕칠정을 너울로 쓰고 나온 인간인지라 그립고 애달픈 정이 어찌 없겠느냐. 어머니는 상에 놓인 홍어무침 한 점을 들어 입에 집어넣고 맛갈지게 씹었다.

늙는 건 어쩌꺼나 서러운 법이여. 노년에 중병에 걸려 몸이 마음 같지 않을 지경에 이르러 당신이 기른 국창 진채선이 그립지 않을 수 없었던 터수. 먹을 갈아 글을 쓰다가 편지를 써서 보내고 싶은 마음 몇 자 적었것다. '그 새벽 아니 오는 것이냐,' 그러다가 안석 아래 넣고 새벽이 밝으면 소식이 오려니, 고운 얼굴 웃음 띠고 오려니. "먹을 갈고 갈고 또 갈아서/새벽을 불러보아도/아니 오는, 아니 오는 것이냐," 남녀를 떠나 자신의 소리를 전한 진채선에 대한 그리움이 절절한 것은 인간 정리의 의당 그러함이 아니겠냐. 「오배이골 사내」는 내가 읽어보마. 너는 희미한 옛사랑의 그림자라더냐 그거나 생각해봐라.

고창에 가면 소나무 가로수를 만난다/명사십리가 보내주는 해무를 뒤집어 쓰고/목 풀어 늘어선 소나무를 만난다/동리선생 북채를 불끈 쥐고 일어서/한 박 추임새를 넣으면/방등산 선운산 골짜기까지 사냥 나가/제 계집 거두는 사내도 나온다, 얼쑤/오배이골 찔레꽃 가시덤불/

아무렇지도 않게 헤치고 나온다.

　그건 노래보다 이야기 같군요. 너도 그노무 잡것 컴퓨턴가 뭐시긴가 던져두고 박자연이 같은 착실한 처자 하나 업어 와라. 이경은 눈을 크게 뜨고 어머니를 쳐다봤다. 왜 싫으냐, 내가 실수한 모양이고마. 인생사 다 아 때가 있는 법이다. 저는 아직 때가 아닙니다. 어머니는 잠시 고개를 옆으로 꼬고 앉았다가 이야길 시작했다. 박자연은 결혼하면 집 마련 계획이 있는가 물었다. 이경은 〈고향의 노래〉를 생각했다. 달 가고 해 가면 별은 멀어도……. 멀어진 별이 되돌아올 조짐은 어느 구석에도 보이지 않았다.

　아리고 쓰린 인간사 가운데도 연꽃 향기 같은 향을 지닌 인간은 늘 그리운 법이지 않겠냐. 정시인 이 양반은 그걸 일일이 들어 말하지 않고, '푸른 연'을 들어 보여, 독자가 미소짓기를 기대하는 아그똥한 장난기가 드러나는 시를 맨들었단다. 그런데 푸른 연이라니? 연은 연꽃일 터인데 푸른 연꽃을 본 적 있냐? 이경은 잠시 생각을 더듬었다.

　푸른 꽃? 물망초도 푸른 꽃이고, 산수국도 푸르게 피는 게 있지. 고흐가 그린 아이리스도 푸른 꽃에 들 터다. 시인 수주가 양귀비꽃에 대비시킨 강낭콩꽃도 푸르다. 그러나 수련이라면 몰라도 '연'으로 통칭되는 로터스 가운데는 푸른 꽃이 없는 듯했다. 이경은 다른 꽃을 생각해보았다. 청매가 떠올랐다.

　매화는 꽃빛깔에 따라 홍매, 백매, 청매 세 가지가 있다. 홍매는 야하고, 백매는 평범하고, 청매라야 고일(高逸)한 빛깔과 표일(飄逸)한 향을 짙게 느끼게 한다. 그런데 말이 청매지 사실은 흰 빛깔이 녹색을 옅게 띠어 푸르게 보일 뿐이다. 연 가운데 청련은 분명 백련일 것 같았다. 백련 가운데 푸른빛을 띨 정도로 눈부시게 하얀 그 연이 청련이 아닌가. 우리나라 절 가운데는 청련사도 있고 백련사도 있다는 기억이 떠올랐다. 아무튼 인간 정신의 고매함을 빗댄다면 '청련'에 필적할 말이 없을 듯하네요. 청련은 모로미 백련이 삼십삼천 다 날아가 피는 만다라 닮은 푸른빛이라야 할 겁니다. 너 제법이다. 되았다, 넌 내 아들이다, 진정……! 진정이라니요? 그냥 진정이라면 진정인 겨, 자석두. 내가 연 가지구 말장난한 걸 하나 들려주랴. 이경은 젓가락으로 회를 한 점 집었다.

연을 뺄이 꼿꼿해지게 좋아한 이 가운데 염계(廉溪)라는 호를 쓰는 주돈이(周敦頤)라는 중국 송나라 학자가 있단다. 「태극도설」을 지어 성리학을 완성했다는 칭송을 듣는 주돈이가 연을 사랑하는 이야기는, 좀 우습지만 말이다, 남 눌러놓는 언사로 글을 시작하지야. 도연명은 국화를 끔찍이 좋아했고, 당나라 이백 이래로 세상 사람들은 부귀를 상징하는 모란을 추켜올린댄다. 그러나 자기는 유독 연을 사랑한다면서, 연 사랑하는 이야기를 주절주절 늘어놓았다잖냐. 그러면서 주돈이가 말하는 연의 연다움을 조목조목 이야기했다.

어머니가 전하는 내용에는 모순되는 점도 있고, 논리가 서지 않는 구절도 보였다. 그러나 '향원익청' 한 구절은 이경에게 적실히 다가왔다. 진채선이 소리한 경회루 맞은편에 있는 문화재의 꽃 '향원정'의 기억 때문인지도 모를 일이었다. 박자연은 향원정을 바라보면서, 어쩜 건물이 건물이 아니라 꽃이네! 그렇게 감탄을 했다. 어머니도 혼자 지내겠다고 고집 세우지 마시고, 멀리 있어도 향기로 다가오는 그런 남자 만나세요. 징헌 소리두 다 헌다. 너나 어서 장가들어야. 그러나 어머니의 얼굴은 연꽃잎처럼 붉어 보였다.

거 뭐이냐, 이언적이라고 알제? 소설 쓰는? 그랴, 내가 그 양반한테 배웠니라. 네가 군대에서 고생하는 동안 나도 뭔가 히보고자파서 공부라는 걸 했니라. 아무튼 그 양반도 연꽃 보겠다고, 웅덩이를 파고 연을 심었단다. 자기 집에도 푸른 연이 있다잖어, 그래 한번 가봤어. 햇살 받으면 꽃잎이 벌어지고 해 지면 닫는 그 오묘한 조화 가운데 백색이 지극하면 푸르게 보인다는 것을 실감했다는 거야. 자기 손녀는 제 동생과 함께 연잎을 따달래서 일산을 만들어 받고서는 여왕놀이에 몰두하곤 했다면서 자랑이 천장을 치받더라니. 이경은 연잎 우산, 아이들은 놀이에 뛰어나고 비유에 능하다는 생각을 더듬었다. 그러나 발설을 하지는 않았다. 술 너무 많이 하지 말거라. 그렇게 이르고 어머니는 밖으로 나갔다. 이경은 어머니 뒷모습을 바라보다가 남은 몇 장 원고를 넘겨보았다.

정시인은 연을 읊되 연에만 시선을 모두 주지 않는다. 정시인의 연못에 자라는 연의 내력을 이야기한다. 사물에 내력을 더하면 역사가 된다. 그 개인사 속에 등장하는 가람선생은 동시적 상상력을 타고 어린이의 세계를 주유한다. 국문학 하는 선비가 탄 노새가 '가나다라 가나다라' 발걸음으로 가니까 연은 스스로 우산 되기를 자청한다. 외삼촌댁에는 연이 나갔는데, 나는 그대에게 연 한 뿌리를 주네. 연이 나간다는 건 '업'이 나갔다는 뜻으로 읽힌다. 업이 나가면 집안이 기운다. 아무튼 대를 이어가는 세교(世交)를 여기서 보게 된다. 그런데, 연이 지르는 소리가 허공을 받치고 있다는 데서 동시적 발상은 명명(冥冥)한 도가적 상상으로 전환된다. 허공이라는 시어는 정시인의 애용어이기도 하다.

시는 니가 읽어야제? 전화기 들고 나갔던 어머니가 들어와 아들 이경에게 말했다. 이경은 「푸른 연」을 소리내어 읽었다.

"외삼촌 댁에는 지금 연이 없어, 몰라 연이 왜 나갔는지는" 가람 선생

의 조카 되시는 작촌 시인, 외삼촌이 주셨다는 푸른 연 한 뿌리를 내게
건네시었네//빗줄기 속을 하염없이, 하염도 없이 가나다라 가나다라
노새를 타고 가시는 가람선생, 쇠방울의 노새는 물 위에 드는 동그라미
를 세며 가고, 연잎 우산 받으시라고 소리소리 지르는 푸른 연, 허공을
치받고 있네

　시인이 미쳤나, 날보고 강둑으로 나오라질 않나……. 나는 나간다.
어디로 가시는데요? 별 보러 가쟨다, 하늘이 맑아서 별이 좋을 거라
고. 이경은 돈 매클린의 〈빈센트〉의 선율을 떠올렸다. 스타리 스타리
나잇……. 꽃향기 닮은 풋풋한 마음을 지켜나가려고 얼마나 애썼을까,
빈센트는. 어쩌면 어머니를 이해할 것도 같았다. 어머니를 놓아주어야
할 시점에 와 있다는 실감이 묵중한 무게로 다가왔다.

허공 저쪽에……

　어머니는 글을 쓰면서 혼자 술을 마신 모양이었다. 그건 글에 여실
한 그림자로 나타나 있었다. 이경은 전부터 어머니가 술 빚는 것을 보
았다. 그러나 그 술을 누가 먹는지는 생각해본 적이 없었다. 심지어 그
게 아버지가 살아 있을 때 하던 일인지, 아버지가 세상을 뜨고 나서 어
느 땐가 시작한 일인지도 알지 못했다.
　말이 길어졌다. 술잔은 비었는데 잔주가 심하다. 안주는 동이 난 지
오래다. 이제 우리 어디로 가야 하는가. 서쪽 하늘에 노을이 붉다. 어
머니…….
　말이 허공인데 그 말로 다시 허공을 더터나간다는 게, 하여 허공 저

쪽을 넘본다는 게, 말이 되기는 하는가. 비가 오다가 그칠 때마다, 그친 비가 다시 뿌리기 시작할 때마다, 허공을 떠받치는 말 몇 마디, 그 안타까운 몸부림이 시이고 문학이라는 건지도 모른다. 정시인이나 나에게나 그건 공통항 아니겠냐.

그러나 정시인은 허공에 창을 낸다. 그러면 그 허공을 뚫고 자욱눈이 산들거리며 내리기도 하고, 구시포 바다에는 모시조개가 뻘 속에서 노랗게 자란다. 산에서는 곰이란 놈이 다람쥐와 놀이가 한창이다. 허공 너머 정시인의 동산은 싸리꽃, 붉나무, 감태나무 등 나무가 많기도 하다. 그리고 소리가 있고 춤사위가 너울거린다. 허공을 지나 또 허공을 뚫고 도달한 그 살아 있는 숲, 지나 바닷가 그게 또 허공이 아니라고 노을이 붉게 울음을 토해낸다.

댓잎에 비 듣는 소리 그친 듯해서 바깥이 궁금해진다. 창을 열고 밖을 내다본다. 비는 그쳤고, 빗물에 젖은 대나무 줄기가 흑요석처럼 검은빛이다. 뒷산에서 소쩍새가 운다. 소쩍새 울음에 참나무 잎 봉오리가 퍽퍽 터지는 소리도 들린다. 이건 어머니가 쓰는 또 다른 시나 다름이 없었다. 이경은 문득『한중록』을 떠올렸다. 그런 연상의 논리는 알 수 없었다. 묻고 싶지도 않았다.

오늘이 2020년 4월 19일, 그리고 지금은 밤이다. 별을 내보여주지 않는 하늘에 총성이 울린다. 총성과 함께 얼굴 없는 누가 와서 술상을 걷어갔다. 허공 저쪽으로. 아침에는 산벚꽃 참나무 숲에 얼굴 감추고 자유의 치맛자락, 산안개가 녹음을 문질러 산봉으로 치오를 것이다.

이경은 원고 묶음 위에다 손을 얹고 눈을 감았다. 눈물 어린 무지개 계절. 박자연은 〈사월의 노래〉를 잘 불렀다. 어머니의 빛나는 꿈의 계절은 여전히 진행형이었다. 이경은 서서히 젖어오는 눈가를 손등으로 문질렀다. 잠시 멍하니 앉아 있을 때, 박자연이 전화를 해왔다. 집에

왔다면서? 우리 별 보러 가요. 까치산 언덕 입구로 나오라는 것이었다. 어머니는 어디서 별을 보고 있을까, 혼자 중얼거리면서 신발을 신고 출입문을 열었다. 시원한 바람에 훅 몰려 들어왔다. ✽

작품 메모

시인의 시가 꼭 이야기를 타야[乘] 하는 것은 아닐 터이다. 그러나 시인이 시를 쓰는 과정은 여지없이 이야기에 얹혀 간다. 언제 어디서 어떤 시상을 얻고, 그걸 어떻게 완성된 시로 만들었는가 하는 과정은 틀림없는 서사다. 소설가와 시인의 사귐 또한 이야기를 타고 흘러간다. 시인이 소설가에게 시를 보내면 소설가는 그걸 읽고 답신을 보낸다. 고맙다는 인사차 탁주일배 하면서 이야기 나누는 과정 그것은 오롯한 서사다. 시인의 시를 읽는 이야기를 독시소설(讀詩小說)이라 한 바 있다. 이 작품 또한 그 영역에 든다.

고창에 가면 진동규라는 시인이 산다. 진시인이 시집을 내면서, 발문을 청해왔다. '시인은 세계를 마름질하는 사람'이란 제목으로 글을 한 편 써주었다. 시 읽은 이야기를 소설로 전환한 게 이 작품이다. 시인이 마름질한 세계를 소설로 마름질하여 다른 세계를 만들어낸 셈이다.

진시인의 『아리아리 하늘메아리』(인간과문학사, 2020)란 시집이 출간되어 나왔을 때, '방등산가' 연작이든지, 장시든지, 서사시든지 써보라고 권했다. 자신의 권유가 훤칠한 작품이 되기를 소설가 현장은 곡진히 기대했다.

일어나 걸어가라

1

소설가 자명이 황명륜 시인의 시집에다가 글을 쓰게 된 데는 각별한 연유가 있다. 자명은 오래 걸려 완성한 장편소설 원고를 출판사에 넘겼다. 초교가 나올 때를 대어 출판사에 가서 직원들과 점심을 하기로 했다. 그때 자명의 외우(畏友) 석영인 교수가 출판사에 동행하기로 예정되어 있었다. 석영인은 자기도 출판사에 들러서 할 일이 있다면서, 그 일이 뭔지는 선뜻 터놓지 않았다.

석영인이 자명에게 연락을 해왔다. 공교롭게, 일찍 죽은 친구 추도식이 있어 거기 들러보아야 한다는 것이었다. 불가피하게 혼자 갔다 와야겠다면서 미안해했다. 잠시 멈칫거리다가 혹 다른 날을 잡으면 안되겠는가 조심스럽게 물었다. 자명은 다른 일정이 복잡하게 얽힌 터라, 혼자 다녀오마 했다.

"그러면 자명이 내 대신 일 하나 처리해주소."

석영인이 전하는 내용은 대강 이런 것이었다. 아마 자명 당신은 잘 모를 것인데 자기 고향 동네 문협회장을 지냈고 예총회장으로 일한 적도 있는 시인 겸 화가가 있는데, 그 시인의 원고를 가지고 가서 출판이 추진될 수 있도록 출판사와 협의를 해달라는 것이었다. 그리고는 시인으로부터 받았다는 원고를 메일로 보내주었다. 신작시집 한 권 분량의 원고와 이전에 출간한 시집 두 권이 원고가 함께 첨부되어 있었다.

"그런 일을 왜 석영인이 맡아서 나까지 동원하시나……?"

"황시인 사모님 부탁인데……. 당신 남편을 살려달라는 거라."

"살려달라니?"

"당신 남편이 아무것도 않고 무기력하게 시간만 죽이고 있다는 거야." 대개 그렇게 늙어가는 거 아닌가 싶었다. 그래서 부탁한 일의 연유를 물었다.

"다연식품에 강연이 있어서 갔었는데, 다연 회장을 만나 이야기하는 중에 남편 이야기가 나왔어요." 자명은 이 나이에 글을 쓴다고 설치는 자신이 오히려 이상한 거 아닌가 그런 생각이 들었다. 한편으로는 그렇게 시간 탕진하는 사람 이야기라면 소설 하나 되지 않을까, 그런 욕심이 동하기 시작했다.

자명은 원고에 첨부되어 있는 이력을 살펴보았다. 아마도 평생 작업해온 시작품을 정리하는 듯한 느낌이 들었다. 한 인간이 자기 살아온 생애를 정리한다는 것, 그게 어디 예사로운 일인가. 자명은 자기가 출판사에 넘긴 소설이 생애 한 굽이를 넘어가는 문턱에 걸쳐 있는 것이라, 약간 숙연해졌다. 어떤 시인이든지, 아니 누구라도 평생 작업을 정리하는 일이 가벼울 수 없기 때문이었다. 그렇게 본다면 자신이 숙연한 시간의 문턱에 서 있는 셈이었다.

신작시집 원고 앞에는 근사한 동양화 한 폭이 장식되어 있었다. 표지 머리에 '시조시화집'이라고 표시된 것을 보는 순간, 자명의 안에 잠자고 있던 어떤 콤플렉스가 소용돌이를 일으키며 내면을 휘돌았다. 시

시인의 강

와 그림을 겸한다는 게 어디 쉬운 일인가. 문인화가 널리 바람을 타던 시절, 옛 선비 문인들 가운데서도 시와 그림을 겸한 경우는 그리 많지 않아 둘을 겸하면 칭송을 받았다.

자명은 그림을 그리고 싶었는데 재질이 미치지 못하는 걸 알고는 접었다. 시를 쓰고 싶었지만 언어에 민감하지 못해 손을 못 대고 까칠한 소설을 쓰고 있는데, 뭐랄까 '강적'을 만났다는 느낌이 들었다. 원고 앞에 붙어 있는 이력을 다시 살펴보고, 사진을 흘금 들여다보기도 했다. 관골이 튼튼하고 눈꼬리가 기우숙하니 내려간 봉미상이었다. 잘생긴 남자가 이쪽을 그윽히 건너다보았다. 남의 생애에 대결하듯 하지 말고 자신의 나이에 어울리는 방식으로 작품을 읽자는 생각으로 원고 전체를 훑어 읽었다. 괜찮은 시집이 되겠다면서 출판사에 가는 길, 걸음이 가뿟했다. 파주 출판도시에 가는 버스를 타기 위해 홍대 입구에서 기다리고 있었다.

"츳츳, 젊은 것들이……. 뜸들이지 말고 말뚝부터……." 스마트폰 가게 앞에서 키가 훌쩍한 젊은 청년에게 깡뚱한 스커트를 입은 여자애가 깨금발을 하고는 입을 맞추고 있었다. 헌팅캡을 쓴 늙은이가 혀를 찼다. 말뚝……? 자명은 늙은이 말이 주책스럽다는 생각을 했다.

"다아 인연이 있으니까…… 우리가 못 해본 게 아쉬워서 하는 소리 아닙니까." 헌팅캡을 쓴 늙은이는 아무래도 홀애비처럼 보였다. 헌팅캡의 젊은 날은 어떻게 흘러갔을까, 어떤 마누라를 얻어 어떻게 살았을까, 자신은……. 그런 생각들이 머릿속에 우글거리는 가운데, 파주 출판도시에 도착했다.

출판사에서는 자명의 설명을 듣고 시집 출간을 선선히 응낙해주었다. 청사루(靑思樓)라는 출판사는 자명이 자주 거래를 하는 터이기도 하고, 얼마 전에 석영인이 책을 내기도 했던 인연이 있었다. 말하자면 임의로운 사이였다. 임의롭다는 건, 여사장 이름이 송원이라 그의 남편에게 이집 주인은 솔밭에서 봉 잡은 겁니다, 그런 농담을 할 수 있는 사이라는 뜻이었다. 옛말로 '내주장'으로 회사를 꾸려가고 있는 것 같았다. 석영인이 소개하는 황시인의 경우도, 맥락으로 보건대 '처덕'에 사는 듯했다.

"소설가가 시집 해설하는 일은 별로 없던데…… 요?" 청사루의 송원 사장이 자명을 쳐다보며 사람 좋은 웃음을 입가에 달았다. 당신 쓰는 소설이나 제대로 쓰라는 소리로 들렸다. 소설가가 못 쓸 글이 어디 있느냐는 식으로 넘어갔다. 시집 출간을 수용해주는 것만으로도 고마운 일이었다. 그건 석영인이, 황시인이, 그보다는 황시인의 아내가 고마워해야 할 일이었다.

출판사에 가서 출간 교섭을 잘 했노라고 보고할 겸해서, 자명은 석영인에게 전화를 했다. 수고했다든지, 출판사에서 어떤 조건을 이야기했는가 묻는 그런 이야기는 기실 길게 늘어놓을 게 없었다. 그런데 자명은 출판물에 대한 자기 나름의 의견을 가지고 있었다. 그리고 자신의 경험으로 볼 때, 누군가 객관적인 안목으로 작품을 읽어주면 독자에게 친절을 베푸는 일이란 생각을 하고 있었다. 시와 그림이 어울려 좋다든지, 원고에 붙어 있는 이전 시집 원고는 따로 출판하는 게 좋겠다는 등의 이야기를 한 후였다.

"시 내용은 썩 마음에 드는데, 시집 모양새를 갖추자면 평설이나 발문을 달아주는 게 좋지 않을까 싶소만." 시집의 체재(體裁)에 특별한 게 있을 것 같지는 않았다. 다만 시인의 말이라고 해서 그야말로 '몇 자' 떨렁 붙이고는 다른 이야기는 '작품이 말하게 하는' 그런 시집은 야박한 느낌을 준다. 그런데 그런 제안이 자명 자신의 몫으로 돌아올 줄이야. 자업자득(自業自得)이란 말이 적실했다.

"그 발문은 자명이 쓰는 게 어떻겠소?" 자명은 아차, 하면서 손으로 입을 가렸다. 그리고 잠시 말이 막혔다.

"그럼 발문은 자명이 쓰는 걸로 하고, 나도 부탁받은 일이라서 그 내용을 시인의 부인, 다연식품 회장한테 전하면 어떻겠소?"

말의 형식은 의문이었지만 내용은 명령이었다. 자명은 석영인의 말에는 반대를 하거나, 부탁의 실행을 뒤로 미루어본 적이 없는 터라, 못한다 소리를 입 밖에 내지 않았다. 우정은 때로 이성을 외돌려놓기도 하는 법이 아니던가.

그렇게 해서 자명은 황명륜 시인의 작품을 찬찬히 읽는 독서노동을 했다. 오랜만에 시집 하나를 통독했다. 그런데 그 통독이라는 게 자명 스스로 자신의 주장을 물리는 모순된 행위가 되었다. 자명은 이제까지 글 읽기는 글쓰기로 마무리된다는 주장을 지니고 살았다. 표현되지 않은 이해는 정당한 의미의 이해라 할 수 없다는 뜻이었다. 그것은 '존재와 표현'에 대한 숙고 끝에 자명이 얻은 결론 비슷한 깨달음이었다. 그러나 그 결론을 고쳐야 했다. 글이 눈에 안 들어오는 것은 물론, 읽은 내용을 글로 쓸 계제가 점차 줄었다. 그래서 남의 글은 글쓰기 부담 가지지 말고, 한유하게 읽자는 게 요즈음 자명의 내심 작정이었다. 시집을 읽고 글을 쓰는 것은 스스로 자신의 주장을 꺾는 셈이었다. 친구 지인의 남편⋯⋯. 말하자면 사돈의 몇 촌도 아닌 셈이었다.

그러나 생각을 달리 하기로 했다. 시는 읽었고, 잘 읽었다는 이야길 하자면 어차피 몇 줄이라도 글을 써야 할 게 아닌가 싶었다. 남의 글을 읽고 글쓰는 일은, 결국 다른 인간을 애정을 가지고 깊이 있게 이해를 도모하는 게 아닐까.

해설이니 평설이니 하는 글 대신, 발문(跋文)이란 이름을 달기로 했다. 발문이라면 공감을 좀 짙게 드러내도 탓 들을 일이 아니기 때문이었다. 자명은 공감? 그렇게 말꼬리에 의문부호를 달았다. 공감을 짜내기 위해서는 시인의 이야기를 겹으로 구성해야 할 듯했다. 자명은 시인은 그대로 두고, 다른 허구적 인물을 이야기에 끌어들일 작정을 했다. 위험부담이 꽤 큰 시도였다. 허구와 사실 사이의 상호간섭작용 때문이다.

2

　공감은 자칫 과도 해석을 강요한다. 별스럽지 않은 데다 크게 의미를 부여하는 게 과도 해석이다. 제1장 소제목이 예사롭지 않았다. '황악산 단풍', 자명은 눈을 들어 천장을 한참 쳐다봤다. 독백하듯이 생각을 이어갔다. 황악산은 예사로운 산이 아니다. 그 이름 때문에 더욱 그러하다. 황악산은 느낌표 없이는 쓰기 어려운 이름이다. 해서 '황악산!'이다.

　우리 전통으로 본다면 '황(黃)'은 중앙을 뜻한다. 중국의 절승으로 이름난 황산(黃山)은 황악이라 달리 불러도 상관이 없지 않겠나. 아무튼 이 나라 중앙에 자리잡은 산이 황악산이다. 시인은 황악산 아래 자리잡고 시를 쓰면서 그림을 그리는 중에 오고 가는 세월을 지켜보았던 것 같았다. 아니 세월을 잊고자 했는지도 모를 일이다. 사람 삶이 어느 나이까지는 기억을 쌓아가고, 어떤 분수령이 지나면 잊어버리는 일에 몰두한다. 잊어버리자 할수록 생생하게 살아나는 게 기억이지만. 자명 자신이, 삶은 망각의 기술이 필요하다는 믿음 비슷한 것을 지니고 살았다. 누구나 그대로 차곡차곡 쌓았다가는 그 무게를 이기지 못하고 삶이 무너져내릴 것 같은 그런 기억이 있게 마련이다. 망각의 기억? 자명은 혼자 빙긋 웃었다. 잊어버린 것을 어떻게 기억하나? 아마 황시인에게도 잊어버리고 싶은 기억이 있을 듯했다.

그런데 단지 황악산을 가까이서 겪었다는 뜻은 아닌 듯했다. 시인의 이름이 황악산과 연기(緣起)되어 있는 까닭이다. 시인의 어려서 이름은 황윤명이라 했다. 황명륜은 필명, 예명 혹은 법명인지도 모르겠다. 자명은 윤명이나 명륜이나 이미지는 유사한 것으로 치부했다. 아무튼 '명륜'은 선미가 가득하다. 월정(月精) 일렁이는 '월인천강'을 생각하게 하기 때문이다. 또한 명륜은 불법의 수레바퀴를 떠올리게 한다. '법륜'은 늘 다시 법계를 향해 수렴된다. 해서 법륜상전어법계(法輪常轉於法界)라 하는 게 아니겠는가 싶었다. 자명은 이 시인이 수계를 받지 않았을까, 그런 생각도 했다. 자명은 이렇게 써 나갔다.

시방세계를 두루 비추는 밝은 법의 수레바퀴가 대지에 튼튼히 발을 디디고 시를 읊고 그림을 그리면서 운영하는 생애는 생각만 해도 아름다움을 극한 지경이었다.

시인이 발 디디고 사는 대지는 황악산으로 표상된다. 황악산 그늘에 깃들여 산다는 뜻이기도 하다. 자명은 시인이 황악산을 어떻게 받아들이는가가 궁금했다. 그건 헛된 시도일 게 틀림없었다. 어디선가 읽은 구절이 떠올랐다. '인연으로 생겨나는 일체의 모든 것에는 주인이 따로 있지 않다.' 황악산의 인연이라면 그걸 누가 주인인가 따질 일이 아니었다.

자명은 한 발짝 물러나 자기 생각을 가다듬었다. 독자들이 명륜과 윤명이 거기가 거기라는 식으로 수용한다면 이건 일종의 실명소설이 되는 셈이었다. 실명소설은 허구적 장치를 아무리 견고하게 엮어짜도, 실존하는 인물이 펼치는 삶의 윤리라는 그물망에서 자유로울 수 없는 법이다. 허구적 상상력이 제한되는 불이익을 감수해야 하는 것일 터였다. 해서 자명은 이전 소설가들이 내었던 꾀바른 방법을 원용하기로 했다. 이 글에 나오는 윤명은, 실명을 가진 시인에게서 촉발되어 소설가의 허구적 상상력으로 꾸민 것이니 시인 자신과 동일시하지 마시기를 바란다, 고 양해의 말을 달아두었다. 자명은 이러한 시도가 소설 서술의 현대적 기법과 어긋난다는 걸 잘 안다. 알면서 하는 어설픈 짓은 크게 책망 들을 일이다. 자명은 그 책망이 자기 뜻을 거스른다는 것도 알고 있다. 아무튼 자명은 자기 글이 시인을 욕되게 하지 않기를 바라면서, 황윤명이란 이름을 내세워 글을 이어갔다.

시 텍스트 그 안에도 가끔 서사성이 들어 있기는 하다. 시인이 시를 쓰는 과정은 예외없이 서사적 흐름을 타고 전개된다. 자명은 근간에 창작행위의 서사성에 대한 이야기를 기회 있을 때마다 펼쳐놓곤 했다. 시인은 자신의 형상을 시적 화자로 표상하기도 한다. 그러니까 한 편의 시는 시인이 그 시를 쓰는 과정은 슬그머니 감추고 곁가지 다 제쳐놓은 정갈한 언어로 다듬어놓은 보석이나 조각품이라고, 자명은 그런 생각을 했다. 그러나 거기에는 시인의 그림자가 깃들지 않는다. 그렇다고 해도, 시작품을 읽는 일은 시인이 거쳐 가는 서사를 복원하는 일이라고, 자명은 기회가 될 때마다 강조해 마지않았다.

윤명은 요 며칠 사이 시달리며 지냈다. 황시인이 등단한 잡지에 자기 시를 추천해달라면서 찾아와서는 부진부진 달려드는 남순영이라는 여성이 있었다. 그런데 시가 황시인이 자기 이름을 걸고 추천하기는 영양가가 떨어졌다. 집으로 찾아오겠다는 걸 돌려놓기 위해 윤명은 등산점퍼를 걸쳐 입고 황악산에 올랐다.

황악산은 가을빛으로 물들어가고 있었다. 가히 금관을 쓴 여인의 형상이었다. 솔숲으로 서늘한 바람이 불어가고, 그 사이로 물소리가 들

시인의 강

리기도 했다. 세월이 이렇게 흘렀으면 좋겠다는 생각을 하며 둘레길을 걷는 동안, 산봉우리 위로 관음상의 뒤로 떠오르는 광배를 닮은 광휘가 파장을 일으키며 흘러갔다. 황시인은 자신이 등단하던 무렵을 떠올려보았다. 세상에 하고많은 시인 가운데 자신의 시는 겨우 익어가는 냄새를 피워올린다는 생각이 들었다. 혼자서 청산인 양 남다른 시를 쓰는 게 아니라, 산새 무리를 품어안는 소나무 잔가지 사이로 불어가는 바람이 갑자기 뜨거운 숨결로 다가오는 것이었다. 산에 묻혀 살고 싶었다.

오죽하면 자기한테 추천을 해달라고 목을 매달 것인가 싶었다. 목을 매단다는 말과 함께 지난 일들이 떠올라 눈앞에 어른거렸다. 아마도 그럴 것이었다. 윤명은 세상사 다 잊어버리고 산문에 들어 거기다 뼈를 묻자고 다짐을 두기도 했다. 그게 혼자 힘으로는 감내할 수 없는 일이라서, 불제자가 되기를 서약하고 수계를 받았다. 자신이 불목하니라 하면서 인연을 삭이기에 정진을 거듭했을 것. 그렇게 삼 년이 되는 어느 날이었다.

암자로 윤명을 찾아온 여인이 있었다. 이름이 다연이었다. 다연은 말 한 구절 보태지 않고 금관을 쓴 여인이었다. 다연이란 여인이 암자를 찾아오기 무려 일곱 번이었다. 학과에서 템플스테이를 왔다가 산꼭대기에 있는 운산암까지 올라온 극성패들 가운데 하나가 다연이었다. 다연이 윤명에게 다가드는 이유는 분명했다. 당신의 아이를 가지고 싶다는 것이었다. 그 이야기가 발전을 거듭했다. 드디어는 이제 겨우 생각이 갈피를 잡아가는 의식을 토막치는 것이었다.

"홀로 청산인 양 살아도, 결국 이승의 인연 등질 때는 곁이 허전해서 눈물 떨굴걸요. 그 눈물이 허무의 나락으로 굴러떨어질 것이고 말예요." 다연은 윤명에게 다가앉으면서 더운 입김을 볼에다가 불어댔다.

운산암으로 윤명을 일곱 번째 찾아온 다연이었다. 다연은 불꽃처럼 타오르는 꽃무릇(상사화) 밭을 쳐다보다가 말했다.

"저기 보세요. 불꽃처럼 피어나는 저 상사화도 사실은 암술과 수술이 있어요." 암술과 수술이 있어서 생명을 다음 대(代)로 이어간다는 것이었다. 허어, 같이 애 낳고 살자는 이야기였다. 그 평범한 이야기가 고통의 바다를 건너는 괴로움일 줄은 관념으로만 알았던 세월이었다.

"도를 통해봐야 그 문 앞에 죽음이 기다리고 있을 뿐이라, 결국 허무해요." 어떻게 받은 생명인데, 아깝지 않은가, 당신이 지금 하는 짓은 단종수술이나 마찬가지잖아요, 그 이야기 끝에 눈물을 흘렸다. 중국에 안 가고 신라에서 요석공주와 불놀이해서 애 낳은 원효를 보라는 것이었다. 윤명은 부석사 선묘각(善妙閣)을 떠올렸다. 흠모하는 의상대사를 따라 중국에서 신라까지, 용이 되어서 바다를 건너왔다는 선묘낭자……. 다연은 또 다른 선묘낭자인지도 몰랐다.

"내게 윤명 씨, 아들 둘만 나눠줘요. 그리고 남들처럼 평범하게 행복 이야기도 하면서 살자구요." 그러고도 산에 들어가 목탁 두드리고 독경이나 하면서 살고 싶으면, 그때는 맘대로 놓아주겠다는, 도통한 듯한 소리를 했다.

상사화 꽃밭 앞에서 둘이는 힘지게 끌어안았다. 다연의 가슴은 넉넉했고, 숨결은 뜨거웠다. 윤명은 자신도 모르게 손에 들고 있던『화엄경』책자를 땅에 떨어트렸다. 그리고 다연은 소원 이루었다는 듯이 허적거리며 산을 내려갔다. 다연의 뒷모습을 바라보는 윤명의 눈이 아릿해졌다. 윤명은 다연을 따라 소나무 울창한 숲길을 빠른 걸음으로 내려갔다. 세 해 만의 첫 하산이었다.

시인의 시를 두고 자명이 복원한 서사는 이런 것이다. 어느 해 가을이었다. 예총 회장 임기가 끝났다. 세상사를 겨우 벗어나 마음의 평정을 얻었노라고, 좀 느긋하게 지내자고 마음먹었다. 그런데 마음은 한 데로 어우러들지 못하고 여러 갈래로 엇갈리곤 했다. 한가해지니까 사람이 그리워졌다. 멀리 황악산을 바라보았다. 꼭대기부터 단풍이 물들어 내려오기 시작했다. 황악산은 금관을 쓴 여인처럼 우아한 아우라를 풍기는 것이었다. 세월이 빨리도 흘러 온갖 기억들이 물소리 속에 묻히는 것. 시인은 잠시 자신이 독야청청 살아가려 한다는 생각이 들었다. 세상은 어울려 살아야 한다면서도 공연히 혼자 고독을 핑계로 청산인 양 홀로 멀리 떨어져 외돌고 있던 셈이었다. 산새 소리가 잦아든 걸 보니 어둠이 멀지 않은 모양이다. 그런데 황악산 산봉우리에 남은 햇살이 급한 호흡, 뜨거운 숨결로 다가왔다.

단풍은 절정에 이른 때보다 초록을 벗어나 물들기 시작할 때, 중년을 갓 넘긴 여인과 같은 때가 가장 매력적이다. 단풍이 물들기 시작하는 황악산은 금관을 쓴 여인을 닮았다. 어쩌면 선덕여왕쯤일까. 내 초라한 시인 주제에 여왕을 사모하다니. 열적어 가까이 다가가지 못하고 다른 데로 귀를 준다. 계곡 흘러내리는 물소리가 잔잔하다. 그 물소리가 자신의 안으로 흘러들어와 그렇지, 그렇지 하면서 고개를 주억거리며 혼자 웃었다. 지나온 세월을 헤아려본다. 세월의 흐름이 이렇거니, 세월은 나를 기다려주는 법이 없다. 일월서의(日月逝矣) 세불아여(歲不我與), 공자도 그렇게 한탄했거늘, 그런 생각을 하는데 문득 황악산이 그 넓은 품으로 뜨거운 숨결을 내뿜으며 다가온다. 시인은 산을 끌어안았다. 산이 무너지는 소리가 들렸다.

그것은 기억의 단층이 무너지는 소리였다. 기억의 단층이 무너지면서 명자, 안명자의 영상이 눈앞에 어른거렸다. 명자는 윤명을 끌어안고, 어쩜 가슴이 산 같아요, 그렇게 귀에 대고 속삭였다. 윤명은 명자의 품에서 참새처럼 오그라들었다. 앞에 누가 다가오고 있던 모양이다.

"조심해 다니세요." 죄송하단 이야기도 하지 못하고 길을 비꼈다. 저만큼 내려가는 여인의 뒷모습이 남순영을 닮아 보였다.

다연도 길에 나서면 조심해서 다니라고, 비구니 삭은 나무다리 건너듯 일렀다. 당신은 세상을 너무 믿어서 탈이야, 그런 푸념과 함께였다. 기억의 단층이 무너진 언덕에서, 명자, 다연 그리고 또 남순영의 얼굴이 소용돌이쳤다. 명자……. 명자는 윤명의 고향동네 처녀였다.

집으로 돌아온 시인은 황악산 산그림자 위로 타오르던 단풍 때문에 마음이 설레어 잠을 제대로 이룰 수가 없었다. 밤에는 소나기가 지나갔다. 시인은 아침 햇살 번지는 뜰로 나가 어제처럼 황악산을 바라본다. 어제 금관을 쓴 여인 같던 산봉우리가 불꽃처럼 타오른다. 어찌 보면 몸부림을 하는 것 같기도 하다. 생각해보면 생애의 황혼인데 가슴에는 열기가 잘잘 타올라 산을 생각하며 잠을 못 이루었다. 아직 살아있는 사랑의 불씨가 단풍에 촉발되어 기름 먹은 가슴인 양 타오른다. 시인은 눈을 감고 길을 걸었다.

"잘 보고 다니세요." 여인의 목소리는 날카로웠다. 남순영인가 했는데, 아니었다. 날카로운 목소리는 가뭇없이 사라졌다.

가을 내내 황악산에 홀려 지낸 셈이었다. 발을 디디고 선 땅은 혼혼한 온기로 가득 차올랐다. 온기를 받은 대지가 아지랑이를 피워올렸다. 그 아지랑이 사이로 명자의 목소리가 풀려 메아리쳐 산자락으로 날아올랐다. 난 아지랑이만 피어나면 미칠 것 같아. 명자는 윤명의 목에 매달렸다. 그리고는 거세게 입술을 더듬었다. 윤명은 아찔하면서, 오줌을 지렸다.

밤으로 타오르는 불꽃과 뜨거운 몸짓을 두고 어디를 간단 말인가. 그러나 자신이 품어안을 수 없는 불길이었다. 윤명은 갈등에 휩싸였다. 산자락 하나 넘어 초막이라도 얽고 거기서 살고 싶었다. 그러나 다시 산으로 들어갈 생각을 한다는 것은 두 번 파계를 하는 짓이나 다름이 없었다. 다연은 윤명의 갈등 같은 것은 안중에 없었다.

"우리 어디 멀리 가서 살아요. 황악산 정 못 잊겠으면 산 아래라든지, 그런 데로…… 산은 멀리서 바라봐야 산답지요. 산속에서는 산이 안 보이잖아요." 윤명은 대답을 하지 않았다.

"당신은 진작 무너진 흙담인걸……. 두고 봐요, 얼마나 견디나……." 다연의 말마디마다 오기가 가득했다.

황악산 운산암을 다시 찾아온 다연은 윤명과 닷새를 불에 달아 지내다가, 그렇게 막가는 소리까지 하며 졸랐다.

"윤명은 시 쓰고, 그림 그리고 나는 공부해서 당신 뒷바라지할 거예요."

"그게 쉽겠소?"

"화엄의 바다에 빠져 허우적거리다가 죽는 것보다야 쉽겠지요."

둘이 운산암(雲散庵)을 빠져나오던 날 밤, 소나기가 패연하게 쏟아져 내렸다. 윤명이 고향동네를 탈출하던 날도 소나기가 억수로 퍼부었다.

자명은 황시인이 '황악산의 시인'이라는 생각을 잠시 했다. 자명은 혼자 중얼거렸다. '산이 명산인 까닭은 그 산에 유서 깊은 정신의 '금전벽우(金殿碧宇)'가 자리잡고 있기 때문이다.'

자명은 민요 "강원도 금강산 일만이천봉 팔만구암자 유점사 법당 뒤 칠성단을 묻고 팔자에 없는 아들딸 낳아달라고 석달 열흘을……." 그런 가락을 떠올렸다. 윤명과 다연이 그렇게 세월을 엮어나갔다.

황악산에는 과연 '직지사'가 있어 명산의 반열에 드는 것이었다. 1,500년 세월을 헤아리는 직지사는 예사로운 절이 아니다. '불립문자

직지인심 견성성불(不立文字 直指人心 見性成佛)'이라는 구절에 연기하여 '직지사'란 가람이 이루어졌다고 전한다. 문자로 풀자면 말이 서질 않느니. 인간 마음으로 직접 다가가 본성을 발견해야 성불하느니라, 대강 그런 뜻이다. 헌데 이게 가당키나 한 일인가. 시 또한 그러하여, 부실한 언어로는 애초부터 까마득히 먼 길이다. 언어가 끊긴 길에서 언어로 진실을 찾아 나가는 구도행이 시를 쓰는 일이라면, 언어를 벗어나 '직지인심'을 어떻게 할 것인가.

윤명은 황악산에 오르다가 직지사에 들렀다. 대웅전 용마루 위로, 구름 한 점이 걸려 있었다. 그 뒤로 푸른 산이 펼쳐지고 물길은 푸른 소리를 내며 흘렀다. 세월이 자신의 몸을 통과하는 소리가 들리는 듯했다. 모두 잊고 살아야지, 바람 소리에 귀 기울일 일조차 없는 그런 세월이었으면 하는 생각은 간절한 갈망이었다.

윤명은 다연을 따라 산문을 탈출해 나와 가정을 꾸렸다. 다연은 대학을 마치고 취직도 했다. 이어서 다연식품이라는 회사를 차려 운영했다. 당시 자연식이 장수의 비결이라고 불어대는 통에 회사 규모가 날로 커갔다. 아이도 둘이나 낳았다. 윤명은 아이들이 눈에 넣어도 아프지 않을 것 같다던 어른들의 말이 비로소 실감으로 다가왔다. 윤명은 시인으로 등단해서 시집을 냈다. 달구벌화가협회에 나가 그림을 그렸다. 그가 그린 그림이 이따금 팔려나가 돈을 만들어주기도 했다. 그런데 불도의 길을 그만둔 게 가슴에 암 덩어리처럼 걸려 몸이 편하지를 않았다. 그 암 덩어리의 근원은 명자와 끈이 연결되어 있었다.

어느 날이던가 시인은 자기 자신이 살아온 세월이 스스로워 직지사를 찾아간 적이 있었다. 마침 날이 좋아 산은 푸르고 물소리 들리는 골

시인의 강

짜기 위로 산봉우리에 흰구름 한 점이 조용히 떠가고 있었다. 구름을 쳐다보면서 자신은 세월 오고가는 것, 모두 잊고 살고 있느니라고 다짐을 두기도 했었다.

"구름 좋지요?" 시인은 화들짝 놀랐다. 시인이 문협 회장을 맡고 있을 때, 총무를 맡아 도와준 운산(雲散) 스님이었다. 사람 결이 곱고 헌신적이었다. 얼굴이 명자와 빼다 놓은 듯이 닮았다. 운산 스님으로 해서 이따금 명자의 얼굴이 떠오르곤 했다. 잊혀지지 않는 인연이었다. 운산 스님이라면 명자를 구해줄 수 있었을까, 명자의 얼굴이 눈앞에 어른거렸다.

"흰구름은 고향을 등진 나그네의 누이동생이고 천사라잖아요?"

"헤르만 헤세의 시지요?"

"그런데 그건 옛날에 잊혀진 아름다운 노랫가락……. 잊으세요."

운산은 윤명의 가슴 한복판을 꿰뚫어보고 있었다. 지난 세월은 완벽하게 잊은 게 아니라 바람 소리쯤은 듣기도 하면서 살고 있는 자신을 '고백'해야 했다. 마치 남의 이야기 하듯. 그렇게 되니 직지사와 시인 자신이 하나가 되어 자타의 구분이 모호해진 느낌이었다. 대웅전 기와골이 자신의 등뼈 같기도 하고, 가슴 한구석에는 목탁 소리가 그치지 않았다. 그것은 세월의 여울이 내는 물소리였다. 그 무렵 시인은 물에 빠져 허우적거리는 꿈을 자주 꾸었다.

자명은 시인의 시 가운데 '세월'이란 어휘가 하나의 핵심어라고 생각했다. 그리고 시의 구조가 극적으로 마무리되는 것도 눈의 띄었다. 구조 항목은 뒤에 다시 생각하기로 제쳐두었다. 시인이 어떤 땅을 밟고 살았는지가 궁금했다.

황악산의 자연은 단풍으로 형상화했고, 정신은 '직지사'로 그렸는데, 이 시인 고향이 어딘지가 궁금해진 것이다. 시인에게 고향은 시적 상상력의 원천이 되기도 했다. 자명은 석영인에게 전화를 했다.

"황시인 적실한 황악산인이데, 고향이 어딘지 아시는가?" 혹시 황악산에 특별한 인연이 있을까 싶어서였다.

"고향이 시에 영향을 미치는 건 알지만, 본질적인 게 아니면 지나가고 텍스트에 집중하는 게 낫지 않겠소?"

"시인의 생애가 시를 이해하는 실마리를 풀어주기도 하지 않소?" 맞아, 경상도 모르고 목월을 어찌 알겠는가……. 그런 얘기 중에 석영인이 대답했다.

"아마 충청도 사람인 걸로 아는데, 부여던가 공주던가……." 대답은 확실하지 않았다. 읽다 보면 어딘가 단서가 있겠지, 하면서 작품을 뒤적여보았다. 자명은 「금강」이라는 작품에서, 아 그렇구나, 청바지 무릎을 쳤다. 자명은 일상 청바지를 즐겨 입는 편이다.

시인이, '어머님 젖줄을 물고 눈을 뜬 고향'이라는데, 그게 부여면 어떻고 공주면 또 무슨 상관일 것인가. '소나기에도 뛰지 않는 그 선비의 옷자락'과 '강물이 흐르듯 그 느린 보법을 익혀 배운 사람'이라면 가히 세월을 이야기할 자격이 있어 보이는 것이었다.

윤명이 충청도 여자 다연과 결혼하고 십여 년 가까이 될 무렵이었다. 학교에서 아이의 부모 고향을 알아오라는 숙제를 냈다. 그때만 해도 본적지를 찾아가야 호적등본을 뗄 수 있었다. 윤명이 부여군 홍산면 면사무소에 들렀다가 중학교 동창 강운무를 만났다. 강운무는 면소재지 대장간집 아들이었다.

"어어이, 윤명! 중질은 때려치운 거여?" 아무리 불알친구라지만 말이 상스러웠다. 이어서 하는 얘기가, 가사 벗었으면 고기도 먹고 술도 하겠네, 잘되었다, 볼일 보고 같이 나가자는 것이었다. 윤명은 아니라고 손사래를 칠 수가 없었다. 그럴 일이 있었다.

　충청도? 자명은 잠시 멈칫하고 생각을 가다듬었다. 자신이 충청도 출신이었다. 충청도라는 지방색을 중심으로 글이 흘러가는 방향을 어림잡고 있었다. 어머니 젖줄을 물고 금강 유역 어디선가 태어났다는 것. 그런데 그 땅 사람들이 소나기 맞아도 뛰지 않는 느긋함이 느린 강물의 흐름을 닮은 보법이란다. 금강에서 황악산 그늘로 달려왔으니 뭔가 달라졌을까. 달라질 까닭이 없다. 세월도 가라앉힌 그 흐름이기 때문이다. 충청도니 경상도니 하는 구분이야 행정 편의를 위해 가른 것일 터. 아무튼 이 나라 땅을 구석구석 밟고 다닌 족적이, 그리고 그 나들이마다 시를 엮어내는 노력이, 자명은 자신과 닮았다는 생각을 하면서, 혹시 같은 띠 아닐까 짐짓 짚어보았다. 자명은 무자생 쥐띠였다. 쥐의 직성을 타고나면 부지런해야 먹고산다는 데는 대차가 없다. 시인은 충청도 기질이 여실해서, 강물의 느린 보법을 익힌 터라, 세월도 가라앉히는 무자생 글벗이라는 생각으로, 자명은 공연히 몸이 가벼워졌다. 글이 잘 풀린다는 생각으로, '사주'라는 걸 생각하고 있었다. 자명으로서는 주책스런 일이었다.

　다연은 윤명과 만났을 때, 사주를 보러 가자고 했다. 윤명은 그럴 생각 없다고 고개를 저었다. 사주 본다는 이들이 가끔은 남의 과거를 들춰서 난처한 지경에 빠지게 하기도 하는 걸 잘 알았기 때문이었다. 윤명은 다연의 제안을 맵차게 물리쳤다.

　"사주, 그거 다 제가 만들면서 사는 거라구. 윤명 씨 문학 하고 싶으면 하세요. 인간사 가장 기본은 먹고사는 거 아니겠어요? 나는 식품 공부했으니, 이어서 공부 조금만 더 할랍니다." 공부를 하고 말고 하는데, 사주를 따라 한다는 게 우스운 일이었다. 아무튼 다연은 회사 일을 하는 중에 대학원에 등록했다.

　다연이 사는 데 힘이 실리면 실릴수록 윤명은 일종의 열패감에 휩싸였다. 그 열패감을 다스리기 위해서라도 시 부지런히 쓰고 그림에 몰두해야 했다. 담배 한 대, 맥주 한 컵 하는 사이 사이마다 명자의 그림자가 어른거렸다. 명자는 자기도 그림을 그린다고 팔레트를 들고 윤명에게 다가들었다. 그럴 때마다 윤명은 먹물 묻은 붓을 든 채 눈을 문질렀다. 눈가가 꺼멓게 젖어들어가곤 했다.

3

　윤명은 아들 둘을 두었다. 다연은 학위를 받아 회사 사무실에 학위기를 떠억하니 걸어놓았다. 윤명은 대견하다는 생각으로, 자신은 자신의 길을 잘 가야 한다고, 촌각을 아껴가며 시를 쓰고 그림을 그렸다.

　애들 기르느라고 여행은 생각도 못 하고 지냈다. 애들 커서 대학가면 여행도 하고 그러자는 약속을 몇 차례나 연기하며 지냈다. 부지런히 돌아다닐 직성을 타고난 사람이, 처박혀 사는 건 하늘의 이치를 어기는 짓 아닌가 그런 희한한 생각도 들었다.

　무자생 쥐띠인 자명은, 밤새 반자 속에서 덜덜거리며 줄달음치던 쥐처럼 돌아다니길 잘한다. 해서, 여행 중에 시상을 얻은 작품들을 보면 눈까지 반짝인다. 시인의 시집 제3장에 모아져 있는 작품들은, 굳이 분류하자면 '여행시'들이었다. 풍경이, 유적이, 경치가 '끝내주게 좋더라' 한마디로 품평이 끝나는 여행은 싱겁기 짝이 없다. 여행 가서 구경한 곳마다 시 한 편 건진다면 여행은 그것만으로도 본전 빠지는 일이다. 여행객의 정서와 사념이 시로 형상화되어 내면에 안착하기 때문이다. 사실 이건 자명이 석영인과 더불어 여행하는 과정에서 애써 실천하는 일이기도 하다. 그래서 자명의 여행은 고단하다. 타지마할에서도 그랬다.

자명은 시인의 「타지마할」을 소리내어 읽었다.

"무굴국 꽃잎들이/내려앉은 타지마할//사랑의 불길인가/마지막 저 꽃상여//발길이 닿는 곳마다/향기가 묻었다." 그렇게 나가다가 "긴긴 날 잠못 이룬/징소리 울음으로//그날의 그 사람들/환생하여 앉은자리//칠보(七寶)로 다듬은 기둥", 거기까지는 자명이 알고 있는 타지마할의 외관을 적실하게 읊고 있었다. 그런데 끝구절 "묻어나는 핏자국"에서는 자명의 경험과 맥이 상통하는 것이었다.

자명은 인도를 두 차례 여행했다. 타지마할을 두 번 볼 기회가 있었다. 여행의 공동 체험은 의식과 미감의 공동성을 기대하게 한다. 시인이 설명을 달아놓은 것처럼 타지마할은 인도 무굴제국 황제 샤 자한이 왕비 뭄타즈마할이 일찍 죽자, 그 왕비의 영묘로 지은 건물이다. 타지마할은 '찬란한 무덤'이란 뜻이라 한다. 22년 동안 연인원 2만 명을 동원하여 공사를 진행했다. 국가 재정이 파탄날 지경에 이르자 공사가 완결된 뒤 10년이 지난 때, 막내 아들 아우랑제브가 반란을 일으켜 자기 부친을 아그라 요새에 있는 무삼만버즈라는 탑에 가두어버린다. 샤 자한은 8년이나 자기가 지은 요새에 유폐되어 타지마할을 쳐다보며 한숨으로 시간을 죽였다. 끝내는 수로를 차단했기 때문에 갈증 속에서 굶어죽었다. 멀리 타지마할의 자태를 바라보면서였다.

그런데 자명이 기억하는 걸로는, 타지마할이 절품이기 때문에 더 이상 그와 같은 건물을 못 짓게 하기 위해 공사에 참여했던 장인들의 손목을 모두 잘라버렸다는 것이다. 이를 시인은 시인이니까 시 속에 그대로 적어넣기 어려웠던지 각주처럼 달아놓았다. 이 시의 미덕은 시인의 시각이 다중화되어 있다는 점 때문이라고 자명은 생각했다. 시인은 사랑의 불꽃으로 빚어진 마지막 꽃상여에서는 향기를 맡는다. 그러면서 긴긴날 징소리 울음으로 고통을 견뎌낸 석공들의 울음을 듣기도 하고, 이들이 환생한 환영을 보는 가운데 칠보로 다듬은 기둥에서 핏자국을 보기도 하는 것이다. 자명은 시인의 이 다중시각에 홀딱 반해서 다른 시는 안 읽어도 좋겠다는 생각을 했다.

다만 갠지스강은 다시 인도의 기억을 더듬게 한다. 자명이 인도를 여행하는 중에 갠지스강엘 꼭 가보고 싶어 했던 까닭은 바라나시에 들러 삶과 죽음이 어떻게 함께 강물로 흘러드는가를 보고 싶어서였다. 시인은 역시 시인답게 인도를 여행하는 중에 '갠지스강에 앉아' 있었다. 어쩌면 자명 자신의 옆에 앉았던 동양인 사내가 황시인이 아니었을까, 그런 생각도 들었다.

타지마할을 돌아보고 나와 찻집에서 쉬고 있을 때였다.

"자기 말유, 나 죽으면 어떤 무덤 만들어줄래요?"

"죽기는 내가 먼저 할 것이니, 그런 걱정 놓고 열심히 살기나 하시우. 세월 참……."

"세월이 어때서요?" 윤명은 대답을 하지 않았다. 강운무를 만났던 일이 떠올랐다. 여자애의 이름이 명자였다. 안명자……. 명자는 말했다.

"나는 무덤 옆에 있으면 마음이 참 편안해져요. 오빠가 같이 있으면 더 그렇고. 난 오빠가 너무 좋아."

"정말이지?"

"오빠 옆에 있으면 무덤에 들어간 것처럼 편안하다니까."

"무덤에 들어간 것처럼 편해?"

"응, 우리 할아버지 할머니 이장했잖아? 그런데 하얗게 탈색된 인골이 나란히 누워 있는 게 너무 편안해 보이는 거야. 우리도 같이 죽으면 그렇게 되겠지?"

"죽음은 삶 뒤에 오는 거야."

"저 무덤은 소박맞고 목 매달아 죽은 여자 무덤이야. 또 저어기 저 무덤은 애인이 변심해 달아나니까 양잿물 먹고 죽은 여자 무덤이구 먼……." 윤명은 명자의 상체를 팔을 둘러 끌어안고 입을 막았다. 나는 혼자 안 죽어, 죽어도 그렇게는 안 죽어……. 윤명은 명자의 정신이 온 전하지 못하다는 생각을 하면서 묘지를 먼저 벗어났다. 그 후 만날 때 마다 명자는 먹을 걸 챙겨와서는 공동묘지에 가자는 것이었다. 그리고 는 무덤의 내력을 줄줄이 읊었다.

"사람 죽는 거 별거 아냐. 문턱 하나 넘으면 저세상으로 갈 수 있어."

"그런 이야기를 왜 여기서, 나한테 하는 거지?"

"살아 있는 날들이 아름답다는 거지. 저기 나뭇가지 끝에 살랑거리 며 불어가는 바람, 그게 우리들 영혼이야. 우리 영혼이 다 날아가면 우 린 무덤 안으로 들어가지."

"뭐 하는 소리야?" 윤명은 명자의 어깨를 잡아 흔들었다.

"진달래 꽃비 오는 서역 삼만 리……. 아롱아롱……. 같이 갈 거지?"

윤명은 명자가 차츰 두려워지기 시작했다. 아무래도 일을 저지르고 말지 싶었다. 명자의 눈 속에 구름이 흐르고 있었다. 그것은 금방 물고 기 비늘처럼 번득이는 빛이 되었다. 명자는 발돋움을 하고 팔을 하늘 하늘 흔들면서 옷을 벗기 시작했다. 윤명은 잔디밭에서 일어나 도망치 듯 산자락을 벗어나 마을로 내려왔다. 길목에 강운무가 지키고 서 있 었다. 그것은 "세상 모든 것 벗고/알몸으로 살랍신다." 하는 갠지스강 의 외침과는 사뭇 먼 길이었다.

갠지스강이라는 작품을 앞에 두고, 자명은 어떤 기시감, 즉 데자뷔에 빠졌다. "구름 한 점 걸고 앉은/푸른 산 푸른 물길"이라는 구절 때문이었다. 직지사를 싸안은 황악산 하늘에 떠 있던 구름이 갠지스강까지 따라온 모양이다. 이 사태를 어떻게 보아야 하는가, 자명은 잠시 혼란스러웠다.

그 혼란은 화장장 장면을 쓴 시를 보고는 다소 정리가 되었다. 갠지스강 일출을 보기 위해서는 새벽 서너 시부터 서둘러 출발해야 한다. 아마 시인도 그런 일정이었을 것이다. 아침 강물 위로 뜨는 북새는 그야말로 신굿을 하는 자리에 참여하여 느끼는 무열(巫悅)처럼 황홀하다. 밤샘의 산고 끝에 떠오르는 태양은 가히 처연한 울음이다. 그 자리 옆에 화장터가 있어 '생과 사가 하나'인 것을 일깨우기도 할 터. 그런데 시인의 눈에 비친 화장터는 너무 정화되어 있었다. 해탈한 영혼들이 강물이 되어 흐른다면 얼마나 좋겠는가. 자명은 「갠지스 풍경 1」을 손에 들고, 제목을 다시 쳐다보았다. 그것은 갠지스강 '이야기'가 아니라 '풍경'이었다.

神굿으로 열어놓은/일출의 갠지스강//밤샘 산고의 아픔/첫 울음의 자리인가//生과 死 하나인 것을/無言으로 전한다.//犬公도 두눈을 감고/話頭를 들었는가//오늘도 해탈의 길/그들은 밟아가고//화장장 타는 영혼들/강물 되어 흐른다.

시인이 '신굿'이라 써놓고 나니 명자의 기억을 불러왔다. 명자는 강물을 따라 떠내려가려도 녹지 않는 놋쇠 화로를 닮은 여자였다. 명륜은 진저리를 쳤다. 영혼이 강물이 되어 흘러도 기억은 역류를 거듭했다. 윤명은 아내 다연에게 빚을 지고 산다는 느낌으로 시달리며 지냈다.

인도를 여행하면서 다연은 윤명의 옆에서 이런 소리를 했다.

시인의 강

"생과 사가 정말 하나일까? 아닌 것 같아. 삶이 지속되다가 그게 끝나는 문턱에 죽음의 팻말이 서 있는 것 같아."

"무시무종인데…… 삶과 죽음이 따로 각각일까……." 다연은 푸우 한숨을 쉬고는 남편 윤명의 손을 슬그머니 잡았다. 손이 거칠었다. 일하고 공부하는 과정에 그리 된 모양이었다.

그러나, 아니 그래도, 소설가 자명이 본 갠지스 강가의 화장장은 시인이 본 풍경과는 사뭇 달랐다. 무질서의 아수라장이었다. 그 아수라장에 가이드와 화목과 메리골드, 그리고 불자리의 위치가 돈으로 거래되었다. 가이드가 이끌고 가서 보여주는 화장장의 현장은 멀고 가까움이 달러 액수로 결정되는 것이었다. 화장용 화목은 저승 입구에 놓고 죄의 무게를 다는 저울처럼 커다란 천칭인데, 돈에 따라 화목의 종류와 양이 결정되었다. 있는 사람들은 자작나무 장작을 쓰고, 없는 이들은 공사장 폐목을 썼다. 그리고 이들은 주검을 금송화-메리골드로 장식하는데 돈 액수에 따라 꽃의 화려하고 초라함이 결정되었다. 있는 사람의 불자리는 큼직하니 언덕에 위치하고 없는 이들의 불자리는 구석지에 처박혀 초라했다. 자명은 생을 마감한 다음에 얼마짜리 의식으로 이승을 떠날까를 잠시 생각하기도 했다. 시신 타는 냄새가 역하게 코로 비집고 들었다.

여행은 모험과 깨달음이 동반되어야 비로소 제값을 한다. 시인이 여행지에서 시 한 편을 얻는 것은 여행의 가치를 높여준다. 고비 사막도, 바이칼 호수도, 또 어디 어디, 시인이 가는 곳마다 시인은 여행의 가치를 창출하는 것이었다. 그래서 자명은 본업이 소설이면서도 여행지에서는 시를 쓰곤 한다. 그 시로 인해 자명은 시인과 짙은 동지애에 빠지는 게 아닌가 생각했다. 이렇게 빠져들다 막다른 골목에 이르는 건 아닌가, 엉뚱한 걱정도 일어났다.

명자가 강신굿을 한다고 했다. 강운무가 신장대를 잡고 신이 내리기를 기다리고 있었다. 무녀가 아무리 징을 쳐대고, 박수가 장구를 빠르게 쳐서 울려도 신장대는 꼼짝을 하지 않았다. 강운무는, 네가 명자 남편감이니 신장대를 한번 잡아보라고, 대를 들고 일어나 윤명에게 억지로 떠맡겼다. 윤명은 이건 아무리 생각해도 자신의 길이 아니다 싶었다. 윤명은 굿판을 벗어나 공동묘지를 지나 집으로 돌아왔다. 명자에게서 헤어나기 위해서는 어디론가 자취를 감추지 않을 수 없었다. 그러나 부모와 형제들이 발목을 잡았다.

4

명자의 몸에서는 시리고 비린 바람이 일었다. 살에서 풍기는 향기는 시렸고, 명자가 지폈다는 신은 비린내를 풍겼다. 정체를 알 수 없는 존재가 되어가고 있었다. 윤명은 애써서 인간이 본래 그렇게 알 수 없는 존재라는 생각을 하기도 했다. 그러나 두려움은 가시지 않았다. 그것은 유혹이기도 했다. 명자는 규명할 수 없는 존재였다. 살갑게 다가오는 게 실상인지 신의 이야기를 읊는 게 명자의 본래 모습인지 가늠이 안 되었다. 그 무렵 강운무는 이웃 동네 박수를 따라다니면서 쇠와 북 장구 다루는 법을 익히고 있었다. 아무튼 강운무 또한 존재가 규정되지 않는 그림자 없는 인간으로 비쳤다. 윤명이 시인으로 등단한 것은 그 무렵이었다.

시인의 강

시인은 하나의 어휘로 규정되지 않는 존재다. 자명의 고집스런 주장이었다. 아니 마땅히 그러해야 한다는, 시인을 하나의 유파나 이념으로 규정하지 말라는 건 정언명령적 도덕률이나 마찬가지였다. 시인은 물론 인간은 부단히 생성되는 존재라야 한다는 뜻에서 그런 생각이 빚어져 나왔다. 그럼에도 황시인의 시에서는 '세월'이라는 시어가 시집 전체를 휘감는 터라, '세월의 시인'이라고 명명하고 싶어지는 유혹을 뿌리치기 어려웠다.

세월의 무상함이 어찌 공자만의 감각이겠는가. 박인환의 「세월이 가면」을 비롯해서, 박남수의 시에 김연준이 곡을 붙인 「안타까움」에 이르기까지, 인생을 노래하는 경우 세월 이야기 않는 시인이 어디 있던가. 그런 점에서 세월은 보편성을 띤 시인들의 화두 아니겠나, 인간은 시간적 존재인 것, 자명은 그런 생각을 했다. 「바람의 빛깔」이란 작품에 눈이 갔다.

세월 속 자리잡은/바람 빛깔//바람의 문신/내 가슴에 빛깔인가//더러는 꽃샘에 몸살 아픈 흔적도 있다.

바람의 빛깔? 자명은 빙긋이 웃었다. 시의 고수라야 이런 한 구절을 얻을 수 있는 게 아닌가 해서였다. 그런데 그 바람이 자리잡은 곳은 '세월 속'이다. 그렇다면 자연스럽게 세월도 빛깔을 띨 터였다. 바람은 또 자기 몸에 문신을 새겼다. 그런데 그게 자신의 가슴 빛깔로 전이된다. 돌아보니 꽃샘(바람)에 몸살을 해서 앓던 흔적도 거기 새겨져 있다. 이렇게 세월을 다양한 형상으로 그리는 일은 간단치 않는 솜씨란 생각이 들었다. 좋다!

황시인의 은유는 복합적 · 중층적으로 구사되어 있어 로제티 류의 시와는 스스로 구분되는 터였다. 자명이 자주 쓰는 용어로는 '공감각적 은유'를 구사하는 발상이 격이 높은 것. 그러니 세월이 그저 흘러가는 세월이 아니라 바람과 더불어 색채의 변신을 거듭하는 세월이 된다.

자명은 「목어(木魚)」라는 작품을 골라 손에 들었다. 거기에도 세월이 자리잡고 있어서였다. 세월이 아니라 인간의 얼굴이 어려 있어서였다.

두견새 울 때마다/초월(初月)로 걸린 얼굴//햇살을 쓸어 담아/화주(花酒)로나 빚은 세월

윤명에게 일상은 거대한 산이었다. 그런데 '산 밖에 또 산 그림자'가 어른거리고, 겹겹으로 싸인 '그 길'을 윤명은 걸어가고 있었다.

강운무가 윤명을 찾아왔다. 칼자국이 오른쪽 볼에서 턱밑까지 길게 나 있고, 아직 덜 아물어 핏물과 진물이 뒤엉켜 지눌거렸다. 눈에서는 불꽃이 일렁거렸다.

"윤명이 자네가 떠나는 게 좋을 것 같네. 명자를 생각해서 하는 얘기가 아니라 자네를 위해서 하는 말이네. 자네가 가까이 있으면 명자는 아무래도 오래 못 갈 것 같아."

"거어 무슨 몹쓸 얘긴가?"

"나하고 같이 신을 받았는데, 나한테 자네 모습을 보는 모양이야. 일을 저지를 것만 같아. 뒷일이야 내가 감당할 테니 자네가 떠나게." 신굿에서 신이 안 내려 신장대를 윤명에게 떠맡기던 강운무가 신을 받았다는 것은 뜻밖이었다.

강운무는 잠시 멈칫거렸다. 그러다가, 금강을 배경으로 둘이 나란히

뭣동에 앉아 찍은 사진을 윤명에게 넘겨주었다. 아마, 내 고향 뒷동산 잔디밭에서 손가락을……. 약속한 순정……. 그런 노래도 불렀던 것 같았다.

둘이 하는 이야기를 윤명의 어머니가 듣고 있었다.

"속이 허해서 그런 모양이여. 가난에 찌들려 속이 허해지면 그렇게 헛것을 보기도 허느니……. 그런데 해필이면 그 헛것이 윤멩이 너란다냐……. 츳츳."

"내 자네 믿고 내려가네……. 우리가 언제 다시 만나려나……."

그날 저녁 윤명의 어머니는 잉어 두 마리를 구해 왔다. 그리고 윤명에게 그걸 명자네 갖다 주라면서, 치마꼬리에 찬바람을 달고 성황당으로 올라갔다. 어머니가 '서낭당'에서 내려오기 전에 윤명은 마을을 벗어나 산고개를 넘었다. 저 아래로 명자와 같이 누워 안고 뒹굴던 무덤들이 오밀조밀 모여 있는 게 보였다. 그 무덤들은 명자의 풍만한 젖가슴을 꼭 닮아 보였다.

자명은 윤명의 이야기 가닥에서 벗어나 다시 「목어」로 돌아왔다. 하긴 '목어' 그 자체가 은유였다. 잘 알려진 것처럼, 목어는 범종, 법고, 운판과 더불어 불가사물(佛家四物) 가운데 하나다. 목어는 수중생물들의 혼령이 저승으로 천도하길 기원하는 데 쓰는 악기다. 겉은 화려하게 채색되었으되 속은 훑어내어 '속없이' 밤새 눈 뜨고 법을 지키는 물고기가 되었다. 그 모양이 초승달 닮았는데, 두견새 울음이 거기 담기기도 한다. 햇살을 쓸어담아 세월을 빚으면 그게 '꽃술—花酒'처럼 알알하고 황홀하게 번져온다. 시인은 목어 두드리는 소리를 들으며 멀리 눈길을 준다. 그리고 천천히 거닌다. 멀리 산 그림자가 지고 그 밖으로 또 산 그림자가 어린다. 그 속을 거니는 시인은 화주에 취해 월인의 강물에 유영하는 것이 아닌가 싶었다.

조짐이 예사롭지 않다, 윤명의 시를 읽을수록 어딘가 짙은 그림자가 드리운 느낌이었다. 문협 인사들과 일을 한다는 게 글로 시작해서 술로 끝나는 일정이었다. 윤명은 타고난 육덕도 있고 해서 주량이 제법 컸다. 그리고 아침에 찬물 한 그릇 마시면 나름 거뜬했다. 술로 말하자면 예총에서도 마찬가지였다. 문인협회보다 예총이 인간관계가 더욱 복잡했다. 시인과 화가와 무용가, 그리고 사진작가도 끼었고, 예술 각 영역의 평론가도 회원으로 활동했다. 술에서 술로 이어지는 생활이었다. 그러나 신통한 것은 아직 손이 떨린다든지, 간이 이상이 있다든지 그런 조짐은 없었다.

"손 떨리면 그림 못 합니다."

"자아, 손 떨리지 않을 때 한 잔!"

그리고 늦게 집에 들어가는 날이면 다연은 책상에 앉아 논문을 쓰다가 투정을 했다.

"허무의 늪에서 건져주니까, 이제는 술독에 빠져 죽을라고 그래요?"

"까짓것, 문턱 너머가 저승이야."

"당신 정말 죽고 싶어서 그러는 거예요? 나도 칼은 쓸 줄 알아요."

"붓이 칼 이긴다는 거 몰라서 하는 소린가?"

"당신을, 이 징그런 윤명을 칼도마에 올리면 안 되잖아⋯⋯!" 그런 모진 소리는 처음 있는 일이었다.

윤명이 죽는 이야기를 하면, 다연은 기절할 듯이 몸을 떨었다. 그리고는 꿀물을 타서 윤명 앞에 내놓았다. 윤명은 벌컥벌컥 마시고는 침대에 누워 코를 골았다. 그렇게 몇 해를 지낸 어느 서리 아침이었다.

"발이 자꾸 헛놓이네. 나 좀 부축해줘요." 다연은 올 것이 왔구나 싶어, 남편을 차에 태워 가지고 달구벌종합병원으로 달려갔다. 뇌졸중이라는 것이었다. 다만, '가벼운'이라는 말을 덧붙였다. 가볍거나 무겁거나 그게 중풍이라는 거 아닌가. 회갑을 갓 지난 나이였다. 남편을 부축하면서 다연은 속으로 울었다. 자신이 지은 업이었다.

자명은 석영인에게 전화를 했다. 말하자면 작중인물이 실재하는 인물을 불러오는 셈이었다.

"저어, 황시인 이 양반 몸이 어디 불편한 데 있답니까?"

자명의 질문에 석영인은 좀 망설이는 눈치더니 이런 대답을 했다.

"전에 대강 이야기한 거 같은데, 그 나이 되면 누구나 겪는, 그런 미약한 충격이 있었던 모양입디다. 중풍이 가볍게 지나갔다고 하는데……." 자명은 공연한 걸 물었다는 생각으로 가슴이 멍쿨해졌다.

자명은 자기 스스로 상상을 동원해서 동갑내기 시인의 몸을 더듬어보기로 했다. 정신과 육체를 갈라보는 방법은 사실 저급한 사유였다. 니체에게 죽음을 당한 신은 정신이란 신이었다. 니체를 이어 메를로퐁티에 와서 몸의 철학이 자리잡는다. '몸이 한 인간의 전부다.' 몸이 망가지면, 한 인간의 전체가 망가지는 것이다. 인간이 망가지면 이전에 살아오던 방식과 단절을 해야 한다. 가능성으로 남아 있는 미래를 포기해야 한다. 절망이다. 긴 시간을 지나 몸이 회복되기도 한다. 그렇다고 한 인간의 전체가 살아나는 것은 아니다. 허무의 독한 기운이 몸에 가득하고 좌절의 기억만 남게 된다. 지나간 시간은 회복이 불가능하다. 몸으로 아무것도 할 수 있는 게 없을 때, 한 인간이 도모할 수 있는 게 무엇이겠는가. 자명은 거기까지 써 나가다가 혼자 중얼거렸다.

"이건 발문이 아니라 소설이잖아, 제길할……." 처음부터 그렇게 비벼 넣기로 작정한 것이지만, 이대로 발문이라고 내놓기는 맘이 안 찼다.

당신 시 읽었노라는 이야기를 하는 터에, 글의 형식이 무슨 걸거침이 될 것인가. 그러나 생각해보면, 묵묵히 앉아 인적이나 헤아린 '한 세월'의 끝자락을 구태여 확인할 필요가 어디 있는가 하는 생각이 밀려왔다. 당신의 고향 동구쯤에 펼쳐놓은 수묵화가 궁금했고, 묻어둔 솔씨 하나가 청산으로 눈을 뜬다는 그 소망이 어떤 것이었는지가 궁금할 뿐이었다.

시인이 더불어 세월을 건너는 방법에 예술적 감각이 놓여 있을 거라는 기대로, 자명은 부풀어 오르기 시작했다. 해서 그의 그림들을 다시 더터보았다. 시인이 아무리 애용하는 시어라도, 속된 말로, 조자룡이 헌 창 쓰듯 하면 안 된다는 한마디를 꼭 해야 하나, 그런 의문을 되씹으면서였다.

윤명은 명자의 쾌잣자락에 감겨들곤 했다. 그럴 때마다 술을 마셨다. 명자의 그림자는 시로도 그림으로도 걷어내지지 않았다. 전쟁에 나갔다 돌아오지 않는 남편을 기다리다가, 베틀에 앉아 꼿꼿이 말라 죽었다는 외할머니의 형상이었다. 사실 따지자면, 윤명이 명자와 서로 몸을 어루만지며 지낸 일은, 기억에 오래 남을 아무 건덕지도 없는 한갓된 통과의례 같은 것이었다. 그러나 그 기억은 상상 밖으로 검질겼다.

5

사실 자명은 황시인이 '시조시인'이라는 점을 크게 드러내지 않고 이야기를 전개해왔다. 시조(時調)라면 민족문학의 고유한 형식으로 상찬되어 왔다. 그러나 문학사의 전개에 따라 부침이 있었던 것은 사실

시인의 강

이다. 시조는 크게 보면 서정 장르고 따라서 '시'이다. 하위 장르를 강조할 때는 '시조'이고, 시조시인 윤명의 작품은 시조 가운데도 '현대시조'에 해당한다.

궁금한 거 그냥 놔두고 못 견디는 자명은, 석영인에게 물었다. 황시인이 누구 추천으로 등단을 했는가 하는 물음이었다.

"글쎄, 여기 이 인근은 백수 정완영 선생의 영향으로 시조문학의 한 맥을 형성하고 있기는 한데……." 그 이상은 자신이 없는 모양이었다. 문학적 영향은 구체적인 경우도 있지만 그 지역의 문화적 분위기에 영향을 받는 터라서, 더 자세한 걸 캐고 싶지는 않았다. 구태여 영향을 규명하고자 한다면, 시인을 어떤 올가미에 묶어둘 수도 있는 게 아닌가 싶었다.

뒤에 안 일이지만 석영인 또한 아직까지 황시인과는 직접 교감이 없다는 것이었다. 시인의 아내가 근무하는 재단에 특강을 부탁해서 갔던 적이 있었다. 회사가 '다연식품'이니만큼, 식생활과 언어의 문화적 연관에 대해 이야기를 해달라는 요청이었다. 석영인은 '밥과 술의 기호론'이란 주제로 이야기를 펼쳤다. 밥은 목숨을 살리고 술은 멋을 돋군다는 주제였다. 그래서 밥과 술을 적절히 즐기자는, 한갓진 이야기였다. 청중 가운데 손을 드는 여성이 있었다.

"술은 사랑을 일궈내나요, 잦아들게 하나요?"

"술은 물에 녹아 있는 불입니다. 사랑의 불길을 일구다가, 불기운 다 빠지고 물만 남으면 사랑의 불은 저절로 꺼집니다. 말하자면 술은 삶과 죽음의 문턱과 같은 기호론적 특징을 지닌 말입니다." 사랑의 불이 꺼진다는 것은 사람이 죽는다는 뜻이란 설명을 덧붙였다.

강연이 끝나고 다연 회장은 석영인을 자기 집무실로 안내했다. 따로 하고 싶은 이야기가 있는 모양이었다.

"이거 얼마 안 됩니다. 받아두세요." 봉투가 제법 두툼했다. 석영인은 다연 회장과 같이 사는 사람은 누군가, 그런 엉뚱한 생각이 들었다.

"듣기로는 부군께서 시인이라고 하던데……." 석영인은 다연 회장에게 조심스럽게 물었다.

"그 양반 말이지요, 어디 시인뿐인 줄 아세요, 어떤 전시회에서 특선을 하기도 하고, 개인전도 몇 차례 연 한국화 화가입니다." 석영인은 다연 회장을 지그시 건너보았다. 예술가의 아내, 생애가 예사롭지 않아 보였다.

"그래요, 요새는 어떤 작업을 하십니까?"

"작업이라니요……?" 가당치 않은 질문이라는 듯한 반응이었다. 가벼운 중풍이 와서 고생하기는 했지만, 몸이 우선하게 회복이 되었고, 그러면 무언가 하던 일을 다시 시작해야지, 도무지 손끝 하나 까딱 않고 금방 무덤을 찾아 드러누울 것처럼 하늘바래기를 할 뿐이라는 것이었다.

"우리 그 양반 뭐라도 좀 하게 하려면, 원고 정리해서 시집이라도 묶으라 하고 싶은데, 석교수님 서울에서 활동하시고 출판 분야에 발이 넓으실 터이니 한 군데 소개해주세요." 남편을 움직이게 하려고 기울이는 아내의 노력이 배어나는 이야기였다.

"우선 원고 정리해서 묶어놓으세요. 제가 알아볼 만한 데가 있을지……."

"꼭 부탁입니다. 절에서 목탁 두드리며 천수경이나 외다가 죽게 내버려둘 걸 후회가 들기도 해요."

"후회는 언제 하더라도, 항상 이미 늦은 겁니다." 다연 회장이 자리에서 일어나 석영인의 손을 잡았다. 여자 손답지 않게 거친 손길이 느껴졌다.

다연 회장은 멈칫거리다가 부탁을 확인했다. ……그런데, 우리 남편이 아까 말씀하신 물에 녹은 불에 치여 폐인이 되다시피 했습니다. 술에 치여 넘어졌다 일어난 이후 도무지 아무 의욕이 없어서, 그림자처럼 삭아간다는 것이었다.

그렇게 해서 시집 출판을 도와달라는 부탁을 받게 되었다는 사연이었다. 따져보면 좀 맹둥한 인연이었다. 그런 인연에 끼어든 자신이 과도한 공감에 빠지는 게 아닌가, 그런 회의의 그림자가 설핏 스쳤다.

자명은 '오늘'이라는 말을 중히 여기는 편이다. 그래서 글을 쓰면서 오늘이 며칠이라는 걸 본문에 적어넣기를 잘 한다. 오늘이 2020년 8월 8일, 자명이 기거하는 용인 '시인의 숲'은 폭우 속에 뒤눕는 중이었다. 비가 개면 김장도 심어야 할 터. 그러고 보니 어제가 입추, 여름 다 간듯 허전하다. 비가 잠시 멎자 어디선가 매미 소리가 가늘게 들려온다.

문득 정완영 선생의 '여름도 떠나고 말면 쓸쓸해서 나 어쩔고' 하는 시조 구절이 떠올랐다. 정완영 선생의 작품은, 일반적인 시 형식으로 보자면 두 연을 한 작품으로 묶었고, 시조로 보자면 두 연으로 한 작품을 삼은 연시조였던 기억이 났다. 황 시인은 많은 작품이 단시조 두 수를 하나로 묶은 연시조 형식을 즐겨 채택하는 편이었다. 그런데 정격 시조의 한 행을 둘로 갈라 이미지를 선명하게 부각하는 수법을 썼다. 구조적 긴장을 이루는 것도 시행을 갈라 쓰는 데서 가능해진다. 시조 형식을 의식하고 읽지 않으면 12행 정형성을 띤 시처럼 보인다. 그러한 형식적 간결성은 일종의 자기 다스림 같은 것이었다.

자명은 시집 원고를 뒤져 「풍악(楓嶽)」이란 작품을 책상머리에 내놓았다. 작품을 들여다보다가, 이런 호쾌한 시조도 있는가, 자명은 감탄을 내뱉었다. 가곡으로 만들어져 많은 이들이 애호하는 〈그리운 금강산〉과는 사뭇 달랐다. 한상억 시인은 금강산을 "누구의 주재(主宰)런가 맑고 고운 산……"으로 그린다. 황시인은 달랐다. 금강산을 천하의 도적으로 둔갑을 시켜놓고 있는 게 아닌가. 자명은 그런 파격이 화가의 시각으로 바라볼 때라야 가능하리라고 짐작했다.

화가의 시각을 이야기할까 하다가, 자명은 머리를 옆으로 저었다. 시조의 형식을 이야기해야 할 자리이기 때문이었다. 자명은 시 형식의 간결성에 대해 몇 가지 생각을 가다듬었다.

앞에서 황시인의 복합적 시각에 홀딱 반했다는 식으로 얘기했던 걸 바꾸어야 하나, 자명은 습관처럼 머리를 저었다. 그런 면도 있고 다른 특성도 있지 않겠나 싶어서였다. 시/시조는 언어예술이다. 그런데 시의 본연은 언어의 본질을 외돌아가는 데 있다. 언어기호로 예술작품을 만들겠다는 시도는 백척간두에서 진일보를 하명 받은 구도자의 처지와 다를 바가 없다. 말로 하되 말을 줄여야 한다. 말을 줄이되 할 말은 해야 한다는 모순 상황에 빠지게 된다. 시의 형식은 말을 최소한으로 줄여서 하되 할 이야기 다 하자는 예술 의지에서 빚어져 나온다. 그러자면 무시간적 순간을 포착하는 감각 운용이 가능해야 한다.

자명은 「풍악」을 예로 들어 이야기하고 싶었다. 「풍악」은 세상을 뒤엎을 만한 대도(大盜)의 풍모다, 자명은 이 작품의 내용을 그렇게 정리했다. 시인은 세상을 뒤엎을 만한 예를 생각한다. 불과 칼로, 육조 혜능(六祖 慧能) 같은 높은 선사와, 그가 이념의 꼭대기에 두는 수미산까지 부술 만한 위용에 주목하는 것이다. 그걸로는 실감이 부족한 모양. 시인은 불칼과 천둥을 대도의 웃음소리로 전화하여 대상을 다시 바라본다. 자명은 『장자』 한 구절을 떠올렸다. "성인이 죽지 않으면 큰 도적이 그치지 않는다(聖人不死 大盜不止)."라는 말. 이 말이 참이라면 성인이라는 허위적 인간들이 횡행하기 때문에 도둑이 세상을 뒤엎으려 한다는 논리가 되었다. 불교적인 용맹과 도교적인 개벽을 풍악이라는 대상에 공동으로 속성 부여를 한 셈이다. 공자가 만났던 도척(盜跖)의 이미지를 환기한다는 생각도 들었다. 최소한 이런 논리를 전개하기 위해서는 단시조로는 언어가 미치지 않는 모양이었다. 시가 길어지는 것, 간단히 말하자면 내용이 형식을 낳는다. 난을 치듯이 칼질해서 다듬은 시행들은 칼기운, 검기(劍氣)를 느끼게 한다. 자명은 「풍악」이란 작품을 일부러 소리 내어 읽어보았다.

불칼과 천둥으로//해와 달 때려 부수고//서역(西域)에 숨어 있는/육조(六祖)쯤도 때려 부수고/수미산 그것도 부술/일봉(一棒)을 보아라.//천지(天地)가 뒤집혀진/그런 일 말고라도//이 세상 다 털어먹은/ 도둑의 웃음소리//그런 칼 하나쯤 가진/대도(大盜)를 보아라.

어떻게 알았는지 강운무가 윤명을 찾아왔다. 명자가 작두타기를 시도하다가 안 되니까 큰무당을 찾아간다고 나가서는 연락이 없다는 것이었다.

"충청도를 지나 전라도로 해서 경상도로 넘어가면 거기 큰산 큰가람이 있는데, 거기에 자네 윤명이 산다는 게야. 자기가 찾아간다는 거라." 대답할 말이 없었다.

"혹시 자네 직지사라고 아나? 알면 거기로 가보소."

"명자 머릿속에는 윤명이 그들먹하니 들어 있어서, 서방인 나는 헛것이여." 어머니가 잘 못 먹으면 헛것을 본다던 이야기가 떠올랐다. 기억과 헛것……? 경계가 모호했다.

강운무는 양복 윗주머니에서 자그마한 봉투를 하나 꺼내들었다. 윤명의 앞에 들이밀면서 열어보라 했다. 봉투 속에는 명자가 윤명과 함께 금강을 배경으로 해서 찍은 사진이 들어 있었다.

"혹시 직지사로 찾아올 생각은 말기 바라네. 자네한테 해로울 게야."

윤명은 무표정하게 앉아 있었다. 손에 사진을 든 채였다.

자명이 좀 아쉽게 생각하는 것은, 시인이 단시조와 두 연으로 된 연시조 범위에 자신을 한정하고 있다는 점이었다. 소설을 업으로 하는 자명으로서는 시인의 시가 도도한 서사를 지녔으면, 하는 희망을 품어보기도 했다.

윤명의 가슴에 쿵 하면서 충격이 왔다. 대도의 큰 칼, 명자는 속에 칼을 지니고 살았다. 그러나 작두의 칼날 위에는 영 서지를 못했다.

자명은 여기까지 생각을 펼치다가, 「묵란(墨蘭)」이란 작품 한 편을 골라 들었다. 어쩐 일인지, 「금강」과는 달리 맥이 빠진 느낌이었다. 그것은 자명의 기대에 부응하기 어려웠다. 모든 작품이 명품일 수 없는 노릇이라는 건, 자명 자신이 소설을 쓰면서 실감하는 사실이었다.

자명은 난을 치는 이들을 두려워하는 편이다. 난을 치는 것은 시간을 칼질하는 일이다. 그것은 논리도 아니고 감성도 아니다. 오로지 예의 감각에 의존할 뿐이다. 단 한번에 완성되는 일을 두고 사람들은 예의 감각이라 한다. '예(藝)'란 예술 저편, 예술 이편 어느 공간에 존재하는 섬광과 같은 것이라서 형상을 얻기가 대단히 어렵다. 더구나 의미를 부여하기는 그야말로 난망이다. 그래서 시인은 향기, 햇살, 아지랑이 같은 것을 병치해간다. 아지랑이, 그건 시인의 무의식 한 자락과도 같은 것이었다.

명자는 그림을 제법 잘 그렸다. 자기 신당에다가 산신도니 사천왕, 서왕모상 그런 그림들을 제 손으로 그려 붙여놓았더란 이야기를 어머니한테 들었다. 윤명은 김동리의 「무녀도」를 생각했다. 그러면서 명자에게 접근했던 이들은 어디론가 유랑의 길을 떠나야 할 '운명'일 거란 예감이 밀려들었다. 유랑, 방랑, 떠돌이 흰구름, 운산 스님⋯⋯. 강운무⋯⋯. 윤명은 가슴에서부터 현기증이 일었다.

「묵란」은 자명에게 기대를 잔뜩 부풀려놓았다. 자명은 다른 묵란이란 그 작품 읽은 기억을 더듬어 나갔다. 난을 친다. 기억 속의 별이 가라앉은 샘물, 그 샘물로 먹을 간단다. 난을 치고 꽃눈을 그린다. 난꽃에 하늘이 감응하고 백지 위에 '묵향을 듣는' 이 경지. 자명은 이따금 쓰는 시에 말이 길어지는 것은 어떤 행위에 수많은 맥락을 결구(結構)해야 직성이 풀리는 산문 기질 때문이라고 생각했다. 사물의 본질은 맥락 없는 허구의 공간에 자리를 튼다. 그 본질을 드러내고자 하는 의지는 언어로써 언어를 지우는 역설에 자리잡는다. 자명은 앞에 말한 명제를 거꾸로 세운다. '형식이 내용을 창조한다.' 자명은 같은 글에서 상반되는 명제를 거침없이 제시하는 자신을 보고 스스로 목을 움츠렸다.

황시인이 그린 그림들은 위에 설명한 논리에 뿌리를 대고 있다. '묵란' 한 폭의 가격은 봄날 아지랑이 한 자락이 될 수도 있고, 북두칠성을 다 쓸어담아도 계산이 안 되기도 한다. 말로써 말을 지우다가 궁극적으로 도달하는 그 지점, 그 예의 촉수 끝에 단시조가 자리를 잡는다는 게 자명의 생각이었다.

이런 어지러운 이야기를 하다 보면, 자명은 갈증을 느낀다. 주방에 가서 커다란 유리잔에다가 물을 받아왔다. 그리고는 그게 막걸리인 양

벌컥벌컥 마시곤 했다. 식도로 들어간 물이 폭포가 되어 위장 안으로 떨어지는 모양이다. 속이 시원하다. 자명은 문득 「나이아가라 폭포」를 생각했다.

한세상 살다 보면/더러는 미치는가//밤새워 마신 주기(酒氣)/풀어헤친 머리카락//벼락 맞은 물기둥이/가슴으로 쏟아진다.

예사롭지 않은 여행이다. 가슴으로 쏟아지는 물기둥 속에 명자의 영상이 떴다 가라앉았다를 거듭했다. 윤명은 강운무가 전해준 사진 가운데 돌을 넣고 돌돌 말아서, 고무밴드로 묶었다. 윤명은 나이아가라 폭포에다가 명자와 찍은 사진을 던져버렸다. 자신도 모르게 후욱 한숨이 터져나왔다. 사진을 버린다고 기억조차 사라질까? 미친 짓은 술을 불렀다. 불이 물이 되도록 마셨다. 그러나 말은 다시 불로 변했다.

이건 유머다! 자명은 황시인에게 뭔가 들키고 있다는 느낌으로 안절부절이었다. 그래, 글을 오래 쓰다 보면 더러는 미치기도 하겠지. 밤새워 글을 읽고 새벽까지 찬물 퍼마시도록 몸을 혹사하는 당신, 정신에 벼락을 맞은 물기둥 되어 가슴으로 쏟아진다는 그 나이아가라 폭포, 자명은 코로나 지나면 나이아가라 폭포는 꼭 가봐야 하겠다고, 달력을 넘겨보다가 도로 놓고 말았다. 미국 코로나 확진자가 5백만 명에 달하고 사망률이 ……. 자명은 자기도 모르게 한숨을 내쉬었다. 창이 번하게 밝아오고 있었다.

멀리 닭 우는 소리도 들리고, 동네 이장네 개가 새벽을 짖는다. 황시인은 새벽닭이 울 때까지 시를 쓰고 그림을 그리기를 사십여 년 계속

시인의 강

했다. 얼마 동안 쉬었기 때문에 손이 굳었을 게 걱정이었다.

6

기다림은 순정이다. 자명은 그렇게 혼자 툭하니 뱉어내고는 달력을 넘겨보았다. 글을 마무리해서 보낸 지 두 달로 접어드는 시점이었다. 시인에게 직접 전화라도 할까 하다가 몇 차례 손을 멈추고 말았다. 작가론적 의욕을 조금 눌러둔다면, 텍스트를 통해 대화하는 걸로 만족할 수 있는 게 아닌가 싶었다. 텍스트를 보자면 책이 나왔는가를 확인해야 할 터였다.

청사루 쪽에서도 연락이 없었다. 자명은 송원 사장에게 전화를 했다.

"그렇지 않아도 궁금해하실 거 같아 연락을 드리려 하던 참입니다. 그런데 선생님 쓰신 글 가운데, 소설같이 전개한 부분은 빼고 다시 써주시면 어떻겠어요?" 송원 사장과는 삼십여 년 거래를 해왔지만 글을 고쳐달라는 이야기를 듣기는 처음이었다.

"아예 평설 같은 거 빼버리지요." 잠시 아무 대답이 없었다.

"그런 게 아니라, 저어 선생님도 잘 아시잖아요, 자신의 내밀한 부분을 감추고 싶은 건 인지상정인데, 시인이 직접 전화를 했는데, 하는 말이 소설 속에 들어간 이야기가 자기 이미지를 왜곡할 수 있다면서……. 난감해하더라구요."

송원 사장은 어려운 이야기를 한다면서 말을 이었다.

"예술가들은 천성적으로 자기를 터놓으려 않잖아요? 욕심 부리지 마시고, 그분 의견 충분히 들어주시는 게 어때요." 그렇게 권했다. 자명은 다른 생각을 했다. 자기 작품집에 대해 의견을 강력하게 제시한다는 것은 삶의 의욕이 살아나는 징표가 아닐까 그런 감이었다. 욕심이 죄를 낳는다는 이야기가 떠올랐다. 발문을 쓰려면 평이하게 발문을 쓸 것이지 그걸 소설로 만들어 일을 그르친 꼴이었다. 놓아야지, 놓아야지 하는 욕심이 그렇게 고개를 들던 것이었다.

자명은 전에 썼던 글의 마지막 단락을 컴퓨터에서 다시 찾아보았다. '사신'이라 전제하고 서술 어미를 존칭으로 바꾸어 쓴 사적인 소통 의지가 드러난 부분이었다. 거기에는 시인의 실명이 드러나 있었다. 실명이란 허구적 맥락을 벗어났다는 뜻이었다. 그대로 제시하기로 했다.

글이 쓸데없이 길어졌습니다. 소설가한테 시 이야기를 해보라 한 석영인의 요청, 아니 그 요청을 덥석 받아들인 저 자신의 수락이 잘못의 단초일 것입니다. 그러나 다시 생각해보면 얼마나 느꺼운 일인지 모르겠습니다. 마음 터놓고 이야기할 수 있는 동갑내기 시인을 늦게나마 만났기 때문입니다.

시조라는 간결한 시 형식 가운에 사물의 본질을 포착해낸 황시인을 만날 수 있었던 것은 여러모로 고마운 일이었습니다. 거기다가 그림 솜씨가 뛰어난 화가라는 것을 알고는 부럽기 짝이 없었습니다. 다른 그림들은 석영인 형께서 파일로 보내주어 대강 보았습니다. 원고 앞머리에 붙어 있던 그림은 아마 〈의상대 일출〉일 걸로 생각합니다.

이런 제안을 합니다. 내가 석영인과 황시인 대동하고 동해 바닷가에 가면 어떨까, 그런 제안입니다. 황시인이 그린 '게'를 안주해서 한잔해야 하지 않겠습니까? 문득 김홍도의 〈해탐노화도(蟹貪蘆花圖)〉가 생각납니다. 게는 바닷속 용왕 앞에서도 옆으로 걷는다고 화제에 써놓았습니다. 시인께서 걸어온 '세월' 또한 일상인에게는 삐딱하게 걷는 게걸음, 횡행(橫行)으로 보일 테지요.

앞만 보고 질주하다가 절벽에 이르러 당황해보니, 생애 끝장에 와 있는 현대인들에게, 예술가의 삐딱걸음은 여유와 멋으로 보일지도 모릅니다. 하기사 그런 멋 없어서야 어찌 시를 짓고 그림을 그리겠습니까?

건강한 가운데, 난을 치고 청산을 읊는 나날이 향기롭기를 빕니다.

　　　　　　　2020년 8월 10일 새벽, 용인 '시인의 숲'에서 자명 드림

근간 몇 해 사이, 자명이 자주 생각하는 사람이 횡보(橫步) 염상섭(廉想涉)이었다. 한국 소설사의 육중한 산맥이기도 하지만, 아마 그가 쓰는 호 횡보, 즉 '삐딱걸음' 때문일 터였다. 자명은 서가에서 오래 방치해두었던 자신의 소설 『시칠리아의 도마뱀』을 꺼냈다. 삐딱걸음을 걷는 게는 다리가 잘리면 다시 돋아난다. 다리 잘리는 일이야 '산호보다 붉은 생채기'겠지만, 심장이 살아서 뛰는 한 다시 돋아난다. 자명이 15년 전에 낸 소설 머리말 한 구석에 적어놓은 구절이다. 관념이며 이념 같은 거 다 제치고 생의 알맹이로 다가가야 하지 않겠나 그런 생각을 적어놓았던 것이다. 자명은 황시인의 삶의 알맹이가 어디 있는가, 곰곰 생각에 생각을 거듭했다. 그러나 정확히 집혀오는 게 없었다.

어쩐 일인지 『시칠리아의 도마뱀』 옆에 석영인이 소설 작업에 필요할 때 보라고 선물한 성경이 꽂혀 있었다. 자명은 간지가 끼워 있는 데를 열어보았다. 요한복음 5장 첫머리였다. 그 페이지 공란에 그런 메모가 보였다. '오랜 진정이 기적을 낳는다.' 38년 동안이나 병 치료를 위해 치유의 샘, 베데스다에서 기다리던 이가 기적으로 치유의 은혜를 받는 장면이 기록되어 있었다. 그 결과가 요약된 구절에는 밑줄이 쳐져 있었다.

자명은 제목을 정하지 못하고 써나간 글에다가 '일어나 걸어가라' 그런 제목을 붙였다. 그것은 시인에 대한 소설가의 예감이었다. ✼

작품 메모

시인이 노래하면 소설가는 시인의 시를 이야기로 풀어낸다. 거기서 시는 한 판의 이야기로 다시 구성된다. 독시소설(讀詩小說)은 시인의 시를 이야기로 구성한 춤판이다. 독시소설을 읽는 일은 노래가 춤을 통해 이야기로 재구성되는 과정이다.

2020년 여름에 황명륜 시인의 시집에 발문을 쓸 기회가 있었다. 황명륜 시조시화집, 『추풍령을 넘으며』(푸른사상사, 2020.10) 끝에 발문 삼아 달아놓은 '일어나 걸어가라'는 게 그것이다. 그런데 시는 시인이 쓴다. 시인이라는 실제 대상은 소설가를 긴장하게 한다. 시인에 대해 이야기하는 허구가 사람을 다치게 할 수 있기 때문이다. 이 작품에 도입한 허구는 소설가의 상상력으로 만든 것이다. 이 허구가 시인을 다치지 않게 하기를 바랄 따름이다.

우리들 삶은 하나의 과정이다. 그러나 그 과정을 누군가에게 이야기해야 서사로 영역을 확보한다. 삶의 과정에서 막힌 서사를 풀어주어 다시 움직일 수 있는 가동력(稼動力)을 회복하게 해주는 게 문학의 힘 가운데 하나다. 이 소설은 그러한 힘의 실증을 겨냥했다.

3

해어록(蟹語錄) | 권하산문초(勸下山文草)

해어록(蟹語錄)

1

 게거품 삭는 소리. 그거 들어본 적 있어요? 그런 거 모른다면, '댄서의 순정'은 아시지요? 말하자면 그것은 댄서의 순정 같은 글쓰기였다. 어디 댄서의 순정만 그러랴. 그 순정을 그대는 모른다면서도 처음 본 남자 품에 얼싸 안겨 춤추는 댄서의 순정 그걸 닮은 글쓰기. 소설가 이언적(異言積)은 남들이 그를 헹가래치듯 추켜올리는 것과는 달리, 주눅이 들어 지내는 편이었다. 게거품 삭는 소리는 그저 삭아들어 어둠에 묻힐 뿐이었다. 이언적은 순정을 받아주는 연인도 없는 신세를 자탄하며 지냈다.

 아무튼 독자들에게 '그대는 몰라'를 반복하는 그 순정은 구겨박질러 놓고 글을 써야 하는 연유는 기실 별스럽지 않은 것이었다.

 이언적은 근래 사뭇 속스러워지는 중이었다. '가야 할 때가 언제인 가를 분명히 알고 가는 이의 뒷모습은 얼마나 아름다운가' 그런 시 구절에, 짐짓 속아 넘어가기로 작정한 것처럼, 이제는 돌아갈 때라는 생각을 곱씹으면서 지내는 중이었다. 신신한 게 별로 없었다. 사랑도, 미움도, 갈등도, 증오도 '봄 한 철의 격정'에 불과한 것이라고 생각하기로 했다. 그러나 시인 천상병처럼 이승의 생을 '아름다운 소풍'으로 마무리할 자신 또한 없었다.

어떤 때는 내면에 아직 격정이 들끓어 올랐다. 현실은 소설가 이언적의 격정을 비웃는 듯했다. 이언적은 『사계절문학』의 편집주간을 맡고 있는 소설가 조종성(曺鐘聲)에게 전화를 했다.

"조형, 나 죽으면 당신 조문 올래?"

"그런 잔망스러운 소리 하기는 아직 일러요. 내가 술 받아줄 터이니, 죽는다는 소리 걷어치우고 만납시다." 인사동 '인간만세'에서 만나자 했다. 이언적은 알았다면서 주섬주섬 챙겨 입고 약속한 장소로 나갔다.

"할 일이 있으면, 사람 그렇게 쉽게 죽는 법 아니잖소. 일 하나 드리리다." 일이라니? 당신이 운영하는 창작 교실에 와서 공부한 작가인데, 소설이 짭짤하다면서, 같이 소설 쓰는 처지이니 소설 이해도 잘 할 거 아닌가, 글을 한 편 써보면 어떻겠는가, 진중히 제안했다. 조종성은 이언적이 쓰는 글이라면 아무 조건 없이 엄지를 들어올려 추켜주곤 했다. 이언적이 조종성에게 이끌리는 이유는 그렇게 조건 없는 부추김 그것이었다.

"누구요, 그 작가라는 사람이?"

"작품 읽어보면 알아요." 둘이 세상 돌아가는 소소한 문제를 두고 이야기가 길었다. 아무런 결론도 얻을 수 없는 이야기였다. 그렇게 덤덤하게 헤어졌다. 나 보고 싶어 하는 사람이 있으면 세상은 살 만한 게 아닌가, 그렇게 생각이 얼마간 물러졌다. 그 뒤 사흘 후, 해설을 써달라면서 소설 원고를 메일로 보내왔다. 죽지 말고 글을 써보라는 명령인 셈이었다. 그런데 원고에는 작가를 알 수 있는 아무런 단서도 없었다.

시인의 강

약간은 황당한 느낌이었다.

그러나 생각을 달리하기로 했다. 그것은 자기가 한 말에 대한 책무 때문이었다. 이언적은 늘상 말했다. '소설은 모든 언어 행위의 이상적 모델이다.' 상황을 구체적으로 제시하고 주체의 의식을 언어화해서 전해주는 그런 언어수행은 소설 말고는 다른 예가 없다는 주장이었다. 그러니 어느 작가의 소설 읽는 데 작가를 꼭 알아야 할 일이 아니었다.

조종성이 이언적에게 보내온 소설 원고는 중편소설 한 편과 단편소설 11편이었다. 작가의 연보라든지, 작가의 말 그런 게 안 달린 소설 원고뿐이었다. 작가가 소설을 쓰게 된 계기라든지 '의도' 같은 정보는 전혀 없었다. '의도'에다가 따옴표를 한 데는 까닭이 있다. 소설은 스스로 굴러가면서 몸을 불려나가 한 편의 완성품이 되는 것이지, 작가가 어쭙잖은 의도를 가지고 쓴다고 해서 작품다운 작품이 되지 않는다는 게 이언적의 실감 실린 주장이어서다. 소설가의 의도와 소설작품은 제각각 다른 길을 간다. 앞에 오도마니 놓인 텍스트, 그것만이 실체이고 실감이었다. 이언적은 그런 생각으로 자신의 심지를 굳히면서 글을 읽기로 했던 터였다.

이언적은 지난 2월부터 글을 시작해서 5월 중순에 이르기까지 조종성에게서 받은 소설 원고를 붙들고 시간이 갔다. 그동안, 이언적은 소설쓰기와 소설 읽기가 삶의 한 과정이라고 하던, 현장이라는 소설가의 이야기가 실감으로 다가왔다. 이언적이 글쓰면서 지낸 그 삶의 과정은 역병이 침입할 수 없는 견고한 성이 되어주기도 했다. 소설의 기능이 궁지에 몰린 사람 살려내는, 그런 게 아닌가 싶었다. 이는 14세기 중반 유럽에 페스트가 창궐했을 때, 수도원에 모여 이야기를 하면서 역병을 피했던『데카메론』을 다시 생각하는 계기가 되기도 했다.

아무튼 4개월에 걸쳐, 이언적은 작가가 익명으로 되어 있는 소설을 읽으면서 시간을 보냈다. 물론 다른 일을 안 한 것은 아니었다. 그렇다고 또 문제가 없지는 않았다. '해설'이라는 말을 피해 구태여 '평설'이라고 해서, 남들이 쓴 글과 구별되게 하려고 애를 쓰기도 했다. 그런데 자기가 쓴 글이 어디선가 본 듯한 글이란 느낌이 자꾸 뒷머리를 끌어잡았다.

그 지점에서 뜬금없이 세상을 뜬 어머니 생각이 떠올랐다. '입찬소리는 관뚜껑 닫고서나 하는 법이다.' 이언적이 건방떠는 이야기를 하면 그의 어머니는 그렇게 질러넣곤 했다. 입찬소리라는 게, 나는 그런 짓 절대 안 한다, 누가 뭐래도 나는 약속 지킨다, 나도 사내자식이다 그런식으로 자기 들추는 입질들을 두고 하는 말이었다. 이언적이 근간에 뱉어낸 입찬소리 가운데 하나가 이런 것이었다. '작가가 같은 소리를 반복하는 것은 비윤리적이다.' 스스로 양식화되는 작품을 쓰지 않겠다는 다짐이었다. 자기 말대로 한다면, 비슷한 작품 계속 쓰는 것은 작가로서 자살행위와 다를 바가 없었다.

이언적이 남의 글 읽고 글쓰는 걸 조심하는 까닭도 거기 있었다. 대상으로 하는 글이 탁월하지 않으면, 이전에 쓴 글과 유사한 글이 되기 십상이어서였다.

2

이언적의 글에 대해 까스락진 비판을 하고 나선 것은 그의 조카 신가인(申佳人)이었다. 신가인은 이언적의 누님의 딸이었다. 관산대학교에서 국문학을 공부하고 『아세아일보』 신춘문예에 평론으로 등단을 해서, 콧대가 제법 높아진 껄밤송이 평론가였다. 그런데 일자리가 마땅치를 않았다. 이런 가구(架構)는 현장이란 소설가가 자주 쓰는 수법이었다. 까칠한 조카가 어수룩한 삼촌한테 대드는 이야기, 그건 일찍이 채만식이라는 작가가 1930년대에 썼던 소설적 책략이었다.

신가인이 이언적을 찾아왔다. 이언적의 매형은 세네갈에서 갈치 잡아 한국으로 수출하는 사업을 하다가 베냉만에서 해적에게 목이 잘려 죽었다. 딸 하나 데리고 혼자 사는 누님의 정황이 안쓰러워 자주 연락을 하고 지냈다. 자연 조카 신가인과도 오래 사이 두지 않고 전화를 주고받고, 카톡으로 소소한 이야기를 나누었다.

"아버지 없이 힘든 일 많지?" 이언적은 조심스럽게 물었다.

"별로요, 암시랑토 않아요. 아버지 두고 사는 애들이 열 배는 힘들걸요." 신가인의 시큰둥한 대답이었다. 아버지가 딸을 힘들게 한다? 이언적은 그런 상황이 잘 떠오르지 않았다. 텔레비전에 아버지가 딸 학대하는 이야기는 질펀하게 널려 있었다. 그래서 더욱 아버지 없어도 암시랑토 않다는 이야기는 예사로 들리지 않았다. 어디서 배운 건지 족보에 없는 '암시랑토 않다'는 어투가 낯설었다.

"삼초온……, 부탁이 있는데에……요?" 요새 애들 어투가 전과 많이 달라졌다는 생각이 들었다.

"부탁이라니, 그래 그게 뭐냐?" 얘가 또……. 이언적은 의자를 앞으로 당겨 앉았다.

"삼촌이 말예요, 어떤 소설가 소설 읽으면서 코로나 역병에 대한 두려움을 잊고 지냈다고, 그렇게 썼어요?" 얘가 왜 이러나 싶을 정도로 찰싹 달라붙어 엉기는 투였다. 신가인은 잠시 말을 끊고 이언적을 말끄러미 쳐다봤다.

사실이 그랬다. 당시 밖에서는 코로나 역병으로 300명이 넘는 사람들이 죽어 나가는 판인데, 들어앉아 몰두해서 소설을 읽을 수 있다는 건 큰 위안이었다. 자기가 읽은 소설은 그냥 소설이 아니라 잘 쓴 소설, 따라서 읽을 만한 가치가 제법 큰 소설이었다. 더구나 같이 소설을 쓰는 처지에서, 이건 내가 해설이나 평설 쓰겠다고 덤비기 어려운 작품이라는 느낌도 들었다. 야아, 이거 진짜 소설이네, 감탄을 하곤 했다.

"그런 거 어디서 봤니?" 이언적은 시치미를 떼고 물었다. 신가인의 대답은 딴 길로 접어들었다.

"삼촌이 소설가지 해설가예요? 해설 그딴 거는 나 같은 평론가나 편집자에게 맡기고 삼촌은 소설이나 잘 쓰세요." 그런 부탁도 부탁이 될 수는 있었다. 다시 생각해보면 기분이 찜찜했다. 평론가라 해도 전업 평론가가 아닌데, 조카한테 그런 이야기 듣고 있기는 자리가 찔려왔다.

"삼촌이니까 물어보는데요오, 삼촌이 어떤 소설가의 소설집에 해설 쓰면 주례사 비평을 한다는 소리 안 들어요?" 얘가?

"일단 긍정하고 작품으로 들어가야지. 그래서 칭찬할 만하면 칭찬하고 그렇지 않으면, 안 그렇다고 해야지." 맹탕 같은 소리.

"해설이라고 쓰는 글에서도 그게 맘대로 되나요? 이 소설 드럽게 못 썼지만, 여러분 즐겁게 읽어보세요, 그렇게는 안 되겠지요?" 의당.

말인즉슨 옳지 싶었다. '불신의 자발적 중단'이라는 비평의 원칙은 기실 문학에 대한 애정이 아니던가. 이언적이 평설을 쓴 소설가는 자기 작품 칭찬해달라고 목매는 태도를 내비친 적이 없었다. 나아가 한번 만나자든지 하는 제안도 없었다. 원고를 부탁한 조종성마저 작가에 대해서는 까치부리만큼도 내비치지 않았다.

"꼭 그렇지는 않다. 작가에 따라서 자신의 위치를 확고하게 견지하

시인의 강

는 이도 있는 법이다. 사실 나는 내가 평설 쓴 작가 전혀 모른다." 신가인은 눈을 찡긋했다. 정말?

"그래서요?" 좀 토라진 표정었다. 부탁을 한다고 온 애가 도도하다는 생각이 들었다. 하기는 아버지 없이 어엿하게 살자면 저런 도도한면도 있어야 하리란 생각이 안 드는 건 아니었다.

"내가 삼촌이니까 작가 잘 모른단 말 믿지만, 작가 모르고 작품론 쓸수 있어요?" 어허.

"주관적 보편성이라는 게 있지 않겠냐? 내 주관이 너의 주관과 맞아떨어질 수도 있지 않으냐 그런 말이다." 신가인은 피식 웃었다.

"보편적 편견은 없어요? 말하자면 시대적 편견, 집단적 편견, 계급이데올로기 그런 거 있잖아요? 그런 편견을 강화하는 글쓰기, 난 삼촌이 그런 구렁으로 빠지지 않았으면 좋겠어요." 신가인은 제법 톤을 낮춰 진지하게 이야기했다.

"내 글 때문에 너 낯 깎인 모양인데, 자초지종을 들어보자, 무슨 이야긴지 감이 안 잡힌다. 천천히 얘기해봐라." 다른 데서 듣기 어려운 이야기였다.

"내 낯은 내가 알아서 닦고 다녀요." 피이— 하는 낯이었다.

사실 소설가의 학력과 교양이라든지 지역성 등이 궁금하기도 했다. 그러나 글을 핑계로 구태여 작가에 대해 캐기는 낯이 간지러웠다. 나당신 잘 안다는 식으로 글을 쓸까 봐 조심하는 구석이었다. 작가의 학력이니 인간관계니 하는 데 한눈팔지 않고 소설작품에 직접 돌입해서읽을 수 있는 계기를 가지고 싶었다. 언어적 형상화의 산물에 인간을끌고 들어갈 이유가 없었다. 한편, 정말? 그런 의혹도 있었다. 언어는인간의 언어였다. 그리고 언어가 인간 자체였다.

"한 사람의 작가를 이해하는 건 그 작가와 맞서서 싸우는 일이잖아요?" 신가인은 이해와 결투를 마주놓고 있었다.

그럴까? 누구던가, 아 이진심(李眞心) 교수는, 사랑은 진검승부, 즉 '신켄쇼부'라고 일본어까지 동원해서 이야기하던 기억이 떠올랐다.

"삼촌이 쓴 글이 소설을 압도해서 정작 소설 버릴 수도 있어요." 그럴까?

"그래서 내가 한 말이 그거다, 내가 쓰는 글은 작가와 벌이는 투쟁이라고……." 아무 데나 투쟁?

이언적은 글을 쓰면서, 독자들은 이 소설들이 책으로 되어 나왔을 때, 어떤 순서로 읽을 것인가 거듭 생각했다. 원고 상태로 읽는 것과는 다른 양태로, 독자들은 '소설책'을 읽을 걸로 짐작되었다. 이언적은 새 소설책을 손에 들면, 대개 '작가의 말'을 먼저 읽곤 했다. 같이 소설을 쓰는 처지에서 이 소설가가 어떤 동기로 이 소설을 썼는가 하는 데 흥미가 가기 때문이다. '해설'이라는 글이 달려 있으면 잠시 망설인다. 해설을 붙여야 독자가 이해할 수 있는 소설이라면 좀 고약한 소설일 게 틀림없다. 자율성을 지닌 소설은 해설의 대상이 아니다. 글 쓰는 사람의 공감과 비판이 있을 뿐, 해설은 군더더기가 되기 쉽다.

"예술은 말이지요……." 그렇게 허두를 떼고, 신가인은 잠시 입을 다물었다. 그래 들어보자는 셈으로, 이언적은 신가인의 이야기를 기다렸다. 신가인은 말했다.

"사람들은 소설을 예술로 분류하잖아요. 그러면서 정작 소설 본문은 제쳐두고 해설을 먼저 읽는다는 건 어불성설일 거고요. 예술은 사랑 같은 거라서 체험이 있은 다음에 이치를 따져도 늦지 않는다면서요. 입맞춤이 먼저 있고 추억은 뒤따라온다나요. 더구나 해설만 읽고 작품은 안 읽는다면, 그건 남의 다리 긁기와 뭐가 다를 것인가 싶어요." 그런 이야기를 하다가, 신가인이 무슨 생각을 하는지 혼자 클클클 웃었

　　　　　　　　　　　　　시인의 강

다. 이언적은 소리 없이 입가에 웃음을 물었다.

"제가 너무 아는 소리 하지요?" 그럴지도 모르지.

"아니다." 현장이란 소설가가 쓴 소설 가운데, 조카와 다투는 이야기가 자주 나오는데, 이언적 자신이 그런 꼴이었다.

"정말요? 삼촌이 길게 정성들여 쓴 해설을 다 읽고 나면 작품은 슬그머니 제쳐놓을 수도 있잖아요. 이미 다 알았는데 눈 아프게 작품을 따져 읽을 이유가 없지⋯⋯요. 더구나 소설의 줄거리를 잘 정리해서 보여준 해설가 덕으로, 아 이런 이야기로구나, 그렇게 알게 된 독자는 소설책 덮어버릴지도 모르잖아요. 이 해설가가 혹 거짓말하는 건 아닌가, 그렇게 따져가며 소설 본문을 읽을 애들 없어요. 그러니 어떻게 하겠어요?" 애도 참.

"나를 스포일러라는 게냐?" 원.

"그럴지도 모르지요. 영화를 소개하면서 스토리, 기법, 영상미, 거기다 꼴값! 주제까지 이야기하면 정작 영화를 보는 재미는 멀리 달아나잖아요. 눈치 없는 해설가가 그런 이야기를 꼬치꼬치 하면, 영화 망쳐요. 작품을 손에 들었으면 주욱 읽어야 하잖아요. 그게 작가에 대한, 소설에 대한 독자의 책무인데, 삼촌은 자기 독서 결과를 팔아먹은 거라구요." 뭐라?

"팔아먹는 게 아니라 독자들에게 보고하는 거다. 나는 말이다, 내가 평설 쓴 소설가의 소설 읽으면서 나 자신의 소설에 대한 재충전의 기회를 가졌단다. 본문을 처음부터 끝까지 더터 읽었기 때문에 내 나름의 방식으로 이해를 하는 거지. 나 나름의 방식이란 뭐겠냐? 다른 소설가의 소설이 나의 감수성에 충격을 가했다는 뜻이다. 소설에서 감수성이란 감각과 논리와 윤리가 통합된 문학적 에너지를 뜻한다. 소설을 읽는 동안 몸과 마음이 가벼워졌다는 뜻이지, 개종(改宗) 같은 건 없었으니 크게 기대하지 마라. 내 이야기가 길어진다. 네 말발이 깔깔해졌다는 건 좋다만, 너는 우리가 얘기하는 그 작가의 소설을 다 읽고 하는 얘기냐?' 녀석하곤.

"삼촌, 그 작가에게 빠져 있는 거 같아서요." 익애?

"공감이라면 몰라도 빠진다는 건 어폐가 있다." 어폐, 낡은 말.

말은 그렇게 하면서도 무언가 들킨 것 같아 마음이 편치 않았다. 신가인은 전화 받고 오겠다고 나가서는 돌아오지 않았다. 이언적은 신가인을 기다리다가, 책이 아직 안 나왔으면 평설을 없애자고 할 생각이 안에서 싹을 내밀었다. 너무 쉽게 감탄을 했다는 생각 때문이었다. 그러나 다시 생각하면 그게 아니었다. 생각이 오가는 가운데, 조종성과 만나기로 한 날이라는 걸 거니채고 외출 준비를 서둘렀다. 신가인의 부탁이 뭐였을까, 짐작되는 게 없었다.

3

중국집 간판이 만리장성(萬里長城)이었다. 창문마다 중화요리(中華料理), 광동요리 본점(廣東料理本店), 친절봉사(親切奉仕), 환영광림(歡迎光臨)……. 언제 만들어 걸어놓은 간판인지 붉은 페인트가 벗겨진 채로 삭아가고 있었다. 현관에는 붉은색 등이 바람에 흔들렸다.

"이언적 작가 덕으로 소설집이 모양이 잡혀갑니다. 감사합니다." 감사는?

"과찬의 말씀을." 실로.

조종성은 가방을 열고 부스럭거리더니 '琅琊台陳年'이란 상표가 붙은 술병을 꺼내 탁자 위에 올려놓았다. '낭야대진년'은 산동성의 명주 가운데 하나였다.

"우리 출판사 신가인 과장이, 이언적 작가 애썼다고 선물로 보내는 겁니다." 조종성은 묻지 않는 이야기로 말머리를 뗐다. 신가인이? 이언적은 눈앞이 뿌옇게 흐려졌다.

"니하오, 테이블 차지는 계산서에 포함됩니다." 언제 왔는지 여주인 아미란이 옆에 와서 제법 근엄한 얼굴로 말했다.

"우리 여기 단골이잖소. 봐주소." 조종성이 아미란의 손을 잡으면서 치올려보았다. 이언적은 치마 사이로 비치는 허벅지의 눈부신 살갗에 눈이 가 있었다. 조종성이 수정구슬 닮은 고량주 잔에다가 술을 부어 아미란에게 건넸다. 검뻬이, 셋이는 같이 잔을 들었다.

"저 여사장하고는 어떻게 알고 지내시나?"

"탈북자대책협의회라던가……. 그건 그렇고……." 언제던가, 이언적의 아내는 탈북자 정착지원센터 홍보물을 가지고 와서, 당신도 소설적 구상을 한번 해보라는 이야기를 한 적이 있었다. 이언적으로서는 피부에나 신경 쓰지 않고, 사회 현안 문제에 관심을 가지는 아내를 기특하게 생각했다. 잘은 모르지만, 만리장성 여주인과도 그런 일로 교분을 갖고 지낸다고 짐작했다.

"평설 쓴 그 소설가 작품 참 진지하지요?" 고량주 첫잔을 들고 나서, 조종성이 물었다. 이언적은 우선 고개를 끄덕였다. 실감.

"우리는 소설에 대해, 과도한 부담을 안기며 사는 건 아닌지……. 모르겠습니다." 이언적의 평소 생각이었다.

"어린 노래꾼들이 무대에서 트로트를 부르는 거 말요. 처음엔 어색하더니 이제 자연스럽게 들리더라구요. 소설도 그렇게 되지 않을까…… 말요." 조종성은 소설도 주제 부담에서 풀어주어야 한다는 데 대해, 이언적의 동의를 구하는 태도였다.

"트로트 열풍, 최근의 일이지요. 어른을 위한 장르의 경계가 무너진 것이랄까……." 이언적은 토를 달고 있었다. 조종성은 아무 말 없이 듣고 있었다.

"그런데 열두어 살 된 애들이 인생이 어쩌니 사랑이 뭐라커니 하는 건 성장단계에 벗어나는 거 아닌가. 감정상의 과도성장. 그렇게 나가다간 걔들 나이도 먹기 전에 인생사 시들해지지 않겠습니까." 이런 요놈의 입. 공연히 아무거나 가지고 고시랑거린다고 아내는 탓을 해대곤 했다.

"소설은 몸무게를 감량해야 하는 것 같습니다." 조종성이 이언적을 짯짯이 쳐다보았다. 자기가 진지한 작가 이야기한 것을 이언적이 되받아치는 거 아닌가 하는 느낌이 드는 모양이었다.

"우리가 좀 한가한 사람들 같소. 이런 이야기를 길게 하는 게 말이요." 조종성이 하품을 하면서 말했다.

"그 작가는 소설이 소일거리가 될 수도 있다는 걸 아는 것 같습디다. 소설가 자신이 「파리 특파원」에서, 작중인물의 입을 통해 병원에 입원할 때 '소설 들고 들어올걸' 그렇게 말하도록 하잖던가요." 이언적은 자신도 그런 내용을 기억하고 있었다.

"소설 그거 뭐 별건가요. 심심하니까 읽는 소설도 있잖소?" 이언적. 그건 이언적 본인의 문학적 태도와는 다른 방향의 얘기였다. 이언적은 의도적으로 그러한 오락 기능을 무시하고 역사와 철학과 이데올로기 따위의 중압감에 지질려 지내는 편이었다. 감각 차원에서 즐거움을 주는 소설, 진짜 소설은 그런 기능을 배면에 깔고 있다고 봐야 할 거란 생각을 했다. 이언적은 주문한 이야기를 풀어놓듯, 머릿속에서 소설론을 좌악 풀어나가는 중이었다. 한편 이게 뭘 하는 짓인가 하는 생각도 불끈거렸다.

시인의 강

"이렇게 진지해서 원, 이러다가 이야기 길어지면 이 술 언제 먹어요?" 조종성이 잔을 권했다. 이언적은 고량주 잔을 비우고서 조종성에게 물었다.

"신가인이, 걔가 정말 조형 출판사에서 일합니까?" 기연이네.

"정식 사원으로 채용하고 나니, 유학 간다고……." 그래요? 유학, 금시초문이었다. 돈이 없을 것인데…… 국내에서 그런대로 자리 굳히는 중인데, 유학을? 어디 가서 뭘 공부하겠다고……? 그럼 유학 비용을 부탁하러 왔나? 여러 가지 생각이 한꺼번에 엉클어졌다.

"이번 작품집 평설은 참 잘 쓴 글이었습니다. 역시 소설가는 문장가라야 하겠다는 생각이 들었습니다." 문장가라? 자기 편을 들어주는 듯해서 어깨가 으쓱했다. 이언적은 감각과 감성 이야기를 풀어놓았다.

"감각은 생명의 가장 낮은 밑바닥에 자리잡지 않습니까. 우리 몸의 실핏줄이나 신경, 식물의 실뿌리 같은 데 감각이 연결되어 있지요. 감각은 희로애락애오욕(喜怒哀樂愛惡慾)이라는 감정으로 발현되기 마련. 술이 몸에 들어가면 눈물이 되는 모양으로. 이 감정이 다른 정신기능과 결합하여 어떤 형태를 지니게 될 때, 우리는 그것을 감성이라 하지요. 감성의 정당한 작용을 특별히 감수성이라는 용어로 구분하여 일컫기도 하지만." 말이 길어.

"술 먹자고 만나서 사설이 길면 분위기 깨져요. 그런 이야기는 이미 백 년 전에 다 했지 않소?" 나더러 사설 늘어놓는다는 거야? 이언적은 말을 삼켰다. 아무튼, 아무튼……. 이언적은 그렇게 속으로 뇌면서, 자신이 작가의 작품을 이야기하면서 썼던 구절을 되돌려보았다. 내친김에 들어보라고 박아넣었다.

"우리가 소설로 밥 벌어 먹고 살지만, 길을 잘못 들어선 것 같지 않던가요? 이미 소설의 시대는 끝난 거 아닌가, 그런 말입니다." 조종성은 자기 잔에다가 고량주를 채웠다.

"소설가가 말입니까, 소설이 말입니까?" 이언적.

"둘 다 아니겠소?" 조종성.

"그 소설가는 절대, 아닙니다." 절대라니. 이언적은 조종성이 소개한 소설가 편을 들고 있었다. 조종성이 이해하기 어렵다는 표정을 지었다. 이언적은 독백처럼 읊어나갔다.

"문학이 전반적으로 그렇듯이, 소설은⋯⋯." 척박해진 감수성을 살려내고 풍부하게 해준다 할 터인데, 독자들이 그걸 몰라요. 어떤 독자가? 감수성은 작중인물이 자연대상을 수용하는 데서 구체화되는 그걸 말이지요. 행문(行文)의 속도를 따라 성큼성큼 나아가는 소설은 감수성이 구체적이지 못해 안착되는 의미 없이 흘러가버리기 일쑤지요. 이른바 추리소설이 그런 경우일 게요. 사건의 추이에 몰두하게 되면 그 사건을 둘러싸고 피어나는 정서적 아우라를 감지하기 어렵지 않던가요? 독백이 좀 길었다. 독백은 스스로 자신을 가두는 벽이었다. 조종성이 나섰다.

"그 소설가는 작중인물의 신선한 감수성을 포착함으로써 독자들의 척박해진 감수성을 신선하게 되살려주는 데 귀신입니다." 소설은 이 감수성을 통해 독자에게 다가간다. 아니 다가와야 한다. 어느 사이 내가 그대 이언적 씨와 똑같은 이야기를 하고 있네. 왜 그럴까 모르겠소만. 「한 방울의 눈물」 서두에서 그런 감을 잡을 수 있지 않을까, 그렇게 보는데 말요. 그래서?

조종성이 이언적의 앞에다가 소설가의 소설집 『메리고 라운드』 초교본을 슬그머니 밀어놓았다. 그 바람에 고량주 잔이 넘어져 이언적의 바짓가랑이를 적셨다. 이언적이 일어서서 허벅지를 툭툭 털어냈다. 그 바람에 책표지가 젖었다. 이제까지 안 보이던 작가의 이름이 선명하게 돌아났다. 윤가영. 이언적은 얼마 전 어느 잡지에서 그 작가의 작품을 읽은 적이 있었다.

"작가를 알면 더 잘 쓸 수 있었을 터인데……." 그럴까?

"엉뚱한 생각 말라고, 일부러 그렇게 했소." 일부러?

이언적은 잠시 입을 다물고 생각을 정리하고 있었다. 조종성이 말한 엉뚱한 생각이라는 게 뭘까 감이 잡히지 않았다. 작가와 작품과 그 작품에 대해 다른 작가가 이야기하는 맥락에서 끼어들 수 있는 작가의 이미지……, 그 의미를 모두 걷어낸 뒤의 텍스트란 무엇인가, 그런 생각이었다. 윤리학 교수가 깡패 이야기를 소설로 썼을 때……. 윤리학 교수가 왜 소설을 써?

"소설 쓰는 데 난감한 경우가 있소. 잘못하면 법적인 문제로 비화할 소지가 있기도 할 것 같고 말요." 이언적이 말했다.

"그게 뭐요?" 조종성이 물었다.

"말하자면 이런 겁니다. 작중인물이 책을 읽다가 어느 한 단락을, 감동을 해설랑은, 그걸 몽땅 옮겨 쓰는 경우, 그걸 소설 본문에다가 어떻게 처리하는가 하는 거 말입니다." 그게 짧은 단락이면 상관이 없는데 만일 단락이 길어서 몇 페이지 넘어간다면 곤란한 정황에 빠진다. 그러면 독자들한테, 자아 내가 인용문으로 처리할 테니 읽어보시라, 그렇게 하면서 인용부호로 처리하기는 좀 적절치 않아 보였다. 이언적은 제법 심각한 얼굴을 해가지고 말을 더듬었다.

"이 부분을 소설로 쓸 때 그런 문제가 생길 것 같다는 겁니까?" 이언적은 조종성이 펴 보이는 페이지를 들여다보았다. 그것은 자신이 글을 쓰면서 인용한 단락이었다. 주인공이 자기가 사는 아파트 근처 산에 올라가, 거기서 느끼는 감각의 작동을 묘사한 부분이었다.

수많은 나무 그림자가 진하게 배어서 창문 없는 독방 같기도 하고 불이 꺼진 한밤중의 지하실 같기도 한 축축한 곳에 가만히 서서 심호흡을 한다. 숨을 내쉬고 들이키며 마른 수세미같이 푸석푸석한 내 몸이 나무의 힘찬 수액을 빨아들이기를 소망한다. 그리하여 어느 날 커다란 바위에 막혀 있던 물줄기가 폭포수처럼 터져서 걷잡을 수 없이 쏟아져 내리듯이 눈물을 펑펑 쏟고 싶다. 불끈 쥔 두 주먹으로 가슴을 치며 분노와 슬픔에 북받쳐 오르는 감정을 눈물로 뿜어내고 싶다.

"이런 단락을 소설에 삽입한다 그 말이지요? 조금 길기는 하지만, 전거(典據)만 제대로 밝히면 되지 않겠소?" 조종성. 어디서 걷어왔다고……. 무책임 아닌가. 인용했다는데……. 날도둑놈이라는 말이 있느니.

"작가가 시비를 걸어오면?" 이언적.

"인용의 윤리 그런 거 때문에 맘이 쓰이는 모양인데……." 조종성은 이언적을 흘금 쳐다봤다.

이언적은 소설이 일종의 편집, 에디톨로지 양식이라는 주장을 하는 터이기는 하지만, 인용에 마음을 쓰는 편이었다. 소설이기 때문에 그러했다. 논문은 자료를 제시하고, 제시한 자료를 분석해서 의미 부여를 한다. 그러니까 인용문과 본문의 경계가 분명하다. 그런데 소설은 처음부터 끝까지 소설가가 만들어낸 텍스트라는 걸 전제한다. 소설가가 시인 이야기를 하기 위해 시가 필요하면 자신이 써야 한다. 시인이 시를 읽는 이야기를 소설로 쓸 경우는 사정이 달랐다.

"소설을 쓰는 것도 아니고, 해설을 쓰면서 왜 그런 복잡한 생각을 하오?" 조종성.

소설가가 소설 쓰는 이야기를 소설로 쓴다고 할 경우, 소설가는 자기 소설 속에 들어갈 소설을 자기가 써야 한다. 그런데 소설가의 실명을 거명하지도 않으면서 어떤 작품을 직접 인용하는 것은, 소설 문법에 어긋나는 게 틀림없었다. 소설 문법? 이언적은 고개를 가로저었다. 차라리 윤가영의 소설 이야기를 직설적으로 하는 게 속편할 듯했다.

"지금 원고에서 본 것처럼, 소설 첫머리를 이렇게 시작하는 것은 전통적인 소설 구성법이지요. 따라서 안정감이 있고. 풍경 묘사가 작중인물의 감각과 연관되어 있어 처음부터 무얼 따지거나 추리하도록 독자에게 강요하지 않으니 독자가 편하지요. 그 감각은 다시 의식과 관련을 갖고, 의식은 의지와 연관된 욕구로 진전됩니다. 아무튼 감각이 살아 있는 소설, 그게 윤가영의 소설입니다." 이언적의 혀가 멋대로 돌아가기 시작했다.

"이거 당신이 써놓은 건데, 생각나요? 내가 그대로 읽어보겠소." 조종성이 교정지를 펼치고 이언적의 글 한 부분을 소리내어 읽었다.

"'나무가 많고 그늘이 깊은 산'은 평범하다. 그런데 그 산에서 작중인물이 하는 행동은 예사롭지 않다. 몸을 감춘다든지, 남의 눈을 피해 '고개를 숙이고 몸을 조그맣게 웅크리고서 재빨리 산 그림자 속으로 스며든다.'는 데서는 작중인물의 행동이 풍경과 하나가 된다. 숲은 암울한 폐쇄공간으로 전환되고, 이어서 작중인물의 욕구가 환경과 어울려 분출된다. 이 소설이 어떻게 전개될 것인가 하는 독서의욕을 밀고 나가는 힘으로 풍경이 전환된다. 풍경과 의식의 복합묘사 속에서 이 소설의 서사가 진행될 방향을 미리 예시하는 것이다. '한 방울의 눈물'이 엄청난 폭발력을 지닐 것을 예상할 수 있게 한다." 이언적은 눈꼬리가 매달리는 걸 걷어올리고 동파육 한 점을 입에 넣고 우물거렸다.

"윤가영 소설가, 서울 근교 수지나 판교, 아니면 일산 근처 삼송리라든지 그런 데 산답니까?" 이언적.

"왜, 궁금하오?" 조종성의 눈가에 미소가 흘렀다.

"우리들 주변의 일상 가운데 소설가가 포착한 어떤 눈물을 기대하게 하지 않소이까." 둘의 말투가 의고체로 변해가고 있었다. 이건 낭비다. 이언적은 자신이 왜 이렇게 말이 많아지는가 몽롱해지는 의식 가운데 졸가리를 세워보려고 애를 썼다.

조종성의 전화가 드르르 드르르 몸을 떠는 소리가 이언적의 귀에 들렸다.

"……이언적 선생님이랑, 신가인 씨랑 같이 오세요. 담양, 얼마나 좋은 동넨데요." 볼륨을 키워놔서 옆에 앉은 사람도 통화 내용을 다 들을 수 있었다.

"이언적 작가 바꿔줄 테니, 통화할래요?" 조종성.

"그냥 오세요. 글만 봐도 어떤 분인지 눈에 밟히는 걸요." 윤가영.

조종성은 잠시 볼일이 있다면서, 홀을 벗어나 나갔다. 한참 지나서 홀로 돌아온 조종성은 의자에 주저앉았다.

"전화 받는 거 들으셨겠지만, 사실은 윤가영 작가가 우리를 초대했는데, 그 이야기를 하는 게, 왜 그런지 괜시리 망설여져서 이렇게 이언적 형을 만나자고 한 겁니다." 윤가영에게 조종성은, 이언적 자신은 어떤 관계인가 하는 생각이 문득 의식에 비집고 들었다.

이언적에게는 낯선 제안이었다. 작가가 평설 써준 사람을 초대한다는 것은 그리 흔치 않은 일이었다. 이 초대를 두고 이언적은 망설임이 길었다. 그 망설임은 자신이 평설을 써준 작가를 신비감 속에 그대로 두어야 한다는 생각 때문이었다. 어느 작가의 소설 제목처럼 '미지인의 초상'으로 그대로 남겨두고 싶었다. 진주를 보았으면 그거로 충분하지 꼭 그 진주를 품었던 조개를 확인해야 직성이 풀릴 일은 아니었다. 어느 작가의 말대로, 비밀이 없는 것은 재산이 없는 것처럼 허전할 듯했다. 그것은 자기 자신을 향해서도 마찬가지였다. 정체를 알 수 없는 존재, 그래서 끝없이 탐구해야 하는 대상으로 자신을 남겨두어야 할 터였다. 그런 다짐이 깨진 것은 신가인 때문이었다.

4

소설가 윤가영. 아무리 작가는 작품으로 말하고, 작품은 언어적 구조물일 뿐이라고 해도 진짜 작가가 궁금하지 않을 수 없었다. 거기다가 글을 써 달라고 부탁해온 조종성을 통해 전해오는 요청이 자못 정중해서 뿌리치기 어려웠다. 가기는 가야 하겠는데, 작품만 대하면서 쌓은 인상이 일그러져 비애감에 빠질 게 두려운 것도 사실이었다. 이래저래 멈칫거리고 있는데, 신가인이 찾아왔다.

"삼촌, 담양 안 갈래요?" 담양?

"글쎄다……. 나는 허구적 공간에서 만나는 인간이 더 편하다." 진실로?

"이기주의자예요, 삼촌." 얘가. 이언적은 잠시 머주하니 앉아 있었다. 자신의 행동이 왜 이기주의인지 이해가 안 되었다.

"제가 말이지요, 이 연약한 여성의 몸으로, 둔하기 짝이 없는 중장비 같은 차를 몰고 담양까지 가야 한단 게 말이나 돼요? 그래서 삼촌이 동행해야 한다니까요." 짜증 섞인 어투였다.

"뭔 놈의 플롯이 그러냐?" 플롯은 본래 사기성 짙은 계책이다.

"남녀 동승 차량 전복……. 사망, 둘의 관계는……. 그런 음모론에 말려들고 싶지 않단 말이에요." 점점 이해할 수 없는 플롯을 전개하고 있었다.

"그거 소설이냐? 거미줄에 목을 매라……."

"몰라요, 나 죽으면 어떡할 건데요……. 삼초온……?" 죽으면 안 되지.

그렇게 해서 담양까지, 신가인이 운전하는 그랜드 체로키를 타고, 그야말로 치달려가게 되었다. 자동차 이름이야 그렇지만, 한때 높은 수준의 문화를 누리던 아메리카 인디언의 하나, 그게 체로키족이었다. 그 족속을 멸살하고 무슨 염치로 명품 SUV 차량에다가 그런 이름을 붙인 걸까. 이언적은 메마른 생각을 풀풀 날리고 있었다.

"이렇게 나오니까, 전에 이형하고 로마 여행했던 기억이 떠오릅니다." 이언적에게는 그런 기억이 없었다.

이언적은 아내 양여경과 로마에 갔었다. 눈부신 햇살이 내리쬐는 가운데, 자동차 매연 가득한 거릴 걷다가 스페인 광장으로 피해 들어가 본젤라또 아이스크림을 먹었다. 〈로마의 휴일〉 봤어요? 왜 공원에 가서 잠자게? 햇살이 너무 눈부셔서……. 안 돼요. 우리 아이스크림부터 먹어요. 아이스크림이 입술에 묻은 채로 입을 맞추었다. 이언적은 자기도 모르게 입가를 손등으로 닦았다. 극복할 수 없는 실감의 차이.

"이형 말야, '한밤중, 부드러운 속삭임 같은 빗소리가 귓가에 감겨올 때' 잠에서 깨어나는 그런 로마를 상상해보았소?" 조종성이 눈을 가느스름하게 뜨고 중얼거리듯 말했다. 이언적은 달리 대답할 말이 없었다. 조종성이 말을 이어갔다.

"히야, '숨소리 같은 조용한 빗소리'를 들을 수 있는 로마. '꿈속처럼 뽀얀 안개에 덮여 아득한' 로마에서 누군들 자신을 '이방인'으로 의식하지 않을 수 있겠어요?" 조종성은 윤가영의 소설을 이야기하고 있었다. 이야기한다기보다는 소설과 현실의 문턱을 넘나드는 중이었다.

사실 그랬다. 빗소리에 잠이 깨고 의식이 각성된 이방인, 이런 작중인물은 자신의 삶을 돌아볼 수 있는 충분한 여건이 마련된 셈. 로마에서 '우연히' 멋쟁이 가이드를 만나 이런저런 일이 벌어지는 게 아니라, 감각과 정서로 사건의 개연성을 충분히 마련하는 소설 방법은 날카로웠다. 감각과 정서로 소설적 개연성을 마련하는 솜씨는 이언적이 따라가기 어려운 것이었다. 이언적은 그래서 윤가영 소설가의 작품이 일품이라는 이야기는 아껴두느라고 이제까지 입 밖에 내지 않았다.

"글쓴 거에 비하면 이형 평가는 야박한 듯합니다. 어흐음." 조종성이 이언적의 허벅지에 손을 내밀어 툭 치면서 이야기했다. 이언적은 그 손을 슬그머니 밀어놓았다. 룸미러로 신가인의 눈이 뒤편을 흘금거리는 게 보였다. 조종성이 말했다.

"감수성을 세련시키면, 감각은 다른 층위의 감각으로 전이되어 감각과 감각이 뒤얽히게 마련이 아니던가요." 이언적이 말을 이어갔다. 조종성이 거들었다. 그런 예는 우리 속담에도 있어요. '보기 좋은 떡이 먹기도 좋다.' 시각과 미각이 한데 어우러져 있는 이 기막힌 속담이 우리 민족의 미의식 아닌가 싶소. 우리 '창작 아카데미'에서 공부하는 과정에서 이미 충분히 검증된 윤가영의 실력인데, 이형이 그걸 귀신같이 포착한 것 같소. 떡이야 맛있고 배부르면 그만이지, 그런데 아니다! 이겁니다. 미적 가치를 함께 갖추어야 제대로 된 떡이라는 우리 전래의 미감은 가히 공감각적 미의식이라 할 만하지 않겠소? 둘의 이야기는 누가 주인이고 누가 객인지 알 수 없을 지경으로 서로 얽혀들었다. 이언적이 말을 받았다.

"일상에서 말이지요, 공감각적 심미 경지는 '명상'을 통해서 겨우 다다를 수 있는지도 모를 일입니다. 이건 소설에서 도모하기 어려운 건데, 윤가영 작가는 그걸 해냅니다. 보세요. 주체와 대상이 하나로 얽혀드는 사태를 소설가가 「누룽지 과자」에서 이루어낸 묘사는 실감의 극점이랄까." 그 묘사를 어떻게 보여주어야 하나, 이언적은 잠시 망설였다.

그때 눈앞으로 비행물체 같은 게 그림자를 끌고 휘익 지나갔다. 끼야아악! 신가인이 비명을 지르면서 급브레이크를 밟는 바람에 뒷자리에 앉았던 이언적과 조종성은 앞좌석 등받이에다가 머리를 처박았다. 신가인이 차를 갓길에다가 대고, 운전대를 감싸안고 엎어져버렸다.

"쩨끼, 그놈 땜에 죽는 줄 알았네." 신가인이 핏기 가신 얼굴로 뒤를 돌아보며 중얼거렸다.

"신 과장, 괜찮아요?" 조종성이 머리를 털어내며 물었다.

"졸라……. 오줌 싼 거 같아요. 정안휴게소까지 가서 쉬었다가……." 신가인은 시동을 켜고 라디오를 틀었다.

"천안논산 간 고속도로에서 사고가 발생했습니다. 운전자는 즉사하고, 동승자 여성은 병원으로 옮겨졌으나 의식불명 상태입니다." 200킬로미터 이상 과속하다가 가드레일을 들이받은 차는 종잇장처럼 구겨졌다는 거였다. 셋이는 클클 혀를 찼다. 거의 동시에.

"사장님, 우리 화장실 다녀가요." 신가인이 뒤를 돌아보며 말했다. 그리고는 에코백을 챙겨 들고 차 문을 화난 사람처럼 콱 닫았다.

이언적은 네가 말하는 '우리' 가운데 자신은 포함되지 않는다는 생각을 하고 있었다.

"아까 나는 공중부양하는 줄 알았지 뭐요." 조종성이 몸을 흔들었다.

"공중부양 얘기는 윤가영 작가가 적실하게 했습니다." 이언적은 「누룽지 과자」 한 대목을 생각하고 있었다. 이언적은 가방에 챙겨 넣었던 원고를 꺼내 살펴보았다. 공중부양…….

사위는 고요했다. 의식은 정적의 동굴 깊이깊이 들어갔다. 물소리가 점점 크게 들려왔다. 자르자르 자르륵. 둥근 돌, 모난 돌을 함께 감싸 안고 흐르는 소리다. 수련실 옆으로 흘러내리는 시냇물 소리다. 모든 의식은 시냇물 소리에 집중되었다. 물소리는 안정감을 준다. 정적의 동굴은 깊게 높게 멀리 확장되었다. 소리는 멀리 가면서 색채로 바뀌었다. 물소리는 눈부신 흰색으로 변화되면서 투명한 막으로 바뀐다. 막은 점점 퍼지면서 점점 얇아지면서 안개와 같은 모습으로 변한다. 안개의 입자를 뚫고 코의 점막으로 내려앉는 이 황홀한 향기는 무엇일까.

정밀한 속에 흐르는 향기 속에서, 주인공은 공중부양을 체험한다. 소설적 맥락으로는 좀 튀는 장면이었다. 그러나 그게 인정이 안 된다면, 소설 전체의 흐름이 망가질 것 같았다. 소설이 다룰 수 있는 어떤 경계지점을 넘나드는 게 아닌가 싶었다. 그러나 소설이 본래 경계 넘어서기를 도모하는 패기가 넘치는 장르 아니던가 싶기도 했다. 삶과 죽음의 경계를 금방 넘어선 이언적으로서는, 너무나 태평한, 아니 무감각한 태도였다.

한참이 지나도 신가인은 나타나지 않았다. 출발할 때부터 느낌이 상큼하지 않았다. 더구나 스포츠카가 칼치기로 끼어드는 바람에 심정과 컨디션이 많이 상했을 것 같았다. 이언적은 신가인이 어디 가서 구렁에 빠지기라도 하지 않았나 겁이 났다. 그러나 조종성은 태연했다.
"얘가 어떻게 된 거야?" 이언적.
"좀 기다려봅시다." 이미 어른인데, 그런 태그를 붙이기도 했다.
"뭐랄까, 우리 창작 아카데미에서 공부한 분 가운데 윤가영 작가처럼 감각이 세련된 수강생은, 전에는 없었습니다." 조종성의 추억을 더듬는 듯한 어투로 늘어놓는 이야기를 들으면서 이언적은 신가인이 무슨 일을 저지를 것만 같아 마음이 조여왔다. 그것은 참으로 막연한 불안이었다. 막연한 불안이라서 더욱 불안했다. 이언적은 자기가 쓴 글을 훑어보았다. 교정지라서 그런지 잘 잡혀오지 않았다.

"이런 시간엔 명상이 제일입니다." 조종성이 시트에 등을 기대고 푹신히 누우면서 혼잣말을 했다. 이언적은 윤가영의 소설에 나타난 명상을 회상하고 있었다.

담양에 사는 작중인물 무용가가 명상 수련원에 가서 명상하는 중에 체험하는 공감각. 명상은 온갖 의식을 소거함으로써 마음의 평정을 얻는 심신 수련법이다. 그러나 명상을 한다고 해서 의식이 직접, 일거에 사라지진 않는다. 몇 단계를 거치게 되는데, 그 단계에 따라 감각이 동원되고, 감각끼리 가로질러 얽히면서 공감각을 이루게 된다. 소리, 색채, 장막, 향기, 근육감각을 거쳐 다시 향기와 빛으로 명멸한다.

그것은 시간적으로 흘러가다가 역류하기도 하는 종잡을 수 없는 물길이었다. 만리장성에서 여사장 아미란이 '공부가주'를 서비스라고 내놓는 바람에 술이 거나해져, 둘이는 주거니 받거니 이야기를 뒤틀어 나갔다.

"이언적 선생 윤가영 작가에게 너무 몰두하는 거 아뇨? 혹시 둘이 연애해요?" 조종성이 시트에서 몸을 튕기듯 일어나 앉으며 말했다. 엉뚱하긴.

"사제간에 연애는 금지된 장난……." 조종성이 사제간이란 말에 눈이 희끔 돌아갔다.

"사실, 그런 공감각은 일찍이 프랑스의 상징시인 보들레르가 「조응」이란 시에서 선례를 보여주었지 않소? 그 시의 제목이, 우리말로는 그냥 조응이라 하기도 하지만, 불어 특성을 살려 그 단어가 복수로 되어 있어요. 조응들(Correspondances), 그렇지요? 내가 한번 읽을 테니 들어볼래요?" 이언적의 목소리 톤이 높아졌다. 조종성이 몸을 뒤척이며 말했다.

"너무 티 내지 마소. 문제는 '정신과 관능의 교환' 그게 소설에도 살아 있는가, 바로 그 점이 문제가 되지 않소. 그런데 당신 아내 양여경은 잘 지내시오?" 이 장면에서 아내 이야기를 끌어내다니, 이언적은 조종성을 눈꼬리에 힘을 주고 쳐다보았다. 그런데 정신과 관능의 교환이라는 게 뭐요? 교환 그걸 묻는 거요? 메모지에 교환(交驩)이라고 써서 보여주었다. 조종성이 혹시 보들레르의 한 구절 '아내가 죽어 나는 자유다!' 그런 생각을 하고 있는 건 아닌가 의문이 들었다. *Ma femme est morte, je suis libre!* 사실 이언적은 조종성의 부부관계에 대해 아는 바가 없었다. 이언적이 조종성을 바라보며 웃는 듯 찡그린 얼굴로 피꺽 딸국질을 했다.

"얘기를 끝내야 할 것 같군요. 윤가영 소설가의 이런 다양한 감각들은 공감각 심상으로 자리잡다가 장애물을 만나 현실의 의식으로 되돌아옵니다. 사실 현실이란 명상으로 통어한 감각을 다시 어지럽히는 과정이 아닌가 싶은데 말입니다. 감각이 어지러워지면 심리적 갈등을 촉발하게 되지요. 「누룽지 과자」에서는 '신문지에 싼 물건'이 갈등을 촉발하는 매개물로 교묘하게 등장하지요. 꾀바른 서브플롯." 조종성의 이야기는 이언적이 읽은 바와 아무런 차이가 없었다. 작품 읽은 기억이 그렇게 생생한 경험은 처음이었다.

이언적은 시계를 봤다. 신가인이 화장실에 간 지 삼십 분이 지나고 있었다. 시간 감각, 일각여삼추 어쩌구 하는 늙은이들의 수사가 허언이 아니었다.

이언적은 감각에 대한 자신의 생각을 정리하고 앉아 있었다. 감각의 전이와 변화를 따라가면서 소설을 읽다 보면 자연스럽게 독자도 그 맥락에 공감하게 된다. 소설의 공감은 인물의 개성이나 플롯의 전개만이 아니라 이러한 감각과 감수성 차원에서도 이루어진다. 그리고 이는 소설을 다 읽고 난 다음 독자의 감각에 독특한 영상을 남기면서, 주제를 구체화하는 데 기여한다. 소설의 분위기는 감각에 의존하는 바가 크기 때문이다. 소설과 감각……. 잘 안 풀리는 화두였다.

"우리가 이거 뭐 하는 짓인가 모르겠네." 조종성이 하품을 하더니 투덜거리는 투로 툭 던졌다. 이언적이 전화를 시도했다. 기다리고 있기라도 했던 것처럼 금방 연결되었다.

"가인이냐, 그런데 어디서 뭐 하고 있는 거냐?" 이언적이 소리쳤다. 친구랑, 친구랑……. 신가인의 목소리는 흔들리면서 멀어져갔다.

"마침 여기가 환승 정류장이네요. 저는 친구랑 버스로 갈래요. 삼촌이 차 몰고 가세요. 키는 콘솔박스에 넣어두었어요." 조종성은 아예 면허증이 없었고, 이언적 또한 차를 몰고 담양까지 갔다올 자신이 없었다. 조종성이 윤가영에게 전화를 해서, 중간에 차가 고장나는 바람에 윤가영 만나러 못 간다는 이야길 했다. 섭섭하다는 답을 하는 것 같았다.

결국 대리운전자를 구해 서울로 돌아왔다. 이언적이 윤가영 작가를 만나는 일은 그렇게 허사가 되고 말았다.

5

윤가영의 소설집 평설을 쓴 걸 가지고, 몇 가지 내용을 조정해달라는 부탁을 하기 위해 조종성이 연락을 해왔었다. 전에 들렀던 만리장성에 마주 앉아 이야길 시작했다.

"신가인 과장이 날카롭게 지적했던데, 나는 이 소설집이 우리 소설판에 하나의 성실한 전범이 되길 바라면서, 이언적 작가한테 몇 가지 제안을 하고자 해서, 이렇게 결례를 무릅쓰고 귀한 시간 내달라고……."

과유불급, 뭔가 못마땅한 게 있지 싶었다. 그런데, 이야기는 의외로 간단했다. 너무 과도한 칭찬 일변도로 글을 썼다면서 톤을 조절해달라는 것이었다. 이건 신가인이 쏘삭거려 벌어진 사단이 분명했다. 이언적은 내심을 들킨 것 같아 얼굴이 달아올랐다.

"미안하오, 헌데 비평적 거리를 유지해서 글을 손질해주시오." 조종성이 교정지 든 봉투를 내밀면서, 미안하다는 이야기를 거듭했다. 이언적은 조종성이 건네는 봉투를 받아 가방에 구겨 넣었다.

어려운 이야기를 했다는 걸 빌미로, 오향장육을 안주해서 고량주를 꽤나 마셨다. 긴장 때문인지 술이 안 올랐다. 속으로는 내가 글 쓰는 것까지 시비나 걸리면서, 이게 뭐 하는 짓인가 싶었다.

"입가심으로 한잔 더 하지요." 이언적이 치킨집 '쎈닭' 간판을 쳐다보다가, 조종성에게 낚아보았다.

"오늘 약속 잊은 모양입니다. 루시조라고 기억 안 나오?" 이언적은 지갑에서 명함을 꺼내 보았다.

"저런, 내가 건망증이……." 신가인이 친구 루시조를 데리고 찾아오겠노라 했던 날이 그날이었다. 루시조(累詩曹)? 조종성, 윤가영, 루시조 같은 집안, 친인척으로 연결된 관계인가……. 그런 생각을 하면서 아파트 입구 골목으로 들어설 때였다. 일심부동산 유리창 안쪽에서 남녀가 끌어안고 입을 맞추는 게 보였다. 이언적은 자기도 모르게 츠츠츠 혀를 찼다. 자기 생애에 해보지 못한 애정표현이었다. 이언적은 발을 멈추고 쳐다봤다. 소설에 쓸 작정이었다. 소설과 생활이 엇갈리는 국면이었다. 그런데, 남녀의 거래? 부동산 거래…….

"삼촌, 뭘 그렇게 쳐다봐요?" 어느 사이 신가인이 뒤에 와 있었다.

"공부한다고 저의 꽃계절 다 갔어요……." 저 나이에 꽃계절이 다 갔다니. 신가인이 그런 생각을 할 줄은 짐작해본 적이 없었다.

이언적은 나름대로 정신줄을 다잡고 조종성의 의견을 교정지에 반영하느라고 했다. 망설임 끝에 조종성의 의견을 따른 것이었다. 이언적은 윤가영 소설가의 소설집 『메리고 라운드』 교정지를 신가인 앞에 내놓았다. 신가인이 어머머, 입을 가리고 고개를 돌렸다. 맥락을 알지 못한다는 듯. 얼굴에 열이 올랐다.

화장실에 들어가 얼굴에 물을 적셨다. 눈이 충혈되어 있었다. 아내 양여경의 샤워캡이 바닥에 떨어져 있는 게 보였다. 그런데 그게 희한하게도 가면 형상을 하고 있었다.

"내가 너무 늦은 건 아니지?" 변명.

"루시조가 바빠서 그렇지, 괜찮아요." 너도 거짓말.

"인사가 늦었네요. 조종성 작가가 저의 삼촌이에요." 진작……. 그렇게 나올 것이지.

"그래 얘기 들었네. 그 양반 나와 동년배지." 개띠들.

"삼촌은 윤가영 소설가의 소설이 뭐 그렇게 재미있어요?" 비평가.

"네가 아르바이트하면서 교정을 봤다는 거야? 희한한 인연도 다 있다." 인연?

"그 소설 무슨 이야긴데요?" 루시조가 물었다. 술기운인지, 이언적의 입이 열려 자동인형처럼 돌아가기 시작했다.

"우리말에서 '이야기'나 '이야기하다'라는 어휘의 사용 범위는 대단히 넓다." 이언적은 내쳐 말을 풀어냈다. 사람들은 그래도, 그 이야기란 단어의 뜻은 대개 안다. 어떤 스토리를 가진 소설이냐는 뜻이다. 스토리는 때로 주제를 의미하기도 한다. "도무지 이야기가 되는 소릴 해라." 하는 데서 이야기는 논리성을 갖춘 합리적 내용을 지시한다. "어떻게 해야 이야기가 되는데?" 그렇게 되물으면 이치에 닿아야 한다는 대답을 듣기 십상이다. 이야기가 이치에 닿을 때 우리는 동기화, 모티베이션이 제대로 되었다고 하지. 이야기를 이치에 닿게 하려면 여러 가지 구안을 해야 한다. 이를 우리는 플롯, 또는 슈제트라 하지 않더냐. 이언적이 잠시 숨을 돌리는 동안 루시조가 끼어들었다.

"슈제트라면 러시아 형식주의자 쉬클로프스키 용어 아녜요?" 맹탕은 아니네. 이언적은 상트페테르부르크 국립대학에서 러시아 형식주의를 공부했다. 러시아문학 전공자 찾는 데가 없어서, 소설가로 등단해 가지고 갓길로 새나왔다. 형식주의 본토에 가서 공부한 것은 한갓된 노스탤지어가 되고 말았다.

"그렇지." 사실 이언적은 그 뜻을 대강 정리하고 있을 뿐이었다. 그런데 말은 길었다. 추억을 불러들이는 언어는 늘 말이 길었다. 우리가 읽는 소설은 플롯화된 텍스트라네. 플롯화된 텍스트를 읽고 스토리로 환원하여 이해한다 할까. 이해한 것을 전달하는 일 또한 스토리 만들기의 다른 양상이지. 디테일을 있는 그대로 '이야기할' 수 없기 때문인 게야. 어떤 소설에 대해 이야기한다는 것은 소설 텍스트의 몇 가지 요소를 추려서, 추상적으로 다시 얽어낸다는 뜻이 되는 것일 터야. 이야기(스토리, 파뷸라)는 추상화를 지향하고 플롯(슈제트)은 구체화를 추구하는 셈이지. 내가 왜 이래. 말이 많네……. 정말 그러네요.

"소설가가 소설 쓸 때, 플롯을 모두 구성하고 쓰기 시작하나요?" 네가 써봐.

"그렇지는 않아." 소설가는 간단한 모티프나 스토리를 가지고 플롯을 구성한다고 해야 할 게야. 그 과정에서 스토리의 시간이 달라지고,

서술의 밀도가 변화를 겪게 되지. 이러한 변화는 작가의 '기법'으로 구체화되는 거라. 그런데 이 책에서 윤가영 소설가는 여느 소설가와 다른 방식으로 소설을 조직한다 할까.

"어떻게요?" 궁금하지?

"말하자면, 주요 사건은 감추듯 내보이고 부수적인 사건을 중심으로 플롯을 구성하지. 주요 사건이란 스토리를 전진시키는 핵심 모티프들이잖아. 소설의 분위기를 조성하고 감수성이 예민하게 작용하는 것은 주변적인 모티프들이지. 정태적 모티프로 서술한 것을 읽다 보면 중심 스토리 전개가 궁금해지겠지. 독자의 호기심을 지연시켜 나아가려고 하는 데 그 연유가 있을 걸로 짐작되네. 독서 과정은 기대감(서스펜스)으로 가득 차게 되는 거라네. 기대감, 그게 독자를 유혹하는 거지 않겠나." 이언적은 자동기계처럼 향수 어린 이야기를 줄줄 읊어 댔다.

"삼촌 그거 저도 알아요. 삼촌이 「파리 특파원」을 예로 들었잖아요." 그랬지.

"나 화장실 다녀올 테니 둘이 읽어봐⋯⋯." 둘이는 함께 고개를 끄덕였다.

"너 그거 읽다가 어지럼증 일어난다." 그렇게 전제하고, 신가인이 자기가 내용을 요약해주마 했다.

이 소설 내용은 대개⋯⋯. 어느 신문사 여성 논설실장, 이름이 승혜던가, 그가 주요 작중인물로 설정되어 있다. 겨울로 접어들자, 무지외반증 2차 수술을 위해 병원에 입원한다. 거기서 이전에 같은 때 수술을 받았던 '이천댁'을 만나 이야기를 나누며 수술 준비를 하는 중에, 같은 병실에서 풍부한 여행 경력을 자랑하는 여성을 만난다. 아프리카며 뉴질랜드 등 여러 지역 여행을 했다고 자랑을 늘어놓는다. 여기까지는 이 소설의 제목이 왜 '파리 특파원'인지 밝혀지지 않는다. 작중인물들이 이야기를 해나가는 과정에서, 인간관계가 복합적으로 드러난다.

"작가가 수학 선생처럼 공식을 만들어놓더라니." 신가인이 소설에 나오는 일방적인 애정 양태를 메모지에다가 그려 보여주었다.

팽진호 : 승혜, 팽진호 : 아프리카, 이천댁의 딸 : 팽진호의 아들

"대를 이어가는 세속적 인간관계 속에 나타나는 사랑의 구도 속에 승혜에게 접근하는 강정빈의 사랑이라는 게 무엇인지를 다시 생각하게 하는 건데……, 승혜가 강정빈에게, 아내가 먼저 세상을 뜬 후 어떤 마음으로 살았는지를 묻는 결말, 그건 '깨달음의 순간'인 거라. 그게 윤리 감각일 것 같고."

"그래서?" 그렇다는 거야. 너도 윤가영 작가한테 빠진 거 아닌가 묻지는 않았다.

"그것도 듣고 싶어?" 이 깨달음의 순간에 이르기까지 거쳐야 하는 크고 작은 세속적 모티프들의 조직이 버티고 있어 긴장감을 조성한다. 세상은 이렇다고 설명하거나 설교하지 않고 차분히 보여주는 데서 윤가영 소설가의 소설 구성의 절제미가 돋아난다. 그런 거야. 루시조는 이야기를 건성 들었다. 시계를 들여다보다가 한마디 던졌다.

"너네 삼촌 화장실에서 자나 봐." 설마.

이언적은 변기에 앉아 잠시 졸다가, 화장실을 나왔다.

"그래서 이 소설이 그렇게 잘 썼다는 거예요? 이야기 순서가 주제를 압도할 수 없다고 봐요. 삼촌은 잘 썼다고 칭찬하지만, 결국 세속적인 이야기 아녜요?" 진실은 세속에도 숨어 있다.

"야아, 친구가 평론가로 등단하더니 말발이 서네요……." 루시조.

"다른 작품들에 대해 이런 설명을 덧붙인다면 그건 그야말로 '스포일러'가 될 게다. 작품마다 소재가 다르기 때문에 같은 방식을 구사할 수 없을 것은 물론이겠지. 따라서 독자는 각 작품의 플롯 구성법을 음미하는 가운데 독서의 즐거움에 빠지는 게 바람직하달까……." 이언적은 말끝을 맺지 않았다.

"독자가 소설 읽는 태도는 주관적이고, 자기 맘대로 아닌가요?" 글쎄.

"그 주관의 방향을 조정해주는 것은 텍스트의 자질일 거다." 무슨 자질?

이언적이 거기까지 이야기했을 때, 그의 아내 양여경이 쟁반에 과일 깎은 걸 받쳐 가지고 나왔다. 이언적은 목이 말랐다.

"술 먹던 거 뭐 없을까?" 이언적이 아내 양여경을 올려다보며 물었다.

"그렇게 마시고 또 마셔요?" 어떻게 알아?

"뭘 얼마나 마셨는데……." 피이.

"다 알아요, 만리장성 아미란이 당신 걱정을 끔찍이도 합디다, 왜 그래요?" 이언적은 자신도 모르게 얼굴이 확 달아올랐다. 본능적 부끄러움 혹은 죄의식 같은 것이 돌아올랐다.

"이건 어떻겠어요?" 루시조가 망설이는 듯 신가인을 쳐다보다가, 에코백에서 러시아산 보드카 루스키 스탄다르트(РУССКИЙ СТАНДАРТ)를 꺼냈다. 탁자에 올리고 포장을 풀었다. 신가인이 외숙모 양여경을 따라 주방으로 들어갔다. 찬장을 열고 그릇 달그락거리는 소리를 냈다. 부탁이 뭔지는 몰라도, 젊은이와 어울리는 아내 뒷모습 위로 윤가영의 모습이 겹쳐 보였다. 본 적이 없는 여자의 뒷모습,

그게 가능할까.

"보드카는 첫잔을 바닥까지 비우는 거예요. 다나! 라고 외치면서 마
셔요."

이언적은 다나라는 말을 상트페테르부르크에서 열리는 '러시아한국
학대회'에 갔다가 연회에서 들은 적이 있었다. 바닥까지가 투더 바텀,
한자어로 말하자면 건배, 그게 러시아 말로 다나(До Дна)!였다.

"삼촌, 윤가영 작가 너무 칭찬하지 마세요, 본전 못 빼요……. 소설
독서의 본전 논리 재미있고, 또 뻥 같기도 하고 그렇더라고요." 조종성
을 만났을 때 이미 들은 얘기였다.

"그래? 내가 그렇게 썼지……." 윤가영 소설가의 소설들은 본전 생
각을 잊어버리게 한다. 이 소설 읽기 잘했다는 느낌으로 다가오기 때
문이라고. 소설의 읽을 만한 가치를 이야기 값, 다른 말로 스토리 밸류
라는 것인데, 소설이 읽을 가치가 있다는 것은 흥미롭고 진지하기 때
문이라고. 독자를 흥미롭고 진지한 이야기 속으로 이끌어가는 것은 소
설가의 책무라고, 그렇게 썼다.

"소설 독서 본전론은 소설가치론인가요?" 루시조가 물었다. 그럴법
한 얘기였다. 소설을 읽는 데는 '돈'이 들어간다. 책을 사기 위해 지불
하는 돈은 물론, 소설을 읽는 데 들어가는 시간도 돈이다. 그리고 소설
읽을 만한 여건을 마련하기 위해서는 이른바 '문화자본'도 필요하다.
소설을 다 읽었을 때의 충족감도 넓은 의미의 자본(돈)이다. 소설 한 편
다 읽고 나서 공연히 시간만 날렸다고 하면, 본전 생각이 나게 마련이
다. 문화자본이 부실하면 문화감각이 충실할 수 없다. 그건 한 치 오차
없는 현실이었다. 문화자본이 계층 혹은 계급을 만들어낸다는 이야기
는 감추어두었다.

"저도 읽은 글인데, 지금이 어느 시댄데, 더구나 동화도 아니고 소설

인데, '누룽지 과자'라니. 이거 읽고 본전 생각나는 거 아닌가? 그렇게 써 나가는 게 꼭 소설 읽는 느낌이었어요." 신가인.

"작품 제목만 보면 그런 의문이 들 법도 하다. 그런데 작품을 읽어나가면서 '행복하던 기분'의 추억을 담은 서사적 상관물이 그 '누룽지 과자'라는 것을 알게 되지 않던." 이언적은 자신이 인용한 본문의 부분을 손가락으로 가리켰다.

그 옛날, 어머니는 커다란 누룽지 솥에서 예쁘게 들어내 설탕을 듬뿍 뿌린 다음 햇볕에 바싹 말려서 작은 토막으로 부순 다음 장날 뻥튀기 아저씨에게 가져가곤 했다. 그러면 뻥 튀는 소리와 함께 달콤하고 바삭한 맛있는 과자가 되어 한 아름 그녀에게 안겼다. 그때의 행복하던 기분이란!

"당신 행복 이야기 잘 못한다고 늘 얘기하면서, 윤가영 작가에게는 왜 그렇게 너그럽다요?" 언제 왔는지 아내 양여경이 다가와 샐쭉하니 눈을 흘겼다.

하긴 그렇지. 이언적은 자기 모습을 곱씹어보았다. 지금이 가장 행복하다는 이야길 거침없이 하는 이들은 의문의 눈으로 바라보곤 했다. 앞으로 더한 행복감을 만나면, 결국 최상급으로 말한 그 '지금의 행복'은 거짓으로 화할 게 아닌가 싶은 것이다. 그러나 과거, '그 옛날'의 행복감을 나무랄 수는 없다. 그런 생각……. 아무튼「누룽지 과자」를 읽으면서, 이언적은 '소설에서도 행복을 다룰 수 있다'는 깨달음 같은 것을 얻은 셈이었다. 이언적의 작가적 시각으로는 자신이 없는 과업이었다.

"저도 그 소설 읽어봤어요." 루시조가 끼어들었다. 이언적은 누가 자기 글 읽었다고 하면 반갑기보다는 겁이 나는 편이었다.

"그 소설은……." 신가인이 나섰다. 그 소설 문화전통이 살아 있는 '담양'을 무대로 전개되던데요. 무용가 김진화가 중심인물이지요? 예술가 가운데 무용가를 중심인물로 설정한 것은 매우 섬세한 배려라고 생각했어요. 윌리엄 버틀러 예이츠는 「학교 어린이들 사이에서」라는 시에서 이런 말을 해놓고 있잖아요? How can we know the dancer from the dance? 우리는 어떻게 춤에서 춤꾼을 따로 떼어낼 수 있는가? 이 시인이 능청맞아서, '밤나무에게 너는 잎이냐, 꽃이냐, 줄기냐' 묻는 것은 어리석은 짓이라네요. 밤나무는 그 자체가 전체, 전일한 존재이기 때문이겠죠? 신가인은 이야기를 멈추고, 보드카 잔을 들어 홀짝 마시곤 진저리를 쳤다.

"근데, 말이지요, 이 소설 주제가 무어라고 보세요?" 루시조가 물었다.

"그건 어쩌면 산문 언어가 짊져야 하는 근원적 부담일지도 모르지. 예술가와 일상의 괴리를 넘어서는 이야기로 이 소설을 읽는다면, 소설의 이야기 값은 한결 높아질 거야. 명상과 춤을 담양의 역사전통과 연결지은 것 또한 이 소설의 이야기 값을 높이는 요건이 되지 않겠어?" 이언적은 질문한 사람 스스로가 답을 내면 좋겠다는 생각을 하고 있었다.

"왜 무용가는 명상에 몰두하지요?" 신가인이 물었다.

"예술의 형식과 내용의 합일을 구하는 행위가 명상일 게야." 이언적은 설명을 덧붙이려다가 그만두었다. 명상의 최고 경지인 '공중부양'을 체험하는 걸로 설정되어 있는데, 소설가 윤가영이 그런 체험을 했을까 하는 의문이 들었다. 이언적은 칼치기로 들어오는 스포츠카를 피하느라고 급브레이크를 밟은 차가, 공중부양을 체험하게 하던 장면이

기억의 단층을 비집고 들었다.

작중인물로 설정되어 있는 예술가는 아침에 숲을 산책하면서 '새순이 움트는 소리, 꽃봉오리가 개화하는 소리' 등을 들으면서 자연과 자기 사는 땅 담양의 문화를 호흡하고 지낸다. 소설가 윤가영과 담양은 어떤 관계인가, 궁금했다. 텍스트에서 작가 쪽으로 시선이 옮겨가는 중이었다.

"이 소설에서는 결말이 문제가 해결된 걸로 되어 있는데, 이상하지 않아요? 일반적으로 소설의 결말, 현대소설의 결말은 약간은 모순적이지 않은가. 유예된 결말을 정석으로 삼기 때문인데, 여기서는 달라요. 왜 그렇지요?" 답을 해보라는 식으로 루시조가 다가들었다.

"우리는, 여기서 말이지, 언어 너머 저쪽을 생각해볼 필요가 있어요. 말하자면 무설전(無說殿)의 설법 같은 것인데, 불국사 설법당의 당호가 '무설전'이거든. 말 없는 설법, 함묵(含默) 속에 금강석처럼 빛나는 언어, 언어이면서 언어를 넘어서는 그런 언어를 상상하는 것이 예술의 본령일 거라." 소설과 예술을 등치하는 게 가능한가, 그런 질문이 나올까 조심스러웠다.

"그게 말이 돼요?" 씨이.

"어떻던가, 이 소설 읽는 동안, 이야기 재미있게 전개되었다는 느낌 안 들어? 또 따져보면 인생사 그런 해결도 있을 수 있겠다는 공감이 이 소설의 이야기 값이 아니겠나 싶네." 소설 독서의 경제학. 손익계산서?

신가인이 루시조를 향해 눈을 찡긋해 보였다. '부탁이 있다고 했는데……' 이언적은 이야기를 하기는 하는데 실감이 없다는 생각을 더듬고 있었다. 고개가 까닥 앞으로 숙여졌다.

"너네 삼촌 졸린가 보다."

"너한테 관심 외출한 모양이네."

"그럼, 다음에 다시 올까?"

"다음엔 내가 시간이 없어야."

"우리가 나갔다 돌아오면 어때?"

그렇게 해서 신가인과 루시조는 밖으로 나왔다. 이언적의 집 뒤에는 작은 숲이 있었다. 마을 사람들이 산책도 하고 해서 솔숲 사이로 오솔길이 나 있었다. 서울 근교에 이런 동네가 다 있는가, 환경이 너무 좋다 그런 이야기를 하다가 오솔길로 들어섰다. 길은 한적했다. 평일이기도 하고, 날이 우중충했다.

"길 아닌 길, 거기 나오는 작중인물 강자효가 길을 잃었던 그 길도 이런 데 같지 않아?" 신가인이 루시조를 흘긋 쳐다보며 말했다.

"주인공 강자효처럼, 난 가스총 같은 거 안 가지고 다녀." 위험지역 밖에 사니까.

"우리가 작품과 현실을 막 넘나드네, 근데……. 루시조 넌, 왜 상트페테르부르크를 가려고 하는 거야?"

"문학과 혁명의 관계를 연구하고 싶거든, 개인적인 목적도 있고." 연애?

"그 개인적 사연을 이야기해야 우리 삼촌이 추천서 써주지 않을까? 만일 네가 상트페테르부르크에서 북한으로 납치라도 당하면 어떡해?" 걱정은…….

"내가 사람은 물러도 정신 하나는 탄탄하니까 걱정 안 해도 돼." 정말?

"정신이 어느 쪽으로 탄탄한가가 문제겠지. 탄탄한 거 난 질색이거든." 왜?

신가인의 전화가 울렸다.

"나 삼촌이다. 놀다가 돌아가라. 나는 나가볼 일이 있다. 부탁이라는 건 다음에 이야기해도 늦지 않지?" 출판사에 전한 소설집 원고와 관련된 편집 사원과 만나기로 되어 있었다. 편집 사원은 비평가 한 사람과 같이 온다고 했다. 이언적은 비평가와 이야기 나누는 것이 부담스러웠다. 그러나 출판사의 요구를 무시할 수도 없는 형편이었다.

"삼촌 나간대. 추천서 언제까지 내야 하는데?" 루시조는 심드렁한 얼굴로, 아직은 시간 있어, 그렇게 대답했다.

6

소설가 윤가영을 만나러 가자고 했던 여행은, 칼치기로 앞지르기하는 스포츠카 때문에 허사로 돌아갔다. 죽일 놈! 저주를 퍼부었던 것이 운전자를 죽음으로 몰아넣은 것은 아닌가 가슴이 멍쿨했다. 그 사건을 두고, 이언적은 두 가지 생각에 빠져 지냈다. 하나는 소설가 윤가영과 심리적 거리 좁히기가 너무 타이트한 게 아닌가 하는 것이었다. 다른 하나는 윤가영과 조종성 사이에 자신이 끼어들어 훼방을 놓는다고 의심받는 건 아닌가, 그런 생각이었다. 그런 집착에 가까운 생각 때문인지 잠이 곱지 않고 어수선했다. '몽유소설' 전개되는 것처럼 인물들이 꿈에 나타났다. 소설가들이 장면의 전환이나 의식의 내면을 보이기 위해 꿈이라는 상징장치를 이용하는 것은 이제 좀 식상한 수법이었다. 그러나 꿈은 그 꿈을 꾸는 이들에게는 엄연한 현실이다. 꿈을 꾸었다는 것, 그것은 어떤 사람의 생애 한 부분에, 혹은 무의식에 자리잡고 있어서, 그 인간을 고민하게 하고 기분 좋게 하는 역할을 실제적으로 수행한다면 그건, 그렇지 않다고 고개를 내둘러도, 엄연한 현실이었다.

또 글쓰기, 그 자체가 삶의 과정이라는 주장은 이언적이 노상 하는 이야기였다. 나아가 글을 읽는 일 또한 삶의 과정이란 논리를 펴기도 했다. 그렇다면 작가를 알지 못하는 작품을 읽고, 그 읽은 것을 글로 쓰는 일 또한 삶의 과정이 아닌가. 삶의 과정에 들어와 있는 대상은 모두 사랑의 대상이다. 현장이란 작가는『사랑의 고고학』이란 소설집을 내면서, 산다는 것 그 자체가 사랑이라고 우직스럽게 이야기했다. 이 언적은 현장의 견해에 대체로 공감하는 편이었다. 기쁨 슬픔은 물론 희망과 좌절, 믿음과 배신 그런 게 모두 삶에 대한 사랑에 기인하는 게 아니던가 싶었다.

윤가영의 소설을 읽으면서 지낸 시간은 이언적이 살아간 과정이었다. 그리고 이언적이 읽은 작품은 윤가영이란 소설가의 삶의 분편이고, 따라서 그 작품을 읽고 글을 쓴다는 것은 단계를 건너뛰는 일이지만, 그의 삶에 관여하는 행위였다. 남의 삶에 관여한다? 그건 위험한 짓이었다. 어떤 형식을 취해도 상처를 남기기 마련이기 때문이다.

그런 생각을 굴리고 있을 무렵 윤가영 소설가가 전화를 해왔다. 어느 중학교 생활기록부에 나올 만한, 명랑 쾌활한 목소리였다. 초면인데도 목소리가 귀에 익었다.

"담양 오시다가 되돌아갔다면서요? 제가 차로 모실 걸 그랬나 봐요."

"주변머리가 없어놔서 그렇습니다. 그런데 소설집은 언제까지 내기로 했습니까?"

"조종성 사장님이, 자꾸, 슬로 앤 스테디……. 그러면서 첫 작품집이 작가의 평생 인상을 좌우한다면서 더 다듬으라고만 하세요." 스테디는 지루하지.

"내 글에 대해서는 다른 이야기 않던가요?" 소심하긴.

"글쎄요, 그런 이야긴 없었어요. 저는 대만족이고요." 리얼리?

"내가 조종성 사장한테 뭐라고 한마디 할까요?" 첫 작품집이 '작가의 평생 인상'을 좌우한다는 이야기 속에는 자신의 글도 포함되는 게 아니겠나. 그렇다면 조종성이 이언적의 글 다시 써야겠다는 이야기를 돌려서 하는 건 아닌가 싶기도 했다. 그게 필자를 아끼는 방법이 될 법도 했다.

"첫 작품집이 나온 후, 허무감에 빠져들면 어쩌나 걱정돼요." 그럴지도 모르지…….

"장편을 쓰세요. 그러면 단편은 물론 중편은 쉬워지고, 내가 소설가가 되었다는 일종의 확증 같은 믿음이 생길 겁니다." 윤가영은 숨을 죽이고 있었다. 전화기를 통해 숨소리가 들려오는 듯했다.

"소설가들 대개 몇 가지 중요한 화두를 가지고 장시간 몰두하게 마련인데, 윤가영 작가께서는 어떤 일이 있어도 소설가 이름 달고 사는 동안 꼭 써야 하겠다는 작정이 있는 화두가 뭡니까?" 인터뷰야?

"좀 식상할지 모르지만, 분단 문제나 통일 문제를 집중적으로 써봐야 하겠어요." 이언적은 그럴 줄 알았다는 느낌으로, 고개를 끄덕였다.

"이언적 선생님은 소설가라기보다는 교수 같은 분이란 생각이 들어요." 이언적은 이게 무슨 소린가, 고개를 옆으로 갸웃거렸다.

"책 나오기 전에라도 담양 한번 오세요. 아니 한번 모실게요." 모신다?

"뭐어 모시기까지야." 주춤.

"제 중편 다시 봐주세요. 저도 새로 썼어요." 새로 썼다? 잘한 일.

"나한테 보내소. 애썼소이다." 이언적은 윤가영이 다시 쓴 원고를 읽고 이 정도면 독자들이 크게 실망하진 않겠다 싶은 생각이 들었다. 이언적은 윤가영이 보내준 원고를 바탕으로 그 부분 글을 다시 썼다. 중편에 대해 평설한 부분을 다시 읽어보았다. 스스로 공감이 적다는 생각이 들었다. 그래서 두어 차례 다시 손을 보았다. 전통적 서사 문법에 익

시인의 강

숙한 이들은 소설 속에 긴 해설이 전개되는 것에 거부감을 가질 수도 있겠다는 생각이 들었다. 이언적은 자신이 쓴 글을 쫀쫀히 살펴보았다. 자기가 쓴 글을 자신이 다시 읽는 일, 그것은 어떤 의미에서 '사건'이 될 것인가 거듭 생각을 하면서였다. 양여경이 이언적의 서재로 들어왔다.

"당신 안 자요? 그러다가 병나겠어요." 병까지야.

"이 작가가 좀 불안하게 소설을 전개해서⋯⋯." 어쩌라구?

"당신이 몇 달 동안 책상에 놔두고 고심하는 것 같아서, 나도 그 소설 읽었는데⋯⋯. 좀 불안하긴 하더라구요." 맥락이 이상하게 얽혀들어간다는 생각이 들었다.

"당신이 「길 아닌 길」, 그 소설을 읽었다는 거야?" 나 원.

"공개된 정보니까⋯⋯요." 누가 공개를?

"말이 나왔으니 물어봅시다. 작중인물 강자효의 할아버지가 월북하는 걸로 되어 있고, 그의 아들 강자효의 삼촌이 다시 늙은 부친을 버리고 남한으로 귀순한 행동을 가족을 배반한 걸로 서술하고 있는데, 그런 설정을 당신은 어떻게 보는지?" 양여경은 한참 대답을 않고 서 있었다.

"당신이 쓴 평설도 읽어보았는데, 남북문제는 그걸 소설로 다루기는 근원적인 한계가 있지 않겠나, 그런 생각이 들었어요."

"근원적인 한계란 뭘 말하는 거요?" 이언적.

"현재를 단련하는 미래형이랄까⋯⋯." 양여경.

"아무튼, 소설가는 소설을 쓰는 과정에서 현실 인식의 수준이 상승한다는 점은 사실인 것 같소. 현재로선 길이 없다고 해도 결국은 길 이야기를 하면서 모색하는 삶을 지향하게 될 것을 암시하는 그게, 소설의 결말에 나타나야 하는 게 아닌가 싶소."

"커피 마실래요?" 이언적이 고개를 주억거렸다.

이언적은 자기가 다시 써서 보완한 글을 조종성이나 윤가영에게 보낼까 하다가, 채근이 있을 때까지 기다리기로 했다. 윤가영 편에서 전화를 해왔다.

"제가 선생님을 놉 얻은 것도 아닌데, 미안해요. 저는 이 구절이 맘에 들었어요. 소설가는 소설을 쓰는 과정에서 길을 만들어가는 작업을 하는 존재다." 그렇겠지.

"그 길은, 프로스트의 시 제목처럼 늘 '가지 않은 길'이지요. 그래서 새롭고, 새로운 만큼 가슴 설레는 작업이지만 현실적 장벽이 또 앞을 가로막는 그런 길입니다. 그런 점에서 세속화된 이전의 이념적 동지 최명준을 만나, 길을 모색하기로 작정하는 강자효의 결심은 윤리적 의미를 짙게 띤다고 보입니다. 강자효가 가는 길의 윤리성이 곧 작가의 윤리가 되겠지요." 이언적은 아무 말 없이 윤가영의 이야기를 듣고 있었다.

"잘 보아주셔서 고맙습니다." 말은 그렇게 해도 별로 고마워하는 눈치가 아니었다. 결국 어떤 작가든지 자기 작품을 압축해서 풀어내는 걸로 글쓰는 걸 좋아할 사람이 없을 듯했다. 이야기를 과감하게 줄이기를 잘했다는 생각이 들었다. 이언적은 이때라도 자기 글을 철회해야 한다는 생각에 골몰했다. 그러나 글쓰면서 보낸 시간이 아까워서도 그러지 못했다. 이언적은 다시 손질한 글을 조종성과 윤가영 둘에게 메일로 보냈다.

7

남의 글을 읽고 글을 써주는 일은 사실 좀 불편한 작업이었다. 때로는 작가에게 상처를 줄 수도 있기 때문이었다. 이언적은 윤가영 작가와 너무 오래 버티기를 하고 있었다는 생각을 했다. 버틴다기보다는 너무 밀착해 들어간다는 게 적실했다. 그렇게 생각이 오락가락하는 중에 윤가영 작가가 연락을 해왔다. 정리된 글 잘 받았다는 인사 끝에 대화가 이어졌다.

"단편소설의 미덕 가운데 하나는 정제된 형식미에 있다던 이언적 선생님 말씀에 공감해요. 그리고 세어보았더니 한 작품이 대개 200자 원고지 80장을 넘지 않더라구요." 그래 맞아.

"나는 소설 쓰면서 길이가 도무지 통제가 잘 안 되는데, 윤가영 소설가는 정갈하게, 아니 야멸차게 너끈히 해내더라구요. 내가 못 가진 걸 남이 보여주면 부럽지요. 형식적 정제미를 추구하다 보면 이야기가 단조로워질 수 있어요. 그런데 윤가영 소설가는 소재의 다양성으로 이런 단조로움을 극복하게 해요. 소재가 다양하기만 한 게 아니라 삶의 역사가 배어 있는 소재를 다양하게 동원하기 때문에 전체적으로 잘 갖춰진, 오래된 정원에 들어간 느낌을 받게 하지요." 정원에 들어가, 품에 안기지.

"선생님이 오래된 정원 얘기하니까 소쇄원 생각이 나네요." 이언적은 소쇄원(瀟灑園)이란 한자어를 노트에 써보는 중이었다.

"소쇄원 이야기는 직접 안 썼지만, 「누룽지 과자」처럼 가사문학의 본산이요, 조선조 유학이 꽃피어난 '담양'을 배경으로 하고 있는 작품. 그것은 예술적 삶의 본질을 포착하고 있다는 점에서 '담양'은 배경이면서 동시에 주제이기도 하다고 생각해요." 공감입니다. 내가 나 잘했다는 공감도 공감은 공감이지요.

"뭐랄까, 「환산정」은 전남 화순에 있는 역사유적. 기억과 현실의 문제를 다룬 작품을 사백 년이 넘는 유서를 지닌 정자를 의미 단위로 설정하여 이야기를 전개한 솜씨가 놀랍더라고요. 「무등산」은 삶과 죽음의 변주 가운데 삶의 의미를 반추하는 작품. '능주에서 화순을 지나가는 29번 국도를 달리다 보면 무등산의 모습을 만난다'고요? 무등산은 실루엣으로, 하나의 이미지로 제시되지요. 그러나 거기는 어머니와 '물을 맞던' 추억이 서려 있는 곳. 그 무등산의 추억이 삶을 밀어가는 힘이 된다고 생각되던데…… 탄탄한 역사·지리적 배경을 배면에 깔고 작중인물의 감각과 의식을 거기 녹아들게 하는 솜씨는 가히 일품입니다." 과찬 아닌가. 마음 속에 마음이 있어, 서로 등을 돌리고 엇갈리는 이 소용돌이를 어찌해야 하나.

"과유불급이래요. 공연히 칭찬 막 하시면 제가 제 주제를 모르고 겉넘게 돼요. 다음과 같은 구절은 마음에 와닿더라구요. '역사란 어느 땅에 살아간 사람들의 이야기로 구성된다. 그 이야기를 재구성하고 의미화하는 데서 역사는 현실에 뿌리를 내린다.' 그런 건 선생님 연륜에서 우러나오는 예지 같았어요." 연륜? 거리를 두자는 건가.

"「아버지의 땅」은 처음에는 속물소설 아닌가 싶기도 했지요. 헌데 반전이 산뜻했어요. 속현한 새어머니의 이악스런 물욕에 대해 고개를 내저었는데, 그 새어머니가 아버지의 유산을 예술가의 집으로 만들어 운영하는 것을 보고, 그 어머니의 진정성을 이해하는 그거, 그건 '길'이지요. 땅은 소유한다고 해서 자기 땅이 되지 않아요. 전대의 유산으로 지키고 있다고 해도 땅다운 땅이 되기 어렵지요. 그 땅을 당대의 삶 가운데 살려내야 정신적 유산이 되는 법이지요." 나의 땅은 어디에 있는가, 이언적은 가볍게 하품을 했다.

"「할아버지의 무덤」은 손녀가 할아버지의 정신을 이어나가는 이야기를 하려 했는데, 어떻게 보셨는지요?" 이언적은 그 작품 내용이 떠올랐다. 영암이 고향인 작중인물이 사촌 오빠의 도움으로 할아버지 산소를 찾는 중에 할아버지의 과거 행적을 알게 된다. 자기가 한국 근대정치사의 한 획을 그은 낭산 김준연(1895~1971)의 육촌뻘이 된다는 걸 알게 되는 과정. 그 과정에서 인간이 생명을 이어나가는 일의 의미를 확인한다. 잊고 있던 가족(혈통)을 찾아 자신의 존재가 '바람과 구름에 진 빚이며 생명과 우주에 진 빚'이라는 깨달음에 이르게 된다. 정신의 이어감…… 가볍게 볼 수 없는 이야기 값.

"한 개인이 '인드라의 망' 가운데 들어가는 과정은 속스러움에서 멀리 벗어나 있다고 해야 할 듯합니다. 그게 이 소설의 높이겠지요." 이야기를 이어가면서, 이언적은 자신의 작품에 대해 이렇게 살뜰하게 이야기해준 게 누가 있었던가, 공연히 섭섭하고 허전한 생각이 들었다. 전에 없던 일이었다.

"혹시 조종성 선생님이 선생님 쓰신 글 보고 뭐라고 안 하세요?" 이언적이 어리뻥해 있는데, 윤가영이 혼자 까르륵대며 웃었다. 이언적은 자신이 윤가영에게 빚진 감정상의 그늘을 생각하고 있었다.

"이건 아무래도 과찬인 것 같아요. 제가 한번 읽어볼게요." 윤가영이 낭랑한 목소리로 이언적이 써 보낸 글 한 구절을 읽었다. 들어보세요, 하면서.

"신선한 감각과 빛나는 통찰로 가득한 윤가영 소설가의 소설은 독자의 시각을 바꿀 수 있게 해준다. '나'를 완강한 주체로 폐쇄해두지 않는다. 나를 풀어내어 대상을 수용하는 수용체가 되도록 이끌어간다. 대상이 내게 오도록 나를 열어주어야 하는 것이다. 이를 주체와 대상의 합일이라 할 수도 있으리라. 그러나 그런 합일은 산문인 '소설'에서 도모할 궁극적 목표가 아니다. 다만 그런 경지로 독자를 이끌어주는 데서 역할을 마쳐야 한다. 자신은 소설에서 그런 작업을 했던가, 눈앞의 벽이 물결져 보였다." 읽기를 끝낸 윤가영은 고맙단 이야기를 거듭했다.

"윤가영 선생 글 읽는 일이 끝나자 너무 허전해서, 혼자 뭘 뒤져 읽고 그랬어요. 요즈막에 읽은 어떤 분의 글에서 감발된 바가 컸어요. 릴케, 그 큰 시인이 '아폴로의 토르소 상'을 보면서, 시선이 따로 있는 게 아니라 작품이 전면적 시각으로 화하게 하는 체험을 했다 할까. 그러자면 작품이 다가오도록 자신을 풀어놓고 바라보아야 한다는 겁니다. 주체와 대상을 분리하여 양립하는 서양철학 전통에 반하는 예술 수용의 태도겠지요. 그래서 '너의 삶을 바꾸지 않으면 안 된다.'고 준엄하게 말해요. 현실에 묶여 있는 자아를 바꾸는 일, 대상을 향해 풀어놓는 일, 그게 소설로 다가가는 진정한 태도일 겁니다." 누가 누구에게 하는 이야긴지 구분이 되지 않는, 말을 내뱉고 있는 자신이 참괴스러웠다.

"저도 공감해요. 저도 찾아 읽어보았는데요. 역시 릴케는 혜안의 시인이다, 그런 생각이 들더라구요. 「삶」이라는 시에서, 릴케는 인생을 이제까지 유지했던 것과는 다른 방식으로 수용하기를 권면하지요. '인생을 이해하려 들지 마라, 그럴 때 비로소 삶은 축제처럼 될 것이다.' 제 기억이 맞는지 모르겠는데 독일어로 이런 문장이더라구요. Du musst das Leben nicht verstehen, dann wird es werden wie ein Fest. 독일어 다 잊어버렸는데 희한하게도 이 구절은 기억에 남아요." 윤가영이 독문학 전공자인가.

"소설도 마찬가지일 거 같아요. 소설을 삶을 이해하는 도구로 삼을 게 아니다, 소설판은 이야기 잔치판이라 생각하자, 그리고 그 소설에 내가 들어가 잔치를 즐긴다면 그게 소설 읽는 새로운(바뀐) 길이 아니겠나. 소설 독서는 소설쓰기나 마찬가지로 삶의 과정이지요……. 헌데, 물어볼 일이라는 게 뭐요?" 이언적은 이쯤에서 이야길 마무리해야 한다는 생각을 하면서 물었다.

"사실은, 사실은……. 루시조라고, 와서 뭐 부탁 않던가요? 걔가 우리 외사촌인데요." 신가인이 부탁이 있다고 하던 게, 자기 일이 아니라 루시조 일이라는 짐작이 갔다.

"젊은 공산주의자가 있었는데요, 탈북해서 상트페테르부르크에 살고 있는 청년, 루시조가 엉뚱하게 개한테 홀딱 반해서, 거길 가겠다는 거라구요. 앞길이 창창한 애가 가시밭길로 얽혀 돌아갈까 걱정이 되어서 뜯어말렸는데 난리를 치는 거예요." 난감하다는 어투였다. 그래서? 추천서를 써달라는 건가, 쓰지 말라는 강제인가.

"그렇게 사는 것도 한 가지 길이 아닐까 싶은데, 말리는 이유가 뭐요?" 이언적이 물었다.

"뭐랄까, 길 아닌 길, 그 길은 우리 세대에서 끝내야 하는 게 아닌가 싶어요." 윤가영의 어투는 단호했다.

"그게 억지로 됩니까? 말하자면 국제정치학적 맥락 속에서 우리가 할 수 있는 일은 너무 제한되어 있어요. 그러나 뭔가 해야는데……." 이언적은 갑자기 숨이 터억 막혔다. 주머니에서 손수건을 꺼내 입을 가리고 기침을 토해냈다. 윤가영도 말을 잠시 멈추고 있었다.

"몰도바 와인 하나 보낼게요. 친구 양여경과 같이 드세요." 다감한 목소리였다.

"친구라니요?" 몰랐나?

"탈북자 지원 모임에서 만난 친구라구요. 양여경 씨와 만리장성 아미란 씨가 같이 활동한 동지들입니다. 사모님을 너무 모르시네……." 남편 맞아? 하는 어투였다.

탈북자 지원하는 일이야 탓할 건덕지가 없었다. 그러나 그것은 일상에서 벗어난 조금은 삐딱한 행위로 들렸다.

조카 신가인이 문자를 보내왔다. '루시조 환송하러 공항에 와 있어요. 추천서는 러시아어로 작성해서 이메일로 보내주세요.' 이언적은 윤가영이 루시조에게 자신이 소설에서 해야 한다는 일을 대신하게 하는 것은 아닐까, 그런 생각을 하며 창밖을 내다봤다. 성근 눈발이 날리고 있었다.

귀에서는 게거품 삭는 소리가 사글사글 들려왔다. ✽

작품 메모

아직도 '독시소설(讀詩小說)'을 의문의 눈으로 보는 독자가 있다면, 양해를 부탁한다. 이 글은 '공감소설(共感小說)'이다. 소설 읽은 이야기를 다시 소설로 썼기 때문에 이런 이름을 붙였다. 소설의 원형은 이야기다. 소설 읽기는 이야기 읽기이다. 소설에는 온갖 이야기가 다 포함되기 때문에, 소설 읽기는 기본적으로 공감을 전제한다.

소설의 이야기가 착착 다가온다면, 그것은 소설 언어의 구체성 때문이다. '게' 이야기를 한다고 하자. 소설가는 게의 모양이 눈에 들어오고, 손가락을 물어뜯어 피를 흘리던 기억을 환기한다. 아울러 게거품의 모양은 물론, 그 거품 삭는 소리까지, 모양과 소리가 훤히 떠오르게 써야 한다. 게와 연관된 추억이 있다면 실감으로 다가오도록 언어를 구사해야 한다.

조은경 소설가의 소설집 『메리고라운드』(계간문예, 2020.9)에 평설을 쓸 일이 있었다. 소설가가 남의 소설에 대해 평설 쓰는 이야기를 소설로 쓴 것이라서 맥락이 좀 난삽할지 모른다. 해서 게거품 삭는 소리 같은 이야기, 알아들을 수 있을 듯 말 듯한 이야기, 그게 『해어록』이다. 蟹는 게 '해'자다.

권하산문초(勸下山文草)
― 하산을 권하는 말씀

1

한 해 내내 연락이 없던 윤희가 만나자는 연락을 해 왔다. 덕장은 크리스마스에나 만나자고 미뤄두었다. 자신의 소설집 낼 원고를 정리하는 작업이 밀리고, 필선의 소설집 평설을 써주는 일이 있어서 만나자는 걸 멀찌감치 미루어놓았던 터였다.

"머리 더 빠지기 전에 만나자구요." 하는 소리가 가관이었다.

"지금보다 더 빠지면 아예 밀어버리고 절이나 찾아갈 거요." 윤희는 낄낄 웃었다.

"임자 없는 절이 있을까요?" 하긴 그랬다.

"그땐 좋은 사람 만나소." 맘에 없는 소리였다.

윤희는 우는지 웃는지 흐흐흐 하면서 전화를 끊었다. 덕장은 그 전화 이후 웃음과 울음을 구분하지 못하는 무감각한 인간이 되어 지냈다. 자기 곁을 떠난 화경(和敬)이란 여인의 영상 속에서였다. 화경은 덕장과 고등학교와 대학 동창이었다. 서로 잘 알고 지내다가 결혼까지 하게 되었다. 이른바 캠퍼스 커플이었다. 그런데 둘이 생각하는 방식과 살아가는 방법은 너무 달랐다. 식상할 정도의 불화 공식대로 둘이는 치달려 갔다. 덕장은 무던한 문학청년이었다. 거기 비해 화경은 사회참여의 선구자를 자처하고 나섰다.

"당신 소설가로 등단하면 나는 내 하고 싶은 일 시작할 거야." 사실 겁나는 선언이었다.

"지금 하고 싶은 일 못 하는 게 뭔데……?" 묻지 않아도 될 변명이었다.

남들 사는 것처럼 아내 떠받들며 알콩달콩 살고 싶었다. 헌데 아내에게 해준 게 아무것도 없었다. 덕장은 속으로 이를 악물었다. 소설로 생활의 길을 터야 했다. 화경은 내가 먼저 떠나야 당신 길이 트일 것 같다면서 여행 가방 하나 달랑 들고 집을 나갔다. 설마하니, 하는 덕장의 가슴을 불질러놓았다.

덕장은 화경이 떠나고 나서 소설가로 등단했다. 뭔가 붙들고 의지할 언턱거리가 있어야 했다. 등단이라는 게 까짓것 뭐 별스러운 건가, 등단했다고 금방 원고 청탁이 들어오는 것도 아니고, 누가 함께 일하자고 불러주는 데도 없었다. 작가라는 게 참으로 별스럽지 않다는 생각을 하고 있던 덕장에게 미국 LA문인협회에서 초청장이 날아들었다. 얼마 전에 『수상한 사람들』이란 소설집을 낸 게 효험을 발휘하는 중이었다. 등단 그거 괜찮은 거네, 하면서 비행기 표를 샀다.

덕장은 미국 같은 나라에 가서 살면서 문학을 한다는 게 도무지 무엇인가를 자주 생각했다. 생각할수록 대단한 일이란 느낌이 들었다. 산 설고 물이 다르고, 그리고 사람이 낯선 나라에 가서 그 나라 말 배우며 산다는 게 얼마나 신산한 일인가. 그리고 거기서 우리말을 가지고 문학을 한다는 게 유다르다는 걸 지나, 한국어를 통해 민족을 버티어준다는 생각을 하고 있던 즈음이었다. 덕장이 『수상한 사람들』을 낸 출

시인의 강

판사에서 『코리안 디아스포라』라는 소설집을 내어 덕장이 그 작품집을 정독할 기회가 있었다. 거기 실린 작품을 읽으면서, 덕장은 작품의 현장에 가보고 싶다는 생각이 속에서, 그야말로 치밀어올랐다. 그 끝에 미국 땅에 발을 디딘 것이었다.

수필 쓰는 영김이 공항으로 마중을 나왔다. 영김은 거침없이 덕장을 끌어안았다. 몇 차례 만나 임의로운 사이가 되긴 했지만 덕장에게는 익숙지 않은 인사법이었다. 미국에 가서 미국 문학을 공부한 민성의 소개로 영김을 알게 되었다. 한국에 문학 행사가 있을 때마다 다녀가는 영김을 두어 차례 만났다. 사람이 걱실하고 씩씩한 여장부였다. 덕장은 영김에게서 억세게 살다가 세상을 뜬 모친의 이미지를 읽고 있었다.

"소설가로 등단하고 작품집 내고 그러더니 훤해지셨어."

"별 볼 일 없는 사람을 불러주셔서 고맙습니다."

"고맙기야 여기까지 와준 게 어디야, 우리가 고맙지요." 영김은 자기를 내세우지 않고 '우리'라는 말에 힘을 주었다.

"문인회는 잘 움직이지요?"

"여기도 이제 늙은이들밖에 없다오. 다행인 것은 아직 쌩쌩한 이들이 몇 있어서……." 영김은 무슨 이야기가 더 있는데 말을 마무리하지 못하는 듯했다.

강연회 끝나고 문인들과 만나 이야기 나누는 간담회 뒤였다. 영김은 덕장을 따로 불러, 필선을 소개했다. 필선이 없는 자리에서였다.

"필선이란 사람, 오래 문학에 뜻을 두고 지냈는데, 소설을 쓰겠다고 나서서, 내가 덕장 씨를 소개하겠다고 했어요." 잘 지도하면 좋은 작가가 될 것이라면서 소설쓰기 지도를 부탁했다. 덕장은 소설 평계로 중간에 그만두긴 했지만, 배운 게 선생질이라서 그렇게 해보자고 거침없이 응낙했다.

　가르치고 배우는 관계에는 여러 가지 비의(秘儀)들이 얽히게 마련이다. 늦은 나이에 젊은 사람을 만나 뭔가 배운다고 하자면 대단한 용기가 필요하다. 그래서 누군가의 천거나 권면이 있어야 그런 관계가 맺어진다. 나덕장이 필선의 소설을 읽고 조언을 해주게 된 과정도 그랬다.

　덕장이 미국을 방문해서 작품을 손질해주고, 가르쳐준다든지 하는 것은 현실적으로 어려웠다. 그렇다고 필선이 한국에 와서 덕장의 지도를 받을 수 있는 여건도 아니었다. 필선은 고소공포증과 폐쇄공포증 때문에 비행기를 탈 수 없다고 했다. 그런데 작품 이야기를 하자면 대상이 어떤 사람인지가 궁금하지 않을 수가 없는 일이었다. 덕장은 영김에게 LA에 있는 동안 필선을 한번 만날 수 있겠느냐고 물었다.

　"그이가 운전을 무척 꺼려요. 이 동네는 운전 못 하면 집에 처박혀 살아야 한다우."

　만날 생각 말라는 어투였다. 사실 덕장은 우아하게 늙는 방법 가운데 하나가 글쓰기라고, 자기가 나가는 문화센터에서 수강생들에게 강조하곤 했다. 자기가 생각하는 대로 우아하게 늙어가는 사람을 하나 만나고 싶었다. 겨우 전화 통화가 되었다.

　"덕장 선생님, 선생님 알게 되어 너무 감사합니다. 내가 병원에 있느라고 선생님 만나지도 못하고 이렇게 결례를 합니다. 용서를……."

　"무슨 말씀을요. 형편대로 하는 거지요."

　"선생님의 충실한 제자가 될게요. 몸은 늙었어도 마음만은 쌩쌩해요."

　"마음처럼 풋풋하게 살아 있는 소설 쓰세요."

　"그런데, 선생님 만나지도 못하고 어떻게 해요? 아이구……." 그날

320　　　　　　　　　　　　　　　　　　　　　　　시인의 강

필선의 조카라는 여성이 저녁식사 자리에 나왔다. 오래 만나 익숙한 사람 같은 인상이었다. 시원한 눈매와 두드러진 볼, 옆으로 길게 찢어져 나간 입술 등, 인상이 화경의 얼굴을 떠올리게 했다. 많은 이야기는 하지 않았지만, 덕장에게 사근사근 다가왔다. 그러면서 총무 아니라도 자기 이모 일 때문에 앞으로 만날 기회가 있을 거란 이야기를 하고는 먼저 일어났다. 아릿한 향기를 남기고서였다.

덕장이 한국으로 돌아올 무렵해서 필선과 전화가 연결되었다.

"만나지도 못 하고, 전화는 전화대로 시차 때문에 편치 않고, 어떻게 하지요?" 사뭇 매달리는 투였다.

"메일 쓰시지요?"

메일로 작품을 보내면 첨삭해주는 식으로, 서로 주고받자고 덕장 쪽에서 제안했다. 필선은 고맙다고, 그렇게 하자고 하면서, 선생님은 저의 구세주예요, 그렇게 과장 섞인 답을 했다. 그 과장은 뒤에 시지포스적 결심 때문에 미화되었다. 이제까지 자기를 대단한 소설가라고 평가해주는 이도 없었고, 소설을 배우겠다고 다가서는 사람은 더욱 없었다. 한마디로 외로웠다. 더구나 아내가 곁을 떠나는 바람에, 소설가로 등단하기는 했지만 외로움은 날로 더했다. 덕장은 오랜만에 자기를 떠나가버린 아내 화경의 얼굴이 떠올랐다.

"집을 나가면 어떻게 살려고?" 사실 집이란 말은 애매했다. 그것은 생활의 근거가 되어주질 못했다.

"내가 한국인이잖아. 한국어란 문화자본, 그거 만만치 않으니 걱정 말아요." 국어선생이라도 한다는 것인가……? 그 뱃심의 근원은 이해가 잘 안 되었다.

덕장을 초대한 LA문인회에서는 공식행사 뒤에 이박 삼일 투어를 준비해주었다. 회장과 부회장, 그리고 총무로 일하는 윤희가 동행하는 멤버였다.

"얘가, 윤희 말인데, 필선 씨 조카라우. 소설가 남편 얻는 게 꿈이라잖아, 원." 영김은 윤희를 덕장 옆으로 밀어내면서 얼굴에 웃음을 피워 올렸다.

덕장은 사서 고생하려고 작정했는가 물으려다 말았다. 윤희라는 아가씨보다 영김이 먼저 눈치가 보였다.

"인간의 운명은 고차함수로 풀리지 않는다우. 일단 저지르고 해결은 뒤에 하는 거야."

그래서 어떻게 하라는 건가, 덕장은 속으로 고개를 살래살래 가로저었다.

돌아오는 길에 산타바바라대학을 방문했다. 대학 캠퍼스는 젊은이들로 물결을 이루어 일렁거렸다. 영김은 그 대학에다가 한국어과를 설치하겠다는 뜻을 슬그머니 내비쳤다. 대학을 다녀와 바다사자를 보러 갔다. 바다사자는 한국에서 '강치'라고 하는 동물이다. 같은 제목으로 소설을 쓴 작가도 있다는 걸 덕장은 알고 있었다. 독도에서 사라진 강치⋯⋯.

태평양에서 불어오는 바람이 몸을 날릴 것처럼 거세었다. 그 바람을 타고 미대륙에 도착한 유럽인들, 항해, 모험, 신세계, 그런 생각을 하는 중에 봉고차가 해변에 멈췄다.

"덕장 선생, 바다사자 봤수?" 영김이 덕장의 옆으로 다가서며 물었다.

"직접 본 적은 없습니다."

덕장은 안내판을 쳐다보고 있었다. Zalophus californianus(Lesson 1826) '캘리포니아 바다사자'라는 것은 알겠는데, 1826년이면 순조 27년경일 터였다. 그런데 레슨이라니? 레슨이 아니라 '르송'이었다. 르

송이란 사람이 여기를 답사하고 바다사자를 캘리포니아 바다사자라고
명명했다는 뜻으로 짐작이 되었다.

"살판났네, 저놈들이! 그래, 그래야 쓴다." 덩치가 엄청나게 큰 바다
사자 수놈이 자그만 암컷 등에 올라타고, 막 흘레를 시도하는 참이었
다.

덕장 옆에 붙어 있던 윤희가 어머머 소리를 지르면서 덕장에게 다가
들었다. 덕장은 자기 앞자락에 얼굴을 묻고 있는 윤희의 등을 쓸어주
었다. 손으로 땀기 밴 온기가 전해져왔다. 윤희는 덕장의 앞자락에서
풀려나, 덕장의 손을 잡았다.

"우리 먼저 올라가요."

영김은 어느 사이 올라왔는지, 모래언덕에 설치한 나무의자에 앉아
담배를 피우고 있었다. 숄더백 위에 팔말 레드 담배갑이 놓여 있었다.
그것은 뉴올리언스에서 만든 것이었다. 담배갑 옆에는 Il fumo uccide
라는 문구가 보였다. 흡연은 죽음이다, 이탈리아어로 된 경고문이었
다.

"당신 폐암으로 죽는 꼴 보기 싫으니 담배 그만 피워요." 화경은 덕
장이 담배 피우는 걸 질색을 했다. 과부 되기 전에……. 당신 혼자 살
아보란 악담에 가까운 투정을 뱉어내기도 했다.

"덕장 선생, 뉴올리언스 가봤나?"

"아직요……."

"거기 가니까 재즈바에서 담배를 태우면서 인생을 연소하고 살더라
고."

"필선이란 그 글꾼이 담배농장에서 살았나, 담배농장에서 담배꽃 따
는 이야기를 실감 있게 썼더라구." 뭔 여자가 그런 억센 이야기를 다
쓰고……. 영김은 혀를 차기도 했다.

"소설 오래 쓰신 분인가요?"

"직접 확인해보구려……." 영김은 한숨 비슷하게 긴 숨을 내뱉었다. 그때 윤희가 다가서며 말했다.

"저도 하나 피우면 안 될까요?" 영김이 윤희를 흘긋 쳐다보다가 말했다.

"이거 나 같은 과수댁이나 피울 거지, 젊은이들 쓸 물건 아니야." 덕장은 영김의 생의 내력 한 꼭지를 알아차렸다.

"필선이란 분, 그 글꾼도 혼자 사는 분인가요?"

"소설가가 혼자 살면 어떻고 남편 둘 데리고 살면 어때서?" 작품이나 잘 보란 뜻인 모양이었다. 덕장은 입을 다물었다. 윤희가 덕장을 쳐다보고 비싯 웃음을 내비쳤다.

덕장은 한국에 돌아와서도, 바다사자 흘레하는 걸 보고 품안으로 달려들던 윤희 생각이 가끔 기억의 각질을 뚫고 솟아오르곤 했다.

얼마 동안 필선이 메일로 작품을 보내면 덕장은 틈을 내어 그걸 읽고 소설 작법과 연관된 몇몇 사항을 적어 보냈다. 필선은 지적사항을 반영해서 다시 덕장에게 보내서 읽어달라고 했다. 그런 과정을 거칠 때마다, 이전 작품이 꼭 덕장에게 얘깃거리를 제공하려고 일부러 대충 쓰기라도 한 것처럼, 일약 비상을 하는 것이었다.

이쯤이면 하산(下山)을 명해도 되겠다는 생각을 하고 있을 무렵이었다. 미주 한국일보 공모에 작품을 냈는데 당선되었다면서 소설 원고를 보내왔다. 「대피령」이 그 작품인데, 그 작품을 읽고 그때부터 필선이 덕장에게 막강한 경쟁자가 되어 나타났다는 생각을 하게 되었다. 가르침을 받는 사람이 가르치는 사람보다 기량이 나아졌다고 판단되면 곧바로 하산을 명해야 한다고, 덕장은 마음을 다졌다. 그게 덕장이 「권하산문초(勸下山文草)」라는 글을 쓰는 연유다.

2

 필선의 소설을 읽으면서, 덕장은 소설이란 무엇인가를 곰곰 음미했다. 그것은 덕장 자신의 소설이 타성에 빠지는 것을 방지해주는 버팀목이 되어주기도 했다. 어떤 영역의 일이든지 타성적으로 하다 보면 양식화되어 신선미를 잃게 된다. 그래서 덕장은 자신의 소설 작업을, 남의 작품 읽듯 자주 되돌아보곤 했다. 같은 소설을 반복하는 것은 비윤리적이라고 공언을 하기도 했다. 수필가들한테는, 자기 색깔대로 글 쓰는 것 아니냐고, 크게 얻어맞았다. 아무튼 필선에게 소설 쓰는 방법을 일러주는 과정에서 얻은 덕이었다. 이런 부분은 이렇게 이렇게 써야 한다고 지적해주면 금방 답이 돌아왔다.

 "선생님 작품 어떤 걸 참고하면, 그 방법 알 수 있어요?" 필선의 질문은 집요하고, 반복되기를 거듭했다.

 소설을 '보통 사람들 살아가는 이야기'라고 규정하고 설명을 할라치면, 필선은 '인간의 본성'을 들추었다. 사람 살아가는 이야기가 추구하는 궁극점은 인간의 본성에 대한 이해라는 것이었다. 그 어마어마한 인간의 본성을 소설이 다룬다고? 법칙화가 안 되는 인간사를 붙들고 씨름하는 소설 작업은 어떻게 보면 시지포스의 고통스런 형벌과 닮은 측면이 분명 있을 법했다.

 필선이 덕장에게 전화를 해왔다. 그동안 죽 메일로 작품을 주고받고, 의견을 제시하는 일 또한 메일로 했기 때문에 목소리가 낯설었다.

 "여보세요, 저 엘에이 강필선인데……. 선생님 목소리 듣고 싶어서……."

"아, 저 덕장입니다. 말씀하세요." 스스로 생각해도 너무 사무적인 투였다. 화경은 덕장의 그런 사무적인 어투에 대해서도 머리를 내저었다.

"한국 잡지에 제 작품 하나 실렸어요. 덕장 선생님이 가르쳐주신 덕이지 뭐예요. 감사해요. 어떻게 보답을 해야 할지 모르겠네요." 잡지사에다 덕장 앞으로 책을 보내라고 부탁했으니 꼭 읽어봐 달라고 하고는 전화가 끊겼다. 덕장은 며칠 필선의 글이 실린 잡지가 배달되어 오기를 기다렸다.

『인간과문학』 통권 26호, 해외 작가를 소개하는 난에 실린 「내일은 없다」에 붙은 작가 메모에서 필선은 이렇게 적어놓았다.

"나에게 소설은, 시지포스가 감행한 운명적 투쟁이었다. 그는 산정에 이르면 다시 굴러떨어지는 바위 덩어리를 밀어 올리기를 거듭한다. 나의 소설쓰기 또한 시지포스가 바위를 밀어 올리는 것처럼 결코 멈출 수 없는 글쓰기 작업이다." 시지포스의 투쟁이란 구절이 눈에 걸려왔다. 메모는 좀 길어서 이렇게 이어졌다.

몇 년 전, 사경을 헤매며 통증에 시달리는 지옥 같은 시간이 오래 계속된 적이 있었다. 진통제와 염증 치료 주사로 연명하던 가운데, 알퐁스 도데의 「마지막 수업」이 떠올랐다. '마지막 수업'이라는 선생님의 이야기를 듣는 순간 지난날의 게으름과 불성실을 후회하는 프란츠처럼, 내 자신의 게으름에 대해 짙은 후회에 빠졌다. 내가 겪은 통증은 정신력으로 이겨낼 수 있는 게 아니었다.

죽음으로 다가가는 시간 속에서도 오늘을 알차고 현명하게 사는 삶이 절실했다. 생애의 막다른 골목에서 유대인 화가 해리 리버만을 만났다. 미국으로 이민와서 사탕 가게를 하다가 76세에 은퇴한 리버만은 그 나이에 '너도 할 수 있어.' 자신에게 다짐을 했다. 그날부터

103세로 세상을 떠나기까지 그림을 그렸고, 미국의 샤갈로 명성을 날렸다.

병이 우선해지면서, 내 자신을 위해 포기했던 소설을 다시 써보자는 결심을 했다. 76세에 그림을 시작한 해리 리버만처럼 나도 할 수 있지 않을까! 그래서 시지포스의 바위 굴려 올리기는 다시 시작되었다.

필선의 메모 첫 구절은 가히 도발적이었다. "나에게 소설은, 시지포스가 감행한 운명적 투쟁이었다." 소설쓰기를 시지포스의 운명적 투쟁이라고 선언하고 나오는 품이 예사롭지를 않았다. 그런 의욕과 다짐이 병고로 인해 가차 없이 무너지는 경우를 하도 많이 보아온 터라, 필선에 대해 걱정이 많았다. 당신 소설 잘 쓰니 죽 밀고 나가라, 그렇게 부추기기가 마음이 놓이지 않았다. 시지포스의 운명적 투쟁을 선언하는 이 소설가의 운명에 자기가 관여하는 게 도무지 가당한 일이기나 한가, 덕장은 조금 더 지켜보다가 부질없는 일을 그만두자는 셈이었다.

보통 사람들 살아가는 이야기를 운명적 작업으로 바꾸어놓는 일. 생각의 전환이 필요한 작업. 생각을 달리하기 위해서는 늘 새로운 시각으로 대상을 바라보아야 하고, 새로운 해석을 감행해야 한다. 그것은 일종의 고정관념의 타파인 셈. 고정관념을 벗어나서 인간을 바라보자는 게 소설의 사명이라면, 필선의 소설은 소설의 본질에 매우 가까이 다가가 있었다.

그런 생각을 할 무렵까지 필선은 한 달 정도 일정한 간격을 두고 작품을 보내오곤 했다. 필선의 작품을 받아 읽으면서 진전되어 나아가는 '운명적 투쟁'의 성과를 확인하는 일은 덕장을 가슴 뛰게 했다. 한편으로 날짜 정하고 강의를 해야 하는 것처럼 부담이 되기도 했다. 부지런

한 학생은 선생을 근면하게 만드는 법이다. 덕장은 자기로 인해 다른 사람이 변화되는 과정에 참여하는 것은 인간적 자질 가운데 매우 중요한 덕목이라고 생각하고 있었다. 덕장은 소설의 현장에 가까이 다가가 부단히 노력해야 소설가로서 자신을 세울 수 있다는 내용을 메일로 써서 보냈다.

메일에 대한 답신으로 또 다른 작품을 보내왔다. 덕장은 점점 필선의 작품 진전 일정에 이끌려 들어가고 있었다. 필선은 덕장의 일정 같은 것은 별로 고려하지 않는 듯했다. 처음에는 대단하다, 그런 느낌이 있었는데 시간이 지나면서 자신의 생활 리듬을 흩어놓는 훼방꾼으로 변신해갔다.

덕장은 자발머리없이, 그동안 쓴 작품을 묶어서 보내달라고 메일을 보냈다. 그러면 원고를 한꺼번에 읽고, 가능하면 발문이나 평설을 하나 써주겠노라고 약속했다. 그동안 소설 작업 뒷바라지를 한 처지라서, 기왕 나섰으니 작품의 가치에 대해 배서를 해주자는 각오였다. 윤희에게서 전화가 왔다.

"저어, 윤희인데요. 필선 이모가 선생님한테 뭘 전해달라 해서요."

"한국에 온 겁니까?"

"덕장 선생님 보고 싶어서 왔어요."

"그거 정말입니까?"

"속으면서만 산 분 같아요." 약간 토라진 투였다. 화경도, 정말야? 그런 응대에 대해서, 그럼 내가 노상 거짓말이나 하는 여자로 알아, 톡 쏘면서 대들었다.

"한국에 언제까지 있을 계획인가요?"

"덕장 선생님이 가지 말라면 안 가려고요." 이게 무슨 소린가, 덕장은 아연한 표정으로 잠시 핸드폰을 들여다보았다.

시인의 강

"나 무서워하지 말고 만나요."

당당하게 나서는 윤희를 물리치지 못하고 만나기로 했다. 윤희보다는 필선 때문에 만나기로 한 편이었다. 덕장을 만난 윤희는 필선의 원고에 대해서는 별 관심이 없었다. 자기한테 관심을 안 가져주어 심정이 상한 것처럼, 투정을 시작했다.

"용인에 살 거예요."

"용인에 살다니?"

"선생님한테 부담 안 드릴 테니 걱정 마세요." 윤희의 말로는 용인에 있는 EF KOREA라는 어학원에 취직을 하겠다는 것이었다. 덕장은 윤희가 말하는 어학원이 교육 관련 회사라는 것을 처음 알았다.

"나 제법 질긴 여자거든요." 화경도 자기가 질긴 여자라는 이야기를 가끔 했던 기억이 떠올랐다.

윤희는 필선의 원고를 팽개치듯 제쳐놓고 발딱 일어나 달아났다. 뒷모습이 화경과 너무 닮아 보였다.

필선이 윤희를 통해 보내온 작품은 아홉 편이었다. 책 한 권이 되기 충분한 양이었다. 덕장은 급히 써야 하는 원고도 있고 해서, 한 주일 지나서 연락을 하겠노라고 필선에게 메일을 보냈다.

한 주일이 바람처럼 흘러서 지나갔다. 필선이 궁금해할 것 같았다. 덕장은 필선이 보내온 원고 가운데 맨 앞에 놓은「갈대는 바람에 날리고」란 작품을 집어 들었다.

자신의 생애를 일그러뜨린 계모의 소원을 들어주기 위해 제주도에 가서 여행하는 동안 기억을 거슬러 올라가면서, 생애를 이야기하는 수법이 탄탄한 구조를 보여주는 작품이었다. 나아가 미워하는 자를 죽여버리고 싶은 살의 충동(殺意衝動)과 예술 충동의 조합을「갈대는 바람에 날리고」에서 볼 수 있었다.

'갈대'는 덕장을 오래도록 지배해온 하나의 상념이었다. 파스칼의 한 마디, '인간은 한 줄기 갈대'에 지나지 않는다는 명제. 그러나 그 갈대는 생각하는 갈대이고, 생각할 수 있기 때문에 우주를 품어 안을 수 있다는 인간 존재의 위대함을 역설하는 파스칼의 시각이 덕장을 사로잡았다. 그러나 필선의 '갈대'는 좀 달랐다. 덕장은 「갈대는 바람에 날리고」 원고를 다시 넘겨보면서 줄거리를 나름대로 정리해보았다.

주인공은 찬주라는 여자. 완고한 가부장제 가정에서 태어난 딸이다. 아버지의 지극한 사랑 속에서 자랐다. '달고 나온 놈'이 필요한 집안에서 할아버지의 강요로 아버지가 술집 작부와 관계해서 아들을 하나 얻어오고, 그 아들의 어미 되는 여자까지 후실로 들여앉히게 된다. 찬주는 그 여자에게서 온갖 수모를 당하면서 성장하고 생애는 왜곡된다. 그런 가운데 연극에 몰두하게 되고, 연극판에서 만난 '장연기'라는 제작자와 생애를 꾸리면서 '사랑'이라는 것을 얽어가며 살아간다. 장연기가 죽고 혼자 견디는 중에, 아버지의 여자가 아들에게 배반당한 끝에 찬주를 찾아온다. 남편과의 추억을 되찾으려고 제주도행을 강요한다. 찬주는 의붓어미의 요청을 들어 제주를 여행하는 중에, 오늘의 자기가 있기까지 역정을 반추한다. 찬주는 결국 갈대숲으로 의붓어미가 걸어 들어가도록 놔두고는 현실로 돌아온다. 그러고는 돌파구를 '연극'에서 찾는 걸로 가능성만 암시한 채 소설은 끝난다. 그리고 거기에 이은상의 시, 홍난파 곡으로 되어 있는 〈사랑〉이 배음으로 깔린다. '탈대로 다 타시오……'

덕장은, 전에 그 작품을 읽고 몇 가지 이야기를 했던 게 떠올랐다. 작가는 나이를 먹어도 소설은 나이를 먹으면 추해진다는 이야기를, 겁도 없이 터놓았던 것이다. 그것은 덕장의 다짐이기도 하고, 근래 나이 먹은 소설가들이 늙은이 이야기를 써대는 데 질려 경고 삼아 전해준 조언이었다. 덕장 자신이, 나는 나이 먹어도 이런 소설 안 쓴다면서 어금니를 지그시 물기도 했던 터였다.

필선에게서 메일이 와 있었다. 놀랍게도 『길거리문학』이라는 데 발표한 글을 읽은 모양이었다. 필선 자신은 나이 따지지 않고, 오늘을 산다고 썼다. 끝 구절이 눈에 들어왔다.

"염려 놓으세요. 선생님보다 제가 젊을지도 몰라요." 자신은 아직 공부하는 중이라는 이야기도 한 구절 적어놓았다.

다른 하나는 작가가 너무 유식하면 독자는 피곤하다는 것이었다. 파스칼이라든지, 이은상, 홍난파 그런 인물을 소설에 잔뜩 써넣어서 독자의 열등감을 자극하면 소설 망한다고 겁을 주었다. 기실 그것은 덕장이 자신을 향해 하는 이야기이기도 했다.

덕장은 어느 사이, 자신이 혐오하는 까탈스런 독자가 되어 있었다. 덕장은 소설을 괴롭게 읽는 편이다. 제목의 '갈대' 때문에 파스칼의 불어판 『팡세(Pensées)』를 찾아보기도 하고, 「사랑」이란 시의 한 구절의 어구에 목을 매달기도 한다. "탈 대로 다 타시오 타다 말진 부대 마소/타고 마시라서 재 될 법은 하거니와", 이 시행의 '마시라서'가 영 마음에 걸리는 것이었다. '타고 끝까지 다 타서' 그런 뜻으로 짐작은 되었다. 그러나 의미가 명쾌하지 않았다. 비발디의 〈사계〉 가운데 '봄'의 1악장을 찾아 들어보기도 했다. 덕장에게 익숙한 곡이었다. '트루 웨스트' 공연을 녹화한 버전을 다시 찾아 훑어보면서, 찬주와 장연기의 기막힌 재회의 의미를 생각하기도 했다. 덕장은 이러한 텍스트 연관성을 높여주는 장치들이 작품의 전체적인 흐름과 다소 엇갈린다는 생각을 했다. 작가의 지식과 감각이 작중인물의 그것과 층위를 달리한다는 점은 하산한 후에 해결할 과제로 남겨야 하는 게 아닌가 싶었다.

필선에게 전화가 걸려왔다. 한국 시간 고려해서 아침에 전화한다는 것이었다.

"저어 말예요, 선생님 얘기 듣고 유식한 티 다 빼기로 했어요. ……그런데 소설에 유식한 척하는 거, 그거 선생님한테 다 배운 거 같아요." 덕장은 약간 찔끔했다.

"무식한 사람은 자기가 무식하단 얘기 죽어도 못 해요."

"유식한 사람이 자기 유식하단 얘기는 죽도록 하지요? 아닌가?" 작가의 유식, 무식은 작중인물의 지식 수준과 어울리면 그만 아닌가 하면서, 대답할 사이 없이 전화가 끊겼다.

아무튼 살의충동을 불러오는 인간관계와 그것을 극복하기 위한 예술적 대안은 필선의 소재 특징을 드러내는 게 틀림없다는 생각으로, 덕장은 다른 작품을 찾느라고, 컴퓨터 모니터에서 부지런히 스크롤을 해댔다. 메일이 왔다.

"소설 너무 괴롭게 읽지 마세요. 우직한 저 때문에 선생님 작품 못 쓰면 그건 우리 문학사의 손해예요. 제 마음 아프게 하지 마시고 선생님 작품부터 챙기세요. 바이……."

덕장은 주객전도(主客顚倒)라는 말이 떠올랐다. 말이야 주객전도라지만, 가르치고 배우는 과정에서는 어차피 서로 영향을 받는 게 정칙 아닌가 싶었다. 서로 주고받는 영향 속에는 상처도 포함되기 마련이었다.

3

핸드폰이 드르르 드르르 울렸다. 수신 버튼을 밀었다. 발신자 영김이 표시되었다.

"별일 없으시지요?" 덕장은 생각과 말이 엇나간다는 느낌을 받았다. 텔레비전에서 캘리포니아 산불 때문에 LA 교민들이 잠시도 편하지 않다는 뉴스를 금방 보았던 것이다.

"별일……, 있지요."

"별일이라니요?"

"산불이 엘에이를 지옥으로 만들 지경이라니까요. 대피령까지 내리고……." 아무쪼록 몸조심하라는 내용으로 전화가 끝나기는 했지만, 덕장은 영김보다는 필선이 더 걱정되었다.

필선이 보낸 메일을 화면에 띄우고 스크롤하는 중에 「대피령」이란 작품이 눈에 들어왔다. 전화로 전해주는 소식과 소설가가 쓴 작품이 동시적으로 진행되는 것은 희한한 우연의 일치였다. 비상사태라야 대피령을 내리는 게 아닌가. 따라서 대피령은 일상 서사를 왜곡하는 것이었다. 건강까지 이상이 있다는 필선이 걱정되었다. 아무쪼록 소설집이 나오기까지는 몸을 잘 유지해야 한다고, 연락할 기회가 있을 때마다 주문을 외듯 했다. 그리고 무엇보다 살아 있는 필선을 어떻게든지 한번은 보고 싶었다.

근래, 덕장은 그런 생각을 자주 하곤 한다. 소설을 쓰는 작업은 자신의 왜곡된 서사를 바로잡는 일이라는 생각이 그것이었다. 왜곡된 서사는 개인의 심리 내면에 트라우마로 자리잡는다. 예컨대 6 · 25 같은 전쟁 체험, 학살, 강제 이주, 폭력, 홍수나 지진 같은 자연재해. 그런 것들이 개인의 정상적으로 진행되는 서사를 왜곡한다. 한마디로 '일상'을 엉망으로 뒤집어놓는다. 엉망이 된 일상을 다시 정리하고 거기서 삶의 이유를 찾아 나아가는 작업이 소설쓰기 아니겠는가. 독자는 그런 소설을 통해 삶의 이유를 발견하는 것일 터였다.

"우리 사는 게, 이게 정상이라고 생각해요?" 화경은 그렇게 묻곤 했다. 덕장은 신통한 대답을 내놓지 못했다. 현실에서 대피해 와서 웅크리고 있는 꼴이었다. 그것은 다시 주물러서 달리 빚어야 하는 서사였다. 그런 생각을 하면서 덕장은 「대피령」을 읽었다.

글을 잘 읽는 방법 가운데 하나는 천천히 읽는 것이다. 천천히 읽다 보면 인용하고 싶은 대목이 눈에 들어온다. 잘라두었다가 다른 글 쓸 때 이용할 셈으로 갈무리해두곤 했다. 덕장은 「대피령」의 두 번째 단락을 컴퓨터 자료실에 옮겨놓았다. 옮겨놓는 것은 결국 따붙이기였다.

'벨 에어' 산속은 새벽부터 새들의 아침인사가 시끌짝하다. 부엉이는 밤에만 우는 습성을 버렸는지 시도 때도 없이 부엉거린다. 시끄러운 새소리도, 배고파 보채는 아이처럼, 칭얼대는 코요테의 울음조차 이젠 무디어졌다. 가끔은 사슴이 짝을 지어 내려온다. 뛰는 소리가 텅 하고 지축을 흔든다. 집 앞 정원의 장미 새싹에 맛 들린 사슴은 꽃순을 남겨두지 않는다. 운이 좋은 꽃송이들만 핀다.

이전에 덕장이 로스앤젤레스에 갔을 때, 문인들의 안내를 받아 '게티센터'를 방문한 기억이 떠올랐다. 반 고흐의 〈아이리스〉를 비롯한 프랑스 인상파 화가들의 작품에 취해 있다가, 밖에 나와 바라보았던 맞은편 언덕 동네……. 꿈꾸는 사람들이 살 것 같은 그 언덕 동네. 거기가 '벨 에어'였다. 그런데 필선이 묘사한 풍경은 덕장이 살고 있는 용인시 '시의 숲' 풍경과 너무 닮아 있었다. 윤희의 전화 메시지가 떴다.

"숲에 나가지 못하고 방콕 처박혀 지내니 미치겠어요."

"나 사는 데, 우리집에 올래요?" 차편을 묻고, 집에 누가 같이 있는가 확인하고 그러고는 전화가 끊겼다. 용인에 아직 일자리를 굳히지는 못한 모양이었다. 윤희가 덕장을 찾아온 것은 다음 날이었다. 뒷산에서 꾹꾹이 우는 소리가 들렸다.

'시의 숲' 뒷산에서는 시도 때도 없이 꾹꾹이가 울어댄다. 가슴 저 밑바닥에 가라앉는 처절한 기억을 불러오는 새울음소리에 잠이 깨곤 한다. 꾹꾹이 소리를 배음으로 해서 작은 새들이 재잘거리면서 아침이 밝아온다. 고라니는 밤새워 캬악캬악 서러움과 원한을 뱉어낸다. 이놈들은 밭으로 내려와 농작물을 다 뜯어먹고 사과나무 늘어진 가지의 새순을 잘라먹는다. 그러나 겨울 눈덮인 밭으로 짝을 지어 달리는 고라니의 그 사랑스런 모습을 생각하면 분노와 원망은 저절로 잦아들고 만다. 덕장은 자기 동네 숲 이야기를 언젠가는 소설로 써야겠다는 생각을 곱씹곤 했다.

"와아, 좋다! 여긴 벨 에어와 풍경이 너무 닮았네, 어쩜⋯⋯." 윤희는 감탄부터 했다.

"세상에는 서로 닮은 데가 많아요." 맹둥한 대답이었다.

"언니도 용인에 풍경 좋은 데가 많다고 하던데⋯⋯." 언니라니? 어떤 언니 이야긴지 궁금증이 불쑥 일었다.

어떤 작품에서 그려진 풍경이, 독자가 사는 동네를 떠올리게 한다면 일단은 흡인력을 갖게 된다. 독자는 경험과 감성이 유사한 작품을 만나게 되면 우선 동화되기 마련이다. 덕장은 「대피령」에 빠져들기 시작했다. 자기가 읽는 작품에 빠져들면 글쓰기를 중단시킨다. 작품에 빠져 읽어내려가는 작업을 글쓰기와 같이 할 수 없기 때문이다. 글쓰기는 글읽기의 사후작업인 셈이다. 인생을 읽는다는 말 또한 마찬가지 아닌가. 삶의 어떤 가닥이 정리된 후라야 그 인생이 읽어지는 것이다. 「대피령」은 필선 자신이 직접 겪은 일을 소설로 쓴 느낌을 주었다.

"이 소설은 꼭 실화 같은데, 맞아요?" 덕장이 물었다.

"뭐랄까, 나도 읽어보긴 했는데, 글만 보아선 모르지요. 줄거리는 대강 그런 것 같더라구요." 별로 다가가는 느낌이 없었다.

벨 에어에 사는 행복한 노인의 우아한 삶의 서사는 '토마스 산불'로 인해 여지없이 망가진다. 아들이 출장 갔다가 돌아오기로 한 날, 산불이 동네를 덮칠 지경이 되고, 당국에서는 대피령을 내린다. 노인은 대피할 준비를 하면서 중요한 물건들을 챙긴다. 물건들을 챙기는 과정은 물건들에 묻어 있는 추억과 애착의 순서를 따라 결정된다. 보석 세트, 앨범, 노트북 컴퓨터, 아이의 배냇저고리, 아버지한테 생일 선물로 받은 '장미꽃 유화', 아들이 아끼는 시계들, 수표책 등을 차례로 챙기는 것이다. 그리고 근래에 산 '큰 핸드백'을 찾아들고 계단을 내려오다가 미끄러져 몸을 가누지 못하고 쓰러져 사경을 헤맨다. 그사이 의식공간을 명멸하면서 지나가는 생각들 속에 아들에 대해 진정한 사랑을 보여주지 못한 것을 후회한다. 후회와 함께 어떤 깨달음들이 섬광처럼 스쳐간다. 인간이 마지막 숨 넘어가기 직전에 이런 생각을 할 수 있겠다는 가능성으로 독자를 잡아끈다.

덕장은 영감이 전화를 해왔을 때, 왜 필선의 안부를 안 물었나 후회가 밀려왔다. 정말 대피령을 당하고, 거기 밀려 꼼짝없이 죽어간다면, 생애의 그런 끝장을 누가 복되게 전환해줄 수 있는가. 재난은 실로 폭압적인 것이었다. 고통이 문제가 아니라 존재 자체를 한순간에 절멸키는 그런 절체절명의 순간이 자연재해의 실상인 듯싶었다. 텔레비전에서 방영해주는 LA 폭풍이 점점 그런 생각으로 몰아갔다. 이야기는 점점 필선의 체험을 쓴 거라는 생각이 들게 했다.

"이모가 지금 몇 살이나 되었어요?"

"직접 물어보세요." 윤희는 안으로 토라져 있었다. 덕장이 딴 이야기만 하고 있다는 투정이 배어나는 태도였다.

섬광처럼 명멸하는 기억 속에 작중인물이 겪은 6·25 체험이 점경묘사식으로 삽입된다. 산불의 불꽃이 환기하는 6·25 체험은 이런 것들이다. 할아버지가 인민군들에게 붙들려가던 일, 집이 인민군에게 접수당해 '내무서'가 되고, 갈아입을 옷 한 벌만 가지고 쫓겨난 일. B29의 폭격으로 대퇴골에 파편이 박힌 일, 그것이 지금 상황에서 몰고 오는 공포, 인민군들이 집을 불태우던 기억……. 이런 역사기억이 미국에 이민 가서 살다가 산불이라는 대재난을 당해 사경을 헤매는 개인에게 되살아난다는 상황은, 독자들이 역사의 의미를 반추하게 한다. 반추는 경험의 반추이다. 그런데 그것은 재구성된 서사 아니던가. 재구성된 서사를 다시 반추한다는 것은 한참 꼬여돌아가 감당이 되지 않는 사유의 형태였다. 그것을 독자에게 강요할 수 없는 일이란 생각을 하게 되었다. 덕장은 자신의 소설이 그런 속성을 지니고 있다는 생각으로, 머리가 아파오기 시작했다.

덕장은 6·25를 직접 겪은 이들의 삶을 부러워한다. 자기한테는 그런 체험이 없기 때문이다. 기억의 문학인 소설을 쓰는 자리에서는 쓰라린 체험도 귀한 소재가 되는 법이다. 그 체험이 일그러진 체험일 때 그걸 고쳐나가는 작업이 소설쓰기인 셈이었다.

"덕장 선생님, 여행 좋아하세요?"

"여행 싫어하는 사람도 있을까?" 안 그래요, 윤희는 고개를 살래살래 저었다. 편견이라는 모양이었다.

역사기억과 개인의 개별기억이 교차되는 가운데 개인적인 여행체험이 스며들어온다. 프라하 광장의 시계탑에 성인들이 나와 '부질없다'고 외치고 들어가는 장면. 그 장면은 덕장도 프라하 여행 중에 보았던 터라서 특별히 의미 있게 읽히는 부분이었다.

덕장의 머릿속에서는 제어되지 않는 기억이 부글거리며 괴어올랐다. 부질없다는 말은 라틴어로는 바니타스(vanitas)라는 게 떠올랐다. 어떤 번역판 성경에는 "연기다. 한낱 연기다! 모든 것이 연기일 뿐 아무것도 아니다."라고 번역되어 있기도 했다. 헛되고 헛되며 또 헛되니……. 그래서 어떻게 하라는 것인가? 성경 해석 전문가들은 그러니 젊은 시절 열심히 살아라, 그런 교훈으로 뒤집어 읽는다. 이 구절은 호라티우스의 시로 연결되어 '현재를 잡아라' 하는 격언으로 널리 회자된다. 덕장은 언제던가 메모장에 적어두었던 구절을 찾아보았다. "carpe diem, quam minimum credula postero(제때에 거두어들이게, 미래에 대한 믿음은 최소한으로 해두고)" 이는 찰나주의가 아니다. 실존의 시공간을 포착하라는 훈계라고, 덕장은 생각했다.

"소설가 하는 일이, 전에는 몰랐는데 재미 되게 없는 거 같아요." 윤희는 그렇게 푸념을 뱉어냈다. 소설가에 대한 환상이 깨어지는 참이었다. 화경도 그런 이야기를 했다. 소설들은 재미있는데, 내가 알고 있는 이놈의 소설가는 사람이 재미없어 못 살겠다면서 푸념을 늘어놓았다.

"덕장 선생님, 소설을 그렇게 힘들게 읽는 까닭이 무어예요?" 윤희가 물었다. 덕장은 속생각을 드러내지 않고 안으로 새기고 있었다. 말하자면 소설가가 얼마나 공들여 쓴 작품인데 대강 읽고 알았다고 덮어놓는 독서는 그 방식에 문제가 있다는 생각이었다. 그런 생각 끝에, 덕장이 밑줄을 그어놓은 부분을 다시 들추어보았다. 화마가 널름대는 상황, 계단에서 굴러떨어져 몸을 가눌 수 없는 장면에서 아들을 기다리는 대목이었다.

아들이 도착할 시간은 아직 멀었는데 풀을 움켜잡고 절벽 중간에 매달린 나를 위에서는 쥐가 풀을 조금씩 갉아 먹고 밑에서는 사자가 으르렁거리며 내가 떨어지기를 기다리는 상황처럼 어떻게 해볼 수 없는 처지가 되었다.

이 문장은 덕장의 기시감을 불러왔다. 전에 덕장이 낸 책 가운데 한 번 인용한 적이 있는 내용이었다. 덕장은 그 구절을 읽은 적이 있는가 윤희에게 물었다.

"내 기억이 정확한지는 모르지만, 저도 전에 읽은 적이 있는 에피소드예요." 그걸 어디서 읽었는지는 묻지 않았다.

"기억이, 문자 텍스트를 그대로, 정확하게 구술할 수 있는지는 모르지만, 대개 이런 이야기 아닌가요?" 윤희는 그 내용을 죽 읊듯이 이야기했다.

어떤 사람이 미친 코끼리에 쫓기다가 우물 안으로 내려진 덩굴을 타고 그 속으로 내려갔으나, 바닥에는 독사가 입을 벌리고 있었다. 다시 오르려 해도 코끼리가 입구에 버티고 서 있어서, 이러지도 저러지도 못하였다. 의지할 것이라곤 잡고 있는 덩굴뿐이었다. 이것을 흰 쥐 한 마리와 검은 쥐 한 마리가 번갈아 나타나 머리 위에서 갉아 먹기 시작하였다. 그러나 그 사람은 그 절박하기 짝이 없는 순간에, 덩굴에 달린 벌집에서 흐르는 꿀의 단맛에 취해 있었다.

현실의 단맛에 빠져 위기를 위기로 느끼지 못하는 이 허랑한 존재,

그게 인생이라는 깨달음이 그 구절에 의미의 그물을 드리우고 있는 것이었다.

"기억력이 대단하네." 화경도 기억력이 남달랐다. 특히 숫자에 대한 기억력이 뛰어나, 슈퍼에서 지불한 대구 한 마리 값까지 기억하곤, 이웃 가게보다 350원을 더 받더란 이야기를 했다.

"이만, 저 가볼래요."

"아니 곧 끝나는데, 내가 점심 사줄려고 하는데……, 미안해요."

"소설가가 미안하다는 말도 하네요." 덕장이 테이블에서 일어나 윤희의 손을 잡아 의자에 앉혔다.

"나는 그 이야기를 불교의 초기경전 『아함경』에 전한다고 전거를 적어놓았을 뿐인데, 필선의 작중인물은 더욱 절박한 상황에 처해 있더구. 오전 한나절에 불어닥친 자연재난에 한국의 6 · 25를 연계하고, 기독교와 불교의 에피소드를 연결한 소설 구성법이 괜찮아 보였지."

"나가면 안 될까요?" 윤희가 벽시계를 쳐다봤다. 열두 시를 가리키고 있었다.

거기다가 필선이 소설쓰기를 자신의 존재 이유라고 선언하는 맥락도 포함되어 있다. 자신이 컴퓨터에 써놓은 작품이 자신의 '분신'이라고 선언하는 것이나, '인간의 간사함'이나 '고통스럽고 비참한 상황에서 가진 자에게 짓밟히는 사람들 이야기를 하고 싶은' 것이 자신의 소설쓰는 이유라고 못 박는 것은 작가의 당당한 작가의식을 보여주는 터라서, 예사로 넘길 수 없었다. 있는 자와 없는 자를 대비시키는 것은 아직 덜 익은 사고란 생각이 안 드는 것도 아니었다.

죽기 전에 모든 과오를 뉘우치고, 오해를 풀고, 인간이 한 단계 정신적 상승을 기하는 이런 과정은 왜곡된 서사를 바로잡는 작업이 아닌가, 그게 덕장의 생각이었다. 그래서 「권하산문」을 어서 써야 한다는 조바심으로 안달이었다. 「대피령」을 읽은 이후 그 조바심은 더욱 강렬하게 덕장을 조여왔다.

4

덕장은 「수렁에 봄이 찾아오면」을 읽고 나서, 진작 '권하산문'을 마무리해야 하는 것을, 이미 늦어졌다고 주먹으로 책상을 쳤다. 노사(老師)와 문도(門徒)가 자리바꿈을 하면 누가 먼저랄 것 없이 하산을 결행해야 하는 법이 아니던가. 덕장이 필선에게 하산을 명해야 한다는 다짐을 둔 것은 필선의 소설 배경이 되었던 뉴올리언스와 연관된 기억 때문이었다.

"뉴올리언스, 거기 가면 '너바나'라는 재즈바가 있거든요. 거기서 술장사하는 제니라는 여자가 친구예요." 윤희는 그 이야기를 하면서 눈을 새초롬히 뜨고 덕장을 건너다보았다.

2019년 여름은 덕장에게 특별한 경험이 있었다. 친구 박외서 교수와 미국 루이지애나주에 있는 뉴올리언스에 갈 기회가 있었다. 목적은 두 가지였다. 하나는 아이티 공화국에서 일하던 노예들이 미국으로 이주해서 생활한 터전을 보고 싶었던 것이다. 그 여행은 노예 문제를 소설로 쓰기 위해 아프리카 세네갈을 방문했던 일과 연관되어 있었다. 루이 암스트롱으로 상징되는 재즈의 본고장을 찾아보고 싶은 것이 다른 하나의 목적이었다. 루이 암스트롱이 부르는 〈서머타임〉은 덕장이 화경과 함께 꿈꾸던 삶의 로망이었다.

뉴올리언스 시내를 돌아보고 폰트차트레인 호숫가에서 근사한 와인을 곁들인 생선요리를 먹으면서 현란하게 타오르는 노을에 취해 있었다. 미시시피강 하구의 운하 제방에 앉아 강바람을 쐬면서 허리케인 '카트리나'의 기억을 떠올리기도 했다. 프랑스 작가 샤토브리앙(François René de Chateaubriand, 1768~1848)이 거기를 배경으로 해서 『나체스족』이 라는 소설을 쓴 나체스 마을의 인디언 무덤도 찾아가보았다. 그것은 비애의 흙무덤이었다. 한 족속이 유지된다는 것이 얼마나 대단한 일인 가를 생각했다. 더구나 세계로 삶의 영토를 넓혀 억세게 뿌리박는 일, 인간사 가운데 그보다 더한 걸 떠올릴 수 없었다.

프렌치 쿼터에서는 재즈바에 들러 와인을 마시면서 작품을 구상하 기도 했다. 작품 제목이 '세컨드 라인'이었다. 서너 집 건너 '재즈 퓨너 럴'이란 간판이 달려 있는 것을 보고는 호기심이 일어 그게 무언가를 알아보았다. 재즈의 고향 뉴올리언스에서 장례를 치르는 방식이라는 걸 알았다. 그들은 그것을 '세컨드 라인'이라고 했는데, 말하자면 이승 을 살아가는 일이 퍼스트 라인이라면 사후세계는 '세컨드 라인'인 셈 이었다. 이승에서 맺힌 한 저승 가서 다 풀어버리소, 하는 상두가 또는 향두가(香頭歌) 한 구절과 닮은 곡절이었다.

덕장은 소설의 플롯을 짜고 있었다. UDT(underwater demolition team) 출신 최병창이 특수공작원으로 일하다가 전역하고, 신변의 위협을 이 겨내지 못하고 미국으로 이민하게 된다. 수중 작전에 단련된 그는 뉴 올리언스에서 스킨스쿠버를 생업으로 삼아 생활한다. 그런 중에 폭우 카트리나가 닥치고, 최병창은 몸도 돌보지 않고 수재민 구제에 혼신 의 힘을 다한다. 그리고 주민들과 어울려 재즈바에서 트럼펫을 불기도 하면서 특수요원이었던 전력을 드러내지 않고 살아간다……. 그가 그 랜드 브리지 공사장에서 일하다가 강물에 빠져 실종된 세네갈 출신 엠 쿤타의 시신을 건지다가 체력이 못 미치는 바람에 자신도 익사하고 만 다. 뉴올리언스 주민들의 그의 장례를 재즈 퓨너럴로 치러준다. 거기

시인의 강

에 그의 조카 신청운이 찾아가 참여하고 삼촌의 삶을 회상하면서, 그의 친구에게 술회하는 그런 이야기를 구상하고 있었다. 재즈바에 가서 제인이라는 여자를 쳐다보면서, 여러 생각이 갈피를 잡을 수 없게 돌아갔다.

그런데 필선이 구상하는 서사는 길이 달랐다. 뉴올리언스에 이민한 정인이라는 14세 소녀가 카트리나를 만나 집과 아버지를 잃고, 그를 대피시켜준 인물에게 성폭력을 당하는 장면의 묘사가 너무 생생해서 덕장은 그 대목을 다시 찾아 읽었다.

파란 하늘에 솜털구름이 뭉게뭉게 피어오른다. 그 사이로 깃털 구름이 조금씩 모여들고 뭉친 가운데 태풍의 눈이 서서히 돌기 시작한다. 나뭇잎들이 바람에 흔들리고 나뭇가지가 부러지고 뿌리째 뽑힌다. 그때 갑자기 나타난 갈색 털로 뒤덮인 커다란 곰이 앞을 가로막는다. 앞발을 들어 쓰러진 내 가슴에 올려놓는다. 답답하다. 숨을 쉴 수 없다. 예리한 칼로 난도질당한 듯 소변 나오는 곳이 생살이 찢기듯 아프다. 긴 곰 발톱이 내 몸 여기저기를 할퀸다. 그럴 때마다 찢긴 내 살점 신경들이 살아 움찔거린다. 필사적으로 발버둥친다. 곰이 내 양팔을 꽉 붙잡는다. 내가 팔을 물어뜯는다. 산울림처럼 씩씩대는 내 숨소리만 허공에서 맴돈다.

자연, 인간의 폭력, 폭력을 당한 뒤의 절망, 그리고 그 절망을 넘어서는 데서 찾은 작은 희망으로 마무리되는 작품이 「수렁에 봄이 찾아오면」이다. 덕장은 뉴올리언스를 배경으로 구상하고 있는 소설을 쓴다면 어떤 결말을 맺을 것인가, 머리를 떨구고 생각에 잠겼다. 그런데 마치 병이 도지듯이 프랑스의 오를레앙이 떠오르는 것이었다. 뉴올리언스는 프랑스어 누벨르 오를레앙을 영어식으로 읽은 것이었다. 이른 바 크레올어다. 한국 이름 정인이 미국에 와서 조니로 바뀐 열네 살 소녀, 처참한 폭력을 당하고 살아나 봄을 맞은 그녀는 잔 다르크의 화신은 아닐까, 그런 짐작이 갔다. 그러나 그렇다고 우기거나 단정하고 싶지는 않았다. 전거가 없어도 현실이 여실하게 그려지면 소설은 성공하는 것이라고, 덕장은 생각했다. 역사 진전은 희생을 요구하는 게 보편적 법칙인 것 같았다.

윤희는 이야기했다. 그래도 이름 남기는 희생은 괜찮다는 것이었다. "이름도 남기지 못하고 가뭇없이 사라지는 사람들이 얼마나 많은데요. 작가도 마찬가지 아닌가요?" 덕장의 생각은 달랐다. 이름 이전에 살아간다는 게 우선이었다.

남의 작품을 읽는 것은 필연적으로 오독이 될 수밖에 없다고 해도, 과도한 오독은 작가와 독자의 사이를 이반(離反)하게 하는 행위가 아닌가. 그런데 루이지애나주는 프랑스 루이 임금의 땅이란 뜻. 덕장은 서아프리카 세네갈의 '생 루이(Saint Louis)'라는 도시를 떠올렸다. 지난 2월에 다녀온 세네갈의 프랑스 식민도시. 같은 이름의 도시가 미국 미주리주에도 있다. 물론 거기는 세인트루이스라고 한다. 아무튼 뉴올리언스가 있는 루이지애나주와 아프리카 세네갈의 '생 루이'는 펠리컨이란 새를 매개로 연결되어 있다. 펠리컨—운명의 짐처럼 부리가 너무 커서 몸이 날쌔지 못하고 박제사들에게 항용 잡혀서 죽어가는 펠리컨, 그게 화경의 생을 암시하는 것은 아닌가 싶었다. 화경은 삶의 짐을 페리카나의 부리처럼 달고 살다가 견디지 못하고 덕장을 떠나갔다. 그것은 덕장이 더 치열하게 사는 자극이 되기도 했던 게 사실이다.

이렇게 넝쿨이 벋어나가는 텍스트 연관성은 사실 과도한 지적 호사

시인의 강

가 아닌가 싶었다. 지적 호사는 지적인 괴롭힘이기도 했다. 한껏 멋을 부린 펠리컨의 부리처럼 무거운 짐을 지고 사는 게 덕장의 삶이었다. 덕장은 전날 읽다가 펼쳐둔 번역판 성경을 들춰보았다. "많이 배우면 걱정도 많고, 많이 알수록 고통도 늘어난다." 이건 뭔가. "잘 알아야 진정으로 믿을 수 있고, 믿음이 앎을 촉구한다"는 해석학의 순환을 전적으로 부정하는 구절을 성서에서 발견한다는 것은 인문학의 비애라는 생각을 저버릴 수 없었다. 그러면 소설에서 추구하는 '진실'은 어디 있는 것인가. 진실은 감각과 연관되어 구체성을 획득한다. 그렇다고 필선의 작품에다가 이렇게 손질을 해라 하고 권할 아무 논리적 근거가 없었다.

언제던가 윤희는 그런 이야기를 했다.

"말이 자유의 천지 미국이지, 무서운 나라예요. 뭐랄까……. 죽음을 무릅쓴 자유가 어딘들 없겠어요?"

사실 이 소설은 아메리칸드림이 어떻게 깨어지는가를 간접적으로 이야기하고 있는 작품이다. 사람 살아가는 길이라는 게 어딜 가나 자기 찾아 나서기, 자아 발견을 지향하게 마련이지 않겠는가. 그래서 흔히 사람들 입에 오르내리는 한 구절을 따라 '일체유심조'라고 현실적 고통을 위무하곤 한다. 그러나 바꾸어 생각하면 몸뚱이 지니고 사는 인간이 맘먹기 따라 모든 게 달라진다는 것은 자연스럽게 수용하기 어려웠다. 고국을 떠나 낙원을 찾아간 거기서 만나는 인간의 비루함. 그러한 인간의 비열함을 감추지 않고 이야기로 구성하는 것이, 아마 필선이 추구하는 인간의 본질일지도 모른다. 눈이 알알하니 아파 왔다.

덕장은 잠시 눈을 들어 벽을 바라보았다. '득어망전(得魚忘筌)'이라는 족자가 걸려 있었다. 창강이라는 호를 쓰는 서예가가 덕장이 『상어』라는 소설을 냈을 때 기념으로 써준 것이었다. 창강은 말했다.

"덕장 작가는, 물고기 잡았으면 통발은 잊어버려라, 이 구절을 그렇게 읽지는 않으리라고 믿습니다." 덕장은 잠시 어리뻥해져 창강을 망연히 바라보았다.

"말에 대한 집착에서 벗어나야 할 겁니다." 창강은 당신이 말에 대한 집착에서 벗어나면 다시 찾아오마 하고는 총총 가버렸다. 그 이후 덕장은 창강을 기다리면서 소설을 썼다. 말을 다루되 말에 대한 집착을 벗어나는 일. 그것은 새로운 고기를 잡고자 할 때마다 그물을 새로 장만해야 하는 고된 작업을 예고했다. 말과 의미는 맞붙어 있는 야누스 형상을 하고 있는 것이라서 말과 의미를 갈라보는 일은 아득히 멀게만 느껴졌다.

덕장은 필선의 작품을 읽고 「권하산문」을 마무리해야 한다고 스스로 재촉하고 있었다. 이런, 이미 늦은 건지도 모를 일. 덕장은 오른손을 들어 머리를 툭툭 쳤다. 뒷골로 서늘한 기운이 흘러갔다.

5

크리스마스가 꼭 보름이 남아 있었다. 덕장은 자기가 쓴 글을 필선에게 크리스마스 선물로 보내주어야 하겠다면서, 작업을 서둘렀다. 작업이 더디게 진행되었다. 덕장은 자기가 쓰는 글이 '해설'로 치부되기를 바라지 않았다. 필선의 작품에 공감하면서 자기 나름의 '자율구조'를 갖춘 소설을 쓰고 싶었다. 소설을 읽는 과정이 소설을 쓰는 과정으로 전환되는 작업. 그런데 필선이 쓴 소설 본문이 자꾸 걸려와 통어(統御)가 되질 않았다. 글이 길어지는 이유가 거기 있었다. 덕장은 글을 줄이느라고 몇 날 밤을 허덕거렸다.

영김에게서 전화가 왔다.

"엄청 바쁜 모양이네, 덕장. 여기 필선 씨가 덕장 선생 보고 싶어 미친다는데 어떻게 하지……?"

"산불 얘기만 나오면 저는 우리 동네가 불타는 것처럼 몸이 오그라들어요. 산불은 다 정리되었나요?"

"내가 쿠바 갔다가 덕장 선생 주려고 모자 하나 샀는데, 이전 그 주소로 보내면 되오?" 산불 얘기는 건너뛰는 느낌이었다.

"예, 이전 주소 그대로입니다."

"필선 씨도 덕장 선생 주소 묻던데 알려줘도 괜찮겠지요?"

덕장은 그 물음에는 대답을 하지 않았다. 대답을 듣기 전에 글 빨리 써달라는 재촉이 터져 나왔기 때문이었다. 출간을 서두르는 느낌이 역력했다. 건강이 언제까지 버텨줄지, 건강이 버텨주는 한에서 시지포스처럼 일할 거라던 이야기가 떠올랐다. 건강에 이상이 생기면 사람들은 전에 않던 생각과 행동을 하는 법이다. 알았다 하고는 글을 서둘렀다.

이런 글을 꼭 길게 써야 하는가, 덕장은 문득 그런 생각이 들었다. 다른 작가의 글을 읽고 그걸 소설 형식으로 쓰는 일은 일종의 메타픽션을 만드는 일일 터. 메타란 한 차원 위라는 뜻이다. 꼭 그게 수준의 높이를 말하는 것은 아니다. 한 단계 위에서 거머잡아 본다는 뜻이다. 아직 분석을 하지 않은 작품들이 공통으로 지닌 특성을 바탕으로 하산의 이유를 몇 조목으로 정리해야 크리스마스 약속을 지킬 수 있겠다 싶었다. 마감 일자를 지키기 위해 맘을 졸이고 있는 중에 윤희가 전화를 해왔다.

"저어, 덕장 선생님, 윤희인데요, 한번 만나요."

"아, 그렇지 않아도 궁금했는데, 잘 지내요?"

"저야 잘 지내는데, 필선 이모가 선생님 글 얼른 받고 싶다고 야단예요. 그런데……."

"나한테 연락을 해야지, 왜……?" 윤희한테 전화를 하는가는 묻기 어려웠다. 말꼬리를 감추는 게 무슨 뜻인지는 여전히 스스로도 잘 모를 태도였다.

글을 마무리하기 전에 다시 처음으로 돌아가 살피기로 했다. 그래야 하산의 이유를 확실히 잡아내어 오해가 없지 싶었다. 우선 소설의 기본이 되어 있다는 점을 들었다. 그건 언어적 측면에서는 묘사력이 뛰어나다는 특장이었다. 소재를 가공하는 방법에서는 탄탄한 구성력을 지니고 있다는 점도 거들었다. 따지고 보면 이 두 항목에 소설의 모든 것이 다 포괄될 듯했다. 소재를 가공하고 구성하는 스토리 차원과 소설을 어떻게 쓸 것인가 하는 담론 혹은 서술 차원이 여기 함께 포함되기 때문이다. 이 두 항목을 충족할 때 하산을 권해도 충분하다는 생각이 들었다. 그리고 이 두 사항은 작품을 보내고 평을 해주는 과정에서 이미 이야기해둔 터이기도 했다.

영김의 전화를 받고 나서는 그럴 만도 하다는 생각이 들었다. 거기다가 필선이 출판을 서두른다는 윤희의 전언을 듣고 나니, 필선의 건강에 이상이 있는 건 아닌가 자꾸 마음이 쓰였다. 살아서 다시 못 만나는 건 아닌가, 그런 잔망스런 생각이 들기도 했다. 앓을 만큼 앓아보는 것도 체험이거니, 그렇게 생각하기는 걸리는 구석이 많았다.

필선이 약체에다가 병약한 체질이라는 것을 틈틈이 들어서 알고 있었다. 혹심한 병고를 치르면서 존재의 문제를 성찰할 기회를 갖는 사람들은 그 과정에서 '새사람'이 되기도 한다. 필선 본인이 쓴 글에 나타나는 기록이니 그대로 믿을 수밖에 없지만, 필선은 병에 대해 뜻밖으로 해박했다. 병에 대한 두려움과 죽음에 대한 공포를 감각 차원에서 막연히 서술하는 게 아니라 전문적인 의학용어를 동원하여 사태를 서술하곤 했다. 소설가는 자기가 다루는 소재 영역의 전문가가 되지 않을 수 없다. 그 전문성이라는 것은 일상생활에서부터 기술과학 영역은 물론 이념과 영성의 차원에 이르기까지 매우 넓은 스펙트럼으로 펼쳐지게 마련이다. 언제던가 윤희에게 이모가 간호사 일을 했는지 물을 정도였다.

덕장은 자신이 소설을 쓰는 일을 고통과 환희의 상생적 초월이라고 생각하는 편이었다. "인생이 고통스러운데 소설을 편하게 쓰는 것은 사기다. 사기를 치지 않으려면 인생에 대해 깊이 생각하고 인생 공부를 부지런히 해야 할 일이다." 덕장은 필선을 공부하는 소설가로 평가하게 되었다. 덕장 자신의 취향과 맞아떨어지는 점이었다. 가끔 작중인물의 지식 정도를 넘어서는 경우가 있기도 하지만, 어설프게 과장하지 않고 지식을 동원하는 솜씨가 가경(佳境)에 이르러 있다는 생각이 절실했다. 덕장은 쓰던 글을 밀어붙이는 식으로 진행했다. 덕장은 자기가 쓴 글의 한 구절을 읽어보았다.

'필선의 소설은 한 번 읽고 던져버릴 그런 값싼 물건이 아니다.' 독자를 약간 긴장하게 하기도 하고 독자가 텍스트에 참여해서 작가와 함께 찾아보고 확인하고 싶은 의욕을 부추긴다. 필선은 이른바 '텍스트 연관성'이 높은 작품을 내놓는다. 이는 독자에게 부여하는 최선의 교육 작용일지도 모른다. 작가에게 자유를 허여하는 쪽의 방침을 밀어나가기로 했다. 그러면서도 스토리 가치, 이야기 값이 좀 소하다는 생각이 안 드는 것은 아니었다. 그것은 말하자면 말과 의미의 결절과 같은 것이었다.

"살다 보면, 인생 다 그런 거지, 그런 생각이 들더라구요. 그러니 적정선에서 글을 마무리하시지. 말이 길어서 뜻이 깊은 건 아니지 않은가……." 영김이 글을 재촉하면서 전화에 대고 한 말이었다.

　물론 말과 뜻이 마주 놓일 수 있는가 하는 의문이 들었다. 그러나 달리 생각하기로 했다. 소설로서 자율성을 지닌 '작품'이 되었으니, 뜻이 이루어진 것이고, 따라서 주제니 구성이니 하는 소설의 외피에 해당하는 그 '말'에 집착하지 말고, 인간의 본질을 추구하는 길로 맥진(驀進)하기를 바란다고 썼다. 그러자면 소설가는 자신의 스타일을 가져야 하는 동시에 이룩한 스타일을 깨트리고 다른 스타일을 창출해내야 한다. 이 외줄타기 같은 작업을 해내면, 진정한 작가가 되는 셈이었다. 필선은 충분히 그럴 가능성이 보였다.

　덕장은 필선이 보낸 작품을 꼭지별로 프린트해놓은 것을 다시 들춰보았다. 「분갈이」처럼 독백으로 대화를 유도하는 소설 형식을 시도하기도 하고, 「내일은 없다」는 소설 속에 소설이 들어가는 형태를 모색하기도 했다. 소설은 새로워야 소설이다. 필선은 그런 명제를 일찍이 터득한 터. 작가 필선은 이미 「또 다른 시작을 위하여」에서 자신이 짚어가야 할 앞날을 예시하고 있었다. 글쓰기를 소명으로 대하는 성실함이 거기 절절히 나타나 있던 것이다. 거기다가 어떤 췌사를 덧붙인단 말인가. 덕장은 이쯤에서 마무리해도 상관 없겠다는 생각을 했다.

　현관 벨이 울렸다. 덕장이 문을 열고 나가자, 윤희가 큼직한 상자를 들고 서 있었다. 그 옆에는 포인세티아 화분이 하나 놓였었다. 엘리베이터 문이 닫히고 사내 하나가 이쪽으로 등을 돌리고, 금방 아래로 내려갔다.

　"오늘은 제가 배달부예요."

　"이모가 보내는 선물인데, 제가 대신 배달하는 거예요."

"이것도요?" 덕장이 포인세티아 화분을 쳐다보며 물었다. 윤희는 고개를 저을 뿐 말은 하지 않았다.

"집이 어지러운데 어쩌나, 우선 들어오시지. 밖은 춥네요."

윤희는 잠시 멈칫하다가 덕장을 따라 들어왔다. 소파에 털썩 주저앉으면서, 윤희가 말했다.

"포인세티아, 기억나세요?" 덕장은 잠시 윤희를 꼿꼿한 눈초리로 바라봤다. 그것은 얼마 전에 덕장이 『인연』이란 잡지에 발표한 소설이었다. 화경은 불꽃 같은 여자였다. 자신의 생애를 불사르지 않고는 앞으로 고꾸라질 것처럼, 바람을 거슬러 펄펄 뛰었다. 그런 태도는 생활에서도 그대로였다. 덕장이 견디기 힘든 에너지를 발산하는 여자였다. 덕장은 포인세티아를 들어 우화를 꾸몄다. 붉은 잎이 꽃인 줄로 속지 말라는 이야기와 함께였다. 정작 꽃은 그 불꽃 안에 반쯤 숨기고 있는 것이라고.

덕장은 상자를 열어보았다. 검은 펠트 중절모가 들어 있었다. 작은 카드도 보였다.

"덕장 선생님, 이제는 멋을 좀 내기도 하고 그러세요. 선생님은 우리나라 언어유산이 될 분입니다. 좋은 소설 많이 쓰세요. 그리고 사랑도 나눠주시고요."

작은 카드에 쓴 글씨가 정갈했다. 사랑을 나눠주라고? 이 모자를 쓰고 윤희와 밖으로 나가라는 뜻인 모양이었다. 윤희를 쳐다보니 가슴부터 뛰기 시작했다. 덕장은 커피를 내려 내놓았다. 윤희는 자분자분 이야기를 잘 했다.

"우리가 꽃으로 아는 것들 가운데는 모양만 꽃인, 그런 게 있잖아요? 선생님이 의도했는지 모르지만, 포인세티아란 소설에서는 겉으로만 사랑하는 척하면서 진정을 주지 않는 두 인물의 애정갈등을 다루었지요? 그런데 진실성 없는 애정이 포인세티아처럼 상처만 남기고 파탄이 나는 걸 잘 그리셨더라고요. …… 그런데 말이지요, 전에 미국에 있을 때, 그 소설을 이모와 함께 읽었어요."

"그래요? 이모가 뭐래?"

"덕장 선생님 외로운 모양이니 네가 가보라고……." 덕장은 어이가 없어서 허허롭게 웃었다.

웃고 넘어가기는 뭔가 걸리는 게 있었다. 소설을 지도해주고 평설 써주는 것을 지나, 삶의 갈피에 스며드는 향기 같은 것이 느껴졌다. 윤희는 덕장에게 모잘 써보라 하고는 핸드폰으로 몇 컷을 찍었다. 지금 쓰는 글 끝나면 만나자는 이야기를 하고는 전철역까지 바래다주었다. 동네 골목 언덕을 내려가면서 윤희는 덕장의 팔에 자기 팔을 걸고 발걸음이 가벼웠다.

덕장은 필선에게 크리스마스 선물로 보낼 글을 마무리하느라고 12월 24일 밤을 꼬박 새웠다. 동쪽 창에 새벽빛이 부옇게 다가오고 있었다. 창을 열었다. 싸늘한 새벽공기가 가슴으로 확 안겨왔다. 새소리가 거대한 율동으로 오르내렸다. 윤희를 만나야 할 것 같았다. 긴 겨울을 혼자 지내기는 너무 쓸쓸하고 허전했다. 윤희가 전화를 해왔다.

"이모가 덕장 선생님 글 받았다고 연락을 했네요. 엄청 좋아하세요."

"그런데 미국에서 출판을 어떻게 한답니까?" 사실 출판에 대해서는 이야기를 한 기억이 없었다.

"그 글 저한테도 보내주세요."

"그건 왜죠?"

"덕장 선생님 신세 너무 많이 진다고, 저한테 출판은 일임하셨어요." 사실 덕장은 글을 써주면 그 글에 대해 마지막까지 책임을 져야 한다는 생각이었다. 미국 교민들이 한국에서 작품을 내면 교정이며, 체재,

디자인 등 허술하기 짝이 없었다. 더구나 평설이라는 긴 글이 그 책에 들어갈 일이 묵직한 부담으로 다가왔다.

"말일 날 시간 어떠세요?"

"그건 또, 왜죠?"

"선생니-임, 덕장 선생님은 왜죠밖에 몰라요?" 사무적인 어투가 고깝게 느껴지는 모양이었다. 윤희 얘기로는 이모가 서울 필하모니 신년음악회 티켓을 보내왔다는 것이었다. 조직적으로 밀고 나가는 플롯에 용서없이 갇히고 만 느낌이었다.

"내년이 소띠 해래요."

"그래서요?"

"뭐가 그래서예요. 선생님, 일단 나오세요."

신년음악회는 가곡과 피아노곡, 바이올린 곡 등이 연주되었고, 그리고 마무리로 베토벤의 교향곡 9번 〈합창〉 부분을 노래했다. 화경이 노상 틀어놓고 지내던 음악이었다.

바리톤 가수 이응광은 노래했다.

오! 벗들이여 이런 가락이 아니네.
더욱 즐거운 가락 그리고 환희에 넘치는 가락으로 함께 노래하세!

새로운 것, 그것은 부정에서 출발한다. 신의 영광을 노래하며 세계 만민이 형제가 되는 그 환희를 노래하는 첫 구절이 '이런 가락이 아니네!' 그렇게 선언하는 것 자체가 혁명적이다. 소설은 부단히 자기 혁명을 해나가는 작업이다. 이런 낡은 가락으로는 안 되지. 환희와 고통이 맞물려 돌아가는 그 소용돌이를 감당해야 하는 것일 터이네. 윤희는 덕장에게 어깨를 기대왔다. 덕장이 윤희의 어깨를 감싸안았다.

덕장은 이제 스스로 외로움의 산에서 하산을 해야 한다는 생각을 하면서, 윤희의 손을 잡고 연주회장을 나왔다. 연주회장 앞에 화경이 꽃다발을 들고 서 있었다. 덕장은 가슴이 덜컥 하면서 다리에 힘이 빠져나갔다. 화경이 다가와 덕장의 팔을 잡아 부축했다.

"저 먼저 갈래요." 윤희가 손을 흔들면서, 화경을 향해 일그러진 얼굴로 웃음을 지펴 올렸다.

윤희가 밟아 내려가는 돌계단 저 아래로, 서울 시내가 은성한 루미나리에 가운데 빛을 뿜어내고 있었다. ✿

작품 메모

덕장은 미국에 사는 소설가 강필선의 소설집에 발문을 썼다. 박혜선 『또 다른 시작을 위하여』(고려글방, 2020.12.25)라는 소설집에 실을 글이었다.

발문을 쓰기 이전에, 덕장은 필선과 함께 소설 공부를 했다. 한 삼 년 메일로 작품을 주고받으면서 소설쓰기에 대해 여러 가지 이야기를 했다. 소설을 흔히 경험의 문학이라 한다. 소설에서 자신의 경험을 넘어서기 어렵다. 자신이 살아온 시대를 다룰 수밖에 없는 것이 소설의 속성이다. 그렇다면 경험을 서술하는 방법만이 가르칠 수 있는 항목 아니겠나. 경험의 서술 과정에서 경험은 보완되고 확충되고 구체화된다. 그 구체화의 정도와 방법에 따라 독자가 경험에 공감하는 양상이 달라진다. 소설쓰기를 도와주는 과정에서 가르치는 사람은 작가와 독자의 양쪽을 왔다갔다 하면서, 자신의 소설 작업에 대한 반성도 하게 된다. 그렇게 해서 남을 가르치는 일이 자신의 교육으로 전환된다. 물론 자신이 소설쓰기를 지속하는 과정에 한정되는 것이긴 하다.

같은 산문(山門)에서 수련을 하다가, 이제는 더 가르칠 게 없다, 하산하라! 그렇게 선언하는 글이 '권하산문'이다. 새로 시도하는 글이기 때문에 풀처럼 얼크러졌다고 해서 '초(草)'라고 붙였다.

시인의 강

跋
文

이 세계 너머 다른 세계로, 소설가의 여정을 따라 걷기 _오윤주

허구적 상상으로 복원해내는 시적 진실 _복효근

작중인물 이언적과 나덕장에게 듣는 소설 창작 강의 _송준호

이 세계 너머 다른 세계로,
소설가의 여정을 따라 걷기

오윤주 | 소설가, 문학교육학 박사

　소설가는 두 개의 세상을 함께 살아간다. 엄연히 피와 살로 이루어진 존재들이 발 딛고 살아가는 현실의 세상과, 그가 그의 온 존재와 그가 만난 세계에 대한 감각들을 씨실과 날실 삼아 빚어낸 허구의 세상이 그것이다. 소설가는 현실의 세상에 머무르다가도 훌쩍 허구의 세상으로 날아가 그가 창조해낸 저 인물이 어떻게 그의 난관을 타개해 나가도록 할지 고민에 빠진다. 허구의 세상 속에서 과거와 현재와 미래를 휘젓고 다니다가도 문득 그는 발목을 틀어쥔 현실의 아귀 힘을 느끼며 도로 그의 현실 세계로 질질 끌려 나오기도 한다.

　이 소설집의 작가 우한용 선생님은 문학 연구자이자 소설가이기에, 그 세계들 간의 뒤얽힘은 더욱 복잡스럽다. 그는 일상인이면서 소설가이고, 또 한편으로 여러 편의 논문과 책들을 펴내온 문학 연구자이기도 하다. 그의 소설은 논문과 수필, 역사 이야기를 넘나들며 그가 살아온 이력들을 고스란히 담아내며 소설판의 '종 다양성'에 또 하나의 다양성을 보태고 있다. 그는 논리적인 이성의 언어로 문학을 읽고 세상을 읽는 '먹물'이었다가, 한국소설의 생태계에서 독특한 한 종으로 존재하는 소설가가 되기도 한다.

이렇게 복잡다기한 소설가 우한용의 소설을 읽는 독자인 나의 시선 역시 간단치만은 않다. 우한용 선생님은 소설가이기 이전에 나의 대학원 지도교수로, 학문으로 들어서는 첫 발걸음부터 현재에 이르기까지 문학과 문학교육을 바라보는 관점을 형성케 한 분이다. 소설가 우한용의 작품을 읽는 것은 독자인 내게도 분열된 경험으로, 나는 소설에 몰입하여 읽는 경험을 하다가도 소설 속에서 지도교수 우한용 선생님의 목소리를 가려내어 듣기도 하고, 작가가 설정한 허구적인 서술자로서의 '그 작가'의 목소리를 유추하여 형성해내기도 한다. 소설가 우한용의 작품 속에서 나는 간혹 지도교수 우한용 선생님을 만나고, 연구자 우한용을 만나기도 하며, 그저 소설가 우한용 그 자체를 새로이 만나기도 한다. 한편으로 나는 소설가로서의 정체성을 아주 작은 조각쯤 품고 사는 이로서, 작가의 입장에 서서 작품의 창작 과정을 메타적으로 유추해가는 읽기를 수행하기도 한다.

『시인의 강』을 읽는 과정은 작가의 복잡다기함과 독자의 복잡다기함이 그야말로 복잡다기하게 얽혀드는 경험이었다. 우리의 삶 자체가 본디 그러한 것처럼 말이다. 때로는 가까이서, 때로는 멀리서, 때로는 독자의 길을 따라, 때로는 작가의 뒤를 따라가며 읽는 독서는, 모르는 이의 소설을 읽는 것과는 또 다른 재미가 쏠쏠하였다.

첫 번째 단편인 「별들의 언덕」은 말하자면 소설로 쓴 '교사를 위한 인문학'이다. 인문학이 '인간의 무늬'에 침잠하며 그 과거와 현재, 미래를 더듬어가는 것이라고 한다면, 이 소설에서 바라보는 인간은 우주적 인간이고 접촉을 통해 삶의 의미를 찾아가는 인간이며, 무언가를 희망하는 인간이고, 이야기 속에 살며 스스로 이야기가 되는 인간이다. 또한 한편 인간은 끊임없이 자기 교육을 통해 스스로를 갱신해가는 '교육적 존재'이다. 그렇기에 교사란 인간의 성장 욕구를 상징적으로 드러내는 특별한 존재의 자리라 할 수 있겠다. 무엇보다도 인간은 '도무지 해명되지 않는 존재'이고, 그러한 인간을 교육한다는 건 언어를 넘어서는 '사유의 폭발'이 있어야 하는 '예술적 행위'다. 소설 속의 '꽃지초등학교'는 바닷가의 작은 학교로, 소설에 등장하는 교사들은 이병기의 시 「별」에 곡을 붙인 합창곡을 소재로 하여 인간이란 각각 고독하지만 스스로를 우주적인 존재로 증명해 낼 수 있는 위대한 존재임을 상기한다. 이들은 클림트의 그림 〈키스〉를 통해 인간은 '접촉하는 존재'임을 이야기하기도 하고, 체 게바라의 베레모를 소재로 하여 교육과 세계를 바꾸는 것이 혁명인지, 평화인지에 대해 격론을 펼치기도 한다. 소설 속의 교사들은 학교의 일상과 2020년의 시대적 공간 속에서 인간, 교육, 언어의 이야기들을 사유한다. 그리고 독자는 그 사유의 자락들을 함께 따라가며 인간이란, 교육이란, 언어란 무엇인지, 그래서 세계를 안다는 것이, 나를 형성한다는 것이 무엇인지를 함께 곰곰 모색해보게 된다.

두 번째 소설인 「세컨드 라인」에서 제목인 '세컨드 라인'은 아마도 '이세계 너머의 다른 세계'를 의미하는 것일 터이다. 사촌 간인 '남생각'과 '나생각'은 인간의 마음 안에 든 각기 다른 삶의 지향을 상징하는 인물이다. 남생각이 생물학을 연구하면서 이성을 통해 인간과 세계의 비의를 알고자 하는 인물이라면, 나생각은 유디티에 자원 입대하여 지옥훈련을 견디고 특수 임무를 수행하는 인물로, 몸의 감각에 의존하여 대의를 위해 '몸을 덜어내가며' '죽음 같은 삶'을 살다가, 결국 다른 이의 생명을 구하다가 죽음을 맞는다. 그의 장례식에서 커미트 루핀스의 〈휀 아이 다이, 유 베러 세컨드 라인〉이라는 노래가 연주된다. 나의 죽음으로 당신은 보다 나은 다음 세계를 만나게 된다. 내가 죽고 난 후 이 세계가 더 나아진다면 그것은 나에게 무슨 의미일 것인가? 남생각은 '축제하듯' 살다가 자신의 몸을 통째로 덜어내고 떠나간 나생각의 삶이 나름대로 의미를 가질 수 있을 것이라 생각한다. 남생각에게 나생각의 삶은 열정, 원형, 쿠바 등의 이미지와 연결된다. 그것은 남생각이 가지지 못한 것인데, 그래서 더욱 이 세계 너머 다른 세계인 '세컨드 라인'에 속한 것이고, 그에 대한 동경 혹은 호기심은 남생각의 삶을 지탱하는 또 하나의 중요한 축이 된다.

혁명의 나라 '쿠바'는 이 소설집에서 종종 등장하는 지명이다. 세 번째 소설인 「라 팔로마」에서도 소설가인 '현장원'이나 그의 아버지 '현명한'은 쿠바에 대한 유다른 애착과 동경의 마음을 드러내고 있다. 쿠바는 문학의 나라이고, '낡은 소문 같은' 체 게바라의 나라이며, 그렇기에 이 삶과는 다른 특별한 삶을 상징하는 공간이다. 현장원은 쿠바에 대한 동경의 마음만큼 현실로부터 다소 동떨어져 있다. '이재'의 세계와 거리가 먼 그는 소설의 공공성에 대해 한없이 높은 이야기를 나누지만, 한편으로는 소설가가 현실 세계 속에서 가지는 누추한 위상으로 인해 '서러운 가얏고'처럼 한없이 낮아지는 경험을 하곤 한다. 현장원은 밥벌이의 위력 앞에서 대체 소설은 왜 쓰는가? 소설이 이 시대에 무슨 필요가 있는가? 소설의 공공성이란 대체 무엇인가? 소설과 정치는 어떻게 만나야 하는가? 하는 질문들에 부딪치고, 그 난제들의 미로를 비틀대며 걸어간다. 불혹의 그는 연봉 육천의 유혹을 물리치고 가난한 소설가의 길을 걸어갈 것인가? 혹은 소설쯤이야 간혹 연가를 얻어 쓰고, 바야흐로 언더웨어 판매를 위한 스토리텔링에 나설 것인가? 소설의 결말은 갈등의 진행형 즈음에서 멈추어 서 있다.

소설가이자 문학 연구자인 우한용의 소설 속 인물들은 작가가 현실에서 가지고 있음직한 경험과 사고, 인식과 질문들을 고스란히 형상화하며 풀어내기도 하며, 때로 작가가 살아보지 못했음직한 삶의 이야기를 만들어내며 작가의 삶 너머 '세컨드 라인'을 대신 살아내기도 한다. 그의 소설에는 '악어'와 쿠바와 '그리스인 조르바'들이 살며, 또 한편으로는 언어와 윤리, 교육과 문학의 언어들이 함께 살고 있다. 그중 어떤 것이 작가 우한용의 것이고 어떤 것이 그가 만든 허구 세계의 것인가? 이야기의 세계는 언제나 흥미롭다. 그의 이야기는 날이 밝으면 또다른 이야기로 이어지고 또 이어질 것이다. 그의 이야기를 기다리는, 다소 복잡다기한 독자 한 사람이 여기에 있다.

허구적 상상으로
복원해내는 시적 진실
— 우한용의 '독시소설'에 부쳐

복효근 | 시인

「시인의 강」은 서술자 현장이 3주간 우크라이나를 방문하게 된 것이 계기가 되어 타라스 셰브첸코라는 우크라이나 민족 시인의 작품을 읽고 그의 생애를 추적하면서 엮어가는 소설이다.

시간적 배경은 코로나19 팬데믹이 거대한 폭력으로 인류에게 고통을 가하고 있을 때였다. 이야기를 구성해가는 인물로 시인 미언이 등장한다. 다른 한쪽에 미언 시인이 시에 몰입하게 만들며 시를 써야 할 이유를 찾도록 독려하는 정시호 시인이 등장한다. 정시호는 미언 시인에 대해 연모의 정을 품고 있다. 이 무렵 캐나다 토론토 지사로 부모가 발령을 받자 한국에 남겨진 손녀 강윤파가 할머니 미언의 삶에 끼어들게 된다. 여기에 산타바바라에서 대학을 다니던 윤파의 친구 루갈다가 함께한다.

주변 인물이라 할 수 있는 루갈다는 시에 대한 미언 시인의 생각을 엿보게 하는 데 적지 않은 역할을 담당한다. 루갈다는 부모가 각자 자유를 구가하며 졸혼을 하자 한국에 와서 윤파와 함께 지내게 된다. 루갈다는 코로나 팬데믹 때문에 수업을 레포트로 대신하게 되는데 친구 윤파의 할머니인 미언과의 시에 대한 대담을 레포트로 작성하며 미언에게서 시와 시인에 대한 많은 질문을 쏟아낸다. 루갈다의 질문에는 시와 시인에 대한 근원적이고 근본적인 물음들이 들어 있어, 미언 시인은 그 답들을 더 터보며 시와 시 쓰는 일의 의미, 시인의 책무에 대해 새로이 돌아본다.

미언 시인은 『월인의 강물』이라는 시집을 내고 '퇴촌문학상'을 수상한다. 미언은 문학상 상금으로 손녀와 우크라이나 여행을 떠나게 된다. 남편을 갑작스레 잃었던 미언은 그동안 남편과의 백년해로라는 집착에서 놓여나 자유를 맛볼 기회로 삼고자 한다. 마침 미언이 나가던 문화센터 정시호 시인은 미언에게 시야를 넓히라는 말과 함께 우크라이나 민족 시인 타라스 셰브첸코의 책 『유랑시인』을 선물로 준다. 한동안 미언은 셰브첸코에 빠져 지냈다. 말하자면 손녀와 우크라이나 여행을 하게 된 것은 시인을 만나러 가는 길이었던 셈이다. 우크라이나엔 미언의 외가 먼 조카뻘 되는 정하상이 살고 있다. 정하상의 안내로 미언 일행은 카니프라는 마을로 셰브첸코의 기념관을 찾아간다. 마음으로 연모하던 정시호 시인은 먼저 셰브첸코 기념관에 와 있다가 이들을 만난다. 뜻하지 않은 그러나 어쩌면 필연적인 만남이기도 하다.

저마다에겐 건너지 못할 강이 있다. 미언의 강, 윤파의 강, 그리고 정시호의 강, 셰브첸코의 강. 셰브첸코는 범슬라브주의를 꿈꾸며 차르의 전제성과 맞서고 그가 속해 있었던 농노제에 반대하는 혁명의, 피의 강에서 시를 일구었다. 미언과 미적인 거리를 유지하며 이것을 시로 승화하고자 했던 정시호는 건너지 못할 그리움의 강 앞에서 몸부림친다. 셰브첸코는 차르의 압제에서 감옥에 던져지고 유배의 고통 속에서 자유를 꿈꾸었다. 미언은 명상과 기도로 단련되어 마침내 강물에 비친 은혜를 볼 수 있는 눈이 생겼다. 정시호는 미언과의 미학적 거리 속에서 둘의 그리움을 하나의 강물로 엮어내는 사랑을 얻게 된다. 시인은 자신의 문제나 고향의 참혹한 현실이거나 절실한, 절박한, 긴급한 그 어떤 것 때문에 시를 쓴다. 이 작품 속 인물 미언, 셰브첸코, 정시호가 그랬다.

소설은 말한다. "역경을 넘어서는 강력한 에너지가 시"라고. 지금 우리 앞에는 코로나19라는 크나큰 강이 놓여 있다. 이 강 앞에서 시는 어떻해야 하며 시인은 무엇을 해야 할 것인가, 「시인의 강」은 준엄한 질문을 던지고 있다.

미언과 정시호의 결합으로 맺게 되는 소설의 결말구조가 말하고자 하는 게 무엇일까? 미언은 코로나19라는 역병은 "희생과 헌신을 강요하는 폭력"이라고 규정한다. 인류 앞에 놓인 이 무지막지한 폭력의 강도 희생과 헌신(사랑)을 전제로 넘어서고 건널 수 있는 게 아니냐는 열린 질문은 아닐까?

현장은 시인의 삶과 시가 유리되어 설명될 수 없는 것이라는 전제 속에서 시를 통해 시인의 삶의 구체성을 찾아내려는 태도를 취한다. 시의 문면에 나타나지 않은 삶을 복원하여 재구성하려는 소설적 상상력을 펼치는데 이른바 이 독시소설은 시의 은유적 진실과 소설의 허구적 진실이 갈마들며 독자의 가슴속에 하나로 자리잡게 하는 방법을 추구한다.

*

「하늘이 울어 땅도 춤추고」는 작가가 정한규 시인의 시집에 발문을 쓴 것을 다시 소설로 전환하여 쓴 '독시소설'이다. 소설 속에서는 이경의 어머니 목수정 여사가 정한규 시인의 시집에 발문을 쓴 걸로 나온다. 이경이 다시 이 발문을 읽으며 서사로 구성해간다.

이경의 어머니 목수정 여사는 삶을 헤아리는 깊은 혜안을 가졌다. 어머니는 아들 이경에게 마름질론을 펼친다. 옷감을 몇 조각으로 나누었다가 다시 모양대로 맞추어 꿰매는 일 말이다. 이경은 이를 두고 '혁명'이라 이름한다. 시를 쓰는 일은 그러니까 자신과 세상을 마름질하는 것이고 이는 곧 혁명이라는 것이다. 어머니는 세상을 마름질하는 음양오행론이나 탈레스의 4원소론보다 사람을 가운데 두고 천지인으로 잘라 맞추는 삼재론을 으뜸으로 친다. 사람이 그 한 중심에 있어 마름질을 하는 것인데 그 일을 감행하는 사람이 시인이라는 것이다.

그런 이야기 끝에 읽어보라고 내민 게 정한규 시인에 대한 발문이다. 어머니의 논리대로 말하면 정한규 시인은 하늘과 땅 사이에서 이를 매개하며 마름질하는 혁명을 감행하는 사람인 것이다. 어머니는 정한규 시인과 같이 시를 쓰는 시인이다. 소설 속에서 어머니는 정한규 시인의 시에 한 몸이 되어 정한규의 삶에서 자신의 삶을 읽어낸다. 정한규 시인과 그 시에 대한 깊은 이해와 애정에서 비롯되었음은 물론이다. 이경은 이 둘의 삶에 자신의 생각을 겹쳐 놓는 방식으로 서술해간다.

휴가를 나온 이경에게 어머니는 대화를 청하고 시에 대한 깊은 대화가 둘 사이에 이어진다. 어머니가 내민 '시업(詩業)'이라는 단어를 이경은 "시로 말미암아 지은 업은 중하고 엄해서 한 인간의 생애를 몽땅 좌우할 수 있다는 느낌, 그것은 일종의 부적과 같은 단어"라고 생각한다. 이것은 어머니의 생각이기도 하다. 소설에서 이경은 어머니의 생각을 그대로 전해주는 역할을 한다.

땅에 대한 각별한 애정으로 정한규 시인의 시는 출발한다. 땅은 풀과 나무, 꽃으로 구체화된다. 이들과 교감하는 게 시인인 것이다. 정한규 시인의 「감태나무」, 「산벚꽃, 수채화로 가는」을 읽는 대목에서 세 사람의 시선은 온전하게 겹쳐진다. 깊은 공감이다. 땅에 깊이 뿌리내린 나무의 시는 땅의 상상력에, 생명의 상상력에 바탕을 둔 것이다. 정한규 시인이 그려낸 산벚꽃 수채화를 읽으며 어머니는 "한판 군무가 산자락을 더터가는 듯한" 역동적인 이미지를 읽어낸다. 그 속에서 나이 먹어가는 자신의 변화를 읽어낸다. 온전히 정한규 시인의 시에 자신의 감정이 몰입하고 동화된 상태에서 어머니는 그것을 자신의 것으로 느낀다. 그처럼 정한규 시인은 생명의 근원으로서 땅을 노래하는 것이다.

어머니는 정한규 시인의 시에서 외설을 살짝 빗겨 나타나는 '생산 이미지'를 천지가 철컥 붙었다가 떨어지는 하늘과 땅의 흘레로 풀이한다. 천지만물과 생명은 얽히고 얽혀 흘레 과정의 연쇄로 나고 죽는다. 그 질서 속에 있는 인간도 예외일 수는 없다. 어머니는 시는 '자연에 대한 경탄' 속에서 빚어져 나오는 것이라고 한다. 어머니의 발문에 나타난 시선으로 이경은 정시인의 시를 읽는다. 아니, 공감하고 몰입하고 동화되어 정시인의 눈으로 세상을 바라보기에 이른다. 「무등산」이라는 작품에서 하늘과 땅이 한 판 붙는 흘레를 읽어낸다. 그것은 천박하고 속스러운 의미가 아니다. 역사와 생명의 율려다.

어머니는 정한규 시인의 시에 자신을 삶을 중첩시켜놓고 읽는다. 아리고 쓰리게 살아온 삶이다. 시인이 아리고 쓰리게 노래하는 것은 아리고 쓰리게 살아온 사람들의 화답, 메아리라는 것이다. 아리고 쓰린 메아리가 하늘에 사무쳐 지상으로 돌아오는 것이다. 아리고 쓰린 삶에 위엄을, 품격을, 위의를 잃지 않기 위하여 우리는 소리하고 춤추며 글을 쓰는 것이라고 이경은 이해한다.

「오배이골 사내」에 이르러서는 학자이며 가객이었던 동리 신재효 선생의 곡진한 삶에 가닿는다. 동리선생이 그의 소리를 전수한 제자 명창 진채선에 대한 인간적인 그리움과 그 그리움을 넘어선 예술혼을 어머니는 도도한 흥으로 얘기하는데 이경은 전에 없는 전율을 느낀다. 어머니의 정시인에 대한 흠모는 사랑에 가깝다. 어머니는 정시인의 시에 등장하는 '푸른 연'을 들어 정시인이 그러한 고고하고 도저한 인간임을 피력해낸다. 진흙에서 나왔으나 더럽혀지지 않은 연꽃, 그것도 희다 못해 푸른 연꽃을 정시인과 동일시하는 것이다. 그런 어머니에게서 이경은 또한 연꽃을 본다. 그리고 "시인들은 꽃향기 닮은 풋풋한 마음을 지켜나가려고 얼마나 애를 쓰는 것인지" 이경은 깊이깊이 헤아린다.

정시인이 애용하는 단어 '허공'을 두고 어머니는 말한다. "말 자체가 허공인데 그 말로 다시 허공을 더터나간다는 게, 하여 허공 저쪽을 넘본다는 게 말이 되기는 하는가…… 허공을 떠받치는 말 몇 마디, 그 안타까운 몸부림이 시이고 문학이라는 건지도 모른다"고. 뒤에 이어지는 정시인에 대한 어머니의 공감의 표현은 과하다 싶을 정도로 나타난다. 어머니가 정시인이 '허공' 너머로 그려낸다고 하는 그 세계는 불교의 화엄 세계에 다름 아니기 때문이다. 서술자 이경의 정시인(시 세계)에 대한 이해와 존경의 표현이 어머니라는 장치를 통해 드러나고 있음을 보게 된다. 이경의 말을 빌리면, "남의 글을 읽고 글을 쓰는 일은, 결국 다른 인간을 애정을 가지고 깊이있게 이해를 도모하는 것"이기 때문일 것이다.

소설이라 하지만 뚜렷한 서사구조는 보이지 않는다. 어머니의 시선으로 정시인의 시 세계를 따라가는 것일 뿐이다. 따라서 작품 속에 간간이 등장하는 박자연은 약간은 부박한 인물로 묘사되는데 철학적이고 인문학적인 어머니와 삶의 깊이를 대비시키고자 배치한 인물일 뿐이다. 시집에 붙이는 발문으로는 도달하기 어려운 시인의 시 세계를 구체적이고 입체적인, 그리고 극적인 방법으로 보여주기 위한 독시소설의 한 시도라 하겠다.

*

「일어나 걸어가라」는 '자명'이라는 별호로 스스로를 칭하는 현장이 친구의 지인의 남편 황명륜 시인의 시조시화집에 발문을 쓰고 그것을 다시 소설화한 것이다.

친구의 권유로 우연찮게 접한 원고는 생애 작품을 정리하고자 하는 화가이자 시조시인의 작품집이었다. 자명 먼저 '황악산 단풍'이라는 소제목에서부터 상상력을 극대화하여 황악산과 연기된 황명륜의 이름을 해석하기에 이른다. 불교와 관련지어 명륜을 법륜과 중첩시켜 보는 것이다. "시방세계 두루 비추는 밝은 법의 수레바퀴가 대지에 든든히 발을 디디고 시를 읊고 그림을 그리면서 운영하는 생애는 생각만 해도 아름다움을 극한 지경이었다."고 발문을 쓰기 시작한다.

잠깐, 현장이 쓰고 있는 독시소설은 어떻게 생겨났는지 다음을 보자. 현장은 말한다. "시 텍스트에도 가끔 서사성이 들어 있기도 하지만, 시인이 시를 쓰는 과정은 서사적 흐름을 타고 전개된다……. 자신의 형상을 시적 화자로 표상하기도 한다. 그러니까 한 편의 시는 시인이 그 시를 쓰는 과정은 슬그머니 감추고 곁가지 다 제쳐놓은 정갈한 언어로 다듬어놓은 보석이나 조각품이 아닌가……. 자명은 시작품을 읽는 일은 시인이 거쳐가는 서사를 복원하는 일"이다. 앞서 보았던 두 편의 독시소설이 이러한 발상에 바탕을 두고 있음은 주지의 사실이다.

이 시조시화집의 「황악산」을 읽은 자명은 시인이 한때 불제자가 되기를 서약하고 수계를 받은 사람으로 상정한다. 윤명이란 법명이 이를 입증한다. 그가 암자에서 불도를 닦고 있을 때 속세의 인연 다연이 수차례 찾아와 "내게 윤명 씨 아들 둘만 나눠줘요."라고 애원하여 입산 3년 만에 파계하게 된다. 가정을 꾸리고 아내 다연은 회사를 차리고 아이도 둘을 낳았다. 명윤은 황명륜이란 이름으로 시집을 냈다. 그러던 가운데 황시인은 그가 불도를 그만둔 것이 암덩이처럼 몸이 편하지 않았는데, 그 근원은 한 여인 명자에게 닿아 있다. 물론 소설을 쓰는 작가가 허구로 복원해낸 인물이리라.

자명은 시인의 시 속에서 명륜의 고향을 찾아낸다. 그리고 또 소설의 서사를 꾸려간다. 명륜이 고향에 갔을 때 어릴 적 불알친구 강운무를 만나게 된다. 강운무의 기억과 함께 딸려 나오는 것이 안명자에 대한 기억이었다. 고향 언덕 무덤 가에서 윤명에게 사랑을 고백한다. 그러나 윤명은 명자가 온전한 정신이 아니라고 판단하여 그녀를 벗어난다. 소설의 서술자 자명은 시인의 시를 읽으며 어떤 단어나 이름에 기대어 서사를 엮어가는데, 황명륜 시인이 쓴 여행시 「갠지스 풍경 1」을 읽으며 거기에 등장하는 '신굿'이라는 단어에서 다시 명자 이야기로 이어간다. 강운무가 명자와 함께 신내림을 받았으나 헛것을 보는 듯 명자는 강운무에게서 윤명을 본다. 윤명은 마을을 떠나 그들로부터 벗어난다. 그러나 훗날 명자는 명윤을 찾아 직지사로 떠났다는 말을 강운무에게 듣는다. 윤명은 명자에게 접근했던 이들은 어디론가 유랑의 길을 떠날 운명이란 예감을 하게 된다. 이러한 줄거리로 서사가 진행된다.

그러나 시인 황명륜은 문협과 예총 일로 복잡한 인간관계 속에서 술을 과하게 마시고 급기야는 가벼운 중풍을 겪는다. 표면적으로 그랬다고 하지만 명자의 기억에 휘감길 때마다 술을 마실 수밖에 없었던 것이다. 중풍에서 벗어나면서 무기력한 나날 속에 "금방 무덤을 찾아 드러누울 것처럼 하늘바래기만 하였다." 그래서 다연은 강연하러 온 자명의 친구에게 남편을 살리려고 남편의 시집 출판을 도모하였던 것이다. 여기에 소설가 자명이 발문을 쓰게 된다. 그것이 또한 이 소설을 쓰게 된 계기다. 소설의 제목은 성경에서 왔다고 하지만 한 시인의 소생을 바라는 마음이 반영된 것이라 하겠다.

현실에서 황명륜과 다연이 보여주는 서사와 한편 윤명, 명자, 강운무가 엮어가는 서사가 액자형식으로 교차하면서 이어지고 이 사이에서 시와 허구적 상상이 넘나들고 있어 이 소설이 이르고자 하는 메시지 또한 요약하기 쉽지 않다. 더구나 서술자의 상상력이 시 문맥을 뛰어넘는 비약이 많다. 그럼에도 황명륜 시인의 시 세계를 들여다보면서 자명이 다음과 같이 말한 부분은 의미심장하다. "시/시조는 언어예술이다. 그런데 시의 본연은 언어의 본질을 외돌아가는 데 있다. 언어기호로 예술작품을 만들겠다는 시도는 백척간두에서 진일보를 하명받은 구도자의 처지와 다를 바 없다." 같은 맥락이라고는 할 수 없겠으나 황명륜 시인에게 쓴 편지 속에 또 이렇게 적는다. "시인께서 걸어온 '세월' 또한 일상인에게는 삐딱하게 걷는 게걸음, 횡행(橫行)으로 보일 테지요." 궤도 안에서만 맴도는 삶이 아니라 모험적이고 일탈의 궤적이 문학을 낳는다는 뜻으로 읽는다.

시를 소설로 복원하려 한 독시소설이 시와 소설을 다 아우르는 문학적 진실에 가 닿았는지는 이 세 편의 작품만으로 가늠하긴 쉽지 않다. 하지만 독시소설이, 시적 진실이 시인의 삶과 유리될 수 없다는 전제에서 출발하여 시와 시인에 대한 무한한 신뢰와 애정으로 시와 시인을 깊이 있게 이해하고자 한 결과물이란 점은 부정할 수 없다. 소설가 우공의 이와 같은 독시소설은 이전에 시도된 바 없는 새로운 작업방식이자 새롭게 열어가는 소설의 영역이라 하겠다. 작가의 말마따나 궤도를 벗어난 모험적인 서사의욕의 산물이다. 그런 의미에서 작가도 분명 횡행, 혹은 횡보를 하고 있음에 틀림없다. 백척간두에서 진일보를 하명받은 자가 어디 시인만일까? 소설가도 마찬가지라는 생각을 하며 글을 접는다.

작중인물 이언적과 나덕장에게 듣는
소설 창작 강의

송준호 | 우석대 교수, 소설가

충주시 앙성면 어느 깊은 산속, 요즘 말로 뷰가 아주 그만인 작가 우공(于空)의 산방(山房)으로 가는 굽이굽이 비탈길을 그의 제자 우공(牛公)이 걸어 오른다. 30년 전에 소설집 하나 꾸려낸 뒤 「권하산문초」의 필선이 일찍이 경계해 마지않은 바 실체를 알 수 없는 허무감 내지는 무력감에 빠져 더 이상 소설쓰기에 엄두를 내지 못하고 귀한 세월을 허송해온, 신축생(辛丑生) 우공(牛公)의 다른 이름 역시 오갈 데 없는 미련둥이 우공(愚公)이다.* 산방 앞에 당도해서 가쁜 숨을 몰아쉬는데 마치 기다렸다는 듯 '시인의 강'이라 적힌 편액 하나가 떡하니 눈에 들어온다. 저건 필시 바지런하기로 명성 질펀한 스승이 세상을 향해 이즈음 새로 내건 택호(宅號) 아니면 당호(堂號)일 터. 계절 하나 바뀌는 것조차 멀다 하고 이런 문패를 갈아내는 스승의 창작열에 어리석기가 소에도 한참 못 미치는 제자는 그저 두 손을 모아 쥘밖에.

---

* 작가의 아호는 우공(于空)이고, 필자 송준호 교수는 자신을 우공(牛公)으로 지칭한다. 그리고 미련둥이를 뜻하는 일반명사 우공(愚公)이 있다.

그런데 어찌 된 일인가. 일간 술잔 기울이며 소설 얘기나 나누자고 불러들인 스승의 모습이 보이지 않으니. 산방 뒤란까지 훑어도 뼛속을 파고드는 세밀 찬바람뿐. 그렇다면 스승께서는 웅대한 스케일의 역사소설 아니면 하다못해 근사한 연애소설 하나 여태 세상에 내놓지 못한 자신이 한탄스러워 막걸리 잔에 한숨을 부어가며 통음(痛飮)하느라 코끝이 딸기가 되어 있는가. 그런 게 아니라면, 당신의 소설로는 독자에게 사랑을 고백하고 따뜻한 위로를 건네줄 날이 아득하기만 해서 지금쯤 어느 눈밭에서 한 사나흘 밤낮을 두고 자책의 물구나무서기나 하릴없이 반복하고 있을지도 모르는 일.

기왕 올라온 길, 스승 찾기를 단념하고 당신의 서재 문을 연다. 당신 스스로 빙의(憑依)한 게 틀림없는 「해어록」의 이언적과 「권하산문초」의 나덕장이 거기 보인다. 상트페테르부르크 국립대학에서 러시아 형식주의를 공부했지만 그 나라 문학 전공자를 찾는 대학이 없어서 소설가로 등단했다는 이언적, 민주화라는 짐을 펠리컨의 부리처럼 달고 살던 아내를 저세상에 보낸 뒤로는 하루하루 살아가는 게 도무지 허무하기만 해서 뭔가 붙들고 의지할 언턱거리를 찾다가 역시 본격적으로 소설가의 길에 들어섰다는 나덕장, 이언적의 이름은 언적(言積)이라 했는데, 그렇다면 나덕장의 덕장은 혹시 교육자로서 당신을 빼닮은 덕장(德將)?

명예교수라는 이름을 얻기까지 젊은 날을 바쳐 소설론을 공부하고 문학교육을 가르쳐온 스승의 내공이 언뜻언뜻, 고스란히, 적나라하게 배어 있는 이언적과 나덕장 두 사람에게 예를 갖추는 둥 마는 둥, 겨울밤 기나길거늘 우공(牛公)은 무에도 그리 다급했던 걸까. 번듯한 술상은 고사하고 따뜻한 차 한 잔 우려낼 요량조차 거두절미한 채 그는 스승을 빙의한 당신들 앞에 의자부터 당겨놓는다.

소설가 남편 얻는 게 꿈이라던, 필선의 조카 윤희의 은근한 추파에 못 이기는 척하면서 아내의 흔적이 남아 있는 방 안에서 앞서거니 뒤서거니 벗고 한바탕 뒹굴어주기라도 하면 소설 읽는 맛이 좀 더해질 터인데 덕장은 필선에게 '권하산'할 마땅한 시기나 방법을 가늠하고 있을 뿐 그런 스토리의 중심에 서는 건 한사코 거부하고 있으니 이 노릇을 어쩌랴. 비단 소설이 아니라도 글쓰기는 사람이 우아하게 늙어가는 방법 가운데 하나라고 믿는 덕장은 이역만리에 있어 얼굴 한 번 본 적 없는 필선의 입을 은근슬쩍 빌려다가 말하기를 주저하는 법 없다. 나에게 소설쓰기는 시지포스가 감행한 운명적 투쟁 같은 것이라고.

"아주 범박하게 규정하면 소설은 보통 사람들 살아가는 이야기입니다. 그런 이야기가 궁극적으로 추구하는 건 인간의 본성에 대한 이해일 거요. 그 어마어마한 인간의 본성이나, 법칙화시킬 수 없는 인간사를 붙들고 씨름하는 게 소설쓰기라는 말입니다."

그러니 소설가의 운명이 시지포스의 그것하고 다를 게 뭐가 있느냐고 항변하는 모습이야말로 스승의 소설 쓰는 평소 자세를 엿볼 수 있는 대목이라는 것쯤 우공(牛公)이라고 어찌 눈치채지 못할까.

하긴 뭐 「해어록」의 이언적도 덕장하고 다른 게 요만큼도 없다. 글쓰기뿐 아니라 다른 이가 쓴 글을 읽는 일은 그 자체가 삶의 중요한 과정 가운데 하나라는 논리를 입에 달고 사는 그 역시 『메리고 라운드』에 실린 중편 하나와 단편 열한 편을 읽고 평설을 써주면서도 작가인 윤가영의 '여류'에는 애시당초 별반 관심조차 두지 않는다. 중국집 만리장성의 여주인 아미란이나 조종성의 조카 루시조를 향해서도 그저 여자 보기를 돌같이 할 뿐이다.

절친 조종성하고 술잔 기울이는 아마란의 중국집 만리장성이나 치킨집 쎈닭, 윤가영을 만나러 담양으로 가는 그랜드 체로키라는 이름의 SUV차, 심지어는 신가인하고 루시조와 마주 앉은 이언적의 집조차 의

미작용을 일으키는 소설적 공간으로 기능하지 않는다. 대신 그건 이언적이 윤가영의 소설에 대해 평설을 쓰는 일을 두고 조종성이나 조카 신가인하고 소설읽기와 쓰기의 방법론에 대해 말다툼을 벌이는 '장소'로만 기능한다.

무엇이 이언적과 나덕장을 이처럼 남성성을 거세당한 몰골로 소설에 죽고, 오로지 소설쓰기 전략에 올인하면서 살아가는 무미하고도 건조한 사내들로 만들었는가. 이건 우공(牛公)이 소설이란 도대체 무엇에 쓰는 물건이고, 소설쓰기는 어떤 가치가 있으며, 어떤 자세로 그걸 써야 하는가를 그의 스승에게 대놓고 묻는 것과 크게 다르지 않다. 아둔한 소처럼 고개나 갸웃거리고 있는 우공(牛公)을 향해 덕장이 입을 연다.

"나는 소설쓰는 일을 고통과 환희의 상생적 초월이라고 생각하는 편입니다. 인생이 이토록 고통스러운데 소설을 어찌 편하게 쓸 수 있겠습니까. 그게 가능하다고 믿고 그런 식으로 소설을 쓴다면 그건 독자에게 사기를 치는 일하고 다를 바 없겠지요. 사기꾼 소리 듣지 않으려면 소설가는 인생에 대해 깊이 성찰하면서 공부를 부지런히 해야 합니다. 무엇보다도 자기가 다루는 소재 영역의 전문가가 되어야 합니다. 그 전문성이라는 것은 일상생활에서부터 기술과학 영역은 물론 이념과 영성의 차원에 이르기까지 매우 넓은 스펙트럼으로 펼쳐져야 하는 것이고요."

옆에서 고개를 끄덕이며 조종성하고 만리장성에서 주거니 받거니 한 바 있는 낭야대진년(琅琊台陳年) 한 잔을 입안에 털어넣고 나서 작심한 듯 이언적이 덕장을 거들고 나선다. 이번에는 소설의 기능 내지는 존재 가치라고 할 만하다.

"우리가 읽고 쓰는 소설은 모든 언어 행위의 이상적 모델이 아닐까 합니다. 상황을 구체적으로 제시할 뿐 아니라 주체의 의식을 언어화해서 전해주는 언어수행은 소설 말고는 다른 예가 없지요. 어디 그뿐입니까? 소

시인의 강

설은 궁지에 몰린 사람을 살려내는 기능도 갖고 있다는 게 내 생각입니다. 이는 14세기 중반 유럽에 페스트가 창궐했을 때 수도원에 피신한 사람들이 이야기를 나누면서 역병을 피했던『데카메론』을 보면 알 수 있어요."

'언어수행' 같은 것이면서도 '오락적 기능'도 수행해야 하는 게 소설의 본질이고 기능이라는 걸 누구보다 잘 인지하고 있으면서 스승께서는 소설을 쓰시면서 어찌 역사와 철학과 이데올로기 따위의 중압감에만 지질려 지내시는가. 더구나 감각 차원에서 즐거움을 주는 소설, 진짜 소설은 그런 기능을 배면에 깔고 있다고 봐야 한다고 하시지 않았던가.

그동안 스승이 보내주신 소설을 읽으면서 '감각 차원의 즐거움'을 그다지 얻지 못해 속으로 볼멘소리를 내뱉곤 했던 우공(牛公)이야 영락없는 미련둥이 우공(愚公)일 터. 그러면서도 '노익장'을 과시라도 하듯 때로는 긴, 또 때로는 짧은 이야기를 '공부하듯이' 꾸려 새로운 소설 문패를 세상을 향해 줄기차게 내거는 스승의 속내를 우공(牛公)은 알 듯도 하고 모를 듯도 한데, 언젠가 스승께서 술자리에서 들려주신 말씀 하나를 그는 다시금 되새김한다.

"나는 내 소설이 어떤 흠결 같은 걸 지니고 있다는 걸 알아요. 소설도 공부하듯이 쓰거든요. 평생의 '먹물' 행세를 어쩌지 못한다고나 할까. 그러다 보니 그 어려운 소설을 누가 읽어주겠느냐는 탓을 듣기도 합니다. 생생한 삶의 현장이 아니라 소설의 형식을 빌려 먹물스러운 관념을 서술한 거라고 타박하는 사람도 여럿 보았습니다. 그래도 우리 소설판에 나처럼 소설 연구하고, 소설 가르치면서, 소설 쓰는 사람 몇은 있어도 괜찮지 않을까요? 당신 아니면 쓰기 어려운 소설도 썼다는 것을 증명해 보여주고 싶은 '먹물적' 고집 내지는 오기라고나 할까? 또 있어요. 나는 내가 쓴 소설이 우리 소설의 종다양성(種多樣性)을 확보해줄 것이라는 믿음도 갖고 있어요. 역사인지 소설인지 알기 어려운 소설, 논설인지 수필인지 분간이 안 되는 작품, 뭐 그런 것들이 있어서 문학판은 볼 만한 풍광을 연출하는 겁니다. 환경론자들이 일관되게 주장하는 것처럼 단일수종의 숲은 위험한 것 아니겠어요?"

하긴 예서 더 말해 무엇하랴. 여행과 독서, 남의 글 읽어주는 것, 문학연구하고 가르치는 것 말고는 다른 일상이 없는 이가 바로 스승 우공(于空)인걸. 오히려 명품 새옷 번듯하게 차려입고 외출하거나 외식하는 일같은 남들의 평범한 일상까지 특이체험 가운데 하나로 여기는 평생 학자인 것을. 소설가가 소설 쓰는 일은 일상이고, 학자가 연구하는 것도 일상이며, 교수가 학생들 가르치는 것 또한 마찬가지 일상이라는 그의 믿음이 소설쓰기에서나마 좀 달라지기를 기대해보기도 하는 것인데, 그건 어쩌면 거미줄을 쳐서 호랑이를 잡겠다는 것과 다를 게 또 뭐가 있을까.

다른 작가의 글을 읽고 그걸 소설 형식으로 쓰는 걸 일종의 메타픽션을 만드는 일이라고 했다. 그런 관점에서 우공(牛公)은 이언적과 나덕장으로 은근슬쩍 빙의해서 소설로 소설창작 강의를 하려 드는 「해어록」과 「권하산문초」의 스토리조차 스승의 일상에서 건져 올린 글감이라는 걸 이해하기로 한다. 두 소설의 도처에서 불쑥불쑥 튀어나와 때로는 장황하게 펼쳐지는 작가의 현학적이고 잡학다식한 면모 내지는 '불순한' 의도가 독자들과의 거리를 멀게 만드는 건 아닐까 하는 염려 따위도 우공(牛公)은 이제 내려놓기로 한다. 그렇다고 앞으로는 더 이상 스승에게서 '근사한 연애소설'을 기대하지 않겠다거나, 당신을 소설판의 '괴짜'로 폄하하고 싶은 생각만큼은 절대 하지 않겠다는 입찬소리 또한 금물일 터. 당신처럼 별스러운 분이 별별스럽게 자기주장을 하면서 권리를 보장받는 그런 사회를 꿈꾸는 것까지야 무슨 수로 막을 것인가.

그 스승의 그 제자라고 해두자. 소설 '안 쓰는' 혹은 '못 쓰는' 소설가로 적잖은 세월을 허송한 우공(牛公)에게도 학생들 가르치는 일은 '일상'이다. 강의실로 가져다가 먹물인 체하는 데 쓸모가 있을까 해서 이언적과 나덕장의 소설창작 강의에 귀를 기울이다 보니 산속의 밤은 이미 깊어졌다. 스승이 자리를 깔아놓은 산방에서의 하룻밤, '본전' 생각이 우공(牛公)의 내면에 슬그머니 똬리를 튼다. 그리하여, '사기성 짙은 계책'이라고 정의한 뒤 이언적의 입을 빌려 장황하게 풀어낸 플롯의 본질적 특성과 구성 방법 하나만은 귀에 못을 박아두었다가 '일상'에 요긴히 쓰기로 한다.

주제를 의미하는 것이든, 논리성을 갖춘 합리적 내용이든, 이야기가 이치에 닿으면 그걸 동기화 내지는 모티베이션이 제대로 되었다고 한다는 것쯤은 우공(牛公)도 익히 알고 있는 사실. 이야기를 이치에 닿게 하려면 슈제트라고 부르는 플롯이 필수적이라는 이언적의 말은 적어도 소설을 공부하는 이에게는 상식에 속하는 것 아닐까.

"우리가 읽는 소설은 한마디로 플롯화된 텍스트입니다. 독자는 그런 텍스트를 읽고 스토리로 환원하여 이해하는 것이지요. 이해한 것을 전달하는 일 역시 스토리 만들기의 다른 양상입니다. 디테일을 있는 그대로 이야기할 수 없기 때문이지요. 우리가 어떤 소설에 대해 이야기한다는 것은 소설 텍스트의 몇 가지 요소를 추려서 추상적으로 다시 얽어낸다는 뜻하고 다르지 않습니다. 소설 속에서 이야기는 추상화를 지향하고, 플롯은 구체화를 추구한다는 말입니다."

소설쓰기에 열을 좀 내던 시절 우공(牛公)은 누군가 들려주는 이야기의 곁불을 쬐다가, 혹은 뜬금없이 떠오른 지난 시간의 한 대목을 손에 쥐고 무작정 자판 앞에 의자를 당겨놓곤 했는데, 요즘에도 강의실에서 그와 비슷한 질문을 받곤 한다.

"각자 조금씩 다르겠지만 대부분의 소설가는 플롯을 모두 구성하고 쓰지 않습니다. 그보다는 간단한 모티프나 스토리를 가지고 플롯을 구성한다고 봐야 할 겁니다. 쓰는 과정에서 스토리의 시간이 달라지고, 서술의 밀도도 자연스럽게 변화를 겪게 되거든요. 이러한 변화는 작가 나름의 '기법'으로 구체화됩니다. 그런 점에서 주요 사건은 감추듯 내보이되,

부수적인 사건을 중심으로 플롯을 구성하는 건 매우 효과적이라고 봅니다. 여기서 말하는 주요 사건이란 스토리를 전진시키는 핵심 모티프들입니다. 소설의 분위기를 조성하고 감수성이 예민하게 작용하는 것은 주변적인 모티프들이지요. 이런 것들을 중심으로 서술한 것을 읽다 보면 독자는 중심 스토리 전개가 궁금해질 수밖에 없습니다. 그럴수록 소설가는 독자의 호기심을 지연시켜 나아가려고 합니다. 그러니까 소설을 읽는 과정은 서스펜스로 가득 차게 되고, 바로 그런 점이 독자를 소설로 유혹하는 요소가 되는 겁니다."

좀 쉽게 풀어서 얘기해주면 누가 '먹물' 아니랄까 봐, 쯧쯧. 우공(牛公)은 곁에 앉은 나덕장에게 술잔을 건네는 이언적의 손등을 물끄러미 바라보면서 방금 그가 들려준 대목을 '일상'에서 어떻게 쉽고 조리 있게 설명해줄 수 있을까 고민한다.

남의 소설에 대해 평설 쓰는 이야기를 소설로 쓴, 게거품 삭는 소리 같은 이야기를 담아낸 게 「해어록」이라고 스승은 각주를 달았지만, 그런 점에서만 보면 우공(牛公)은 「권하산문초」라고 뭐가 다를까 싶다. 다시 말하거니와 스승께서는 이언적과 나덕장을 통해 평소 갖고 있는 소설론과 소설창작론을 강의하고 싶었던 것이다. 소설이 읽을 가치가 있다는 것은 흥미롭고 진지하기 때문이라고, 독자를 그런 이야기 속으로 이끌어가는 것은 소설가의 책무라고, 이언적의 입을 빌려 그렇게 강조해놓고도 스승께서 「해어록」과 「권하산문초」에서는 그런 '재미적' 요소를 제대로 돌보지 않은 까닭이기도 하다.

이언적과 나덕장의 이야기를 듣느라 하룻밤을 꼬박 지새우고 난 뒤 겨울 햇살이 따사롭게 내려앉은 스승의 산방을 나서 하산하는 길. 나덕장이 재미 소설가 필선에게 하산의 이유를 설명하려고 그 조건을 궁리한

시인의 강

대목을 다시금 떠올린다.

'우선 소설의 기본을 갖출 줄 알아야 한다. 언어적 측면에서는 묘사력이 뛰어나야 한다. 다양한 소재를 자신만의 방식으로 가공해서 전체 스토리를 탄탄하게 구성할 줄 아는 능력도 필수적이다. 소설쓰기의 기본적 요소로 이 두 가지 항목 말고 다른 것이 또 있을까. 소재를 가공하고 구성하는 스토리 차원과 소설을 어떻게 쓸 것인가 하는 담론 차원이 여기에 모두 포함되기 때문이다.'

나덕장은 이 두 항목이 웬만큼 충족되었으니 필선에게 하산을 권해도 충분할 거라고 했는데, 그 대목에서 우공(牛公)은 자신을 돌아보지 않을 수 없다. 물리적 하산이야 발걸음을 내딛는 걸로 부족함이 없겠지만 이대로 '하산'하면 과연 소설 쓰는 소설가로 자신을 바꿔나갈 수 있을 것인가.

고개를 가로젓다가 문득 뒤돌아보니 어제 이곳에 도착했을 때 산장 출입문 이마에서 두 눈으로 똑똑히 보았던 '시인의 강'이라고 적힌 편액이 온데간데없다. 우공(牛公)은 그 대목에서 발걸음을 멈추고 「해어록」에서 이언적이 조종성에게 토했던 열변을 한 번 더 소환한다.

"소설가가 소설 쓰는 이야기를 소설로 쓸 경우 소설가는 자기 소설 속에 들어갈 소설을 자기가 써야 합니다. 소설가의 실명을 거명하지도 않으면서 어떤 작품을 직접 인용하는 것은 소설 문법에 어긋나는 게 틀림없으니까요."

이념에 대한 반성과 분단과 통일 문제를 함께 다루고 있는 윤가영의 중편소설 「길 아닌 길」의 박진감 넘치는 스토리는, 비록 시대적인 배경이야 근래의 것이어도, 어쩌면 스승께서 언젠가는 꼭 쓰고 싶어할 만한 '웅대한 스케일의 역사소설'의 글감으로 부족함이 없지 않은가. 우공(牛公)은 '시인의 강'이라고 적힌 편액을 내려놓은 스승이 당신께서 말씀하신 대로 관자놀이에 핏줄을 세우면서 그런 글감으로 근사한 장편소설 하나를 들고 다시 돌아와 주기를 고대하면서 산 아래를 향해 발걸음을 재촉한다.

작가의 발문

책에 따라 다르겠지만, 발문에 기록할 수 있는 내용은 크게 한정되어 있지 않다. 글을 쓴 연유, 글쓴이와 맺은 인연, 글의 주지, 글의 가치 등을 서술하는 게 발문이다. 평설이나 해설 등은 필자가 고압적인 위치에서 글을 내려다보고 독자를 가르치는 대상으로 상정하고 전개하는 글이다. 거기 비해 발문은 공감과 안내의 성격이 짙은 글이다. 이전 개념으로는 어떤 글 본문에 '서발(序跋)'이라는 것을 달아 형식을 갖추었다. 서는 자서(自序)를 뜻한다. 글쓴이 자신이 나는 이러저러한 연유로 이 글을 쓰게 되었다, 혹은 이런 책을 내게 되었다는 내용을 적는 게 일반이다. 발문(跋文)은 자기가 쓸 수도 있고, 다른 사람이 글쓴이와 인연을 드러내고 축하의 의미를 더해 써주는 경우가 대다수다.

이 소설집은 성격이 유다르다. 제1부에서는 소설의 범주를 최대한 확장해보는 시도를 했다. '인문학소설'을 비롯해서, 한국에서 자신의 국민적 사명을 끝낸 인물이 외국에 가서 인간적 보편의 사랑을 실천하고 생을 마감하는 이야기, 지식인의 곤핍한 현실에서 현실에 적응할 수밖에 없는 인물을 그린 작품까지 진폭이 크다. 소설의 장르 확대를 도모한 작품들이다. 문학교육학 전문가이며, 소설가인 오윤주 박사에게 제1부의 발문을 부탁했다.

시인의 강

제2부는 소설가가 시인과 시 장르를 성찰하는 내용을 담고 있는 소설작품들이다. 우크라이나 시인 타라스 셰브첸코의 삶을 다룬 소설이 표제작 「시인의 강」이다. 시 장르의 속성에 집중한 작품이다. 시집을 발간하는 시인의 시와 삶에 대한 공감을 형상화한 작품이 「하늘이 울어 땅도 춤추고」이다. 그리고 어느 시조시인의 시작품에서 우러나오는 공감을 인간적 우정을 곁들여 그린 작품이 「일어나 걸어가라」이다. 시적 아우라와 시적 세계에 대한 성찰이 담긴, 크로스오버 성격이 짙은 작품들이다. 제2부에 대한 발문은 복효근 시인에게 부탁했다. 작품별로 소회를 써주었다.

　제3부에는 소설가가 다른 소설가의 작품을 읽고 거기 대해 글을 쓰는 과정을 소설 양식으로 서술함으로써 '공감의 비평'을 도모한 글 두 편이 포함되어 있다. 제3부는 소설이며 문예창작과에서 가르치는 송준호 교수에게 발문을 부탁했다. 송교수는 발문을 한 편의 소설로 엮어주었다.

　세 분 모두 독자적인 시각과 독창적 발상으로 글을 써주었다. 이를 존중하는 의미에서 받은 글을 가감 없이 그대로 실어 내 소설에 대한 성찰의 자료로 삼고자 한다. 그 고마움을 어찌 일일이 표할 수 있겠는가. 나를 앞서가는 이 동지들에게 문학적 여정에 큰 성과가 있기를 바랄 따름이다.

발문　　　　　　　　　　　　　　　　　　　　　　　　　　　　　*381*

시인의 강

인쇄 · 2021년 7월 1일
발행 · 2021년 7월 7일

지은이 · 우한용
펴낸이 · 한봉숙
펴낸곳 · 푸른사상사

주간 · 맹문재 | 편집 · 지순이 | 교정 · 김수란
등록 · 1999년 7월 8일 제2-2876호
주소 · 경기도 파주시 회동길 337-16 푸른사상사
대표전화 · 031) 955-9111(2) | 팩시밀리 · 031) 955-9114
이메일 · prun21c@hanmail.net
홈페이지 · http://www.prun21c.com

ISBN 979-11-308-1805-4   03810
값 17,500원